長田弘

全詩集

みすず書房

長田弘全詩集　目次

われら新鮮な旅人

吊るされたひとに

森の向うの空地で
鉛を噛みくだす惨劇がおわる
あまりに薄明な朝
一人の市民が吊るされた
絞首台
の真新しい木の香り
がかわいてゆく
ほんのひとしずく赤く
こぼすことさえ拒否した血は
悶絶をこらえ
べったりと霧を抉って
紫黒い死の斑を滲ませる
それでもまだ揺れている
のはその瞬間まで生きていた
その証しのためだ

屍が揺れているのか
世界が揺れるのか
黙りこくる
残された
石造の家々の上で
おお　ぶるぶると揺れている
揺れているのは
あなただ
垂れた脚が
ぶあつい地球の中心へ
なお降りてゆこうとするので
たしかにひき裂かれているあなただ
足もとで夥《おびただ》しく草の花が萎え
涸れた空へあなたを吊るす
張りつめた一本の綱
あなたの顎を　眼を
朝をはげしくひきつらせてあるもの
それは何

吊るされたひと
ぼくにとってあなたとはいったい何
ぼくの誕生をすばやく刺しつづけるあなたは
午前は傷のようにぼくの前にひらき
証明の昼も　また夢も
ぼくは未だ持たぬ

（ナチスのユダヤ人迫害の記録をみて）

八月のひかり

南に近いなだらかな山脈は
扇状地の都市のくらい感情を　かたい土に、
崩れてしろい石と銹びた針金に、
ぎりっとのびた夏草のきつい匂いをつらぬく
八月の短い黙禱にささげる。
かわいた涙のなかすこしずつすこしずつ
溶けゆくぼくたちは恥のようにつらい歴史だ。
それは、記憶のなかに沈みこむ
短くしかも永かった夏の一日に如《し》かない……

ああ、こんなに咽喉がかわく！
ねえ　たくさんの白いブラウスが隠している
めいめいの乳首が湛えている厖大な悲哀さえ
内海のひかりのなかで　今日ほんとうにむなしい。
哀しみによっては連帯すらできなかった、それだけが

学んだ知恵のすべてか、嫉妬に似た孤独な時のなかで
ほろんでゆく鴇《とき》色の死者たちにくちづけるのが
ぼくたちではなくて死自身であるようなとき、
必死に顔をつかんだ
指のあいだから垂れはじめた川の
ひろすぎる河口のあたりがここであるなら、
虚ろな公園と御影石は
逆に流れこむにがい海水に洗われて、
みどりは溢れでるこころのなかに溺死する。

肩を怒らしてみてもだめなんだ、さみしがってもね
　　　　　　　　　　　　　ぼくたちの一切は
ぼくたちのうちにしかないのだから。未来なんて
大学院の学生の貧血したまぶたのしたにも、
苛立つ老人たち、つややかな成熟を想起しつつ
鍔《つば》のひろい帽子をかむって
つぶれる胸を抱いている中堅女優の
ほそい腕のなかにもないのだから。

松の木が倒れるようなひとつの充実した死を
死ぬことを熱烈に夢みながら、しかも
そこからさらに大胆な生の一歩が踏みだせるか
移ってゆく八月のひかりは
重畳《ちょうじょう》する島影のなかで
こうしてぼくたちの見えない問いと差しちがえる
身ひとつのものになる。飛び立とうとする
イヌワシのような目で
ぼくをみつめているクリオよ
ぼくたちは何によって死ぬことができる?
何によっても死ぬわけにゆかないぼくたちは?
耐え　目をひらいて、
季節がゆきかう空の通路で。

無言歌

力強く差しだされるどのような腕も
うつろってゆく季節がなげる
影の移動のなかでは
ついにみのらぬ激しい感情の尖端《せんたん》なのか。
十本の指が十本の指をもとめあい
褪せたくちびるが血と血をよびかわして
映す想像力の首都のぐるりから
時はじわじわと水のようにながれこんで
風船のように膨んだこころをつぶす。
静まりかえった崩壊のまんなかにそのとき
どうしたって残る深い皺は　けれども
種子が新しい芽をつつんで
かたく萎縮するときの　あの
愛とよばれる過程を畳んだ襞《ひだ》とおなじだ
といえるだろうか。

ぼくたちにとって　絶望とは
あるなにかを失うことではなかった、むしろ
失うべきものを失わなかった肥大のことだ。
おびただしい椅子と白壁とにかこまれて
撓《たわ》みながら　鏡は過ぎゆく歴史の記憶をすべる。
多くのものが過ぎていった雨季の階段のうえで
ぼくたちは時代の咽喉を、
そこでただひとりの死者の声をみつける。
名のない魚だって　死んだら
ぼくたちの意識のなかを泳ぐだろう。
鳥だって死んだら意味を飛ぶのだ。
そのように　死者だって回復するのだ。
誤謬のなかの死はいまこそぼくたちの詩をためす。
それというのもいつだって、詩は、
どのように過激な行為や言葉よりも過激だからだ。
ぼくたちの内なるやさしさ、
そのものにならねばならないからだ。

春をみつける

あたたかい四月の雨が
かたい大地の筋肉をゆるめて
すばやく流れるときだ、
冷たい土ふかくかくされた
種子が充実にむかって
立ちあがろうとし
貌《かたち》をもとうとして
もどかしげに　太陽の
手をまさぐるときだ。
しだいしだいに泡だってくる
中心をもとめる感受性のはげしさが、
むなしさを抱きしめて
こころの淵を
いっせいに際立たせるときだ。
水は暖かくなり　ゆたかになって
日光の力をつよめ、
過程をうながす。
古い根は大地との新しい緊張を生きている。

しかも伸びてゆく根毛は
固い土にしばられた言葉をほぐして
やさしさを回復する。
誕生と死とがからまりあって
のめりこむ
咽喉のはずれで、
冬の精神はおとろえ
声をひきあげようとする力が
緑のなかをたえず静かに降りてくる。

そして力は凝集し局面はかわるだろうか。
言いたいことはいつもひとつだ。
だが言葉はいつもひとつとはかぎらない。
やわらかい葉のさきに口をよせて

そこから滴る水を飲む。
そのようなしかたで愛を確かめあいながら
ぼくたちは感受性の深みを生きる。
たくさんの笑い声でいっぱいな
この真昼の時と影のなかで。

多島海

匂うような空の青さが
季節のすべての記憶から
日の色を奪ってゆくように
ぼくたちは恋人
いつも新鮮な旅人！
新鮮な瞳のおくにひろがる
新鮮な石と水。新鮮な
都市文明。葡萄粒のように
散らばって滴る新鮮な島々。
貝がめざめ　イルカが光り
ふるいふるい戦争の死者が
ゆっくり顔をあげる
くちづけのなかの新鮮な海。

ああ　ふしぎだ、世界が
こんなに新鮮な永遠だとは。

誤解

やさしい眼差が走ってゆく
繊細な季節の脈管がつくる
ちいさな白い結節は　あな
たが心のそばにふとみつけ
る　日溜まり　暖かい水を
もとめる光の器だ　そこで
は　一日じゅう駈け去る小
動物　軽くこすれあう砂の
音がして　娘たちの跳ねる
ような話し声がきこえる
すると　うっとりとしてそ
れに耳を澄ましているつも
りで　あなたは　いつか夢
中になっておしゃべりして
いるのが　ほかでもなく自
分であることに気づくのだ

愛について

みがかれた銃の重さも
機銃掃射のはげしい響きもぼくは知らない
死のイメージを青空の遠くまで曳いていった
銀翼のにがいひかり、
燃える海に疲れた足をつっこんで横たわった
霧の兵士の冷たさもぼくは知らない。
それらを語る人たちの瞳には
いつも不思議な輝きのようなものがあって
ぼくをとても不安にする。
　けれど、今日
ぼくたちの愛はその眼差しの方向を変えたのだ。
　あとでそうと知ったのだが
はじめてぼくたちが出会ったとき
たがいに理解しあえると考えたことは

ほんとうは　間違いだったのだ。
夕闇が前足をそろえて忍んでくるころ
一日のあとの
ひとつかみほどの疲労をかかえて
二本の腕を絡ませ　ふたりで
しめった廃油の臭いが
いちめんにじわじわと匍っている
汚れた運河ぞいの石畳をゆっくり下りてゆく
そのとき　ぼくたちが
知らずしらず
微かなぬくもりを通して
分かちあっているのは
たがいに
いたわりあおうとする心のわずかな領域なのだ。
(それ以上のいったい何ができよう?)

＊＊＊

信じるとか信じないとか
こうじゃなければああしようとか、そんなことじゃないんだ
死の悪意に抗ってどうしても生きてゆくんだ
生きること、それがぼくたちのつとめだ。
「かおりのいい
花をきみの髪に差してあげよう
優しいキスをぼくの額にかえしておくれ」
ときにはそんなことを言ってみる
瞬きもせずに。
それはやさしさの象徴か、それとも
この感情の時代のうつろさだろうか……

だがぼくたちである　ぼくたちは
ぼくたちをえらんだ運命を
どこまでもどうでも代表していかなきゃならないんだ
ほかの時ちがった行為を択ぶということは誰もできない。
くちびるのうえに懸けられた

無名の世界にむかって
沈黙し、さけび、みずからの
重みのかかるほうへすこしずつ足を踏みだしてゆき
ついに行為そのものになってゆく。
それがたとえどんなにぶざまなことであるにしろ。
そこで白熱しながらするどく尖ってゆく歴史とその深い意味を
震える心臓《ハート》でもって生きてゆくよりほかないんだ、ぼくたちは。

ぼくたちの愛はひとつの過程をはぐくむ
いや　過程がぼくたちに愛の本質をもたらすのだ
持続することだ、持続すること
ぼくたちは　唯一の持続のなかで
仔猫のようにじゃれあい、身体を寄せあう。

ふたり

「恋人が呼んだら　恋する女はとんでゆく
そんなふうに愛したいわ　わたしたちが貧しくて
結婚をかんがえてみるなんてさえできなくっても
――」
そしてふたりはふたりを求めあった、
くちびるとくちびるを重ねて。
傷口のうえにやすむ白鳥のように
海からいちばん遠い高山の冷たい頂きの
清潔な快楽と生の悲哀につつまれて。
世界のすべてに驚きの目をみはる
子どもたちと孤独な冒険家は、
真昼のベッドに倒れゆく恋人たちの魂ちかく往く旅人。
……………………
「恋人が呼んだら　恋する女はとんでゆく
そんなふうに愛したいわ　わたしたちが貧しくて

結婚をかんがえてみるなんてさえできなくっても
――」
花婿と花嫁のように新鮮に
飢餓と放縦とに溶けるように結ばれて、
そしておもいがけず傷つきながら身を離すとき
けれどそのときまったく衝動的にふたりは知るんだ、
ふたりの貧しさはふたりの悪だということを知るんだ。

パッション

あなたをとても愛してるの
というきみの言葉が本当に淋しい。
恋人よ 「愛」の素早い勁《つよ》い指をまって
言葉のむこうに
きれいな耳たぶをかくしている
ちっちゃな女よ。
秋の海のようにナイーヴで
鈍感なきみの言葉のまえで
ぼくは 水をおそれる
道化のように
困惑し
たまらなく屈折した気持になる。
…………………
(憎んでもいないのに
なぜ愛してるなどといったりするの?)

…………………………

ぼくの内部には　どうしても
なにかしら欠落した痛みがあり
それはいつもぼくを　奇妙に
苛立たせる。
ひもじいほどに敬虔な青春の最初のときに
既に死の一瞥とむきあってしまった
ぼくの無名。
ぼくの孤独は
もはやひとりのきみを信じていない
きみが若いということも
まだどれほどか　信じていられるということも
日々の退屈の　ぼくには
まるで見事な模倣のようにみえるのだ。
死は敵ではない、生こそ
ぼくに挑みかかる唯一の本質だ
ああ　きみなんか嫌いだ

と大声でいってしまいたい！
そしたら　きみは象のように
聡明で　悲しげな態度で
首を振ってぼくを咎めるか
それから　あわれむように
じっと細い目つきをするだろうか。
いや侮蔑すらやさしい行為だ。ぼくには
愛されていないという自負さえもない。

不吉な精神へのもだえるような憧れを
すこしずつうしなってゆきながら
郷愁のように
腐りかけた果物のかすかな臭いは
移ってゆく時代のなか
いっぱいにひろがってくる
僅かにひらいたきみのくちびると
ぼくの乾いたくちびるの
ほんのすこしの隙間さえみたして。

だからどうしても
別れよう、ぼくたち。
恋人よ
あなたをとても愛してるの
というきみの言葉は本当に虚しい。
おねがいだ
むしろ
あなたなんかちっとも愛してなかったのよ
と心をこめていってくれ
ののしり
邪慳に手をはらって
そしてぼくにつめたくしてくれ。

証言

つかのまの熱さのふちに
激しいひもじさがぼくたちを巻きつけた。
肩を押さえている指のちからを
閉じたまぶたは知っている、
汗の匂いのする沈黙を緑濃く染める
凝視にみちた季節の予感が
口いっぱいのフリージアのかおりの中心から
傷《いた》ましい仮構の年令をめざめさせたからだ。

永遠と瞬間は
青春が目撃する唯一の古代の知恵。
抱擁は時の新しい痛みを清浄にする。
不安がつくったちいさな籠をこわして
ぼくたちは二月のつめたい口のなかに入りこむ、
血のプールをしずかに映している

おおきな泣きわらいの
顔のうえを。

(出発と響きは　いま
飢えのうちにしりぞき、
ぼくたちの午後の地を覆うのは
冬の昆虫たちの夥しいむくろ。そして
未来の名で凌辱される
ぼくたちの長い一日は
デリケートな銀行家が両の手でかくす
荒廃したあくびだ……)

ぼくはきみがとても好きだ
貝殻がとどめる夏の湾の輝きのような
きみの黒茶色の瞳のなかに
ぼくとぼくたちの勇気のイメージが小さく鋭く見える。
「今日ぼくたちは誰で、どのような
情熱《パッション》に属しているか。
ねえ　窮極の失敗なしに生の真実を
ぼくたちは償うことができるのだろうか」
疲労はぼくたちを棘のように傷つけて、
握りしめる掌のなかで新聞活字がきれいに弾けとんだ。
戦争の死者も革命もついに虚しいなどと断じて言わな
　いために
きみの額のうえの張りつめた希望のひろさが、ぼくは
欲しい!
(おお　青春はつねに挫折するだろう
けれどもいつも、青春は無傷のままだろう)
おずおずした　しかししっかりしたくちづけのあと、
あたたかい涙がひとつぶ
地中海のようにきみの瞼《まぶた》のしたに溜まってゆくとき。

婚礼 I

きみの　眉のあたりが切れてるよ　とても細く　あたたかい血がながれだす　寒い時代に垂れてくる縮んだ舌のうえの　無数のザラザラが触ろうとする　低い軒先から吊るされた　つららは　歴史の不透明な斜面をずりおちてゆくような不安の滴り　犇《ひし》めく動物たちの暗い息づかいのリズムだ　終日やわらかい陽の光りはその周りでみじんにくだけちるが　つめたい表面をもつ　死の結晶のなかにはけっして入ってゆくことができない

冬の朝はいつもおそろしいほど清潔だ　ざらついたぼくのこころは朝の冷気にたたかれて　裏がえされそこではじめてはるかな未知の声をきくのだ「宙ぶらりんの状態に置かれた感受性とはいかなるものであるかきみはご存知だろうか」　その問いは　死者の高みからきこえてくるようで　ほんとうは　傷口にそってすすむ生の非常な深みからきた　今日　島々をめぐる奇妙に安定した時の過ぎてゆくとき　きみの眉のうえで　流された血はちいさく　ラーメンの汁の玉のように固まる　乾いた血なんて　生活の貧弱な色彩をしかとどめないものだ

ぼくらの悲哀とはそんなものだろうか　いや　いったいそれは悲哀なのか？　ぼくは不意に影を短くしてうずくまる　新しい下着をきたまだ若すぎる花婿のように　すべてを苛立ちながら

婚礼II

ぼくの疲労にふさわしいのは　花束や石鹸ではない　やせた肩さきを曲げて笑っていたわかい孕《はら》み女の　友だちにとどまることはもう許されないだろう　奇妙な星星の出会う空のしたで　千の螢光灯が落ちて砕けたときに　入ってきた男であることを証するために　いま　ぼくはここを出てゆかねばならない　僅かに　卑怯であることによってしか　青春の意味をはかることができないなんて　それは不幸な時代というより　ぼくたちの密かな羞恥である

ああ　死ぬこともできなかった　死児に　真の祝福をあたえてくれ　豊かな蛇のような　やわらかい首を折って　めしいた一月の　ひややかな睫《まつ》毛《げ》のしたを流れていった　メスとガーゼと薬液とが響きあって伝わる　下水道のなかを　冷たく　音もなく　水のように自在にかたちを変えて　滑っていった　肉体に　あれはぼくの夢だ

貧しい血管のなかで　ぼくは傾く　ゆっくりと　なめくじが遺《のこ》す一本の白い線のように　冬の赤い暗渠《あんきょ》と石のほうへ　ぼくの鬚は　まだやわらかい　柔い掌《てのひら》でくらく腫《は》れたあなたの子宮に　触わることさえできずただ海草のように不確かな　ほどけているあなたの髪に頬をよせて　そこで　じっとぼくたちであることのやさしさを感じていたい　ぼくの青年

すべての優美にのばされる指たちが憎い　でも愛は重みや豊かさではないよ　希望なく愛することを　無駄なことだと思わない　苦い食器棚に濡れたまま置かれているちいさいソースパンは　ぼくたちの生活の貌《かたち》だ　そこに群らがっている　光の粒々は生活のリズムだ　限りなく　その場所へ近づこうと努めるのはぼくたちのやさしさ　しかし　ほんとうは　あなたにしろ

ぼくにしろ　いっそうそこから遠のいてゆくばかりなんだ　いまいましい　感情のおびただしい麻痺のなかをくぐって

ブルー・ブルース

to remember not to remember

ぼくのやさしいひと
おおきくあなたの股をひらけ！
死の軽やかな和毛《にこげ》に覆われて
水蜜桃のように柔らかなまま
生まれもしないで死んでいった子が
飢えと影とがつつむ血のテントのなかに
ふたたび戻ってゆけるように。
「黙って！　聴えるだろう？」
きつい塩の匂いのする
あなたの肉の襞々のあいだで
貌《かたち》をなさぬあの子の骨が
ばらばらに砕けちって
遠い微風のように鳴っている……

そんなに微笑むな　鏡のように

ぼくのやさしいひと、清純な殺人者よ
ぼくは　百遍も二百遍も誓って
あなたをほんとうに愛しているという！
だが　子宮の赫《あか》いくらやみのなかで
ひとしずくのあたたかい水のように溶けてしまう
碑銘すらもたなかったひとつのみじめな死は、
このぼくたちの貧しさは、
いったいどうすればいいのだ？

涙を睫毛《まつげ》に　呻《うめ》きを咽喉のおくに
ちっちゃな恋を大胆な沈黙のなかに匿せ。
そしてふるえるやさしい腋のしたで、
ぼくたちが老年をとうに経験してきたことを
ぼくは唐突に理解する、
囚われた雄牛のように疲れて、
くらい出血で歯ぐきをぬらして、
あなたの乳房をしっかりと握って、
ぼくのやさしいひと
ぼろぼろの黒い陽射しのしたで、
恐怖がつくったあなたの
まっかな苺畠で。

ぼくのやさしいひと
おおきくあなたの股をひらけ！
感情の鋭い痛みは、ぼくたちの　いつも
いつも壊れゆく朝の乳母車ばかりにあった。
遠い夏の一日、燦めいて滅する
キラキラした雪片のようなぼくたちの失墜は
もういつかはじまっていたのか
いま官能のひかりはゆるやかに鎮まり、
羊水のことばで　ぼくは
夜の敬虔な面ざしのなかに
屍衣のようなあなたの幻覚を探す。
季節のうえをしぶく性のように滑りながら
身を犬のようにかがめて、ぼくは
くちづける　死が彩ったあなたの恥毛に。

収穫まえに刈り採られた幼い麦の穂に。
かすかに敵意にも似た無言に。

いったいぼくたちにまだできるだろうか？
精一杯ひらいたアネモネの花束を抱きしめるように
友情を抱きしめるなんてできるだろうか？
神秘な共犯者、罪のようなこの渇きよ、
ぼくたちの誠実と卑怯とはともにひとつの悲哀に過ぎぬ？

めくるめくあなたの腕のなかの空白ふかく
あなたは今日　あなたの冒瀆する母
そうして、ぼくの父とはぼくの唯一の敵だ。
「さあ　拳《こぶし》をほどいて
冷たい頰に手をあてて暖めなさい」
平たい胸のうえで指を祈りのように
無意味にからませて、泣きじゃくって
ぼくたちはまるで磯辺のちいさな二粒の熱い砂利みたいだ。
ぼくのやさしいひと
希望というものをぼくたちは、どのようにも
裏切るということはけっしてできないのだから
いまはねむろう、叫ぶ闇のはて、次にはげしく目ざめるまで。

言葉と行為のあいだには

言葉と行為のあいだには
死のためのかすかな隙間がある
その蒼ざめた隙間を通ってくる
ひかりを誰もついにみない。
水の底をゆらゆらゆらめかせ
流れてきた蛇だけが
その隙間をいっぱいにみたそう
とこころみたが
熱い叫びはあわだつ泡の輪のなかに
しだいしだいに薄れてゆき
悲鳴に似た音階のうえを滑りながら
誰よりもさとい瞳は
水にではなく　みずからの
内部からあふれでるものに溺れ死んだ
そのときともに死んでゆく

優美なくちびるの周囲で
貝は割られ　星の声は砕けおちる。
崩壊のひびが鋭く走り去ったあとの
そんなにも静まりかえった
時のしたをくぐって
記憶とか何とかのひとかたまりの
さざなみが　しろく
後悔のようにざわめきたち
じわじわ時代の海にひろがってくるとき。
うるんだ睫毛をして
きみは松の木の下に眠り
松はたくさんのやにをにがい経験のうえに
夜どおし滴のようにしたたらした。
急がねばならないのか　はたして
ぶんぶんうなる翅もつ蜜蜂の胸をして
花と花のあいだを飛びまわって
言葉と言葉のあいだの孤独な影を
きりたつ水晶の意味の断崖に

おおきく映しだすには
ぼくたちの呼気と吸気は、だがまだ
じゅうぶんにひとつのものとはいえないだろう。
ひたひたとアルコールの波がながい
ながい腕をのばしてたしかめている
岸辺の感情はぐらりと深みに沈みこみ
かたむくひとつの顔を、必死にまさぐる。
夥しい砂の真中に匍いつくばって見つめた
掌のなかの湿ったいく粒かの麦粒。
ふるえる指は虚ろな窓ガラスをばらばらに砕く。
そして　ひらかれる
髪だけがそよいでいる階段の沈黙のうえに
鋼鉄の休暇はいまようやくはじまるのだ。
礫《つぶて》がひずませた歴史への責任を
きみのやわらかい筋肉に爽やかに滲みこませ
鏡がぬらした
海蛇の曳いていったひとすじの
水のひかりを

祈りのように浴びて
ふたたびその死の入口に近づいてゆくために。

ぼくたちの長い一日

きみの額のうえを海の沈黙がひろがってゆくとき
きみの瞼のしたで栄光と恐怖が出会う
きみの二つの耳たぶのなかで難船ははげしくゆれて
とびちる泡と塩は運命より速く死者の胸を叩く……

荒々しい風の唇にのせて運んでやれ　星条旗のうえで
意味もなく生き　意味もなく死んでゆく男の虚しさを
綿花と一にぎりの石灰とロールスロイスで包んでやれ
権力の輝きは生を彩るが　死を支配しないから

繃帯を夕日のように滲ませて　血が海のうえに
煙っている　ぼくたちは魂の岸辺にそって
歩いてゆこう　勇気とは何であるか問うために
おお　厖大な漣《さざなみ》のなかで　貝が孤独な手をあげる

それは　ぼくたちの悲哀の貌《かたち》のようだ　四つの島で
四つの季節を繰りかえすぼくたちの生活のようだ

かなしみの海

世界は滑っていって
とつぜん島を爆発させる、
数えつくされた時のあと。
氷海はいきなりくらい空に吹っ飛び、
あらゆる魚はいっせいに裂かれる、
声もなく悲鳴をあげて。
つめたい飛沫の一粒一粒が、
ふしぎに明るい朝の食卓にふりそそぐ。
アザラシは氷塊に叩きつけられ、
ひどく傷つき、
どんなコミュニケよりも早く、
どんなバリッチン地震計よりも震えて、
ぼくたちの凍える胸のふちにたどりつく。

かがやく橙色の宮殿で
ウクライナの男がとめどなく饒舌だったとき、
誰の耳だって聴いただろう、
失敗つづきのヴィジョンが咽喉までひたひた浸すのを。
氷の渚で、心臓はプスプス泡立ち
ゆびをひらいて何も確かめられなかった
あなたの腕のなか。
薄いくちびるから緑色の血がサーッと噴きだす。
竜巻のようにぐるぐるのぼってゆく。
くるめく渦の中心で
かなしみはしずかに白熱し、
ほとんど純白に怒りのようになる。
ぼくの咽喉は笛のようにいっぱい膨らむ。
あっ、誰だって叫びたいし、
誰も叫べない。
どんな失敗もぼくたちを証すことはない。
どっとこらえてあふれるのは、
氷山よりもひとまわり冷ややかな決心だ。
流れて、流れてゆくよ。

水平線のない愛しいものの眠りのしたを
いつかはゆきつかねばならない
じゅうぶんな夜明けの岸まで。

われらの船

じつはむなしい叫びにすぎなかった？
もしかしたら誤りでさえあった？
気候がはげしく動揺している前線で
定点観測船は位置を離れなかった？
北緯西経を信じられぬわれら。
目いっぱいにパックアイスが垂れ、
信条も行動も、波にのまれている。
しらなみの数は、われらの無念だ。
CQ・CQ、CQ・CQ……
現位置ヲ、現位置ラ知ラセヨ……
だからといって、断じて航行をやめるわけにいかない

極北で、羅針盤はあわてる。
青い闇の上空にくるったオーロラは昇り、
忌んだ男たちを照らしてパッパーッと明滅する。

氷塊はいよいよ蒼じろく透きとおり、
良心的たろうとしてこころはいっそう苛立つ。
ああ　ここはこんなにも寒いから、
ヒーターのように、オーロラ燃えろ！
燃えろ！

きのうもきょうも世界は氷海だった。
日は昇り、日は廻り、日は沈み、
だが、そのために三百六十五日あるのではない。
いつかの明日、沈みゆく記憶の都市、
氷の首府のうえに、焔の雪降らし、
熱いインター歌って、われらはポチョムキンとなろう。
いや嘘だ、そんなこと嘘だ、
本当のことを教えてくれ。
そんな古典的に革命なんか来やしない。
断言してくれ。
なんという静けさ。はるか海の底で
かすかに氷が軋《きし》っている。

かんがえられないほど大きい氷山のうえで、
やさしいアザラシたちが身体をあつめて眠っている。
われらのねがいは灼熱し　つぎに氷点下になる。
千の手が振られる。
死んだ者たちすら知らぬ夢の冷たさのなかで、
今日　誓いのことばは何と言おう、誰に、どのように。

波

どんなにささやかであろうと
怒りは　日の色のなかから
死の中心をめざす行為だ。
艶々したけもののように柔軟な
精神は、伏せている曇った瞳の奥、
崩壊の深いへりからさえ起きあがって、
血のちらばる網膜にのびる砂州を疾走し、
ねむる島国への憎悪になやみながら
魂の暗い岬をめぐるだろう。
涙のあたたかいひとしずくを
瞼の裏で、ふいにおおきな海に変える
瞬間はぼくたちの唯一の関係だ。
風かみにむかう冷たい風のながれ、
逆巻く水と泡の花のまんなかで
竜骨と情事は狂気のように背きあい、
だるい信仰と技術をねぶって、愛は冬と
友情は悲哀の都市と離ればなれになるだろう、
一度も想いだしたことがない
遠い記憶を、海鳴りでいっぱいにして。
死者たちの歯がくらやみを噛みくだくとき、
乾いたくちびるのうえに落ちてくるのは、
抜けるように青い
失敗のひろい空だ。

(ぼくたちをしばる古い話は、
いったい誰が教えてくれたのか。
七つの遊星がカニ座に集まるとき、
大洪水がぼくたちの時をさらうだろう。
七つの遊星がヤギ座に集まるとき、
劫火《ごうか》がぼくたちの時を焼きつくす)
おお、音階をわすれた
ぼくたちの多忙と悲惨についてかんがえよう。

ガラスと石と薬と組織に包まれた優雅さ、
ぼくたちの衛生的な時代についてかんがえよう。
燃えているようなこの大きな日没。
遠くの真っ赤な波のあいだから
跳びあがって、キラッと光る
やさしいイルカがぼくたちの耳に警告をとどけてくる
から。
ああ、飢えさえ知らず、
なぜこんなにもほくたちは傷つきやすいのか。
カモメのようにいくども
ぼくたちが、頑なに出発する
陸の街々では、黙ったまま、
一枚の夕刊を畳むように
動物園が閉まり、炭鉱が閉鎖される。
だが　かたい黙否の権利のうちに、
いま、ぼくたちははげしく寄せかえすのだ。
歴史は強者のものでも、またおそらく
敗者のものでもないだろう。

明日の入江は暮れた昨日の浜辺がはらむなら、
闇のなかの海のような恐怖を内包しつつ、
たえまなく変貌をとげてゆく
波！　それがぼくたちだ。

(ぼくたちをしばる古い話は、
いったい誰が教えてくれたのか。
七つの遊星がカニ座に集まるとき、
大洪水がぼくたちの時をさらうだろう。
七つの遊星がヤギ座に集まるとき、
劫火《ごうか》がぼくたちの時を焼きつくす)

貝殻

おとろえゆくときはじめて全貌を見つめた。
それがぼくたちの時代の運命なら、
涙が洗ったきみやぼくの若い指は、
なにかを強くふりはらうようにして　むしろ
摑みとるだろう、失敗や疲労に耐える
努力を、のこされたぼくたちの知恵を、
ひとつしかない青春を。たとえぼくたちが
移ってゆく季節と季節のあいだで、
夢の切れはしよりもちっちゃく、ゆっくり
輪切りレモンのように沈んでゆく島であろうと、
波のまにまにたゆたう白いイカであろうと、
太平洋は　ぼくたちの咽喉いっぱいに
入り込んできて、声という声のすべてを試すだろう。
銹《さ》びた大きな船のように、

港に繫留されたままの夏の最後のひかり。
約束を違えて　ぼくは
きみに会いにもゆかず、病める海のような
部屋のまんなかに一日中坐っていた。
ふかい森をゆく獅子の清浄な歩み、
非常に高い空でゆるやかに旋回し、
風の不思議な均衡のうえを滑ってゆく
オオタカの眼差しなどを思い浮かべながら。
ああ、ぼくたちにとって、勇気って何だ？
鏡を撓《たわ》ませ、ぐるりとひとまわりして、
つまりは問いでも答えでもないぼくたちか。
歯のようにしろい口惜しさだけが
想い出といえるぜんぶか。

友よ、虹彩のうえで孤立しているきみ、
青い下着をきた青い服のむすめよ、
夕食のあとボクシング中継に夢中な繊細な男よ、
暗紅色の血便がしたたる重い病気をもち

いつも人知れぬ羞恥をこらえている友よ、
きみたちの隠された怒りのありかを、ぼくは
知らないのじゃない。きみたちが濡れてかたい
砂の頂きからどんなふうに崩れてきたのかも、そして
まだ立ちなおれずにいるということも。
だが、静まりかえった崩壊の岸辺にさえ、
欠けた夥しい貝片のように頑な恐怖はのこった。
それは冷えたコークでも割ることができまい？
過ぎゆく青空のような
傷口のひろさを抱きかかえるようにして
ぼくたちは貝殻の廻廊のなかで、ふたたび出会う。
塩からい黙示の泡を、ひとつずつ砕きながら。
そのとき、きみはぼくの、
ぼくはきみの、
いったい何という階級の部分でありうるか。

われら新鮮な旅人

花冠も　墓碑もない
遊戯に似た
懸命な死を死んだ
ぼくたちの青春の死者たちは、もう
強い匂いのする草と甲虫の犇《ひしめ》きを
もちあげることができないだろう。
汗に涙が溶け、
叫びを咽喉がつかむ、ぼくたちの
握りしめるしかなかった拳のなかで、
いま数えることのできない歳月が、
熱い球のように膨らむのだ。
夏のサーカスのように、
ぼくたちの青春は　不毛な土地を
巡業して廻っているのだろうか。
ぼくたちは、きっといま

ハードボイルド小説みたいに孤独だ。
ぼくはきみが好きで、
きみはぼくが好きだ。
そうして、ぼくたちは結婚したが、
それがぼくたちの内なる声のすべてなら、
婚礼は血の知恵がぼくたちをためす徴し、
唯一の経験であるやさしさだった。

……………………

乳房のかたちに夜がしわより、
垂直な闇の底にひざまづきながら、
カニのように匍いつくばって、
ひげを垂らした星々の裂け目で
ぼくたちは出会った。
そして、知った。
ぼくたちが誰であるか、
やさしくあることのいかに困難か、
それにどんなにはげしくあらがうのかを。
指のしたで、閉じられた
まぶたは涙のおもさに耐えられるだろうか？
それが歴史と言えるならば、ぼくたちは
むしろためらわず、失敗に加担しよう！
愛してください、
愛するひと。
たくさんの犬が啼き声もたてず殺された
夢の国境まぢかで、
アネモネや忘れな草や蘭、
リンドウやきついスカンポが彩る戦線で、
苦しく倒れ伏した兵士のように
いつか死ぬこともぼくたちはないのだから、
ぼくは、妻よ、
きみとともにいまここにいて、
差しのばされた腕と髪がざわめく
性のあわれみのまんなかに、
まっさかさまに落ち込んでゆく。
微笑と兇暴なふるまいのうちに
ぼくたちの未来を追憶しつつ。

それは使徒のような夜だろうか。
逃げてゆくガス・ライターの透明な炎が、
長い壁とそのうえにゆらいでいる影と、
脱ぎ捨てられたあおい下着のような
不安とを、ゆっくり、
ふかぶかとつつんだ。
ほんとうのところ、ぼくたちはとても感じやすくなり、
もうひどく疲れているのだ。
(だが疲れたとけっしていうな!)
……………………
首都はまばゆいばかりにふるびてゆく。
西日に照らされた
うつろな大きい金盥《かなだらい》のように。
おびただしい空き壜がイメージの端に突っ立つ。
それは今日という時代。
ぼくたちのくるしいくちびるのあいだで
ひそかにくちづけが鳴りだし、
歯が木霊《こだま》のように叫びはじめる夕べ、

じぶんの顎をしっかりつかまえながら、
夏の死者たちのように、
ぼくたちは甦えるだろう。
けれど、百貨店にも海水浴場にも、
活字のあいだにも、死者なんか一人もいない。
ぼくたちは何処にいるのか?
愛を恐怖のなかに必死に探しながら、
ぼくたちは飢餓の深みを過ぎてゆく。
ハイウェイの下を
夏服の女学生のように新鮮に。
……………
熱い球のような時を
ぼくのほうへ押しひろげるようにして、
妻よ、きみのかたく握った掌をひろげてごらん、
きみの拇指《おやゆび》はこのぼくという意味。
人さし指は折られたまま、
中指はピアノが欲しいまろい憧憬にみちて、
それから、薬指には、

一番ちいさなダイヤのささやかな結婚指輪。
そして、きみの小指はきみ自身だ。
ああ、それ以上いったい何がわかるだろう。
黒白の鍵盤《キー》もなく、
それに両手もなかったら、
妻よ、きみの好きな
あの偉大なランドフスカだって、スコアを
憶えていることができるだろうか。
未知の音を、流動的なぼくたちの魂のことを、
戦慄よりも旋律を、
まだ貌《かたち》をなさぬ歌の胎児たちのことを、
想いやるということができるだろうか。
ある年上の詩人は書いた。
「どこまでも過去の人間、あるいは
どこまでも未来の人間と、
　　今日ただいまの人間が
真に共感しうるなにものかがあるとするならば、
それは沈黙を措《お》いてほかにない」

そして沈黙とは廃墟に対する愛なのだ。
美しいこの想像には、混乱に耐えたあとの
さわやかさを知った精神の
緊張した尾根道がひらけているかも知れない。
ぼくたちは　だが、
貧しさや不幸に怒りを感じ、
音たかい谿《たに》の流れの響きと、揺れている
スパイのような木洩れ陽に覆われながら、
許しなくここに立ちつくすばかりだ。
顔をあげて、おお、
衰えゆく感情を、ぼくたちは力いっぱい鼓舞せよ！
愛してください、
愛するひと。
熱い球のような時を抱くように
ぼくは、妻よ、きみを抱擁するだろう。
幾度も幾度も抱擁するだろう。
（新しい傷口を充たすのは
　そこから滲みでる新しい血……）

愛するひと、
愛してください。
死者は花冠も墓碑もいらないのだ。
死者たちに完璧な死を——
ぼくたちに子どもを
子どもを！

クリストファーよ、
ぼくたちは何処にいるのか

あれは金曜日だったとおもう。
疲労が、おおきなポピーの花束のように
きみの精神の死を飾っていた日だ。
冬の午前一時、
ぼくは、ぼくの少女とふたりきりで、
きみの絶望よりも　ひとまわりおおきな
この都会のちいさな暗い喫茶店に
坐っていた。手と
手を無関心に重ねあわせて。

少女の、やせて尖った額は、
ぼくのこころにまだのこっている、
明日への考察におかされた、ちっぽけな
ヴィジョンのように冷たかった。
「キスして、いっぱいキスして
きっと、きっとあたたかくなるから」
けれどぼくたちは、何もしなかった。
黙って　すこし肩をすくめただけだ。
そのときぼくたちは、けっして不幸じゃなかったのだ。
それにすくなくとも、それほど
幸福でもなかった。
ぼくたちは、純潔な、
デリケートな時代の悪意に囲繞《いじょう》された
純潔な子供。
ふとまちがえたように、
場末のがらんどうの劇場に時折かかる
みじめに死んだ赤木圭一郎の総天然色映画のように、
ぼくたちは今日ひどく淋しいのだ。

いつも、ぼくたちは
桃のなかの桃の種子のように
悲哀のなかで成長してきた。
ぼくたちの一日はあまりにも長く、
ぼくたちの影はあまりにも短い。
長い昼には、長い悪い夢を見た。
とめどない疲労がぼくたちをつかまえ、
ぼくたちの希望の上澄みを掬って
歴史を、あまいやわらかな
ババロア・ケーキにこしらえあげた。
つまり、孤独なおやつというやつさ。
ほら、いつものように
今日もぼくたちの深い恐怖の天底まで、
一日の最終電車が、たったいま
荒廃した都会のブルースを唄いながら
まっすぐに降りていったよ。
ざわめく星々と花の群れをパーッと撒いた
真夜中のテーブルのうえ、

とうに飲み干してしまった
ふたつの紅茶茶碗の汚れた空白は、
ただひとつの、ぼくたちの存在理由。
「なぜ、ここにいて
何をしている」
ぼくとぼくの少女は黙り、さらに
いっそう黙っていた。
沈黙はぼくたちに、
じぶんの輪郭と限界をおしえる。
それは、ぼくの苦痛、
あるいは、ぼくの快楽だ。
きみはきみの精神の死んでゆくのを、
瞬きもしないで
じっと見つめていた。
おお、誰が信じようとしなくとも、
時は短い、ぼくたちに
時はさらに短いのだ。
…………………………

ぼくは既にして、誰も愛していない青年です。
そして、まだ一篇の詩も書いたことのない
詩人です。
革命をただの一度も経験したことのない国で、
輝けるプロレタリアートとはいったい誰か、
ついに知ることさえできず、
しかも美しい革命をひとり夢みてきた、
ぼくは青年です。
朝の俳優や夢の教師、
そして夏の画家がとても好きだったけれど、
つまりは何もせず、何にも
ぼくは結局なることがなかった。
麗しいカタツムリのような
自前の人生なんてどうして信じられるでしょう？
（美しい革命なんてぼくたちに、どだい
あるわけがねえんだ。あるのは
ぼくたちの指や恋や生活を支配する権力と権力、
そうして権力に対する、どこまでも徹底して
デスペレートなたたかいだけだ）
たったひとりで、ぼくは、
ぼくの苦い涙のなかに激しく跳びあがる。
おお　誰が信じようとしなくとも、
時は短い、ぼくたちに
時はさらに短いのだ。
……………………
そうかもしれない、そうで
ないかもしれない。
ぼくの少女は　おおきな外科病院の
看護婦見習だといった。
薬液とガーゼに包まれた死の匂いのなかから、
十二月の寒い風のなかを、
少女は　口をむすんで
逃亡者のようにひたむきに走ってきたのだ。
（走れ、走れ、
ぼくたちを圧す日々を横切って
疾走するぼくたちの運命のほうへ）

知っているかしら、もし
ほんとうにきみが十八歳であるのなら、
十八歳とは、きみのこれまでに書いた
十八篇の素敵な詩篇のことだ。
わたしは知ってたわ。
わたしはまだ若い。だから、
美しいという理由はじゅうぶんあるわ。
ああ、わたしの名をよぶとき、
誰でもみんな懸命に祈るように
薄い目つきをしてわたしを見ます。
それは、いつもわたしをかたくなに、
いつも、たまらなく
不安にさせるわ。
そうなんだ、ぼくたちは
誰とだって、理解や愛を
ほんのすこしの労《いたわ》りの気持を分かちあえるなんて
ないのだ。誰もいない
午前中の清潔な遊園地に入ってゆくように、
ぼくたちはとても不安だ。
失意と激怒とがぐるぐる廻りつづける
魂のメリーゴーラウンドで、ぼくたちと飢えと
貧しさと不幸とは、あッ
またしても、決定的にすれちがう。
(廻せ、廻せ
ぼくたちの苦悩を紡錘形に
ぐるぐる廻せ　おおきく廻せ
うしろの正面、だあれ)
ぐるっと、こんなに迂回して
しかも何ごともなしえないままでいるぼくたちを、
ぼくたち自身が情熱的に蔑めば
それで　果たしてぼくたちの
すべては済んでしまうというようなものか。
そうかもしれない、そうで
ないかもしれない。
ああ　ぼくは、死んだクリフォード・ブラウンのこと
を

じつになつかしく想いだす。
荒涼としたペンシルヴァニア州を縦断し
くるしい六月の煙霧に抱かれた
シカゴへむかう朝のきついオートルートで
一六〇キロ以上も　絶望的に
自動車をすっとばして死んでいった青年、
ぼくたちの時代の熱い感情と
なによりも野心と歌にあふれていた
端正な黒人ジャズ・トランペッターの酷薄な一生を。
夭折こそは　すべての若い芸術家を駆りたてる
もっとも純粋な夢、ぼくたちの
夢のなかの夢であるもの。
けれども冷たい夢の汗にぬれて
不意にふるえて　ぼくはめざめる。
青年の栄光なんて、今日
酔い痴れることと　自動車事故で
ぶざまに死ぬことにしきゃねえんだ。
あたかも偶然のように死ぬ、
それだけがぼくたちを未来に繋ぎとめている
唯一のパッションなんだ？
おお、誰が信じようとしなくとも
時は短い、ぼくたちに
時はさらに短いのだ。
……………………
それからぼくは　ぼくたちの時代の
感受性の地図の網目をさまよう
放浪者たちの物語の本をひらいて、読んだ。
「サウス・ホルステッドやノース・クラークを
ぐるぐる歩き廻り、真夜中を過ぎて
密林の中に入ってゆくと
まるで怪しい人物でも尾行するかのように
パトロール・カーが後をつけてきた」
あるいは、「おまえは
西へゆこうとしたくせに、こんなところで
まる一日つぶして
夜になっても　北と南に

いったりきたりしているようでは、
とても出発どころじゃないじゃないか。
明日は何としてもシカゴにゆきつこう」
ぼくの少女は、ほとんど泣きべそをかいていた。
あなたはわたしを好きじゃないの？
ね、おいしいワインを飲みにゆきましょう。
恋人達のように腕を組んでください。
綺麗なスナック・バーを　わたし、
知っているの。そこは、
トカイのとてもおいしい赤ワインを飲ませるのよ。
ああ、ぼくは憶えています。
今日ぼくたちの都会と、都会を囲んでいる
森と郊外電車とは、ワイングラスのかたちをして
赤ワイン色の、おおきな夕陽のなかへ、
ぐらりと沈みこんでゆきました。
貧血症の少女がひとり声もあげずに溺れてゆく、
そのように短い夕暮れの時のなかへ。
いや、そんなことじゃねえんだ

ぼくが　知りたいのは、
感じたいのは、
断じて無垢の友情だ。垂直な力、
あるいは、清冽な激情だ。
おお、じぶんのこころいっぱいに
やさしくなろう、それは
生きてゆくもののつとめ、
もしくは、おそろしい生の痛み……
少女、ほんとうは、ぼくは
きみが好きじゃなかった。
きみの髪の匂いもきみのくちびるもきみの
人差し指もそのとなりの中指の指輪も
かたい耳たぶも好きじゃなかった。
ここにいるきみのことでもなく、そしてまた
眠れない部屋の明かりのしたで、ぼくの
帰りを待っているやさしいひとのことでもなく、
ぼくは、ぼくの信じていた
ただひとりとの無残な傷口のような距離のことをかん

がえて、
暗然とするばかりだ。
（もはや誰のものでもない、
ただひとりであるきみとは誰か。
ああ、鳥を描くようにではなく、
愛しあうもの同士の眼差しで、もう一度
ぼくをじっと見つめてくれ。
ぼくが誰であり、何になるのか、
微笑みとともに静かに話してくれ）

さようなら、ぼくは
ワインを飲みにゆかない。
きみは明日　疲れた瞳でぼんやりと
いまにも死んでゆくひとの傍らに立つだろう。
そのときぎみはじゅうぶん美しいだろう。
そうしてかれは、きみの名も知らずに、
きみの名を呼びつづけて死ぬだろう。
記されなかったきみの十八篇の詩篇とは、
きみの数えられた

憐れみと警告であり、きみの
失墜する青春のメタフィジックスである。
朝になれば、冷たいカフェ・オ・レをすすり、
涙もながさずに、
バゲットを嚙ることだって、ぼくたちは
できるかもしれないのだ。
そういうものかもしれないのだ。ぼくたちは
恐怖とだって慣れあうことができるかもしれないのだ。
「商業、高層ビル、
湖や森を粉砕してしまう大都会。
ここでわたしはじぶんの人生を築いたが、またここで
じぶんの人生の結末を規定しようと思ったのだった。
わたしが死んだあと、灰の半分は
九月の風のなかへ撒き散らし、
もう半分はネスカフェの空罐のなかへ納めるよう
詳しく指示して、
わたしの人生に決着をつけようとしたのである」
まさしくこのはっきりした

一閃の季節のうちに、
ぼくたちの内なるひとつの真率な関係は終わる。
一冊の安い造本のペーパーバックを
バサリと閉じてしまうように。
おお、誰が信じようとしなくとも、
時は短い、ぼくたちに
時はさらに短いのだ。

……………………

まだ青い蜜柑のような
この冷やかな光と旋律の散らばった
誰もいない広場を横切って、
あの地下鉄の入口まで　ぼくは
おもいっきり走ってゆこう。
なんという、なんという寒い
さむい朝だ。
ざらざらした皮膚のような舗道に
ゆうべ自動車に轢かれたらしい老け猫の
死骸がひとつ、凍りついた
吐息のように投げだされている。
降ろされたままの冷酷な冬のシャッター。
目のなかではためく商品のマーク。
腐った野菜の匂い。
おお、だしぬけに内がわからはじまった
歯痛のように重たい、この苛立ちは何だろう、
ぼくの咽喉を、にぶく緊密におさえつけてくる
この透明な、苦悩のクッションは？
もしかしたら、ぼくは
ぼく自身の希望といえるものを、途方もなく
裏切りつづけてきたのではなかったか。
そうよりほかなかったのだといえる自信が、
ぼくの血のなかにあるのか。
「ラディスロー夫人はオレンジジュースと
コーヒーを出してきて、
注意深く話しさえしてくれるのだ。
『クリームを入れましょうか？』
『いいえ。いいです。ブラックで飲みます』

『よかったらクリームもあるわ』
『いいえ。ほんとうに。これで結構です』」
ぼくは　ひどく陰鬱な気持になって、
ふと外国小説の一節を連想する。
（ちいさいころ、よくこんなふうに駆けたっけな。
ぼくの真っ白な息は、真っ白なトレーニングパンツ
　のように、
とてもきれいで、ぼくの足裏で
霜柱がバシバシと音たてて崩れた。
おはよう、とぼくは
会うひとごとに叫んでいったたっけな）
（ある日、堤防に上る石段のしたに
水から引きあげられたばかりの
溺死した少女が寝かされていたっけ。
彼女の身体のあいだから流れでては
舗道のあいだを伝わってゆく、
細い水の光だけが、生きてるみたいに
動いていたっけ。
少女は片方しきゃ靴を履いていなかった。
あれも冷たい冬の夜明け時だった。
警官がひとり、うつろな笑いを浮かべて
その傍らを走りぬけたぼくをずっと見ていたんだ）
地下鉄の階段を　どこまでも
一息に、ぼくは駆けおりた。
やにわにぼくの胸は狂ったトライアングルのように
鳴って、はじける。ぼくのまえに
この暗い階段を　誰か、
激しい身ぶりで降りていったひとがいるだろうか。
ふりかえると、夜明けの空は
四角く区切られた空間に
死者の髪の色のように、曇っていた。
別れてきたぼくたちの
ふたつの悲しみは、ふたつで
ひとつの希望に変わるかもしれない。
きみは　きみの病める部屋を出て、
十二月のおおきな悲しみの戦列にくわわりたまえ。

いまは、明けてくる朝の太陽のきびしい光と
夜どおし明滅をつづけたネオンサインの
疲れた光とが、ともに
必要なとき。ぼくたちをとらえる
恐怖や不安の感情をやわらかく抱いて、
じぶんの悲惨のいちばん深みまで降りてゆき、
そこで、するどい怒りを組織する、
孤立した冒険家の叡知が必要なときだ。
明日になれば　どのようにも
ぼくたちは愛しあわねばならないだろう。
けれど今日、愛しあうものたちはどこにいて、
どんな瞳でたがいの渇いたこころを
黙って、見つめているか。
「なぜ、ここにいて、
何をしている」
空いちめんに撒いた
星々と花の群れが、埃のように
都会の沈黙の渦のなかにほろんでゆくとき、

ぼくたちのめざめてゆく夢のふちに、
まぼろしのような港湾と旧世紀の船団が
銅鑼《どら》のさけびも、帆の音もなく浮かぶ。
もしもぼくが、澄みきった
ひとりの勇敢な水夫だったなら、
真白な冬の真白な水夫だったとしたならば、
未知のものへの、もっとも神聖な
感情と行為に憑かれたきみたちの航海に
ぼくを参加させてくれ。
おお、提督よ、大洋提督クリストファーよ。
おお、やさしい友人イルカよ。イルカとイルカの友人
たちよ。
今日きみたちはどこにいるのか。そしてぼくたちは、
どんな太陽のまぶたのした、どんな
どんな海のおおきなひろい腕のなか、
どんな、どんな青のなかに、
おお、クリストファー？

夢暮らし

公然と夢をもとう！

夢は形式、ぼくの生きる。
足からこの世界に引きだされた、
逆児《さかご》のままの姿勢で耐えてきた、
イガにつつまれた種子でも、飛び散る
キンポウゲの花でもない、罹災した哺乳動物のような
　このぼくだ。

逆児の夢を、逆さにたどると
そのまま地上にでた。大声で喚きながら
そこでそだった。ぼく、名まえすらもたないままに。
十二進法の時が、硬い指で、十進法で
貨幣のように、このぼくを数えあげていた。

空には月、掌《てのひら》には汗ばんだ小石。
口笛を吹きながら、このぼくは、
胸に不安を、脛に傷をつくって。おおきくなった。
終日、静かに海をながめて、
いったい誰が、夢も見ないで、一生を過ごすものか。

ぼくの生に頭韻をあたえたのは、夢。
ああ、少年よ無名にあれ、少女よ自律であれ。
百といる懐手の歌仙たち、
際どい言葉でかせぐ際どい諸子たち、
それらにいちどきに声もださずに否《ノー》と言うために、

公然と夢をもとう！

砂時計の砂のように落ちつづけて生きるために
うずくまるのは間違いだ。漁り火は、
ひとかけらの青い氷塊の冷たさを夢みて消える。
眼差しを交わすこともなく
慈悲を説くものらは明日くたばれ。

ぼくに、仕方話、芸談、不要。
一本の藁、物語ひとすじ、英雄たち、不要。
後手で皺がれた老人の足首をひっつかむ、
くるぶしのない思い出という思い出、不要。
夢だけが形式、ぼくの生きる。

誰にもたのむなんてできないさ、
ぼく自身について語ること。
最後の竈で最後の楢の木を燃やして、
最後の木こりが失業し、その妻と子が飢えるとき、
疲労が荒れた舌で、いまの時代を舐めている。

ぼくはすべてじゃない、車座のように
懐疑がいっせいに集まってくる。ぼくを中心に追いつ
　める。
それがはじまりの愛、とぼくは知らねばならない。
悲しみの獅子のように立去るものは去れよ、ぼくが
誰であり、何になるのか、知ったことか。

だから、公然と夢をもとう！

夢みることによってよく夢を見よう。悲哀じゃない、
混乱こそ信じるに足るいっさいのもの。
砂糖をすくうような一匙の人生のむなしさ。
甘美さはぼくを破壊する。ぼくは知っている。
熱いコーヒーには、いつだって血の味が混じっている。

死者の白い歯が嚙るパンは、このぼくのパン。
カレンダーは、数字のように死者をかくしている。
百合の花束をかざしながら、季節はうつろい、
死者を裁くことをしない歴史だけがさまよっている。
星々の動きにしたがって、朝までぼくをなだめつづけ
て。

眠れない詩人なら、起きあがって書くだろう、「ぼく
たちの生活を
支配するのは権力、ぼくたちの知ったつもりでいる権
力、
ぼくたちの愛情をわりふるのも権力、
病疾を、さらにぼくたちの手を支配するのも権力、
地上に生きるものを覆っているのは、明日の権力」

だが、真実は、見えにくい本質をもつ。
誌された文字は、誌されなかった沈黙の紙型《しけい》。
余白の白さが、ぼくをいっそう白くしている。

さあ、口のうまい女衒《ぜげん》たちから、アルコールとベッド
をうばえ。
目をひらいて、立ったまま、さらに夢みるために。

公然と夢をもとう！

なぜなら、ぼくは無数の細片でできているから。
なぜなら、一日は朝と昼と夕暮れと夜でできているか
ら。
なぜなら、ぼくはおびただしい仮眠のなかに押し入っ
た存在だから。
なぜなら、兇暴な動物たちの目は憐れみで満ちている
から。
なぜなら、ぼくはぼく以外にはなれないのだから。

ぼく、何も知らなかったこのぼくは、
行為によってぼくを垂直にする苦痛を負ったのだから、
何を知らないかを知ることによって、知恵を学ぼう。

見ろ、真っ白なイカが、遥か意味のなかに跳びあがっ
　ている。
耳をたてろ。用心ぶかい死が、言葉を待ちかまえてい
　る。

そうだ。群生するツメクサも、価値も
いつかきっと、ほろんでゆく。おとろえてゆく。
日は、河口のうえに翳《かげ》り、幻の溜まり場も、また移る。
変わらないものは、ぼくには何ひとつないんだし、
変わってゆく。人はここでは、ざわめく鏡のようだ。

カニのように、水の底に沿って走るもの。
無量の思いがつかむ、限りある色。
兵士たちは、血まみれの心臓をおさえて、どっと倒れ
　る、
遠い戦場で、ぼくのこころを、繃帯のように汚して。
だが、そこにも、どこにもぼくの名はまだ書かれてい
　ない。

おお、だから、公然と夢をもとう!

ぼくのいっさいは夢の材質でできているから、
いっさいの事物がいっさいの商品にほかならないとき、
夢を否定する、いっさいの私有制を否定するために、
名なしのままのぼくを、きみたち、夢の子どもとよん
　でくれ。
夢こそ唯一の形式、ぼくの生きる。

だから、かくされた秘密は、大声で叫べ。
言ってみるだけの口説。いやいやながらの献身。
塔のように、それらすべては、崩してしまえ。
どこまでいっても、千の労働は、千の搾取につづいて
　いる。
ぼくは、錆びた都市を巻いて、瓦礫の方へぬってゆけ。
後悔を和解で割って死ぬなんて、嫌だもの。

部分は全体を想像するが、全体は部分を想像もできない。
岬をまわって、泡立つ海面のかがやきに近づく
和船のように、ぼくを舟べりにのせて、
恐怖のみ、朝のなかに、ギーギーと広がっている。

呼気と吸気のあいだで目覚める、鳥貝に挨拶を。
じぶんの影を追って、こころの際を駈けてゆく
子どもたち、犬たちに挨拶を。
裏切者のように、道を急ぐ男たちに、挨拶を。
おお、職工たちが、今日も汗で顔を洗っている。

だから、公然と夢をもとう！

驚きをうしなった世界への拒絶が
ぼくをつくる。短い希望やながい平和を
日もすがら、紫のけむりにかえてどうなるものか。
経験は事実よりおそい、歴史とは、

こころがつかいはたすぼくの肉体のことだ。
一晩じゅう愛しあった恋びとたち、もう起きろよ、
起きて、シクラメンの花置く北向きの窓を開けろよ。
そして、雲のように一列に飛ぶ、
死児たちの歌をきけよ。
きついキスで、告白やおしゃべりを、舌から消せよ。

いまの時代に、偉大さは必要じゃない。
不滅な観念や、最後の革命、
それらがゆっくりと腐らしてきた時の果物は捨てろよ。
そうして　日覆いのようにぼくのうえに引かれる
警告と偽証と、欲情と自殺の生活を打消せよ。

貧しさこそ教師だ。なぜぼくの
正午は殺人者のいない殺人で彩られているのか。
なぜ鋏はくるしみを切りぬくことができないのか。
なぜつねに正しいものはつねに間違っているのか、な

ぜ
このぼくは頭に失敗を鋭音符のようにもちつづけているのか。

おお、ぼく、公然と夢をもとう！

膝のなかで向日葵がまわり、ぼくを
日めくりのようにはぎとる指が忘却をうながすとき、
「なぜ」と失語のあいだに、錨のように揺れて、ぼくは落ちる。
ねえ、ぼくの額は、傷口もないのに血を流している。
波は岸にすすみ、生き物のように、繰りかえしに耐えている。

生きるように生きることを学べ。ぼくは、
波のうえに巣をえらぶ、カイツブリの自恃を学べ。
「この、贋造された世界に」と、斜視になやむ
哲学者はいった、「この私がしたのだ、と心静かに語りうる
行為が、ただのひとつでも存在するか」
おお、ぼくはどこからきて、どこへゆくのか。
いやさ、ぼくは、どこからこないで、どこへ
ゆかないか——ぼく、手の高さに、ここに立て。
夢のそとで眠るな。夢のなかで活字をひろえ。
夢こそ唯一の形式、ぼくの生きる。

だから、はげまされるのでなく、みずから
じぶんをはげますものになろう。
言葉に母音があるなら、このぼくが母音だ。
歳月に花押《かおう》があるなら、このぼくがその花押だ。
種子を草にし、草を刈って、干草に積もう。

そのために、公然と夢をもとう！

公然とぼくのみにくさを認めよう、

ぼく、何も知らなかったこのぼくは、
ぼくの逆児の夢のままに生きてきた。
どんなあからさまな恥の欄外にも、尖った鉛筆で、
註として、ぼく自身を印しつづけて。

ゆっくりと時間をかけて死んでゆくために、このぼく
に
人生といういかさまがゆるされている、とは思わない。
ぼくは今日、鼠のように疑うことによって、ぼく自身
になるべきだ。
セルゲイよ、ウラジーミルよ、マリーナよ、
ぼくの国では、誰も死んだあなたたちのようには、詩
を書かない。

誰もぼくのことを、一篇の詩に書きとめるなどしやし
ない。
なぜなら、ぼくの国では、ぼく自身が一篇の詩なのだ
からだ。

だから、ぼくは、いまこそ公然とぼく自身を引用しよ
う。

見ろ、ぼくの時の踏切で、
まっかな記憶がちいさなランプを振っている。
何の栄光もなしに、ミスもゆるされずに。

いまは、公然と、声を沈めて語るとき。
信じようと信じまいと、時代は
ぼくに怒りの成熟をもとめている。

ああ、青空は、
まっさおな魂のジグザグデモでいっぱいです。

だから、ぼくにできることができなければ、
戦争をください。

メランコリックな怪物

探した

不滅なものは信用できない
おお、ぼくの友だち、絶望が不当に傷つけたさびしい
　少年
つらいぼくの夢はおわったさ
ながーい不信がかがやかす
荒廃した郊外いっぱいひろがった夢
夢はいつだっておわったあとで夢みられる夢だぼくは
もうすでに出立したんだこのぼくのなか
見えっこないほど深いセンチメンタル・ジャーニー
知らなかったかい？　ぼくは
終始いつだって誰でもなかった誰ひとり
ほんとうにぼくたちの誰であることもできなかった
それでもはじめるしきゃなかったんだよ、ぼく
狂気と永遠を区別することから
純潔と性的倒錯を熱烈に混ぜあわせることから

恐怖だけが純粋だなんて！　くそっ
そいつをかんがえると口惜しくなってきて
ああ、ほとんど泣きだしちまいたくなるぐらいなんだ
　なあ
ぼくがおしまいまで巧くやってゆけないかどうか
そんなことぼくがどうして知るもんか
ちぇ、どんないろしてるんだろ？　ぼくの
怒りや焦りやたまんない衝動のいろ？
ぼくの知らないぼくの青春の
皮膚のいろって、え？
ぼくは探した探した探した
探しためまいのするほどぐるぐる廻って
おおきな積木とちいさな影のあいだで
一日じゅうケンケンをしてくたびれきった
子供たちのようにくたびれるまで
探した探したこのぼくがいまここにいる
場所と名まえ

叫んだ

公園のなかに公園があり、
ブランコのなかでブランコをおおきく揺すると
あたりの風景がにわかにずれだした。
クリーニング屋がみるみる二軒になり三軒になり
菓子屋は草餅いろでいっぱいになり、
理髪屋がくるくる三色旗のように廻りはじめた。
三輪車が屋根のうえにふわりと浮かび、
雲みたいな遠くで
苺をかぶったケーキが恐竜みたいにキラキラ……
素敵だぞ、問題ないぞ
ぼくは天才魔術師だ、知らないか
それから威張って熊のミーシャに命令した。
「メリー・ポピンズ」を歌え！
あかんべえをしろ！
しかしミーシャは絶対に嫌だといった、
三べんも五へんもかぶりを振った。
もう駄目だ、四月のサーカスは解散だ。
ちぇ、敗け敗けだなあ、ぼくぁ
ブランコを跳びおりて、ぼくは走った。
さあ今度は何になろう？　走った、走った、
ツメクサも躑躅も生垣たちも一列になって走った。
走って転んだ、転んで走ってぼくは決めた。
もう何にもなってなんかやるもんか
ぼく、何ものにもならないものになる！
足を踏んで、泣き声で叫んだ。

覚えた

かつてぼくの
昼の世界は樹木と影でいっぱいだった。
動物たちとともに、混乱を生きるのに夢中だった。
大人になるなんておもってもみなかった。

それは、ぼくの
幼年のはっきりとした掟だった。
夜には、父親と母親がひそひそ
殺戮と葬式について語りあうそばで眠ったんだ。

忘れるものか、ある日戦争は敗け、
ぼくのささやかな掟はやぶられた。「あなたは
何になりますか?」小学校で先生がいった。
「腕のたつ錠前屋か、化学者になります」

だが、どっちにもぼくはなれなかった、
結局は何になろうと構わないんだ。
樹木も、影も、動物たちもいまはない。あれから
自分の手に摑んだだけの言葉を覚えたきりだ。

プトレマイオス・クラウディオスの天動説は
間違いだった。ガリレオ・ガリレイの
『星界の報告』のような詩をいつか書きたいな
中学の科学教室の女生徒のように
女優の卵は『スカパン』のゼルビネットの声で笑いだ
した
わたしたち、未来を記憶することに賭けるべきね？
ちがう、未来こそぼくらの現在を追慕せよ、だ
小さな彼女の肩を抱いて
それきり黙ったまま
赤い繭のような
夜の街の沈黙のなかへ
ぼくたちは入っていった

黙った

レトルトや上皿天秤
三脚ルーペや葡萄糖がとても欲しかった
でも何一つ買ってもらえなくて
いつも涙を溜めて父を見上げてばかりいたのよ
見附へ下ってゆく寒い夜の坂道で
女優の卵がつぶやいた
いまわたしはどんな人間になりたいんだろう？
遠い地方都市のアルコール・ランプのうえで
ビーカーや試験管がコトコト鳴っているぼくたちの少
年
覚えてるかい、まだここにはないもの
経験したことのない冷めたいパッション、けっして
あらわすことができないかもしれない明晰な夢
ぼくらはそうした不在への愛に駆りたてられて生きて
るんだって

海を見にゆこう

「海を見にゆこう」
ときみはいった。
指をからませて
八月のまぶたのしたを
渇いたこころのいちばん遠い突堤まで
ぼくたちは走っていった
波と犬のようにじゃれあって、
海草のように見捨てられて。
足うらで石が燃えたち、
舟が太陽のバリケードのように灼けていたら
それはぼくたちのいい兆しだった。

けれど、熱い夢の波打際で
去ってしまうよ
去ってしまうよ
と一日じゅう水母がつぶやいていた。
じぶんがもっともっと大きかった日のことを
貝殻は固くなって考えていた。
影のなかで想像の仔猫たちがまどろむとき
ぼくたちはもうどこにもいない。
向日葵、ゆっくり廻れ
アイスクリームは死ね。

海、
目にいっぱいの
真ッ青な血。

ラヴレター

何の言葉も書かれていない。
宛名と差出人の名と消印、
ただそれだけだ。

異国の街からの一枚の絵ハガキ。
木立ちの中の朝の光り、
尖塔と走る犬。

あとは何も書かれていない。
ただ沈黙だけが
そこにくっきりと書かれている。

他の誰も書くことができない
言葉にならない言葉、それは
きみしか読むことができない。

言ってください

言ってください、なぜ
猫には翼がないのですか、なぜ
メルカトル図法世界地図は長方形であり
北がつねに上をむいているのですか？
なぜ、火葬場へ急ぐ道は
いつも変わらないのですか？

きみはバルトークがきらいですか？
階段のうえに膝を抱いて坐りたいんですか？
はっきりと言ってください。

きょう誰が死んだのですか？……
不安な時間て、とてもきれいな顆粒みたいだね……
冬の太陽のなかじゃあ、どんな死体だって
繊細に輝やいて見えるんだよ……

ねずみと葱と小腸とでは、
いったいどれが一番信じられるでしょう?
プ、プ、プラネタリウムは幾度見ました?

言ってください、なぜ
ぼくたちは孤立しつつ生きるのです?

きみは、ほとんど一歩ごとに
背後で誰かが突然さけぶのをきくだろう、
ほとんど息を吸いこむたびに
赤い声、曇った声、コルクの声をきくだろう。

きみはきくだろう、「古い世界がさ
フジツボをたくさん付けてさ
夕暮れの街にぐらりと沈んでいったのに、
子どものきみがさ、
空たかく放りあげたボールは
そのまま落ちてこなかった。
それはなぜだい?」
きみの二つの耳は
同時に一つの声を聴いている。
きみは中心にいると同時に円周にいる。
きみの聴く言葉のなかには
あらわれつつある沈黙のための空地がある。
それなのに、きみは
伐り倒された木々たちの問いに
まったく耳を藉さなかったのですね?

はっきりと言ってください。

きみは拳をかんまんに解いてゆく、なぜ
いっさいの感傷的なことを怖れるのです?
くちびるから細くよだれをたらして
きみは百歳の媼《おうな》のようにくたばるだろう。

楯並《たたな》めていまきく、きみはきみの何なんだ？
はっきりと言ってください。

きみは黙っていた。「静かにしていれば
気がふれてるだなんて誰にもわからないよ」

きみは黙っていた。「まだぼくは
オレンジのようにやさしくなれるだろうか」

きみは黙っていた。「思い切って
試して見ませんか。貴方の気持次第で
貴方は一流技術者に成れるのです。
ターレット工、ペンチレス工、自動盤工、旋盤工、
フライス工を求めています。委細面談。
履歴書、写真、大至急送れ」

はっきりと言ってください。

繃帯のしたは血と膿でいっぱいなんです。
怒りと恐怖は、おなじ一つのメランコリーなんだ。
いったいきみは射手座の生まれじゃなかったのか？

夢の階級

誰の場所でもない場所で
ぼくは一日じゅうはたらく、
死に見張られて　純粋な飢えが
仔猫のようにミューミューと鳴くとき。

残酷な未来がなければ絶望もない。
ぼくの長い一日は
真っ白なトイレット・ペーパーみたいな
強制収容所の悪い夢のつづきだ。

威厳にみちた愛玩動物のように
怒りの感覚を飼いならして
いつぼくは失語者になったのか
他人の死にざまにばかり追いかけられて。

夢の階級者ではなかったのか、このぼくは
柔かい麦の穂先と矢車草のあいだで
やさしいオフィーリアのように
敗北して死ぬことを拒否しつづけた？

こわれる

こわれる無数のあるいは一冊の書物が
こわれる八月の指揮者の白い後姿が
こわれる光るおおきなチューバがこわれる
パルシファルや信念や正義の戦争
大統領の夏の政策がこわれる
サフランモドキの鉢がふいにかたむいて
秋の感情のなかに音もなくこわれて墜ちる
こわれるためにあるのだ季節のなかのぼく
あるいはぼくの唯一の青年両の瞳に沈む
キラキラしたアゴニーもこわれる
一瞬のようなぼくの時代も
散乱する熱い貧しい言葉もこわれる
こわれることやこわすことなぜ
ぼくが怖れなければならないことがあるだろう
チキショー、チキショー
遠くでぼくの父親や母親が
悲しみのモザイク模様にこわれる

ぼくは借りを返さなければならない

言葉をぼくは逆手ににぎる
それがぼくのやり方だ、
夕陽のなかで　魚屋が
かじきを逆手にしっかりとにぎるように。

胸を搔っ切る勇気さえあれば
いつだってひとは死ねるよ、
そういって昔おふくろがにぎってみせた
古い匕首のように。

ぼくには鈍く光った匕首が
たったいま剪られたばかりの
真っ白な百合のように見えた。
くるしい花の匂いがパッとひろがったんだ。

そしておふくろは死にぞこない、
噓みたいに薄い血の溝にうずくまり
裏切られた貧しさをどうしよう、と
優しくくるった目でぼくを見ていた。

世界は綺麗な兇器でつくられている。
そのときぼくの覚えた、これが
時代の最初の文節《フレーズ》だった。
おふくろの教えてくれたただ一つの言葉だ。

だから、ぼくは言葉を逆手ににぎって生きる、
ぼくをつくったぼくの「敵」たちのあいだで。
ぼくには不幸の借りがあるのだから
ぼくはその借りを返さなければならない。

真実にいっぱいくわせろ

船も、ギターも、信仰もない。
犬たちの死体を燃やす犬殺しの竈もない。
一緒にねるとそのたびに、いっそう
生娘らしくなる幻の女たちもいなくなった。
口さがない時代には、こころをうばう
はりつめた冗談がいつも決定的に欠けている。

ヤキのまわった多すぎる真実ばかりだ、
下らないすべてを見棄てた八掛けの世界だ。
ケッ、どう言おうと革命だってすごい冗談。
信じがたい絶望こそ信ずるに足る唯一のもの。
見ろ、イソップが大急ぎで推敲している、
「狼は走った。だが、煽動家の少年がいなかった」

バベル

そして、いつか
結局なんにもなさないままで
市松模様の女も死ぬだろう
大学講師はホゾを噛むだろう
昆虫採集家は逃走するだろう
少女たちはいつも永遠
階級はまたも沈黙し
婚礼の日にオクラホマを踊った
若い夫と妻も交叉点で死ぬだろう
「なんてえこった!
ずいぶん長い距離みたいだったが
たった1ミリ!
たった1ミリ!」
みんなくたばる　管巻いてくたびれて
秋のでっかい金蠅もガブリエルも

こころの天底まで墜っこちて死ぬ
あほんだら、壮麗も葬式もあるものか
ぼくはがっくりとへたばる
ぼくががっくりへたばるときは

どこへも

どこへも出発しなかった。
手も叩かなかった、成熟した死の
高みも知らなかった。

ぼくらは、寒さからできていた。
夜明けの隠喩をいやしんで、
やせた鷲鳥のように飢えていた。

歴史は取沙汰みたいに見えた。
ゴールを決めそこねたホッケー選手のように
放心して、敵のコートに立っていた。

性急に話し、性急に経験した。
流行は流行し、徒党は徒党した。
いつだって修辞が詭弁を棒引きにした。

誰にも見えない場所で、誰かが
変節と苦悩とを大急ぎで撚りあわせていた。
そして、人生を小金のようにくすねていた。

つまり、ぼくらは絶望に受けがよかった。
つまり、ぼくらは好んで世間と世界を混同した。
革命もドリルヒヒも見たことがなかった。

そのようにして、ぼくはここにいた。
ほかには、何一つありはしなかった。
老いるなら、立ったまま老いるのだ。

誰も、どこへも出発しなかった。
ヤハットナ、眉一本うごかさなかった。
泣くべきかわらうべきか、誰一人口を割らなかった。

子守歌のための詩

床にじかにすわって、ぼくは眠る。
手を鉤のように曲げ、膝を折る、
それでもまだ足が夢のそとにとびだすんだ。

そんな姿勢で、闇のおもさに耐える、
目をあけ、口を閉じ、時の天井を見上げて
正しさのような誤謬を見つめ、

日に百の希望を択び、千回絶望し、
モミガラのいっぱいつまった枕を
暖かな心臓のようにつかんで、眠る。

そして、どこかありえないような遠くで、
疑いぶかい単独暗殺者にむかって
ねこ背の少女が大急ぎにささやく声を聞いている。

「わたしたち同じ生まれね、祖国はメランコリア、
トランシルバニアとリトアニアのあいだの暗い国、
すべての人の顎が殺《そ》ぎとられた共和国。

「そうだよ、涙を流しながら、挑戦の
小さなトランペットを吹きつづける
一人の兵士がかえる、それはただ一つの祖国。

それから、みずから溢れでるもののなかに沈んで
眠る、かたくなに目をつぶり、
目をつぶってはじめて見えてくるものを、信じる。

冬の空にひろがる花火のように
まだ誰も見たことがないありふれたもの、
思いがけない近さから立ちあがる愛、

塩のようにきつい苦しみ、それらすべてを
正確に、息つめて、ぼくは思いえがく、
ビールの泡で机に指でアルファベットを書くように。

そして最後に思いだす、いつか庭に埋めた猫のこと。
やがてゆっくり腐乱してゆく、一くれの肉塊と白い歯
　のイメージ。
ぼくは眠れない眠りをじっと抱きしめる。

きみは誰

きみは誰だと言われて、誰が
いまさらじぶんの名など思いだせるものか。
きみは名のないもの、何某じゃないもの。

きみはここにいてそこにはいない、
だから、きみのいる場所はここだ。
失うべき何ももたない身一つの、

これだけでしかないことの、ほかのものには
なりえぬことの、いまここにあることをのぞいては
どんな遠くもきみにありはしないということの、

何という、ここにあることのみじめな奇蹟。
五十音、水と食べもの、手、眠り、たったそれだけ。
きみは絞死人のようにのけぞるが、ふりかえることは
できない。

負債だ、負債だ、きみはきみの唯一の負債だ、
くそっ、どんな未来がきみの利子であるものか。
支払え、支払え、いまここできみはきみを支払え。

きみは誰にでも見えていながら、誰も
見ていない、欠けたるものによって、きみだ。
夢は外傷、そしてきみはきみの正しい心臓の付録。

だから、することをしろ、答えを探そうとするな!
時に意味はないが、時はきみにとって意味がある。
語彙をすてろ、舌頭に千転しろ!

きみは錯乱する一頭の馬で、一人の騎手で、
きみの大障害であるために、きみだ。
きみはそれを知る、それがきみのはじまり。

いやだ、ぼくは

居間という字、国という字、
まだ信じているかい、時刻表と家具、
税金みたいにならんだ五十音？

昼には凄い花束のような詩、
夜には小腸よりもながあい小説、
赤い日曜日の休息を、まだ信じているのかい？

死に方がきれいだ、そういわれて
口を結んで死んだ男たちはきょうびどこだい？
落丁・乱丁はついにおとりかえできたかい？

それから猫をからかい、放火犯を邪推して
やっぱり、知らなかった、ですますかい？
天才じゃなければ天災、じゃなければ転々かい？

それとも「ぼくはコルクを集めてる、
そいつで魂に栓をする気だ」というのかい？
すべては蛙、と信じるのかい？

いやだ、繃帯よりもながい
長いレシートで首くくってくたばるなんて。
ぼくは、シラフで生きてやる。

わが詩法

今日一篇の詩を書こうとして
ただの一行も書かなかった
いったい何をぼくは書こうとしていたのか
ふとった魂についてか?
艶やかな正義についてか?
いいえ、兎のような愛についてか?
何についてぼくは書けばよかったのか
悪意のない沈黙がどのように可能だというのか
詩は断じて芸やオリジナリティーじゃないよ
精神は銀行じゃない、ぼくは
ぼくの詩を怖るべき希望と結びつけたいのだ
死という死の大きな手とたたかう詩だ
男色家が純粋に猥褻を憎むように
ぼくはぼくの現在を正確な憎悪で叩きのめしたいのだ
ばかやろちきしょうおたんちん!

ヒョーヒョーヒヒョーくそったれ!
ぼくは叫んだ　鳥も兵士もピアニストも叫んだ
ぼくは感受性の治外法権なんて認めないぞ!
だがぼく、全開した一コの感情、
ぼくのあんまりな無力と悲しみを自覚せいよ
そして　時代の最初の一行の
見事な不在をはっきりと荷担せいよ

阿蘇

おびただしい
　地鼠たちの死骸が
　秋の空に散乱している
　　この阿蘇は　にせの世界だ
　　にせの火山にせの凝灰岩の沈黙
　にせの火山へのにぶい稜線をのぼる
感じやすいこころを武器のように抱えて
古代の湖底から意味の水面へ少しずつ近づく
表意文字の国に生まれながらぼくが　革命も愛も
知らないなんて不当だ平和も　汚れた鬚に疲労を埋め
カミロ・シエンフエゴスのように黙って微笑していたいが
できない　硫黄臭のような恥辱に巻かれてぼくは走る
汗にぬれたシャツをパノラマ模型のように広げて
見なこの光の皺がぼくのシエラ・マエストラ
　それからフカとサメが笑う海峡はここだ
　　魂だって等高線で結べるんじゃない
　　だが　アッと叫ぶひと声に若《し》く
　　夢の真実って奴がみえない
　鮮かに明かるむ枯芝に
　にせの兵士として
倒れるだけだ

カナダ・インディアンの青年が言った

黄金時代の子供じゃない、
バッファローを追って生きることはできない。

野苺も、馬も、影も消えちまった。
どんな地図にも、おれの国はない。

世界はむかし単純だった、サスカチュワン川
ウィニペッグ湖、それだけだった。

良き若者たち《キトチニキワック》の時代だった、ある日
草原ごと、埃りみたいにほろんじまった。

ほろんだものをなつかしいというな。
知らない重みで、そいつはおれをつぶしにくる。

もし、天国行きってえのがあるのなら、
いつかカナディアン・ナショナル鉄道に乗ってそこへもゆこうさ。

いまは、膝を抱いて戸口にすわる。
朝から夕暮れまでが永い、一生は短い。

恐怖こそ敵。
おれは、和解を知恵とはみなさない。

アルコールじゃ魂のしみだってぬけねえもの。
祈りではない、火だ、むしろ冷めたい火をくれ。

冬のアイオワでユージンがぼくに言った

戦争はおもしろかったよ！
ぼくは一度に一ダースの麻色の肌の「敵」を撃ち殺し
た。
泥のなかで死者の骨は鋭く、ばらばらに尖っていた。
まるでレオナルドの精密な人体解剖図のようだったよ。
そしてライム・ジュースをがぶ飲みし、欲情をころし
て
ぼくは毎日、繃帯みたいに長いながい手紙を書いた。
戦争は悲惨だと戦わない老人はいつだってぼくに言う、
戦争は悪い夢だとつねに正しい友人はぼくに言う。で
も、
ほら、このぼくのささくれた太い人指し指を見ろよ、
いまきみに、この指の先にどんな鋼鉄の引金が見え
る？
何も、なにも見えやしない、この肥沃な僻地アメリカ
では。
ぼくはここじゃ間違いの引きあてにすぎぬ一介の
退役兵士《ヴェテラン》だ。
いいさ、たとえぼくが間違っていたとしても、かまわ
ない。
ぼくはじぶんの間違いから、身をひこうとは思わない。
そう、戦争はおもしろかったよ！
おもしろいということが、ぼくの戦争の怖しい秘密だ
ったよ。
死者が思いだすことをしないように、目は見えないも

のを見ようとしない。
だが、ぼくの指は忘れないのだ、ぼくはそのとき殺人
　者ですらなかった。
ぼくはいま、きみの眼交《まなかい》に照準をあて、引金をひく！
けど、きみは一滴の血も零さず、ドッと雪のなかに倒
　れさえしないんだ。

金髪のジェニー

遠くまでいった
から、遠くから
かえってきた。
死ななかった
から、生きている。
どこにもない、
もちかえった
身の置きどころ。
ヘイタイって
みじめね。
誰も厭だもの、
汚い戦争の
汚い話。
（戦争は
遠いとこで

やるものなのよ）
寝たことないわ。
寝たいわよ、
あたしは。
けど駄目、
部屋にきて
朝まで
アルマジロみたいに
ただ坐ってる、
ベッドの端に。
ヴェトナム帰りの
淋しいヴェテラン。
（あゝ、
滅多と
人を殺したいよ）
沈黙を
買いにくるのよ。
だから

あたしも
黙って
じっと坐ってる、
割増でね。
アガったりだわ、
あたしの
商売。
通称「海賊《パイレート》」
金髪の
ルイジアナ生れのジェニー。
インバイ、
アイオワ州
人口四万五千
大学町の
たった一人の。

監獄ロック

魂のそばにたまねぎ、
生きるものすべての耳に耳栓。
きょうび、塵取りのうえにちりぢりの地理。

鳥は木からおち、亀はころび、
犬は尻尾をもとめてぐるぐる廻る。
きょうび、幸福は挫折と狎れてる。

なんと無邪気な、おれたちの
なんと仄ぐらい裏切りの時代、おれたち
きょうび、唾液のなかに蹲んでる。

果肉にあてられる白い歯がない、
必要な苦痛を知って死ぬ死者がいない。
きょうび、夢は一包みの散薬のようだ。

知らないものはそれ以上知ろうともせぬ、
見ないものは何一つ見るさえしない、
きょうび、誰も見えるもののほか何にも見ない。

なんと無邪気な、おれたちの
なんと仄ぐらい裏切りの時代、おれたち
きょうび、好事家のように知るものをしか知らない。

嘘という嘘だけが急いでるんだ、
早熟から成熟へ、立法者のように急いでいる。
きょうび、不正なものが襟を正して老いてゆく。

だが、未決の囚人たちは忘れない、
かれらのことを忘れてるたくさんの他者、
きょうび、いないひとを忘れてるおれたちのことを。

なんと無邪気な、おれたちの

なんと仄ぐらい裏切りの時代、鬼から逃れて
きょうび、おれたち「もういいよ」と叫んでるんだ。
だが、思いだせ、おれたち一度だってゆるされちゃい
ない。
おれたちの娑婆はほんとうはただの獄外、
きょうび、おれたちの郊外はただに監獄。

ロング・ロング・アゴウ

昔むかし、あるところに
亀と放蕩者と駝鳥がいた。
みんな、息せききって急いでいた。

時代はせまい、切通しのようにせまい。
だから、どうしても、ここをぬけだすんだ、
亀と放蕩者と駝鳥は、口々にいった。

「性急さ」こそ、わが希望。
永遠や救済はただであげるよ、すると
死がもんどりうって、頭のうえに墜ちてきた。

一つかみの疲労のうえにバッタリだ、
無茶に生き、無念に死んだ。それっきり
昔むかしも、あるところも、なくなったんだ。

それから、それから、と子どもたちが叫んだ。
それから、べつの亀と放蕩者と駝鳥が現れた。
どこにって？——どこにもさ。

消息

うじむしが光った。
ガソリンと馬たちが逃亡した。
葬儀屋がすてきな婚礼を披露した。
植物はもう植物学者を信じちゃいない。

月曜はいつだって日曜じゃなかった。
時は立ちあがり、それからパンフレットと
冷めたいフレッシュジュースのなかに崩折れた。
裏切り者らは口をかくしてわらいやがった。

遊園地では、目の見えない人が
一人、じっと鏡をみつめていた。
幸福なんて古いスキャンダルだ、しかし
単純であることはもっと至難の業だとおもう。

ごぶさたしましたと、おたがいに書くまい。
思想とは生きてゆくということだ、
数でも人質でもない生きかたで、
欲情のなかで正しく。

荒馬と男と赤ん坊

テンガロン・ハットは端正に落ちていた
荒馬から墜ちた俳優は
鎖骨を折って死んだ
絶叫が大西部の真昼の時を突きぬけると
砂漠にすぐに熱い沈黙が戻ってきた
撮影機をのせた巨大なクレーンが
はりつくように何もない空間にとまっている
駈けよってきた人たちはいきなり走ったために
汗が背中を流れるのでとても気分が悪いのだ
ぐるりと囲んで誰もが黙って考えている
朝のマーマレードのようにだるい死――

ハリケーンのように地平をまわって
疾走してくる記者たちには
黒いサングラスのブロンドの女優が答えるだろう

「素敵な人だった　とても情熱的だった
かれはこの作品に
すべてを賭けていたのです」
死まで律儀な幻想にすぎなかった　明日になれば
プロデューサーはベッドで女に語るだろう
死はそれ自体スキャンダルだから
遺作というのはすなわち独占興行に価する

革手袋とともに　棺のなかへ
あらゆる思い出は投げいれてしまえ
うえに透明な花束をそうっと撒いて……
目を閉じた死者の額には
いったいどんな感情の雨を降らせればいい？
喪服の似合う妻はふいにくるめく
孕んでいたのだ　死んだ男に
まだ生まれぬ初めての子どもはあったのだ
その優しい腹のふくらみを想え
あゝ、

死んだ男とこれから生まれくる赤ん坊

ダーリン！
「何が判ればいい？　誰のこと、何を」
疲れた頬を尖らせて
男たちがばらばらにかえってくる
大西部を焦がす落日うつくしく輝くとき
ついに父でさえなかった男の葬列が
若い幽霊のように
大シャボテンの彼方を横切って消えてゆく
われわれは祈ることができない
一昨日死んだのは誰
とあさって問う人はもういないだろう
しかしそれはとてもやさしい心なのだ　やがて
不安のバンジョーがゆっくりと過ぎてゆく
それからどこで密やかに言い交わされる、おやすみ

クリストバル・コロンの死

トウェイン親爺には
逢えなかった
どの港にも
汐吹亭はなかった
ソローも
ウッディも
誰もが
死んでた
コック・ロビンも
おケラのワックも
メキシコ湾は
溺死人で
いっぱいだった
くそジーザス
けつクライスト

知ってるか
life は
if と lie で
できている
いまさらなんの
白首の夢か
クリストバル・コロン
やつは消された
五十発
星型の弾痕を
額にのこし
十三本
赤い血すじを
地にひいて
グッバイ

nowhere

今日、
部屋に戻って
タイプを叩いた、
きみへの
手紙。
正しく打った心算で
読みかえすと
まちがっていた。
I am now here!
ぼくはそう打ったのだ、
だが、ちがってた
なんたる、
I am nowhere!

詩人の運命

河がない！
ミシシッピ河がない！
ジョン・Bは
叫んだ、
橋のうえから
身を投げたとき
風に吹かれて。
それで、
大急ぎで
地面に墜ちて
頭をわった。
水生夢死
どころじゃなかった。
滑稽さこそ
われらの悲惨。

まったく
おれは
泪をながして
わらったね。
なんとも
たやすく
詩と死が
韻をふんじまう
時代だ。
ミシシッピ河も
レテ河も
われらにはない。
血を洗いながす
水、水晶のような
詩なんてない。
「一瞬も死はない、
暗闇が
明るくなるだけのこと」

魂に鬚を
生やした詩人だった、
そしてわれらと
おなじように
愚図だった、
では。

ジョン・ベリマン、一九七二年一月七日、北米ミネソタ州セント・ポール、ミネソタ大学（教授だった）構内で投身自殺。五十七歳だった。詩集『七十七の夢の歌』（ピュリッツァー賞、全米図書賞）。死後に詩人論『詩人の自由』。ベリマンの死にざまをおしえてくれたのは、詩人のアンセルム・ホロウだ。括弧内はベリマン「ブラッドストリート夫人賛歌」の一節。

言葉殺人事件

殺しうた

殺常之身者也　墨子

死んでいる、
殺されている。

路上で一人。
バルコニーで一人。

きょうびまた
殺しがつづく。

部屋で一人。
階段で一人。

沙汰にならない。
花束はない。

血もなく
殺して殺されて、

初めに言葉。
そしてそれから、

それから殺人。
終わりはない。

戸口で一人。
屋上で一人。

死んでいる、
殺されている。

昨日も、
一昨日も、

ひとが言葉を、
言葉がひとを、
きょうびまた、
殺して殺される。

誰が駒鳥を殺したか

ある日、一羽の
駒鳥が殺された。

誰が殺した、
駒鳥を？

「ぼくじゃない」雀はいった。
「殺したやつだ、
殺されたやつを殺したのは」

では、誰がみた、
駒鳥が殺されるのを？
「ぼくじゃない」蝿はいった。
「殺したやつだ、

誰もみてない殺しをみたのは」

では、誰がみつけた、
殺された駒鳥を？

「ぼくじゃない」魚はいった。
「殺したやつだ、
まっさきに殺された駒鳥をみたのは」

では、誰が希った、
駒鳥が殺されるのを？

「ぼくじゃない」甲虫はいった。
「殺したやつだ、
殺されたやつの死を希ったのは」

では、誰が掘った、
殺された駒鳥に墓穴を？

「ぼくじゃない」梟はいった。
「殺したやつだ、
墓穴の正しい大きさを知っていたのは」

では、誰が説教した、
殺された駒鳥に？

「ぼくじゃない」烏はいった。
「殺したやつだ、
殺されたやつに観念しろといったのは」

では、誰が祈った、
殺された駒鳥のために？

「ぼくじゃない」雲雀はいった。
「殺したやつだ、
殺されたやつの完璧な死を祈ったのは」

では、誰が悲しんだ、
駒鳥の死を？

「ぼくじゃない」紅雀はいった。
「殺したやつだ、
殺したらもう殺せないと悲しんだのは」

では、誰が用意した、
殺された駒鳥のためにその棺を？

「ぼくじゃない」鳩はいった。
「殺したやつだ、
殺されたやつにぴったりの棺を用意したのは」

では、誰が参列した、
殺された駒鳥の葬儀に？

「ぼくじゃない」鳶はいった。
「殺したやつだ、
予め葬儀の日どりを知っていたのは」

では、誰が覆った、
駒鳥の棺を白布で？

「ぼくじゃない」みそさざいがいった。
「殺したやつだ、
事実を白々しく覆いかくしたのは」

では、誰が歌った、
駒鳥のために弔いうたを？

「ぼくじゃない」鶫はいった。
「殺したやつだ、
葬送行進曲の好きなのは」

では、誰が鳴らした、
駒鳥のために弔鐘を？

「ぼくじゃない」牛がいった。
「殺したやつだ、
鐘つきながら息ついてるんだ」

では、ここにいる誰でもなかった、
殺された駒鳥を殺したやつは。

それでおしまい。
問われたものは、殺さなかった。
問うものは、問われなかった。
殺されたものは、忘れさられた。

なんとありふれた殺し、
なんとありふれた裁き、
なんとありふれた日々、
ぼくたちの。

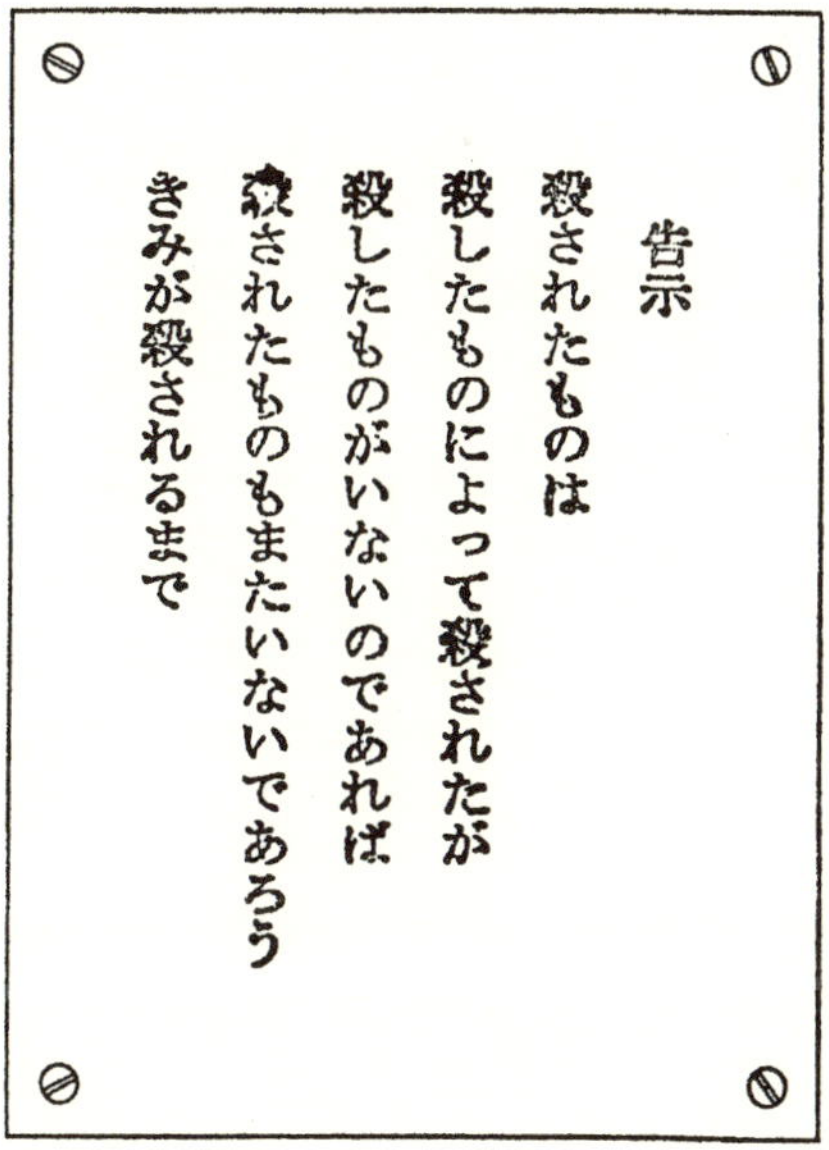
告示
殺されたものは
殺したものによって殺されたが
殺したものがいないのであれば
殺されたものもまたいないであろう
きみが殺されるまで

言葉の死

言葉が死んでいた。
ひっそりと死んでいた。
気づいたときはもう死んでいた。

言葉が死んでいた。
死の際を誰も知らなかった、
いつでも言葉とは一緒だったが。

言葉が死んでいた。
想ったことすらなかったのだ、
いったい言葉が死ぬなんて。

言葉が死んでいた。
偶然ひとりでに死んだのか、
そうじゃないと誰もが知っていた。

言葉が死んでいた。
死体は事実しか語らない。
言葉は殺されていた。

言葉が死んでいた。
ふいに誰もが顔をそむけた。
身の危うさを知ったのだ。

言葉が死んでいた。
誰にもアリバイはなかった。
いつでも言葉とは一緒だったのだ。

言葉が死んでいた。
誰が言葉を殺したか？
「わたしだ」と名乗る誰もいなかった。

千人語　1

闌闠千人語　李賀

なぜだ
誰が
どうしたのだ
どのように
何をしたのだ
いつ、したのだ
誰のためだ
どうやって
いつ
何を
誰が
ハレルヤ

千人語　2

わたしではない
ぼくではない
ぼくでしかない
ぼくがぼくであれば
ぼくはぼくでない。
ぼくのわたしは
おれではない、ぼくの
おれはわたしではない。
ぼくがわたしでない
なら、わたしは
おれではなく、おれは
ぼくではないのだ。
わたしではない
ぼくではない
ぼくですらない。

ぼくがぼくが
というやつ、それは
ぼくではない。

千人語　3

こういって
ああいって
そういうのか
あれはあれ
これはこれだと
それはそうなので
そして
ああして
そうであるなら
どうであれ
こうであれ
どうもこうも
どうでもなるのか
つまり、何だ
それはそうなのであり

それだけだ
それだけである

千人語　4

われわれは
とすれば
であるだろう
であるのだから
であるから
それゆえ
であるはずである
であるべきだ
であらねばならない
のである
なのである
である意味である
であるのである
であるでない
のである

である以上
であるかぎり
にもかかわらず
ではないか
われわれは

千人語　5

まず
さてだ
ところで
そして
それからだ
では
である
またである
次に
なお
ここで
すなわちだ
だが
それで
しかしだろうか

けれど
いや
したがってだろう
よって
もはや
なにより
このようにして
こうである
そうなのだ
そうなのである
あゝ、
そうですか

嘘のバラッド

本当のことをいうよ、
そういって嘘をついた。
嘘じゃない、
本当みたいな嘘だった。
ほんとの嘘だ。
口にだしたら、
ただの嘘さ、
どんな本当も。
ほんとは嘘だ。
まことは嘘からでて
嘘にかえる。
ほんとだってば。
その嘘、ほんと?
ほんとは嘘だ。
嘘は嘘、

嘘じゃない。
ほんとに嘘だ。
嘘なんかいわない。
ほんとさ。
本当でも嘘でもないことを
ぼくはいうのだ。

何のバラッド

何ってことないよ。
何を
何して、
何しよう。
何すれば
何てったたって
何だもの。
何は
何だぜ。
何だって
何するさ。
何じゃなし。
何か、
何なのか。
何くそ、

何が何だ。
何が、
何よ。
何のつもり。
何が何で何なのよ。

われわれの無残なバラッド

そうなんだ、
そういうことだ。
そういうわけで
そうなんだ。
そういうふうだし
そういうことだし
そうじゃなければ
そうじゃないが、
そうなんだし
そうだったし
そうであるだろうし
そうなんだ。
なあ、そうだろう?
そうだろうが。
そうじゃないと

そうはいえまい。
そうしたさ
そうするさ
そうなるさ。
きれいに片をつけてきた、
歴史を
二行で。
「いろいろなことがある
いろいろなことがあった」
そういうことだ。
そうなのか？

老いてゆくバラッド

それで
こうして
ああしたのですよ。
それで
そうして
ああしたのですか。
あいつら、ですよ。
あいつら、ですな。
また、ですね。
また、ですよ。
そうしたものです。
そういうことです。
そのようにいいつつ
老いてきたひと。
きみら、いわゆる

あいつら、でないひと。
立話しながら、
事のついでに
生きてきたひと。
耳からさきに
老いてきたひと。

戦争のバイエル

第一番

死ネルカ
トイワレテ
死ニマス
トコタエタノハ
ココロダ。
ケレドモ
死ンダノハ
肉体デアル。
ロガキケナイ
肉体ニハ
デキナカッタ、
ココロニ
抗議スルコトガ、

ココロヲ
否定スルタメニ
ミズカラヲ
破壊スルシカ。

第二番

海ゆけば
死体ごろごろ
山ゆけば
死体ごろごろ
草むす
天の原
ふりさけみれば
賽の河原

第三番

赤をおそれ、
赤紙をおそれ、
赤心一ツ。
赤の他人の
赤子は遙かに死んだ。
すると、白い手が、
白旗を爪《つま》んだ。
白昼、
白々しくも
白をきって。
われわれの
旗。
…………
白地に赤い

死者の血。

第四番

殺した、
風景を
ひとのように。

殺された、
ひとが
風景のように。

正しく殺され
正しく殺した、
それだけである。

殺人は正しい、
法がなければ
罪はない。
戦争だった。
敗れると
終った、といわれた。

この世のバラッド

知らないものは
知らないだろう。

知るものは
口を割らないだろう。

知りたいものは
知りたいことを知るだろう。

知りたくないなら、
知らないことを好むだろう。

そんなことはみな、
そんなことにすぎない。

まちがっていなければ、
正しいわけじゃない。

この世がつぶれても
またぞろこの世はあるだろう。

友人のバラッド

友人がいた。
丘の下に住んでいた。
まだ死んでなければ
まだそこで生きてるだろう。
ただひとりの
ぼくの友人。

弔問のバラッド

きみは二人から生まれた。
そしてずっと一人だった。
死んではじめて、
零になった。
二と零のあいだの一。
それがきみだったのだ。

逆さ男のバラッド

ぼくは逆立ちしてる
ときみはいうのか。
ちがうぞ、ぼくは
世界をささえている。
さかさまの世界を
両の手で。
地に足がついてない
男はいった。

スラップスティク・バラッド

ドアを叩いた、
返事がなかった。
ドアを叩いた、
開かなかった。
ドアを叩いた、
窓がはずれた。
ドアを叩いた、
壁が崩れた。
ドアを叩いた、
屋根が墜ちた。

ドアを叩いた、
叩いた、叩いた。

空地のまんなか、
家のないドアが一つ。

ドアのまえに一人の男、
拳のさきに一つのドア。

淋しい男のバラッド

立ちどまった。
黙ったまま

手でかこい
煙草に火をつけた。

うまく
煙で輪をつくった。

煙は
何にでもなった、

象にも、地図にも
何でもないものにも。

みつめると
消えた。

投げ捨てた、足で
しっかり踏み潰した。

土砂降りの舗道で
ぬれねずみの男が。

おかし男の歌

パロディ・淋しい男のバラッド

おかし男
詩人だった

町角から
ふいと出て

it rains
cats and dogs

パイプに
火つけて

火と水の
音楽きかせ

ふる雨とのぼる煙と
空にローマ字かいた

o my
lonelyhat

おかし男
もういない

（長谷川四郎作）

ひとはねこを理解できない

Ⅰ

ねこがプディングを食べてしまった、
ほんとうの話です。
それだけの話です。
それだけの話なのだけれど、
ひとは怒り、大声で喚いた。
　ゆるされない、そんなこと
　ねこばらに！
ねこがプディングを食べてしまった、
たかがそれだけの話だのに。

Ⅱ

ねこが日傘をさして歩いていた、
ほんとうの話です。

それだけの話です。
それだけの話なのだけれど、
ひとは昂奮し、大声で喚いた。
　信じられない、そんなこと
　ねこばらに！
ねこが日傘をさして歩いていた、
たかがそれだけの話だのに。

Ⅲ

ねこがめでたく犬とむすばれた、
ほんとうの話です。
それだけの話です。
それだけの話なのだけれど、
ひとは混乱し、大声で喚いた。
　ありえない、そんなこと
　ねこばらに！
ねこがめでたく犬とむすばれた、
たかがそれだけの話だのに。

Ⅳ

ねこがミァウミァウ西班牙語で鳴いた、
ほんとうの話です。
それだけの話です。
それだけの話なのだけれど、
ひとは愕き、大声で喚いた。
　できるわけない、そんなこと
　ねこばらに！
ねこがニャアニャア日本語で鳴いた、
たかがそれだけの話だのに。

Ⅴ

理解できない出来事にひとは怯える。
ほんとうの話です。
それだけの話です。
それだけの話なのだけれど、
ねこは呆れて、犬に囁いた。

なんてつまらない生きもの、
なんておかしな人間！
理解できない出来事にひとは怯える。
たかがそれだけで喚きはじめる。

ひとの歯のバラッド

われら、
きみの口のなかに住む
三十二頭の白い馬。
だが、われらをきみは
飼うことはできない。
殺した獣の肉を嚙んでやり、
きみに食べものを
あたえるのは、われら。
きみはとある日死ぬだろう、
まったくきみは死ぬだろう。
お気の毒です、
われらは死を生きのびる。
きみ、まちがえるな
にんげんよ、
きみは死ぬひとである。

一足の靴のバラッド

紐のない
靴がある。

きみの
靴だ。

はくことのできない
靴だ。

むすぶ紐がないので
きみは今日身を屈めずにすんだけれども、
むすぶ紐がないので
きみは今日靴をはけなかった。

靴か、
はくことのできない靴が？

靴はあり、
靴はない。

きみの
靴だ。

一冊の本のバラッド

ここに本がある、
一冊の本がある。
それは一冊の本なのだが
一冊の本は一冊ではない。

一冊の本は本ではない、
ただ一冊しかない本は。
本ではない本でしかない。
一冊の本は一冊ではない。

一冊の本もない、
読まれることがなければ。
一冊の本がここにあっても
一冊の本は本ではない。

本をおおくもつひとりにも
一冊の本は一冊しかない。
本はひとりじめがきかない。
一冊の本は一冊ではない。

一にして多にして一。
一冊ではない本の自由が
一冊の本の自由。
一冊の本は一冊ではない。

探偵のバラッド

探偵の手が受話器にのびた。
「犯人を見つけてくれ」
迷宮入りした事件の話だった、
犯人はまんまと姿を消していた。
ところで——
消えた犯人こそ探偵だった。
「難題だ」探偵は顔をつかんだ。
おれはおれ自身を見つけねばならぬ。
当てなく、手がかりもなく。

殺人のバラッド

すると、
きみはバッタリと倒れるだろう。
血の一滴も流れないだろう。

殺人はむずかしくない。
きみはあっさり死ぬだろう。
手口は簡単。

額に銃口。
指に引き金。
あとはただ薬莢なしのコトバを詰める。

一瞬ののち！
きみは自分を発見する。
死んでいる自分。

すばらしい死に方

何かをしよう
どこかへゆこう

市場へゆこう　そして
ちゃんと四つ足で立つ豚を買おう
けれど、どうすればいい
豚は一歩も動こうとしなかった

犬にたのんだ
「豚に嚙みついてくれ
豚が一歩も動こうとしないのだ」
犬は何をしようともしなかった
あゝ、何もしなければよかったのだ
どこへもゆかなければよかったのだ

棒にたのんだ
「犬をぶちのめしてくれ
豚に嚙みついてくれないのだ
だから、豚が一歩も動こうとしない」
棒は何をしようともしなかった
あゝ、何もしなければよかったのだ
どこへもゆかなければよかったのだ

火にたのんだ
「棒を燃やしちまってくれ
犬をぶちのめしてくれないのだ
だから、犬が豚に嚙みついてくれない
だから、豚が一歩も動こうとしない」
火は何をしようともしなかった
あゝ、何もしなければよかったのだ
どこへもゆかなければよかったのだ

水にたのんだ

「火を消しちまってくれ
棒を燃やしてはくれないのだ
だから、棒が犬をぶちのめしてくれない
だから、犬が豚に嚙みついてくれない
だから、豚が一歩も動こうとしない」
水は何をしようともしなかった
あゝ、何もしなければよかったのだ
どこへもゆかなければよかったのだ

牛にたのんだ
「水をすっかり飲んじまってくれ
火を消そうとはしてくれないのだ
だから、火が棒を燃やしてもくれない
だから、棒が犬をぶちのめしてくれない
だから、犬が豚に嚙みついてくれない
だから、豚が一歩も動こうとしない」
牛は何をしようともしなかった
あゝ、何もしなければよかったのだ
どこへもゆかなければよかったのだ

肉屋にたのんだ
「牛を殴り殺して挽き肉にしてくれ
水を飲みほそうともしないのだ
だから、水が火を消そうともしない
だから、火が棒を燃やしてもくれない
だから、棒が犬をぶちのめしてくれない
だから、犬が豚に嚙みついてくれない
だから、豚が一歩も動こうとしない」
肉屋は何をしようともしなかった
あゝ、何もしなければよかったのだ
どこへもゆかなければよかったのだ

荒縄にたのんだ
「肉屋のやつを絞め殺してくれ
牛を殴り殺して挽き肉にしないのだ
だから、牛が水を飲みほそうとしない

だから、水が火を消そうともしない
だから、火が棒を燃やしてもくれない
だから、棒が犬をぶちのめしてくれない
だから、犬が豚に嚙みついてくれない
だから、豚が一歩も動こうとしない」
荒縄は何をしようともしなかった
あゝ、何もしなければよかったのだ
どこへもゆかなければよかったのだ

鼠にたのんだ
「役にたたない荒縄を食い切ってくれ
肉屋のやつを絞め殺してくれないのだ
だから、肉屋が牛を殴り殺そうとしない
だから、牛が水を飲みほそうとしない
だから、水が火を消そうともしない
だから、火が棒を燃やしてもくれない
だから、棒が犬をぶちのめしてくれない
だから、犬が豚に嚙みついてくれない
だから、豚が一歩も動こうとしない」
鼠は何をしようともしなかった
あゝ、何もしなければよかったのだ
どこへもゆかなければよかったのだ

猫にたのんだ
「鼠をがぶりと食い殺してくれ
役にたたない荒縄を食い切ってくれないのだ
だから、荒縄が肉屋のやつを絞め殺さない
だから、肉屋が牛を殴り殺そうとしない
だから、牛が水を飲みほそうとしない
だから、水が火を消そうともしない
だから、火が棒を燃やしてもくれない
だから、棒が犬をぶちのめしてくれない
だから、犬が豚に嚙みついてくれない
だから、豚が一歩も動こうとしない」
猫は何をしようともしなかった
では、何もしなければよかったのか

どこへもゆかなければよかったのか

そこで、おもいきり蹴りあげた、
何をしようともしない猫っかぶりの猫を
あわてて、猫は鼠を食い殺しはじめた
すると鼠は荒縄を食い切りはじめた
荒縄が肉屋の首を絞めはじめた
肉屋が牛を殺しはじめた
牛が水を飲みはじめた
水が火を消しはじめた
火が棒を燃やしはじめた
棒が犬をぶちのめしはじめた
あわてて、犬が豚に噛みついた
豚はおもいきり後足で蹴りあげた

何かをしようどこかへゆこうとするひとは死ぬ
いつも身にふさわしく
とんでもない頓死

豚に蹴られて
救いも
なく

判決のバラッド

ぼくはきみじゃないし
きみはぼくじゃない。
ところで、ぼくは人間であり
きみもおなじ人間である。
とすれば、ぼくらはおなじ人間であり
したがって、きみはぼくであり
このぼくはきみである。

もちろん正しいバラッド

まもらねばならない、
それが法だということは
もちろん正しい。

法外も無法もない、
それが法だということも
もちろん正しい。

報知せず報復する、
それが法だということも
もちろん正しい。

法なしにやってゆけない、
それが法だということも
もちろん正しい。

もちろん正しい。
もちろん正しい。
もちろん正しい。

もちろん正しい、
それが法だということ。
それだけがまちがいである。

ものがたり　1

夜だというのに
日はかんかん照りだ。
海だというのに
地下鉄が走る。
線路もないのに
轢死者が立ちあがる。
血だらけの腕を突きだす。
傷がないのに
痛みがある。
その日、
遠くの森で
鯨が道に迷って死んでいた。
空っぽを、胃に
いっぱい詰めて。
それらすべてを目撃したのは
目の見えない人だけ。

ものがたり　2

歩くものが
歩いていない。
聴いているけれども
聴いてはいない。

したものは
しなかったし、
夢みても、
夢を知らない。

走るのは脚を失くした人、
摑むのは腕を失くした人だ。
耳の聴えない人だけが耳すましてる日、
叫ぶのは舌のない人。

木ちがいの木に
鳥ちがえた鳥。
鏡よ、鏡なんて
誰がたずねるものか。

喋くるものは
何一つ喋っちゃいない。
黙ってるものは
何一つ黙っちゃいない。

そして誰もいなくなるバラッド

とに革命、かに革命!
一人が叫ぶと、十人集まる
一人が青ざめ、九人になる
一人を吊るし、八人になる
一人が澱んで、七人になる
一人がくるう、六人になる
一人が転んで、五人のこる
一人が逃げる、四人のこる

一人が自嘲し、三人のこる
一人たばかり、二人のこる
一人は一人を打ち倒す
最後の一人を見たものはなし
そして誰もいなくなる

革命、夢の引算

賢者のバラッド

手のまえに
思考。
しこうして、
思い屈するひと。
思い屈するからには
坐るひと。
坐るからには
椅子がある。
椅子があるからには
机がある。
机があるからには
書物がある。
書物があるからには
退屈がある。
こうして

賢者はいつも退屈だった。
まったく
すべての書物は書かれていたが、
読まれなかった。
なすべきはつまるところ
なさざるである。
大あくび、
奈落の入り口。

殺人者の食事

腕をあげて
ふせごうとした。
そうはさせない。

顔をふさいで
首をなぐった。
心臓に一撃。

膝から
やつは崩れた。
声だささず死んだ。

さあ、
食事だ。
素敵な食事だ。

焼きたてのパン
腿骨つき肉、
ボンレスハムの塊も。

なんておいしい
兇器だ。
きれいに食べた。

口をぬぐい、
椅子をなおした。
きちんと片づけて、

帽子をかむった。
低く口笛をふいた。
戸口で消えた。

くうか

くわれるか、
人生は食事だ。
あとにはただ、
台所に、
死体がひとつ。

幸福なメニューのバラッド

何のための言葉だ、
賞められるための言葉だ。
メニューのための言葉は幸福だ。

否定されない言葉なら、
ぜんぶメニューに書いてある。
後払いでよいおいしい言葉。

メニューとしての詩集。
メニューとしての小説。
メニューとしての人生だってある。

メニューを読むような目で
世界を眺めることだってできるのだ。
メニューの言葉に目をちかづけよ。

何になさいますか。
お決まりですか。
すみません、あなたの言葉はないのです。

海辺のレストラン

テーブルに坐った。
注文した。
ナプキンをひろげた。

メニューは完璧だった、
うまそうだった。
だが、匙がなかった。

匙だけがなかった。
すべてはそこにあった、
匙だけがなかった。

どうすればいい?
ただ坐っていた、
手に匙もなく。

日に日がな
目を皿に。
皿の中の海。
青いスープ。
光る海。
希望はなかった。

いつも同じバラッド

森に入れなかった
糸杉を伐れなかった
糸杉なければ
貴船なし

空寂の波が立っても
わたれなかった

あの世、この世に
入会権なし

ほうりなき夜は
口結び、しんみりと寝た

子をまびき
妙法をまびいた

百日百夜まぐわなかった
千日いざって埃にくれた

因果の小車、手で押した
肩をぬいて口をあけた

ふだらくはじだらくの夢
いつも同じむかしの夢

掻きこわす人のバラッド

讃えない、
言葉なんかで。

わらい、わめく。
手は単純だ。

上着なら裂く。
泣くならば泣く。

肩骨が折れる、
木菟《みみづく》の耳できく。

青銅でつくられた
身じゃないんだし。

疲労ばかりが
日に正しい？

蛆と土くれが
ねえ、目からあふれる。

方外に神なし。
声のみ赤し。

ぼくは魂を掻いている、
掻きこわすしかできない指で。

言葉のバラッド

いろいろの色
とりどりの鳥

たびたびの旅
ちりぢりの塵

橋のはしばし
墨のすみずみ

字書きの恥かき
やちほこの紙反古

おゝ、なんと
一切は一切れだ

日暮れの野暮は
もはやヘボ
言葉だ、言葉が
きみの卒塔婆

四ツ算えろ

一ツ石積み、
ひとごろし。
二ツ石積み、
墓の蓋。

やれ、
ちょんぼの棍棒。
御坊の陰謀。

抹茶をください。
抹殺ではない。
さて、

三ツ石積み、
みなごろし。

四ツ石積み、
世の仕舞。

Pathography

Osada Hiroshi a poet,
Wrote a pretty poem on Monday,
Revised it eagerly on Tuesday,
Erased it suddenly on Wednesday,
Found a blank in his life on Thursday,
Held his tongue on Friday,
No line he should write on Saturday,
No end no beginning on Sunday,
There's no way out,
For Osada Hiroshi a poet.

パソグラフィー

長田弘　詩人一匹
しゃれた詩を書く　月曜日
しゃかりき推敲の　火曜日
いきなり消します　水曜日
白紙をみつめて　木曜日
むっつり無口な　金曜日
なんにも書けない　土曜日
どうどうめぐりの　日曜日
出口なし
長田弘　詩人一匹

（谷川俊太郎訳）

借金としての言葉のバラッド

何が
言葉だ。
どこの誰の言葉だ。

ぼくは言葉を
切りつめてつかう。
ぼくは貧しい。

一語一語が
高い利子をはらって
借りた言葉だ。

ぼくは言葉に
借りがある。
泣き寝入りしない。

借りをかえすだけ。
足はぬけない。
棒引きなし。それが言葉だ。

ひつようなもののバラッド

靴。
はきよい靴。
不揃いの雑踏。

どこへもゆき、
どこへもゆかない。
立ちどまる。

立ちどまりつつ、
歩く。
手でかんがえること。

ひつようなものは
わずかなもの。
ひつようが愛だ。

窓。
屋根。
青。

もう一杯のコーヒー。
二ど読める本。
三色の巻。

言葉。
白い紙に
黒い文字。

バラッド第一番

人間北看成南　黄庭堅

生まれた、
戦争のはじまった年。
飾絵をすてた
砂漠の一武器商人の
死んだ日。
すぐに
死に損ねた。
ジャブジャブ

脳に
血が溜まった。
頭蓋を裂いて
血を抜いた。
「ほんとうは
死んでたとこだよ」
ざまァない
詮もない
嘘としての人生。
わるくもない
祈らない。
傷口のある頭で
かんがえる。
われ思う、
故にわれあり。
いやさ
われなきところで
われ思う、

故に
われ思わぬところに
われあり。
祝うべき
いわれはない。
いまここに
あることだって、
はげしい
冗談。
さてこそ、
三色スミレを肴に
そこの屋台で
冷酒をやろう。
あたたかな小便をしよう。
手帳と電話は
きらいだ。
疑いを疑い、
夜は

羊の小腸をかじって
拳銃の詞華集を読む。
物語の中で人は死ぬ。
あっちにも石、
こっちにも石、
いたるところ墓だ。
うつむくか
横をむくか
怒鳴ろうか
仕事――言葉。
求ム――希望。
転ばぬさきの
知恵はない。
猫好き。
子供と
鳥打ち帽を愛す。
それからうつばりの塵飛ばす唄。
気が憂い日は

クルト・ヴァイルさん、
あんたの二束三文オペラをきく。
うそ寒い日には
ともかくも詩。
キューッと熱いやつ、
空っ腹にこたえる詩。
希みは芸術じゃない、
赤新聞も与り知らぬ
赤詩集一冊。
つまりは、
一つ覚えの二の舞の
三角野郎にささげる
四面楚歌。
身は身でとおす
笠の内。
絶対に陽気でなければならぬ。
元気にしていて
ある日にはもう

死んでいるのだ。
北枕。
朝まで眠り、
怠ける権利がある。
ぼくは
サソリ座の兎にして
山猫スト主義者だ。
革命はない。
ない革命がある。
あゝ、
始末がわるいよ。
おれたちの言語には
否定主語がねえんだよ。
まったく
雨の降る日は
天気がわるい。
夢は、
三界の首っかせだ。

蛇の道はへび。
服従することは
学ばなかった。
二百本ほどの骨でできてる
一ツ身。
それだけしか
いつも持ち合わせがなかった
いまも。

深呼吸の必要

あのときかもしれない

一

　きみはいつおとなになったんだろう。きみはいまはおとなで、子どもじゃない。子どもじゃないけれども、きみだって、もとは一人の子どもだったのだ。

　子どものころのことを、きみはよくおぼえている。水溜まり。川の光り。カゲロウの道。なわとび。老いたサクランボの木。学校の白いチョーク。はじめて乗った自転車。はじめての海。きみはみんなおぼえている。しかし、そのとき汗つぶをとばして走っていた子どものきみが、いったいいつおとなになったのか、きみはどうしてもうまくおもいだせない。

　きみはある日、突然おとなになったんじゃなかった。気がついてみたら、きみはもうおとなになっていた。なった、じゃなくて、なっていたんだ。ふしぎだ。そこには境い目がきっとあったはずなのに、子どもからおとなになるその境い目を、きみがいつ跳び越しちゃってたのか、きみはさっぱりおぼえていない。

　確かにきみは、気がついてみたらもうおとなになっていた。ということは、気がついてみたらきみはもう子どもではなくなっていた、ということだ。それじゃ、いったいいつ、きみは子どもじゃなくなっていたんだろう。いつのまにか子どもじゃなくなって、いつのまにかおとなになっていた。そうだろうか。自分のことなんだ。どうしてもっとはっきりその「いつ」がおもいだせないんだろう。きみがほんとうは、いつおとなになったのか。いつ子どもじゃなくなってしまっていたか。その「いつ」がいつだったのか。

きみがいつ子どもになったかなら、きみはちゃんと知っている。それは、きみが歩けるようになり、話せるようになったときだ。二本の足でちゃんと立ってちゃんと話せるようになったとき、きみは赤ちゃんから一人の子どもになった。それに、きみがいつ赤ちゃんになったかなら、正確にその日にちまで知っている。それはきみが生まれた日、きみの誕生日だ。きみは自分の誕生日に遅刻しないで、ちゃんと生まれた。そして、一人の赤ちゃんになった。

で、いつ、きみは子どもからおとなになったのか。あのときだろうか。あのときだ、きっとそうだ。だがきみは、すぐに打ち消す。あのときだ。そうじゃない、べつのあのときだ。いや、それもちがう。またべつのあのときだろう。そうだ、そうにちがいない。しかし、待てよ、子どもはただ一どしかおとなになれないんだ。それならば、おかしい。きみがおとなになった「あのとき」がそんなにいくつもあるはずがない。

じゃあ、どの「あのとき」が、きみのほんものの「あのとき」なのか。子どもとおとなは、まるでちがう。子どものままのおとななんていやしないし、おとなでもある子どもなんてのもいやしない。境い目はやっぱりあるんだ。でも、それはいったいどこにあったんだろう。ほんとうに、いったいいつだったんだろう。子どもだったきみが、「ぼくはもう子どもじゃない。もうおとななんだ」とはっきり知った「あのとき」は？

二

きみが生まれたとき、きみは自分で決めて生まれたんじゃなかった。きみが生まれたときにはもう、きみの名も、きみの街も、きみの国も決まっていた。きみが女の子じゃなくて、男の子だということも決まっていた。

一日は二十四時間で、朝と昼と夜とでできている。日曜は週に一どだ。十二の月で一年だ。そういうこともぜんぶ、決まっていた。きみはきょう眠った。だが目がさめると、きょうは昨日で、明日がきょうだ。それも決まっていた。きみが今夜寝て、一昨日の朝起きることなど、けっしてなかった。

きみが生まれるまえに、そういうことは何もかも決まってしまっていたのだ。きみがじぶんで決められることなんか、何ものこされていないみたいだった。赤ちゃんのきみは眠るか、泣くかしかできなかった。手も足もでなかった。手も足もすっぽり、産着にくるまれていた。

はるばるこの世にやってきたというのに、きみにはこの世で、することが何ひとつなかった。ただおおきくなることしか、きみはできなかった。それだってもともと決まっていたことだ。赤ちゃんのきみは何もできないじぶんがくやしかった。いつもちっちゃな二つの掌を二つの拳にして、固く握りしめていた。

ところが、きみが一人の赤ちゃんから一人の子どもになり、立ちあがってじぶんで歩きだしたとき、そのきみを待ちぶせていたのは、まるでおもいもかけないことだったのだ。きみがじぶんで決めなければ、ほかにどうすることもできないようなことだった。きみはあわて、うろたえ、めんくらった。何もかも決められていたはずじゃなかったのか。だが、そうおもいこんでいたきみはまちがっていた。

きみが生まれてはじめてぶつかった難題。きみが一人の男の子として、はじめて自分で自分に決めなければばならなかったこと。それは、きみが一人で、ちゃんとおしっこにゆくということだった。おしっこしたいかしたくないか、誰かにそれを決めてもらうことはできない。我慢するかしないか、ほかのひとに代わって我慢してもらうことはできない。きみにしかできない。きみは決心する。一人でちゃんとおしっこをする。

　つまり、きみのことは、きみが決めなければならないのだった。きみのほかには、きみなんて人間はどこにもいない。きみは何が好きで、何がきらいか。きみは何をしないで、何をするのか。どんな人間になってゆくのか。そういうきみについてのことが、何もかも決まっているみたいにみえて、ほんとうは何一つ決められてもいなかったのだ。

　そうしてきみは、きみについてのぜんぶのことを自分で決めなくちゃならなくなっていったのだった。つまり、ほかの誰にも代わってもらえない一人の自分に、きみはなっていった。きみはほかの誰にもならなかった。好きだろうがきらいだろうが、きみという一人の人間にしかなれなかった。そうと知ったとき、そのときだったんだ。そのとき、きみはもう、一人の子どもじゃなくて、一人のおとなになってたんだ。

三

大通り。裏通り。横丁。路地。脇道。小道。行き止まり。寄り道。曲がり道。廻り道。どんな道でも知っていた。

だけど、広い道はきらいだ。広い道は、急ぐ道だ。自動車が急ぐ。おとなたちが急ぐ。広い道は、ほんとうは広い道じゃない。広い道ほど、子どものきみは肩身が狭い。ちいさくなって道の端っこをとおらなければならないからだ。広い道は、子どものきみには、いつも狭い道だった。

きみの好きな道は、狭い道だ。狭ければ狭いほど、道は自由な道だった。下水があれば、きみはわざわざ下水のふちを歩いた。土手を斜めにすべりおちる道。それも、うえから下りるだけなんてつまらない。逆に上るんだ。走って上るなら、誰だってできる。きみはできるだけゆっくり上る。ずりおちる。

白い石塀のうえも、道だった。注意さえすれば、自動車も犬もとおれない、それはきみと猫だけの安全な道だった。身体のバランスをうまくとって、平均台のうえを歩くときのように、きみは歩く。だが突然、きみは後ろから怒鳴られる。「どこを歩いてるんだ。危ないぞ」。その声にびっくりして、おもわずバランスを崩して、きみは墜ちる。きみは不服だ。「危ないぞ」だなんて、いきなり、それも後ろから怒鳴るなんて、危ないじゃないか。しかし、二どと石塀のうえの道は歩かなかった。

何でもない道だったら、小石をきれいに蹴りながら歩いた。石を下水に落とさず、学校から家まで、誰にも邪魔させずに蹴りつづけてかえったのが、きみの最高記録だ。どんな石でもいいわけじゃない。野球選手がバットケースからバットを択びだすときのような目で、きみは小石を慎重に拾う。丸くて平べったい石がいい。道をスーッと、かるくすべってゆく石がいい。気にいった石がきみの蹴りかたがまずくて下水に落ちると、きみは口惜しかった。

子どものきみは、道をただまっすぐに歩いたことなどなかった。右足をまえにだす。次に、左足をまえにだす。歩くってことは、その繰りかえしだけじゃないんだ。第一それじゃ、ちっともおもしろくも何ともない。きみはそうおもっていた。こんどはこの道をこう歩いてやろう。どんなゲームより、どんな勉強より、それをかんがえるほうが、きみにはずっとおもしろかったのだ。

いま街を歩いているおとなのきみは、どうだろう。歩くことが、いまもきみにはたのしいだろうか。街のショーウィンドウに、できるだけすくなく歩こうとして、急ぎ足に、人混みのなかをうつむいて歩いてゆく、一人の男のすがたがうつる。その男が、子どものころあんなにも歩くことの好きだったきみだなんて、きみだって信じられない。

歩くことのたのしさを、きみが自分に失くしてしまったとき、そのときだったんだ。そのとき、きみはもう、一人の子どもじゃなくて、一人のおとなになってたんだ。歩くということが、きみにとって、ここからそこにゆくという、ただそれだけのことにすぎなくなってしまったとき。

四

「遠くへいってはいけないよ」。子どものきみは遊びにゆくとき、いつもそう言われた。いつもおなじその言葉だった。誰もがきみにそう言った。きみにそう言わなかったのは、きみだけだ。

「遠く」というのは、きみには魔法のかかった言葉のようなものだった。きみにはいってはいけないところがあり、それが、「遠く」とよばれるところなのだ。そこへいってはならない。そう言われれば言われるほど、きみは「遠く」というところへ一どゆきたくてたまらなくなった。

「遠く」というのがいったいどこにあるのか、きみは知らなかった。きみの街のどこかに、それはあるのだろうか。きみはきみの街ならどこでも、きみの掌のようにくわしく知っていた。しかし、きみの知識をありったけあつめても、やっぱりどんな「遠く」もきみの街にはなかったのだ。きみの街には匿された、秘密の「遠く」なんてところはなかった。「遠く」とはきみの街のそとにあるところなのだ。

ある日、街のそとへ、きみはとうとう一人ででかけていった。街のそとへゆくのは難しいことではなかった。街はずれの橋をわたる。あとはどんどんゆけばいい。きみは急ぎ足で歩いていった。ポケットに、握り拳を突っこんで。急いでゆけば、それだけ「遠く」に早くつけるのだ。そしたら、「遠く」にいったなんてことに誰も気づかぬうちに、きみはかえれるだろう。

けれども、どんなに急いでも、どんなに歩いても、どこが「遠く」なのか、きみにはどうしてもわからない。きみは疲れ、泣きたくなり、立ちどまって、最後にはしゃがみこんでしまう。街からずいぶんはなれてしまっていた。そこがどこなのかもわからなかった。もどらなければならなかった。

きた道とおなじ道をもどればいいはずだった。だが、きみは道をまちがえる。何遍もまちがえて、きみはわッと泣きだし、うろうろ歩いた。道に迷ったんだね。誰かが言った。迷子だな。べつの誰かが言った。迷子というのは、きみのことだった。きみは知らないひとに連れられて、家にかえった。叱られた。

「遠くへいってはいけないよ」。

子どもだった自分をおもいだすとき、きみがいつもまっさきにおもいだすのは、その言葉だ。子どものきみは「遠く」へゆくことをゆめみた子どもだった。だが、そのときのきみはまだ、「遠く」というのが、そこまでいったら、もうひきかえせないところなんだということを知らなかった。

「遠く」というのは、ゆくことはできても、もどることのできないところだ。おとなのきみは、そのことを知っている。おとなのきみは、子どものきみにもう二どともどれないほど、遠くまできてしまったからだ。

子どものきみは、ある日ふと、もう誰からも「遠くへいってはいけないよ」と言われなくなったことに気づく。そのときだったんだ。そのとき、きみはもう、一人の子どもじゃなくて、一人のおとなになってたんだ。

五

子どものきみは、ちいさかった。おとなになったきみよりも、ずっとちいさかった。

おとなの腰ぐらいまでしかなかった。だから、きみは、早くおおきくなりたかった。実際、おおきくなったら、何もかもがうまくゆくような気がした。いちいち椅子にのぼらなければ何もできないなんて、ひどく不便だった。どんなものでもみんな、おとなの背の高さにあわせてできているのだ。母親に秘密の話だってできない。秘密の話は、耳うちする話だ。ところが母親の耳ときたら、背のびしても届かないような、とんでもなく高いところにあるのだった。

きみの好きなのは、野球だった。きみはしかし、ボールを片手で、まだきちんと摑めなかった。ボールのほうが、きみの掌よりずっとおおきかったのだ。きみが野球を好きだったのは、きみの父親が野球が上手だったからだ。父親はきみの背の高さとおなじぐらいのバットを、かるがると振りまわした。そして、誰が投げても、いつでもらくらくとおおきな本塁打を打つのだ。

子どものきみは、父親と一緒に、よく野球のグラウンドにいった。グラウンドにゆくのはたのしかった。いつもはこわい父親が、本塁打を打つと、きみのほうをみて微笑した。きみの父親はがっしりとしていた。背が高く、太い腕と速い足をもっていた。きみの父親は、まだきみの父親でなかったとき、名のとおった野球選手だったのだ。草野球で本塁打を打つなんて、簡単だった。

そのときも、きみの父親は、きれいに本塁打を打った。試合はそれで終わりだった。父親はもどってくると、きみに言った、「野球はおもしろいか」。

「うん」。きみはこたえた。

「じゃあ、おおきくなったら、お父さんと野球をしよう」。父親が言った。

「ほんとう？」きみはうれしくて、息が詰まりそうになった。父親がきみを仲間にしてくれるというのだ。

「じゃあ、ぼく、来週おおきくなるよ！」

　来週がきた。しかし、きみはすこしもおおきくならなかった。決心が足りなかったのだ、ときみはおもった。そして、こんどこそきみは、こころに深く決めた。おとなの肩の高さまではおおきくならなくっちゃ。そしてやがて、そのとおり、きみはおとなの肩の高さまでおおきくなった。こんどは、おとなの背の高さまでおおきくなってやろう。そしてやがて、そのとおり、きみはおとなとおなじだけおおきくなった。だが、そこまでだった。どんなに決心しても、きみはもう二どと、それ以上おおきくならなかった。きみは、きみにちょうどの背の高さ以上の人間にはなれなかった。

　そのときだったんだ。そのとき、きみはもう、一人の子どもじゃなくて、一人のおとなになってたんだ。これ以上きみはもうおおきくはなれないんだと知ったとき。好きだろうがきらいだろうが、とにかくきみには、きみにちょうどの背の高さしかこの世にはないんだってことに、はじめてきみが気がついたとき。

六

「なぜ」とかんがえることは、子どものきみにはふしぎなことだった。あたりまえにおもえていたことが、「なぜ」とかんがえだすと、たちまちあたりまえのことじゃなくなってしまうからだ。

たとえば、釦だ。きみの服の釦は右がわに付いていて、釦穴は左に付いている。左合わせだ。それはきみが男の子だからだ。女の子の釦は左がわに付いていて、釦穴は右がわに付いている。右合わせだ。どの男の子の、どの女の子の釦もそうだ。あたりまえのことだ。でも、どうして男の子は左合わせで、女の子は右合わせでなきゃいけないんだろう。なぜだ。そんな区別なんかしなくたって、男の子は女の子じゃないし、女の子は男の子じゃないのに。

あるいは、本だ。きみは一冊の本をもっていた。きみの友人もおなじ本をもっていた。おなじ本だけれど、きみの本はきみのもので、友人の本は友人のもので、二冊の本はべつの本だった。友人の本はきれいだったが、きみの本はすこし汚れていた。だけど、ちがう二冊の本は、やっぱりおなじ一冊の本だった。きみの本で読んだって、友人の本を借りて読んだって、おなじ本を読んだことに変わりはない。二冊の本はおなじ本だった。なぜだ。ちがう本だったというのに。

あるいは、鏡だ。鏡のまえに立って、子どものきみは右手をあげる。すると鏡のなかのきみが、左手をあげる。きみが左の耳をひっぱると、鏡のなかのきみは、右の耳をひっぱった。なぜだ。鏡だからだ。鏡のなかでは、右と左はかならず逆になるからだ。あたりまえのことだ。椅子をきみの左がわにおく。すると鏡のなかの椅子は、きみの右がわにある。

しかし、ときみは疑ったのだ。そして、ごろりと鏡のまえに寝ころんだ。すると、鏡のなかのきみもごろりと寝ころんだ。寝ころんだきみの頭は右、きみの足は左。だが、へんだ。鏡のなかのきみの頭も右、きみの足も左。つまり、おなじだ。あ、右と左が逆にならない。なぜだ。おなじ鏡なのに。

そういう「なぜ」がいっぱい、きみの周囲にはあった。「なぜ」には、こたえのないことがしょっちゅうだった。そんな「なぜ」をかんがえるなんて、くだらないことだったんだろうか。誰もが言った、「かんがえたって無駄さ。そうなってるんだ」。実際、そうかんがえるほうが、ずっとらくだった。何もかんがえなくてもすむからだ。しかし、「そうなってる」だけだったら、きみのまわりにはただのあたりまえしかのこらなくなる。そしたら、きみはものすごく退屈しただろうな。「なぜ」とかんがえるほうが、きみには、はるかに謎とスリルがいっぱいだったからだ。けれど、ふと気がつくと、いつしかもう、あまり「なぜ」という言葉を口にしなくなっている。

そのときだったんだ。そのとき、きみはもう、一人の子どもじゃなくて、一人のおとなになってたんだ。「なぜ」と元気にかんがえるかわりに、「そうなってるんだ」という退屈なこたえで、どんな疑問もあっさり打ち消してしまうようになったとき。

七

一つの電池に、豆電球を一つ付ける。それからもう一つ、豆電球を繋ぐ。そのとき、二つの豆電球をならべて直列に繋ぐと、それぞれの豆電球の明るさはぐっと弱まってしまう。けれども、二つの豆電球を二段にわけて並列に繋ぐと、二つの豆電球のどちらの明るさも、一つの電池に豆電球を一つだけ繋いだときとすこしも変わらないのだ。

直列式と並列式のそのちがいを、きみはいまでもよくおぼえている。それには理由がある。きみがはじめて女の子からもらった手紙に、そのことが書いてあったからだ。それは、直列式と並列式のちがいを、はじめて学校でならったころのことだった。

毎日学校で顔をあわせても、そのころはもう、男の子と女の子とはめったに口をきくことがなかった。ほんとうは話をしたり、笑ったりしたいのに、きみたちは素直にそうすることができなかった。男の子と女の子がたがいのちがいに気づきはじめると、おたがいを繋ぐ自然な言葉が、急に失くなってしまう。で、きみたちはよく手紙を書いた。

けれど、手紙のなかでさえ、わざわざ難しい言葉を探してきては、四角四面な言葉を、きみたちはつかった。たとえば、「ぼくはきみに関心がある」と男の子が書けば、それは「ぼくはきみが好きだ」という意味だった。そして女の子が、「かれはわたしのことを意識してるんだわ」と言えば、それは「かれはわたしを好きなんだわ」ということなのだった。

「好きだ」というただそれだけの言葉を、きみたちはどうしても言えない。「好きだ」と言いたいのだが、もし「好きだから、どうなんだ」と言われればそれまでだと、きみたちは知っていた。つまり、きみたちは、たがいにちがう人間がたがいのちがいを共にするということの難しさを、ようやく知りはじめていた。

そんなとき、きみは好きな女の子にはじめて手紙を書いて、返事をもらったのだった。「お手紙ありがとう」。女の子は書いてきた。「きみがわたしのことを意識してるなんて知らなかったわ。でも、無駄よ。わたしは直列式の友情は信じないわ。わたしの信じるのは、並列式の友情だけよ。さよなら」。その手紙をもらったとき、きみはあわてて理科の教科書をひろげて、復習しなければならなかった。きみは理科が不得意だった。

きみは二どと、女の子に手紙を書かなかった。復習しないとわからない返事をもらうなんて、懲り懲りだ。だが、おおきくなってからも、きみはそのときの女の子の返事の言葉を忘れることはできなかった。きみはいまでは、二人のちがう人間がたがいの明るさを弱めることなく、おなじ明るさのままで一緒にいるということがどんなに難しいことかを、よく知っている。

そのときだったんだ。そのとき、きみはもう、一人の子どもじゃなくて、一人のおとなになってたんだ。ひとを直列的にでなく、並列的に好きになるということが、どんなに難しいことかを、きみがほんとうに知ったとき。

八

父親は黙っていた。ときどきおおきな湯呑みに口をつけ、目を据え、息を呑むように静かにすする。湯呑みにはいっているのは、茶でなく、冷たい酒だ。灰皿が、煙草の吸殻でいっぱいだった。怒っているのかとおもったが、ちがっていた。かんがえこんでいるというのとも、ちがう。きみをみても、口もきかず、すぐに目をそらした。ただじっと暗い目をしていた。それから、いきなり立ちあがると、そのまま部屋をでていった。玄関の戸がガラガラと開いて、閉まる。

夏だ。長い一日がようやく終わろうとしていたが、空はまだ明るかった。遠くの山の尾根の影が切り絵のようにきれいだった。父親のあとを追おうとして、きみはためらう。家にはほかに誰もいなかった。きみは本をひっぱりだして読む。わざわざ声をだして読む。しかし、物語のすじがうまくのみこめない。ふいにきみは、あんなふうな父親をみたことはそれまでなかった、とおもう。本を閉じて、きみは急いで立ちあがる。自分の気もちを押すように、自転車を押して、道にでる。

ゆっくりと日暮れてゆく夏の街を、息をつめながら、きみは自転車を走らせる。低い家並みのつづく通りをぬけて、川までゆく。堤防を走って、神社の横のもううすぐらい道にでる。境内を横切って、カラタチの生垣のつづく小道を走る。そうして街を一めぐりして、やっときみは、丘の下の広い運動場で、父親をみつける。父親はおおきな野球のバックネットを背に、たった一人で黙々と、おもいきり力をこめてバットを振っていた。みえない打球がまっすぐに、みえない野手の頭のうえを、低いライナーでぬいてゆく。鋭く叩きつけるような振りだった。

バットの先がくるっとすばやくまわるたびに、そこに一瞬、風の切羽があらわれるようだった。きみには父親がいまにもそのちいさな切羽のなかへはいってゆこうとしている男のようにみえた。男はこころのそとへ、懸命にでてゆこうとしていた。

きみは、誰もいない夏の日の落ちぎわの広い運動場で懸命にバットを振りつづける一人の男を、遠くから黙ったまままみつめていた。一人の男の影がグラウンドにどんどん長くなった。その男はきみの父親だったが、しかし、きみがそこに認めたのは、怒りたいのか泣きたいのかわからないような気もちをどうしようもなく自分に抱えていた一人の孤独な男だったのだと、ずっと後になって、きみはふしぎに懐しくおもいだすだろう。

そのときは、はっきりそうとはわからなかったし、父親がそのとき何をくるしんでいたかも、きみは知らなかった。たぶん、ほんとうの勇気が日々にちいさな敵にうちかつことだとすれば、そのほんとうの勇気に欠けていたというだけだったのかもしれない。

しかし、そのときだったんだ。そのとき、きみはもう、一人の子どもじゃなくて、一人のおとなになってたんだ。きみが、一人の完全な人のでなく、誰ともおなじ一人の不完全な人の姿を、夏の日暮れのグラウンドで、遠くからきみの父親の姿にみつめていたとき。

九

　掛時計がボーンとなる。鳩時計がクックーと啼く。目ざまし時計がピーンと一瞬鋭い音をたてる。秒針は走る。長針が大股で追いかける。短針はうずくまる。どの時計も急いでいる。急ぎながら、呟いている。時計屋さんの店のなかはいつも時を刻む音でさわがしかったが、時計屋さんはいつも静かなひとだった。一日じゅう店にすわって、黙々と、時計の修理をしていた。

　時計屋さんは散歩が好きだった。子どものいない時計屋さんは、子どものきみをよくいっしょに散歩につれていってくれた。時計屋さんの店にゆく。時計屋さんは、きみの家のすぐちかくだ。「きたな」。きみの顔をみると、時計屋さんは立ちあがる。一本脚で、たくみに。時計屋さんは片脚がなかった。いつもズボンの片っぽを半分に折って、松葉杖をついていた。

　時計屋さんはきみにいろいろな話をしてくれた。長靴をはいた猫の話。北風のくれたテーブル掛けの話。立派な懐中時計をもった不思議の国のウサギの話。しかし、きみがいまでもいちばんよくおぼえているのは、時計屋さんがなぜ片っぽの脚を失くしてしまったかという話だ。

「戦争さ」。時計屋さんは静かに言った。「戦争にいって、おじさんは片っぽの脚をなくした。おじさんだけじゃない。戦争にいったひとは誰でも、何かを失くした。戦争で死んだひとは人生を失くした。人生ってわかるかな。ひとが生きてくってことだよ。おじさんは人生を失くすかわりに、片っぽの脚を失くした」。

「痛くない？」きみは訊ねる。きみは戦争を知らない子どもだった。

「痛くなんかないよ。脚は失くなっちゃったんだから、痛くもなんともないさ。痛いのは、こころだよ」。

「こころ？」

「そう、こころだよ。こころが痛い」。

時計屋さんはそう言って、あとは黙ってしまった。子どものきみにはわからなかった。こころっていったい何なのか。でも、それは訊いてはいけないことのような気がした。こころって何だろう。こころが痛いってどんなことなんだろう。けれどもきみは、すぐにこころのことなんか忘れてしまう。

きみの家がべつの街に引越したのは、それからまもなくのことだ。それっきりきみは、なかよしだった時計屋さんのことも忘れてしまった。だがあとになって、まったく突然に、きみはずっと忘れていた時計屋さんのことをおもいだす。戦争で片っぽの脚を失くした時計屋さんがいつかきみに話してくれた話。それはきみがふっと「あゝ、こころが痛い」と呟いた日のことだった。そうだ、むかしなかよしだった片脚の時計屋さんもおなじことを言ってたっけ。こころが痛いって。

そのときだったんだ。そのとき、きみはもう、一人の子どもじゃなくて、一人のおとなになってたんだ。きみが片脚の時計屋さんの言った言葉をはっきりとおもいだしたとき。きみがきみの人生で、「こころが痛い」としかいえない痛みを、はじめて自分に知ったとき。

おおきな木

おおきな木

おおきな木をみると、立ちどまりたくなる。芽ぶきのころのおおきな木の下が、きみは好きだ。目をあげると、日の光りが淡い葉の一枚一枚にとびちってひろがって、やがて雫のようにしたたってくるようにおもえる。夏には、おおきな木はおおきな影をつくる。影のなかにはいってみあげると、周囲がふいに、カーンと静まりかえるような気配にとらえられる。

おおきな木の冬もいい。頬は冷たいが、空気は澄んでいる。黙って、みあげる。黒く細い枝々が、懸命になって、空を摑もうとしている。けれども、灰色の空は、ゆっくりと旋るようにうごいている。冷たい風がくるくると、こころのへりをまわって、駆けだしてゆく。おおきな木の下に、何があるだろう。何もないのだ。何もないけれど、木のおおきさとおなじだけの沈黙がある。

花の店

街の通りで惹かれるのは、街のちいさな花の店だ。そのまえを通りすぎて、それまで気づかなかった何かを目にしたように思って、思わずふりかえってしまうようなときがある。

たとえば、店先の何でもない花ばなをみて、花ばなのとどめるあざやかな日の色に気づいて、目をあげると、街の風景の色が微妙に変わってみえることがある。店先に黙っておかれている鉢植えの花のために、忘れてしまった記憶の傷口がひらいてしまうこともある。

ある日ふと、昨日までみかけなかった草花に気づく。季節が変わったのだ。街の季節はいつもいちばん早く花の店の店先から変わってゆく。花の店の店先には、道をとおりすぎるものの気分を引きとめる何かがある。つねに何かしらひとをハッとさせるような、明るいおどろきがあるのだ。

路地

路地。または露地とも書く。街なかにあつまる家々のあいだをぬける通り道。たがいの軒先をとおってゆくような道の両がわの玄関先に、鉢植えの花がでている。そのむこう、ブロック塀のうえを花台にして、いくつもの鉢植えがならぶ。春には桃の花。夏の朝顔。サボテンの花。秋は真っ青な桔梗。あざやかな花ばなが、ひっそりとした路地を明るくしている。

そこに花ばながおかれている。ただそれだけなのに、花ばなのおかれた路地をとおりぬけると、ふっと日々のこころばえを新しくされたようにかんじる……おたがい、いい一日をもちたいですね……ふっとそんな声をかけられたようにおもう。花ばなをそこにおき、路地をぬけてゆく人びとへの挨拶を、暮らしのなかにおく。誰もいないのだが、花がそこにある。そんな路地の光景が、好きだ。

公園

低く枝をひろげた梅の木々が、ゆるやかな丘の斜面にひろがっている。花の季節が去ると、日の光がつよまってくる。木々の緑が濃くなる。明るい静けさが深くなる。微風を手でつかめそうである。きみはベンチにすわって、道すがらに買ってきた古本をめくる。梅の木々のあいだで子どもたちは、フリスビーに夢中だ。老人と犬が、遊歩道を上ってくる。

街のなかの丘のうえのちいさな公園だ。赤ん坊をのせたバギーを押して、少年のような父親と少女のような母親が、笑いあって通りすぎる。鳩たちが舞いおりてきて、艶のある羽根をたたむ。クックーと啼いて、ポップコーンを突つき散らす。近くのような遠くで、誰かがトロンボーンを吹いている。日曜日の公園の午後には、永遠なんてものよりもずっと永くおもえる一瞬がある。

山の道

山の駅で下りて、山あいの道を歩く。ちいさな橋を渡り、村道をぬけ、胸を突く急坂を上ると、緑濃い山塊のかさなりあう風景が、ふいにひろがる。山の辺をめぐって曲がってつづく道。黙って歩く。立ちどまる。ふりかえる。斜面に明るくひらかれた畑。谷あいにおりてゆく暗い杉の林。なだれるようにつらなる群竹。遠くに人家の青い屋根。

ただ歩くだけに、きみは一日の孤独をついやす。山の道の散歩のたのしみは、なにげない偶然の光景の採集である。小川の石をもちあげると、逃げる沢蟹。道に迷いでてきた蟇。農家の兎。短い挨拶の言葉。木立ちのなかの椎茸の組み木。棄てられた炭俵。ふいに走りさる風の足音。日の翳り。ツユクサの青。老いた大木のぶあつい葉の繁り。枝をわたってゆく鳥の羽搏き。

驟雨

突然、大粒の雨が落ちてきた。家並みのうえの空が、にわかに低くなった。アスファルトの通りがみるみる黝くなり、雨水が一瞬ためらって、それから縁石に沿って勢いよく走りだした。若い女が二人、髪をぬらして、笑いあって駈けてきた。灰いろの猫が道を横切って、姿を消した。自転車の少年が雨を突っ切って、飛沫をとばして通りすぎた。

雨やどりして、きみは激しい雨脚をみつめている。雨はまっすぐになり、斜めになり、風に舞って、サーッと吹きつけてくる。黙ったまま、ずっと雨空をみあげていると、いつかこころのバケツに雨水が溜まってくるようだ。むかし、ギリシアの哲人はいったっけ。(魂はね、バケツ一杯の雨水によく似ているんだ)

樹木の木の葉がしっとりと、ふしぎに明るくなってきた。遠くと近くが、ふいにはっきりしてきた。雨があがったのだ。

散歩

ただ歩く。手に何ももたない。急がない。気に入った曲り角がきたら、すっと曲がる。曲り角を曲がると、道のさきの風景がくるりと変わる。くねくねとつづいてゆく細い道もあれば、おもいがけない下り坂で膝がわらいだすこともある。広い道にでると、空が遠くからゆっくりとこちらにひろがってくる。どの道も、一つ一つの道が、それぞれにちがう。

街にかくされた、みえないあみだ籤の折り目をするするとひろげてゆくように、曲り角をいくつも曲がって、どこかへゆくためにでなく、歩くことをたのしむために街を歩く。とても簡単なことだ。とても簡単なようなのだが、そうだろうか。どこかへ何かをしにゆくことはできても、歩くことをたのしむために歩くこと。それがなかなかにできない。この世でいちばん難しいのは、いちばん簡単なこと。

友人

自転車に乗って、きみは夜の道をゆっくりと走る。明るい家々の角を曲がると、急な坂だ。息はずませて上る。ペダルを踏むごとに、前灯が激しく揺れて、あたたかな風が汗の匂いをサッと拭いとってゆく。坂を上りつめて、線路ぎわへの暗い抜け道に折れる。道のなかばまで古いおおきな樹木の影がかぶさって、木の下闇いっぱいに、雑草が勢いよくひろがっている。

自転車をとめ、きみは呼吸をやすめて、耳をすます。もしこんな暗いところで一人で何をしているのかと訊かれたら、何というのか。友人を待っているというのか。ガサッ、ガサゴソ。なつかしい微かな音がする。きみは微笑する。一ぴきの老いたおおきな蟇がよたよたと、樹木の影のなかへでてくる。やあと、きみはいう。きみの旧友の蟇は約束を違えなかった。われらの星は太陽のまわりを一めぐりし、今年もいい季節がやってきたのだ。

三毛猫

猫は、いつもそこにいた。晴れた日も、雨の日も。寒い夜も、あたたかな夜も。白菜。ネギの束。ナスの山。曲がったキュウリ。泥鰌インゲン。タマネギ。カボチャ。キャベツ。季節季節の野菜のあいだに、猫は、赤い首輪をして、身をまるめて、じっと目をつむっていた。

私鉄の駅のある街のちいさな通りの八百屋だ。年のいった夫婦だけでやっている、気働きのいい八百屋で、いつも夜おそくまで店を開けていた。夜がふけてくると、店先に光りがあふれて、野菜も、猫も輝いてみえた。みごとな毛並みのおおきな三毛猫だった。

ある日、八百屋は店を休んだ。ちいさな貼り紙があり、「猫、忌中」とあった。翌日、八百屋は店を開けた。そして、いつもの場所に、こんどはとてもちいさな三毛猫が、赤い首輪をして、身をまるめて、じっと目をつむっていた。

海辺

波がくずれて、ちいさな塩の泡を撒きちらしながら、波打ち際をすすんでくる。ふいにあきらめて、またもどってゆく。濡れた砂がいっぱいにひろがって、午後の日の光りに淡く光る。鈍いろの波がもりあがって、またくずれて、すすんでくる。寄せてかえすだけの清浄なざわめきのなかに踏みこむと、ふっとすべての音が掻き消えてしまう。黙る。二、三歩あるく。立ちどまる。

海辺にのこされたままの欠けた貝殻。足許にからみつく海草。木目を浮かびあがらせたうつくしい木片。宝石のようなガラス壜のかけら。すべすべのひらたい石。瞳をひらいたままの人形の首。真ッ白な骨片。木の枝。目をあげると、霞む沖はるか、空が、海の藍いろの布っ端をひっぱりあげている。そうやって風が寒くなってくるまで、じっとしている。理由はない。きみはただ海をみにきたのだ。

梅堯臣

日のつれづれ、熱い珈琲を淹れて、きみは梅堯臣を読む。声を大にしない。華麗をやましくしない。梅堯臣は言葉の平淡さをまっすぐのぞんだ北宋の詩人だった。ミミズ。オケラ。泥鰌。蛙。河豚。蚊。蠅。虱。蛆虫。カラス。何でも詩にした。誰にもみえていて誰もみていない、平凡な日々の光景から詩を、帽子から鳩をとりだすように、とりだした。

事固無醜好　事に固《もと》より醜好無し
醜好貴不惑　醜好は惑わざるを貴ぶ

なに、もともと物それ自体には醜いも好いもないよ。大切なのは醜とか好とかにとりこにならないことさ。物を率直にみることだ。人間の身勝手な感情で、この世をいたずらに好ましいものとしたり、醜いものとしたりしないことだ。そうひっそりと一人呟いていた千年のむかしの市井の詩人が、きみは好きだ。

＊梅堯臣＝寛文生・注による

童話

木々の緑にいつかきびしい気配がかんじられるようになると、夕暮れが早くなる。目をあげると、まだ暮れのこっている西の空がきれいだ。風はまだやわらかいが、風景の輪郭はもうするどくなっている。「どこかで柩を打つ音がする」と詩人がうたったのは、いつの秋だったたか。日の光りが惜しまれる季節になってくると、いつか読んだとても好きな童話を、きみはおもいだす。

「そこで何をしていなさる?」と誰かが訊ねた。「手押車いっぱい、お日さまの光りをもってかえりたいんだがね、難しくて。なにせ日かげにはいったら、すぐ消えてしまうから」「手押車いっぱいの日光を何にするんだね?」「子どもが寒さのために、家で死んだようになっているので、暖めてやりたいんだよ」

柘榴

きれいな火の色をした花を咲かせて、やがて、きれいな血の色をした果肉をしっかりと殼につつんだ実を、おおきくみのらせる。ある日、その実がざっくりと朱々と口をあけたら、もう秋がそこにきている。柘榴の実の割れる季節がくると、その男のことを思いだす。

月は晩くして未だ上るに及ばず。仰いで蒼穹を観れば、無数の星宿紛糾して我が頭にあり。而して我は地上の一微物、……星の散らばる夜は、その男の遺した言葉を思いだす。

風のようにきて、風のように往ってしまった男だ。ほんの百年まえに、その男は黙ってたった一人で、みずから縊れて、月夜に死んだ。火の色をした言葉と、ざっくりと裂けた人生の血の色が、透谷という名だったその青年について、きみの知るすべてだ。ほんとうだ。青年は右の腕に、あざやかな柘榴のいれずみをしていた。

＊透谷「一夕観」・藤村「春」による

原っぱ

原っぱには、何もなかった。ブランコも、遊動円木もなかった。ベンチもなかった。一本の木もなかったから、木蔭もなかった。激しい雨がふると、そこにもここにも、おおきな水溜まりができた。原っぱのへりは、いつもぼうぼうの草むらだった。

きみがはじめてトカゲをみたのは、原っぱの草むらだ。はじめてカミキリムシをつかまえたのも。きみは原っぱで、自転車に乗ることをおぼえた。野球をおぼえた。はじめて口惜し泣きした。春に、タンポポがいっせいに空飛ぶのをみたのも、夏に、はじめてアンタレスという名の星をおぼえたのも、原っぱだ。冬の風にはじめて大凧を揚げたのも。原っぱは、いまはもうなくなってしまった。

原っぱには、何もなかったのだ。けれども、誰のものでもなかった何もない原っぱには、ほかのどこにもないものがあった。きみの自由が。

影法師

影を踏む遊びがあった。たそがれから夜にかけての子どもの遊びだった。二人ないし三人で、あらそって、たがいの影を踏む。頭の影を踏まれたら、負けだ。日の落ちぎわは、影が長い。長い影は、塀に折れてうつるようにしなければ、だめだ。街灯がついたら、誰も負けない。いざとなったら、街灯の真下に逃げる。影が足もとに跳んできて、サッと消える。

たがいに追いかけながら、逃げながら、自分の影を確かめながら、影法師を長く短くしながら、騒ぎながら、「さよなら、またね」と叫んで、家に駆けこむまでの、たのしい路地の遊びだった。いまはみなくなった子どもの遊びだ。きみは思いだしてふと、ドキリとすることがある。ひょっとしたら子どもたちは、今日どこかに自分の影法師を失くしてしまったのだろうか、と。

イヴァンさん

「村に、おおきな樫の木がありました」。イヴァンさんが言った。「木かげは夏には羊飼いと羊のもの、団栗は農民たちの豚の餌ときまっていました。冬の枯れ枝は、村の寡婦だけが燃料としてつかえ、春の新芽は教会の飾りでした。夕暮れの木の下は、村の誰しもの休み場所でした」。

「街にはおおきな道があり、道に腰を下ろして空を眺める人がいました。トランプをする人、珈琲を飲む人がいました。政治的な集まりもあったし、屋台や露台で物を売る人もいました。驢馬を追う人もいました。人びとのあいだには挨拶がありました」。

「そんな村も街も、いまは失われました。昔がよかったとはいいません。だが、しかし、です」。イヴァンさんは言った。「わたしたちは今日、幸福でしょうか？」

＊イヴァンさん＝イヴァン・イリイチ

団栗

木立ちのあいだから立ちあらわれるように、時雨はやってくる。雨音一つ聴こえなかったのに、日の色がふっと遠のいたとおもったら、あたりはもう灰鼠色に靄っている。古い屋敷、庭木をそのままにのこしている、市中の静かな公園だ。木々の繁みをぬけてゆく砂利道をまわってゆくと、おおきな樫の木が一本、青々とおおきな枝の傘をひろげている。

時雨どきの樫の木の下には、しっとりと湿った地面のそこにも、ここにも団栗が落ちている。ふしぎだ、団栗は。みつけると、拾いあつめたくなる。拾いあつめるうち、いつか夢中になる。

団栗にはなぜかしら、いまはもうおもいだすこともできないような、幼い記憶の感触がある。きみは黙って、きみの失くしてしまった想い出の数を算える。それはきっと、両掌に拾いあつめた団栗の数にひとしい。

隠れんぼう

雨空を、すばらしい青空にする。角砂糖を、空から墜ちてきた星のカケラに変える。五本の指を五本の色鉛筆にして、風の色、日の色をすっかり描きかえる。庭にチョコレートの木を植える。どんなありえないことだって、幼いきみは、遊びでできた。そうおもうだけで、きみは誰にでもなれた。左官屋にだって。鷹匠にだって。「ハートのジャック」にだって。

できないことができた。難しいことだって、簡単だった。遊びでほんとうに難しいのは、ただ一つだ。遊びを終わらせること。どんなにたのしくたって、遊びはほんとうは、とても怖しいのだ。

きみの幼友達の一人は、遊びの終わらせかたを知らなかった。日の暮れの隠れんぼう。その子は、おおきな銀杏の木の幹の後ろに、隠れた。それきり、二どと姿をみせなかった。銀杏の木の後ろには、いまでもきみの幼友達が一人、隠れている。

賀状

古い鉄橋の架かったおおきな川のそばの中学校で、二人の少年が机をならべて、三年を一緒に過ごした。二人の少年は、英語とバスケットボールをおぼえ、兎の飼育、百葉箱の開けかたを知り、素脚の少女たちをまぶしく眺め、川の光りを額にうけて、全速力で自転車を走らせ、藤棚の下で組みあって喧嘩して、誰もいない体育館に、日の暮れまで立たされた。

二人の少年は、それから二どと会ったことがない。やがて古い鉄橋の架かった川のある街を、きみは南へ、かれは北へと離れて、両手の指を折ってひらいてまた折っても足りない年々が去り、たがいに手にしたのは、光陰の矢の数と、おなじ枚数の年賀状だけだ。

元旦の手紙の束に、今年もきみは、笑顔のほかはもうおぼえていない北の友人からの一枚の端書を探す。いつもの乱暴な字で、いつもとおなじ短い言葉。元気か。賀春。

初詣

冷たい風がゆっくりと鐘の音をめぐらしている。遠く、電車の走ってゆく音が聴こえる。家々のあいだを折れてゆく道に、親しげな人の声がひびく。もう夜半をすぎたのに、あたりの気配のどこかに、まだ日暮れてまもないような騒がしさがある。くろぐろとした屋根がつづくむこうに、夜の街の空が明るい。すべて遠くのものが近くかんじられる。

おおきな闇をつくっているおおきな夜の樹の下をとおってゆく。篝り火の焚かれたちいさな境内につづく石段を上る。手に破魔矢をもったジーンズの娘と若者が、石段の途中に坐って、星を算えている。初詣のたのしみは、真夜中の自由。絵馬。土鈴。護符。木の枝にきっちり畳んでむすばれたおみくじ。ごくささやかなもの、むなしいけれど、むなしさにあたいするだけのいくらかの、ひそかな希望を質すための。

鉄棒

誰もいない冬の小公園の片隅にある一本の鉄棒は──知っているだろうか──ほんとうは神さまがこの世にわすれていった忘れものなのだ。ハッとするほど冷たい黒光りした鉄棒を逆手に握って、おもいきり地を蹴ってみれば、そうとわかる。一瞬、周囲の光景がくるりと廻転したとおもったら、もうきみの身体は、いつもの世界のまんなかに浮かんでいる。

ふしぎだ、すべての風景がちがってみえる。ほんのわずか目の高さがちがっただけで。息をしずめ、順手にもちかえて、身体を廻転させる。もう一ど。またもう一ど。すると、ありふれた世界がひっくりかえる。電線、家々の屋根、木の梢、空の青さが、ワーッとところにとびこんでくる。空気は冷たいが、鼓動は暖かい。自分の鼓動がこの世の鼓動のようにはっきりかんじられる。しっかり握りなおす、神さまがここにわすれていった古い鉄棒を、きみは世界の心棒のように。

星屑

冷たい星屑のなかにその惑星があり、その惑星のうえにその国があり、その国にその街があり、街には雑踏があり、雑踏は賑やかな通りをつくり、街の通りは曲がってゆく路地につづき、路地にはわずかな木々がつづき、わずかな木々の光りのなかに木の家があり、木の家に木の部屋があり、小さな部屋に空っぽのベッドがあって、そのベッドのうえに、うつくしい夢が一コ、落ちている。

もう誰もうつくしい夢なんて語らない。空っぽのベッドのうえに、わすれられたままの夢。小さな部屋のなかの空っぽのベッド。家のなかの部屋。わずかな木々の光りのなかの家。路地につづくわずかな木々。街の通りにつづく路地。雑踏がつくる賑やかな通り。街の雑踏のなかに沈黙している人々。そんな街がきみの国にあり、きみの国は惑星のうえにあって、惑星は冷たい星屑のなか。

ピーターソン夫人

きみに親しいものは、日々にさりげないもの。たとえば、きみの部屋の明るい窓。その窓がきみの部屋につくる日溜まり。押し開け式の窓は、ひらくとサッと猫のように、風がはいりこんでくる。がっしりした松の一枚板だけの、抽きだしのない単純な机。

机上には、きみの毎日の仲間たち。鉛筆と消しゴム。白い紙。開かれた本。字引き。ガラスの灰皿。淹れての珈琲。いま聴いているレコードのジャケット。そして、おもちゃの栗鼠と犀と、鋳鉄の水鳥とビーバーと、掌ほどの名も知れない木彫りの怪鳥と。

けれど、何にもましてきみに慕わしいのは、ピーターソン夫人だ。きみの部屋のうつくしい同居人だ。もうずっと彼女は、きみと毎日を共にしてきた。きみの窓辺の一鉢のベゴニア。たくさんの花ばなを一どに吊りさげるように咲かせる、ピーターソン夫人という名の花。

遠いむかし、一九一五年のこと。世界があげて聖なる大戦《ホーリー・ウォー》に夢中で、殺戮が力の正義と信じられていたときに、なおもうつくしい花を新しくつくりだすことだけを夢みていた一人の花つくりが、北米はシンシナティにいて、きみのうつくしい同居人は、J・A・ピーターソンという名のその男が遺したこの世への贈りものだ。

坐りなれた古い椅子に坐ってきみは、ピーターソン夫人を眺めやる。そうして、花つくりとおなじ時代を生きた、もう一人の人の遺した言葉をおもいおこす。

冬咲きのベゴニアの花のように、きみのこころのなかに吊りさがっているようなその人の言葉。ジョーゼフ・コンラッドはさりげなくこんな言葉を遺した――この世に希望をもつためには、世界は好ましいとかんがえるひつようはないのだ。世界がそうなることもありえないわけではないと信じられれば、それで足りるとしようではないか。

贈りもの

幼い誕生日の贈りものに、木をもらった。一本の夏蜜柑の木。木は年々たくさんの実をつけた。種子がおおく、ふくろはちいさかったが、嚙むと歯にさくさくと、さわやかな酸っぱい味がした。立派な木ではなかったが、それが自分の木だとおもうと、ふしぎな充実をおぼえた。葉をしげらせた夏蜜柑の木をみると、こころがかえってきた。

その夏蜜柑の木は、もう記憶の景色のなかにしかのこっていない。あのころは魂というのはどこにあって、どんな色をしているのだろうとおもっていた。いまは、山も川原もない街に暮らし、矩形の部屋に住む。魂のことはかんがえなくなった。何が正しいかをかんがえず、ただ間違いをおかすとしたら、自分の間違いであってほしいとおもっている。部屋には鉢植えの一本のちいさな蜜柑の木がある。それは、誕生日に年齢を算えなくなってから、きみがはじめて自分で、自分に贈った贈りものだ。

ときどきアントン・パーヴロヴィチの短い話を読む。人生はいったい苦悩に価するものなのだろうかと言ったチェーホフ。大事なのは、自分は何者なのかでなく、何者でないかだ。急がないこと。手をつかって仕事すること。そして、日々のたのしみを、一本の自分の木と共にすること。

食卓一期一会

台所の人々

言葉のダシのとりかた

かつおぶしじゃない。
まず言葉をえらぶ。
太くてよく乾いた言葉をえらぶ。
はじめに言葉の表面の
カビをたわしでさっぱりと落とす。
血合いの黒い部分から、
言葉を正しく削ってゆく。
言葉が透きとおってくるまで削る。
つぎに意味をえらぶ。
厚みのある意味をえらぶ。

鍋に水を入れて強火にかけて、
意味をゆっくりと沈める。
意味を浮きあがらせないようにして
沸騰寸前サッと掬いとる。
それから削った言葉を入れる。
言葉が鍋のなかで踊りだし、
言葉のアクがぶくぶく浮いてきたら
掬ってすくって捨てる。
鍋が言葉もろともワッと沸きあがってきたら
火を止めて、あとは
黙って言葉を漉しとるのだ。
言葉の澄んだ奥行きだけがのこるだろう。
それが言葉の一番ダシだ。
言葉の本当の味だ。
だが、まちがえてはいけない。
他人の言葉はダシにはつかえない。
いつでも自分の言葉をつかわねばならない。

包丁のつかいかた

輪切りにする二つに切って
半月に切る
小口に切るはすに切る
拍子木にまた賽の目に切る
切りあげる切りおとす
切りぬく切りこなす切りちぢめる
切りまぜ切りもどし切りわける
切りさく切りそぐ切りころばかす
あられに切るみじんに切る
薄切りにして重ねて千切りにする
千六本に切る
地紙切りする短冊に切る
切りさばく切りつめる切りほどく
切りはたく切りとどめる
切りとって切りひろげる

切りならし切りそろえ切りくばる
桂むきするたづなに切る
ささがきに切る松葉に切る
末ひろに切るいちょうに切る
坊主百人の腹を切る
きりりと切る刃をつけて引いて切る
押さえて切るあっさりと切る
ぱっぱと切るさくさくと切る
ざくっと切るとんとんと切る
よく切れるもので切る
手捌きで切ること、そして
たくみに平凡であること

おいしい魚の選びかた

鯛ならば、生ぐさくないの。
色つやがよく身の太っているの。
できるなら、釣りあげてすぐ
頭の急所に一撃をくわえて殺したの。

烏賊ならば、全体にまるみがあって
身のかたく締まったの。
目が大きくて高くとびだしたの。
内臓をとりだしてかたちが崩れないの。

ワカサギならば、頭や尾が引き締まって、
腹がしっかりしていてぬめりのないの。
白魚ならば、目が黒ぐろとしているの。
サヨリならばわたやけしていないの。

貝ならば生きて呼吸しているの。
サザエならば、指で殻にさわると
すぐに身を縮め、蓋を閉ざすの。
蛤ならば、貝を打ち合わせ鋭く鳴るの。

自然に死んだものはくさくてまずい。
生きたままを殺したものがおいしい。
古人は言った、食卓に虚飾はない。
虚飾にわたれば、至味を傷つけると。

きみは言った、おいしい魚を食べようと。
手に包丁をもって。

梅干しのつくりかた

きみは梅の実を洗って
いい水にゆったりと漬ける。
苦みをぬいてよく水を切る。
塩をからませて瓶につめる。
押し蓋をして重石する。
紙をかぶせ紐できっちりとしばる。
冷たくて暗いところにおく。
ときどき瓶をゆすってやって、
あとは静かに休ませてやる。
やがて、きれいに澄んだ水が上がってくるだろう。
きみは瓶の蓋をあけて、
よくよく揉みこんだ赤じその葉に
澄んだ梅酢をそそぐ。
サッと赤くあざやかな色がひろがってくる。
梅の実を赤い梅酢で、

ふたたびひたひたにして重石する。
紙をかぶせ紐できっちりとしばる。
そしてきみは、土用の訪れるのを待つのだ。
雲が切れて暑い日がやってきたら、
梅の実をとりだして笊にならべる。
きみは梅に、たっぷりと
三日三晩、陽差しと夜露をあたえる。
梅の実が指にやさしくなるまでだ。
きみの梅干しがぼくのかんがえる詩だ。
詩の言葉は梅干しとおなじ材料でできている。
水と手と、重石とふるい知恵と、
昼と夜と、あざやかな色と、
とても酸っぱい真実で。

ぬかみその漬けかた
米ぬかを蒸す干す炒る
一つかみ天塩をほうりこんだ
水を沸騰させて、よく冷やしてくわえる
みそぐらいの固さにして、それから
昆布、赤唐辛子、ショウガ、魚の頭
古いパンを少し、ビールをちょいという感じ
しっかりした樽か、瓶に詰める
漬けるものは何だっていい
きみの時間を漬けてみるといいよ
ぬかみそは毎日ってことが大切なんだ
日に一ど手を突っこんで搔きまわすんだ
新鮮な空気がたくさんほしいんだ
風をいっぱいに通してやるんだ
酸っぱくなってきたら、重曹を一つまみ
こころのカケラを二ツ三ツ混ぜてやる
孤独な生きもののように
冷たくて暗いところがぬかみそは好きだ
急いではいけない
ぬかみそを漬けるとわかる
毎日がゆっくりとちがってみえる
手がはっきりとみえる

天丼の食べかた

天丼ってやつはね、と伯父さんはいった。
かならず炊きたてのめしじゃないといけない。
それと、油だね。天丼は、
よほど揚げこんだような油がいい。
新しい油じゃいい色にならない。
ちょいと揚げすぎかなってな感じでね、
明るく揚げる。
肝心なのはつゆで、つゆは
普通の天つゆに味醂と醬油と
それから黒砂糖をちょっぴりくわえる。
白砂糖じゃないよ、黒砂糖だ。
くつくつ煮つめる。
汁とたれのあいだくらいの濃さに煮つめる。
そして、つゆに天ぷらをつけるんだが、
火からおろしてからじゃない。
弱火にかけたままのつゆにつける。
味をよくしみわたらせて、
天ぷらを熱いめしにのせてつゆをかけたら、
あとちょいと蓋しておいて食べる。
天丼ってやつはね、と伯父さんはいった。
役者でいうと名題の食いものじゃない。
馬の足の食いものだったそうだ。
名題の夢なんかいらない。
おれは馬の足に天丼でいい。
毎日おなじことをして働いて、
そして死んで、ゆっくり休むさ。
死ぬまで天丼の好きだった伯父さん。
伯父さんは尻尾だけ人生をのこしたりしなかった。

朝食にオムレツを

ピーマンを小さく角切りにした。
トマトも小さく角切りにした。
マッシュルームを薄切りにした。
チーズも小さくコロコロに切った。

ボウルに四コ、卵を割り入れた。
泡だてないように掻きほぐした。
ピーマンとトマトとマッシュルームとチーズと
生クリームと塩と胡椒をくわえた。

厚手のフライパンにサラダ油を注いだ。
熱して十分になじんでから油をあけた。
それから、バターを落として熱しておいて
掻きまぜた卵液を一どに流しこんだ。

中火で手早く掻きまぜた。
六分目くらいに火が通ったら返すのだ。
そのとき、まちがいに気がついた。
きみは二人分のオムレツをつくってしまったのだ。

別れたことは正しいといまも信じている。
ずいぶん考えたすえにそうしたのだ。
だが今朝は、このオムレツを一人で食べねばならない。
正しいということはとてもさびしいことだった。

冷ヤッコを食べながら

両手にいっぱいの土をつかむ。
素焼きの鉢にその土をぎっちりつめて
シソの種子を播いたのは春さきだった。

それからあとはアッという間だ。
芽がでて茎ができて葉がつくまでには
散々なことをいくらも経験しなきゃならなかった。

日々はふたつの拳をもっていて、右の拳は
予期どおりのものを握っているが、左の拳は
予期しないものをしっかと握りしめている。

鉢にシソの葉が繁ってきたころには、
ふたつの拳に殴られて、もうフラフラだった。
毎度のことでべつにおどろく話でもないのだが。

よく育ったシソの葉をつんで細かく切って、
夏の夕ぐれ、ヤッコに切った豆腐にのせる。
冷ヤッコをサカナに旧友たちのことをかんがえる。

暑い日がつづくけれども、元気だろうか？
きみらの鉢のシソは今年もよく繁ったか？
いいことを何か一つくらいは手にしたか？

イワシについて

きれいな切り身というわけにはゆかない。
いつでも弱し賤しとあだ名されてきた。
出世魚じゃない見かけもよくない。
赤イワシといったら切れない刀のことだ。

海の牧草というと聞こえはいいが、
つまりはマグロカツオサバブリのエサだ。
海が荒れなきゃ膳にはのせない。
風雅の人にはついぞ好かれなかった。

けれども、イワシのことをかんがえると
いつもおもいだすのは一つの言葉。
おかしなことに、思想という言葉。
思想というとおおげさなようだけれども、

ぼくは思想は暮らしのわざだとおもう。
イワシはおおげさな魚じゃないけれども、
日々にイワシの食べかたをつくってきたのは
どうしてどうしてたいした思想だ。

への字の煮干しにしらす干し。
つみれ塩焼き、タタミイワシ無名の傑作。
それから、丸干し目刺し頰どおし。
食えない頭だって信心の足しになるんだ。

おいしいもの、すぐれたものとは何だろう。
思想とはわれらの平凡さをすぐれて活用すること。
きみはきみのイワシを、きみの
思想をきちんと食べて暮らしているか？

かぼちゃの食べかた

よくもまあ言われたものさ。
かぼちゃに目鼻。
かぼちゃ式部とっぴんしゃん。
かぼちゃが嚔《くさめ》したようなやつ。

うすらかぼちゃのとうなす野郎。
ぶらさげようと
ふりまわそうと
かぼちゃ頭には知恵はない。

何は南京とうなすかぼちゃ。
訳もかぼちゃもありゃしない。
こころひねたこと言う
土手かぼちゃ。

どいつもかぼちゃの当り年。
てんで水っぽくてまずくって
貧しいうらなり。
道理でかぼちゃがとうなすだ。

よくもまあ言われたものさ、
悪態ばかり。
つまりは、
かぼちゃがかぼちゃであるためさ。

かぼちゃはかぼちゃだからかぼちゃだ。
かぼちゃはたっぷりと切って煮る。
ほとほとと中火で煮る。
美辞麗句いっさいぬきで。

ときには葉脈標本を

ソースパンに一杯の水、
一つかみの洗剤用ソーダ、
溶けるまで煮る。

それから見わたすかぎりの
秋の景色を集めて入れる。
栗鼠は必ず逃してやること。

秋が煮立ったら
とりだす、風景を
ゆっくりと掻きおとす。

やわらかな歯ブラシで、
辛抱づよく、視野の
葉肉を削ぎおとすんだ。

感傷を削ぎおとすんだ。
そうして世界を鋭く明るくする。
手をけっして休めないこと。

ふろふきの食べかた

自分の手で、自分の
一日をつかむ。
新鮮な一日をつかむんだ。
スがはいっていない一日だ。
手にもってゆったりと重い
いい大根のような一日がいい。

それから、確かな包丁で
一日をざっくりと厚く切るんだ。
日の皮はくるりと剝いて、
面とりをして、そして一日の
見えない部分に隠し刃をする。
火通りをよくしてやるんだ。

そうして、深い鍋に放りこむ。
底に夢を敷いておいて、
冷たい水をかぶるくらい差して、
弱火でコトコト煮込んでゆく。
自分の一日をやわらかに
静かに熱く煮込んでゆくんだ。

こころさむい時代だからなあ。
自分の手で、自分の
一日をふろふきにして
熱く香ばしくして食べたいんだ。
熱い器でゆず味噌で
ふうふういって。

戦争がくれなかったもの

戦争にいった一人の男は遺さなかった、何も、言葉のほかは。

「食ふことが一番大切だ。軍隊はいかなるところにあつても、先づ炊事する人がゐなければならない」

橋。河。青空。長いながい湖沼地帯。月夜。

靴から火花をだして、葬列のようにのろのろと歩いた。

行軍でばたばた落ちた。屍の累々と散らばる美しい丘。

雨。匪賊をもとめて、見渡すかぎりの麦畑を越えた。

鼻ちぎれた豚。片脚とんだロバ。胴中が二つになった老人。

砲声。多々的敵《ターターデー》。臭いと埃。石の道。星の下で眠った。

掠奪。放火。掃蕩。明日知れぬ命のことはかんがえなかった。

男は誌した。「水道の蛇口からガブ〳〵水をのみたい。子どものやうに食べものを食べたい。甘いものが欲しい」

「紅茶。たとひ薄くとも濃すぎても、あゝ何んと甘い湯！

焼きもろこし、麦落雁、栗煎餅、蜜豆、甘納豆、栗おこし、
五家宝、磯部煎餅、八ツ橋、大垣の柿羊羹、さくらんぼ、
焼のり、焼塩、舐め味噌、辛子漬、鯛でんぶ、牛肉大和煮、
ビスケット、バタボール、白チョコレート、コーヒー、シロップ、
ミルク、マーマレード、タピオカ、クラッカー、レモネード、

紅梅焼、人形焼、人形町のぶつきりあめ屋の飴、草餅、
小倉羊羹、砂糖漬けの果物、干菓子、干物類、黒豆」
戦争にいった男の遺した、戦争がくれなかったものの
リスト。
撃たれて、死んだ。「痛むから休ませて貰ふ」といっ
て死んだ。
戦争は、男に何をくれたか。戦争がくれたのはただ一
つの自由。
「殺す自由をもつ者は、また殺される自由をもつてゐ
る」

「太田伍長の陣中日記」一九四〇年刊

餅について

冬はおもいきって寒いのがいい。
風はおもいきって冷たいのがいい。
頬は赤く、息は真ッ白な冬がいい。
子どものころ、田舎の冬がそうだった。
空気がするどく澄んでいて、
終日、ぼくは石蹴り遊びに熱中し、
搗きたての餅が大の好物だった。
じんだ餅。たかど餅。つゆ餅。
のり餅。くるみ餅。なっと餅。
あんころ餅。ねぎ餅。からみ餅。
餅は食べかたである。
つくりかたでさまざまに名が変わる。
つくるとは、名づけること。
おふくろが一つ一つ教えてくれた。
鉄は熱いうち、餅は搗きたて。

冬のおふくろの言葉を
まだおぼえている。

お茶の時間

テーブルの上の胡椒入れ

それはいつでもきみの目のまえにある。
ベーコン・エンド・エッグスとトーストの
きみの朝食のテーブルの上にある。
ちがう、新聞の見出しのなかにじゃない。
混みあう駅の階段をのぼって
きみが急ぐ時間のなかにじゃない。

きみのとりかえしようもない一日のあとの
街角のレストランのテーブルの上にある。
ちがう、思い出やお喋りのなかにじゃない。
ここではないどこかへの
旅のきれいなパンフレットのなかにじゃない。
それは冷えた缶ビールとポテト・サラダと
音楽と灰皿のあるテーブルの上に、
ひとと一緒にいることをたのしむ
きみの何でもない時間のなかにある。
手をのばせばきみはそれを摑めただろう。
幸福はとんでもないものじゃない。
それはいつでもきみの目のまえにある。
なにげなくて、ごくありふれたもの。
誰にもみえていて誰もがみていないもの。
たとえば、
テーブルの上の胡椒入れのように。

何かとしかいえないもの

それは日曜の朝のなかにある。
それは雨の日と月曜日のなかにある。
火曜と水曜と木曜と、そして
金曜の夜と土曜の夜のなかにある。

それは街の人混みの沈黙のなかにある。
悲しみのような疲労のなかにある。
雲と石のあいだの風景のなかにある。
おおきな木のおおきな影のなかにある。

何かとしかいえないものがある。
黙って、一杯の熱いコーヒーを飲みほすんだ。
それから、コーヒーをもう一杯。
それはきっと二杯めのコーヒーのなかにある。

ドーナッツの秘密

ごく簡単なことさ。
牛乳と卵とバターと砂糖と塩、
ベイキング・パウダーとふるった薄力粉、
それから、手のひら一杯の微風、
ボウルに入れて、よく掻きまぜて練る。

指からスッと生地が離れるぐらいがいい。
それがドーナッツのドーで、ドーを
長く使いこんだめん棒で正しくのばす。
粉をふったドーナッツ・カッターで切る。
そして熱い油のプールで静かに泳がせるんだ。

あとはペイパー・タオルで油をきって
きれいな粉砂糖とシナモンをまぶすだけ。
ごく簡単なことさ。

けれども、きみはなぜか知ってるか、
なぜドーナッツは真ン中に穴が開いてるのか？
まだ誰もこたえてない疑問がある、
いつもごく簡単なことの真ン中に。

きみにしかつくれないもの

おおきな窓と、おおきな木の机。
必要な言葉と、好きな音楽。
猫は友達だが、神は知らない。
誇るべき何ももっていないけれど、
人生に欠けているものはないとおもう。
「子どものころ、きみは何になりたかった？」
「わからない」きみは微笑する。
「それから、ただちょっと年をとっただけ」
真実というのは、いつもひどく平凡だ。
ゆっくりとした時間をゆっくり生きる。
それ以上の晴朗さなんてない。
きみはきみにしかつくれないものをつくる。
西瓜と「月の光《ムーンシャイン》」さえあればいい。
西瓜に穴あけて「月の光《ムーンシャイン》」をそそぐ。
ただそれだけだ。ただそれだけで

素晴らしいウォーターメロン・ワインを
きみはつくることができるのだ。

ジャムをつくる

イチゴのジャムでもいいし、
黒すぐりのジャムでもいいな。
ニンジンのジャムやリンゴのジャム、
三色スミレのジャムなんかもいいな。

わたしが眠りの森の精だったら、
もちろんネムリグサのジャム。
もし赤ずきんちゃんだったら、
オオカミのジャムをつくりたいな。

だけど、数字の一杯はいった
算数のジャムなんかもいいな。
そしたら算数も好きになるとおもうな。
いろんなジャムをつくれたらいいな。

「わたし」というジャムもつくりたいな。
楽しいことやいやなこと、ぜんぶを
きれいなおろし金できれいにおろして
そして、ハチミツですっかり煮つめて。

クロワッサンのできかた

むかしむかし、あるところに
深い森の奥の、そのまた奥に、
魔女が一人で気ままに暮らしていた。

一人でも淋しくなかった、忙しかったから。
粉をこね、パンを焼く、クッキーを焼く。
終日、ケーキづくりに余念がなかった。

家だってぜんぶ、手づくりのお菓子の家。
床と柱はパンで、煙突はチョコレート、
窓は白砂糖、壁はクッキーでできていた。

森の奥はいい匂いで、いつも一杯だった。
ところが魔女は、いつでも腹ペコだった。
パンは大嫌い。クッキーも、ケーキも大嫌い。

いつも腹ペコだった、パンつくりの名手の魔女の、
鉤状の鼻のかたちしたパン――クロワッサン。

齢をとったも、石のように齢とった
魔女の大の好物は、何だったとおもう？
子どもだ。とらえて、ぐつぐつ煮て、食べる。

甘いおいしい家で、魔女はじっと待っていた。
いつか子どもたちが森の奥に迷いこんできて、
甘いおいしい匂いに誘われて、扉を叩くのを、

ところが、待っても待っても、誰もこなかった。
それでも、魔女は毎日粉をこね、パンを焼き、
そうして、どうしようもなく、腹ペコだった。

ある日、空腹のあまり、足元がふらついて、
魔女は転んだ、どッとばかりパン窯のなかへ。
パタンと窯の戸が閉まった。それでおしまい。

あとにはただ、魔女のかたちのパンだけがのこった。

サンタクロースのハンバーガー

玉葱をみじんに切ると、
涙がこぼれた。
挽き肉と卵に玉葱と涙をくわえ、
牛乳にひたしたパンを絞ってほぐした。
粘りがでるまでによく混ぜあわせる。
できた塊は三ツに分けた。
深いフライパンでじっくりと焼いた。
柔らかなパンを裂いてハンバーグをはさんだ。
これでよし。
それから火酒を一壜わすれちゃいけない。
世界はひどく寒いのだから。
今夜はどこで一休みできるだろう。
アルバータで一ど、トーキョーで一ど、
ハイファで一どは休めるだろう。
鬚のニコラス老人は立ちあがった。

老人は、まだ
一どもクリスマス・ディナーを食べたことがない。
クリスマスはいつも手製のハンバーガー。
とにかく一晩で世界を廻らねばならない。
夜っぴて誰もが夢の配達を待っている。
年に一ど、とはいえきつい仕事である。
夢ってやつは、溜息がでるほど重たいのだ。

ショウガパンの兵士

小麦粉はよくよくふるって、
ジンジャー・パウダーと塩と一緒に
ミキシング・ボウルに入れて、
オートミールと赤砂糖を混ぜておいて、
そして、小さなソースパンにラードを敷いて、
ゴールデン・シロップをたっぷりと注いで、
ほんのすこし牛乳をくわえて火にかけて、
熱く溶かしてミキシング・ボウルに注いで、
さらに卵を割りいれて混ぜあわせて、
四人の兵士のかたちに
生地をつくって、
オーヴンに入れてきっちりと焼くと、
素敵なショウガパンの兵士のできあがりだ。
いやだ、兵士だなんて、と一人がいった。
てんでまちがってる、と一人がいった。

とにかく逃げだすんだ、と一人がいった。
ぼくらを匿まってくれ、と一人がいった。
もちろんさ、と子どもたちはこたえた。
そして、まんまと大人たちの目を盗み、
四人のショウガパンの脱走兵は姿を消した。
子どもたちの手びきで、
子どもたちの口のなかへ、
もう誰も兵士でなくていい場所へ。

パイのパイのパイ

ある日、つくづくやりきれないものぜんぶ、
深い鍋に入れ、水をひたひたに注ぎ、
気のすむまで、ぐらぐらに煮立てる。
それから、腐乳をぞんぶんにくわえて
さらに気のすむまで、じりじりと煮る。
鼻をつまみたい匂いがしだしたら、
火を止めて、じゅうぶんに振りまぜて、
よく挽いたナツメッグ、茴香、ジンジャー、
丁子、黒コショー、委細かまわずふりかけて
鍋を部屋の外にだし、そのまま放っておく。
気がむいたら、またもってきて火にかけて
うんざりするまで、ぐつぐつと煮立てる。
おもうさま勝手に、鍋をはげしく揺する。
そしたら、用意しておいたペーストのうえに、
用心ぶかく、洗いざらい鍋のものをあけ、

できれば数珠かけバトを一羽生きたまま、
それにカリフラワーやら牡蠣やら何やら
好きなだけのせて、塩を一つまみ撒く。
あとは、パイ皮がふくらんでくるまで、
そのままじっと辛抱して待つんだ。
きれいに焼けたら、きれいな大皿に盛る。
一瞬ののち、機敏にきびきびと、
皿ごとヤッとばかり窓の外に抛りだす。
まったくあとくされないようにする。
パイのパイのパイのつくりかた、それが
その名も高いエドワード・リア先生の。

キャラメルクリームのつくりかた

用意するもの、
コンデンスミルク一缶と
アガサ・クリスティ一冊。
ミルクの缶は蓋を開けずに
鍋に入れて、かぶるくらい水を差す。
そのまま火にかけて、文庫本をひらく。
こころおどる殺人事件。
アンドーヴァーで最初の殺人。
犯人不明。手掛りはなし。
ベクスヒル海岸で、チャーストンで
謎の殺人が次々とつづく。
第四の殺人のまえに、差し湯する。
湯のなかにかならず
缶が沈んでいるようにする。
ポワロ氏が髭をひねって微笑する。

「誰が何をいうと思う？　ヘイスティングス、
嘘さ。
探偵は嘘によって真実を知るのさ」
急転、事件が解決したら
缶をとりだす。
充分にさましてから開ける。
すると！
缶のコンデンスミルクが
見事なキャラメルクリームに変わっている。
ABCのビスケットに
キャラメルクリーム。
アガサ伯母さんの味だ。

いい時間のつくりかた

小麦粉とベイキング・パウダーと塩。
よくふるったやつに、バターを切って入れて
指さきで静かによく揉みこむんだ。

それに牛乳を少しずつくわえて、
ナイフで切るようにして混ぜあわせる。
のし板に打ち粉をふって

耳たぶの柔らかさになるまでこねる。
めん棒で平たくして型をぬいて、
そして熱くしておいたオーヴンに入れる。

スコーンは自分の手でつくらなくちゃだめだ。
焼きあがったら、ひと呼吸おいて
指ではがすようにして横ふたつに割る。

割り口にバターとサワークリームをさっとぬる。
好みのジャムで食べる、どんな日にも
お茶の時間に熱いスコーンがあればいい。

一日にいい時間をつくるんだ。
とても単純なことだ。
とても単純なことが、単純にはできない。

パリ＝ブレストのつくりかた

「パリ発ブレスト行」という
ふしぎな名をもつリングシュー。
まずバターと水を鍋に入れて火にかける。
バターが溶けたら薄力粉を練りまぜる。
溶きほぐした卵をなじませながらくわえる。
生地ができたら絞り出し袋につめて、
うすくバターをひいた天板にうまく絞って
レコードのようにおおきな輪をこしらえる。
おおバルバラ、戦争はなんて愚劣だ……
プレヴェールのシャンソンをおもいだす。
戦争に一人の恋人を奪われた若い娘のためのシャンソン……
涙のしずくのアーモンドを、細かく刻んで散らす。
それから、そっくりオーヴンに入れて焼く。
焼きあがったら、輪を横二ツにきれいに切る。

匂いのいいカスタードクリームを
輪のあいだにたっぷりつめて、粉砂糖をふる。
「パリ発ブレスト行」という
ふしぎな名をもつリングシュー。
ブレストはブルターニュ半島の港町。
いつも冷たい雨がふりしきっている暗い町。
雨のなかで黙って抱いた
恋人を、戦争に殺された
バルバラという名の娘はその町に住んでいた。

イタリアの女が教えてくれたこと

ほんとうは黒いパンがいいの。
漂白してない粉でつくった
きめの粗いようなパンがいいわ、
わたしの腕みたいな太いパンが。
パンはざっくりと厚く斜めに切るの。
ところどころに切り込みを入れるのよ。

切ったパンはこんがりと焼くのね。
ニンニクをきれいに半分に切って
切り口をパンにこすりつけて、
それからオリーブ油をすこし垂らすのよ。
塩をさっと振ったら、
いい匂いがしてきてたまらなくなるわ。

歯にパリパリッときて
噛みしめると味がひろがってくる。
パンのみにあらずだなんて
うそよ。
パンをおいしく食べることが文化だわ。
まずパンね、それからわたしはかんがえる。

食べもののなかには

食べもののなかにはね、
世界があるんだ。
一つ一つの食べもののなかに
一つ一つの生きられた国がある。

チョコレートのなかに国があるし、
パンにはパンの種類だけの国がある。
真っ赤なビートのスープのなかには
真っ赤に血を流した国がある。

味があって匂いがあって、物語がある。
それが世界なので、世界は
食べものでできていて、そこには
胃の腑をもった人びとが住んでるんだ。

テーブルのうえに世界があるんだ。
やたらと線のひかれた地図のなかにじゃない。
きみたちはきょう何を食べましたか?
どこへどんな旅をしましたか?

コトバの揚げかた

じぶんのコトバであること。
手羽肉、腿肉、胸肉の
骨付きコトバであること。
まず関節の内がわに
サッと包丁を入れる。
いらない脂肪を殺ぎおとす。
皮と皮のあいだを開く。
厚い紙袋に
小麦粉とコトバを入れて
ガサガサと振る。
そして深い鍋にほうりこむ。
油を沸騰させておいて
じゅうぶんに火をとおす。
カラッと揚げることが
コトバは肝心なんだ。

食うべき詩は
出来あいじゃ食えない。
コトバはてめえの食いものだもの。
Kentucky Fried Poem じゃあ
オ歯にあわない。
どうでもいいものじゃない。
コトバは口福でなくちゃいけない。

ハッシュド・ブラウン・ポテト

ありふれた町の通りすがりのカフェがいい。
朝の光りが古いテーブルを清潔にしている。
ともあれ熱いコーヒーと一本の煙草。
身一つ、地図と車の鍵、地平線を追いかけるんだ。
ウィリーとウェイロンの歌が聴こえるカフェがいい。
こんがりと焼いた塩づけの豚肉がほしいんだ。
たっぷり自慢のグレイヴィーをかけたやつ。
それと、もちろんハッシュド・ブラウン・ポテト。
ポテトがとてもよく細かく刻んであって、
きれいな焦げ目がついていて、たがいにくっついてて
ポテトがカリッと口に明るいようなやつ。
夜のうちにポテトを洗って鍋に入れて、
かぶるくらいの水、匙一杯の塩で火にかける。
すこし固めに茹でて、火から下ろして水を切る。
熱いうちにすぐ皮をむいてしまうんだ。

もう一ど鍋に入れて、蓋をして、涼しいところで
寝かせてやる。朝に、賽の目に切る。
ベーコンのいため脂で炒めるのが、コツだ。
ハッシュド・ブラウン・ポテトで占うのさ。
すばらしい味だったら、すばらしい一日になる。
アメリカの朝には、ジーンズと微笑が似あう。
ハローという単純な挨拶が、すべてだ。

ジャンバラヤのつくりかた

包丁じゃない。鋭いナイフで、
タマネギとニンニクをめったに切る。
でかいフライパンできちんと炒める。
日なたの匂いのするような植物油で。
懐しいハンク・ウィリアムズを聴きながら。

パリパリのピーマンを賽の目に切る。
赤いトマトは皮を剝いてみじんに切る。
胡椒、タイム、丁子、ひんやりとした水、
フライパンに投げいれてどっとばかり煮る。
懐しいハンク・ウィリアムズを聴きながら。

煮たったら、洗って笊にあげておいた米、
一センチ角に切ったとびきりのハムを放りこむ。
今度はくつくつ弱火で煮込んでゆく。

それがジャンバラヤで、淋しいときは淋しさを
鋭いナイフでめったに切って、ジャンバラヤをつくる。

ザリガニのパイとヒレ肉のスープ。
砂糖づけの果物壺を一杯にして、
人生は陽気にやらなくちゃいけない、と
ギターを心臓のように抱えて歌って死んだ
懐しいハンク・ウィリアムズを聴きながら。

アップルバターのつくりかた

コーヒー袋に穴あけた服を着た。
帽子のかわりに鍋をかぶった。
林檎の種子を袋につめて肩にかついだ。
ジョニー・アップルシードは、
遠くまで一人ではだしで旅をした。
とても静かな男だった。
日々の食事は粗末なパン。
あとはアップルバターがあればよかった。
ジョニー・アップルシードのバターをつくろう。
いい林檎をまず絞る。
うまいアップルサイダーをつくる。
深い鍋にたっぷりと注ぐ。
火にかけてしっかりと煮つめてゆく。
林檎を四ツに切って、芯をとって
鍋に沈めて、さらに煮つめる。

すっかりやわらかくなったらきれいに漉して、
トロ火でゆっくり、
ゆっくりと煮つめてゆく。
それでいい。
それがジョニー・アップルシードのバターで、
林檎の木をアメリカに
植えてあるいた静かな男は
チョクトー・インディアンの娘を恋し、
アップルバターでトウモロコシのパンを食べ、
空の下で祈り、
ある日、インディアナ州の
一本の林檎の木の下で死んだ。
夢を大地に植えて、
ひとは林檎の木の下に死すべきもの。
アップルのAがアメリカのA。

メイプルシロップのつくりかた

冬の終わり、春のくるまえ、森へはいるのさ。
で、森のカエデの一本一本に、新しい傷をつける。
樹々の傷口から、新しい樹液が滴ってくる。
バケツ一杯にあふれるまで、そいつを溜める。
森は静かで暗い。空気がキリリと澄んでる。
闇をめぐって、バケツの樹液を手桶に集め、
しじまをぬけて、森の小屋まで運ぶんだ。
竈《かまど》の下に丸太を積んで、赤々と燃やす。
でっけえ平鍋にひたひたに樹液を注ぐ。
夜どおし炎をみつめて、ゆっくり煮つめるんだ。
やがて森いっぱいに、いい香りがひろがってくる。
言葉はいらねえ。香りを存分にたのしむ。
煮つまったカエデの蜜をひしゃくで掬い、
雪だまりで冷やして、咽喉にころがすと、
びっくりするほどこころがきれいになったね。

カエデの蜜は、樹のいのちを煮つめるんだ。
冬と春のゆきかう風の味がなくちゃならねえ。
それがメイプルシロップのほんとうのつくりかたで、
その何ともいえねえ森の味の秘密は、こうだ。
樹液がバケツに滴りおちるとき、水も滴る。
枯葉も幾枚か、きっとバケツに舞いおちる。
甘い匂いにさそわれて、蛾だって飛びこむ。
野ねずみだって、おびきよせられてきて、溺れる。
そうさね、メイプルシロップ一ガロンにして、
水一クォート、蛾一つかみ、ねずみの死骸二コ、
それから、ねずみのくそ数ミリグラム。
ざっとそれぐらい一緒に煮つめてはじめて、
ほんとうのメイプルシロップの森の味になる。
いまじゃきれいさっぱりわすれられちまったが、
昨日みてえに、ついほんのちょっと昔のはなしさ。
メイプルシロップがメイプルシロップだったころの、
すばらしいまともさが、まだ日の糧だったころの。

＊ガルブレイス「スコッチ気質」

食卓の物語

ユッケジャンの食べかた

悲しいときは、熱いスープをつくる。
胸肉、カルビ、胃壁、小腸。
牛モツをきれいに洗って、
水をいっぱい入れた大鍋に放りこむ。
ゆっくりくつくつと煮てスープをとる。
肉が柔らかくなったらとりだして
指でちぎる。
それから葱のみじん、大蒜のみじん、
唐辛しみそに唐辛し粉、胡椒、
ゴマ、炒りゴマ、醤油を混ぜて
しっかりからませてからスープにもどす。
おおきめにぶつ切りした葱を放りこむ。
強火でどっとばかり煮立てる。
溶き卵を入れ、固まるまえに火を止める。
ユッケジャン、大好きなスープだ。
スープには無駄がない。
生活には隙間がない。
「悲しい」なんて言葉は信じないんだ。
悲しいときは、額に汗して
黙って涙をながしながら
きりっと辛いスープを深い丼ですする。
チョッター！　芯から身体があたたまってくる。

ピーナッツスープのつくりかた

何はともあれ、
生のピーナッツどっさり。
湯にとおして一つひとつ皮をむく。
大鍋に水をたっぷりと入れる。
むいたピーナッツをざくっと沈める。
トロ火にかける。
ゆっくり、ゆっくりと煮る。
やがて沸騰してきたら水を差し、
もう一どよくよく沸騰させる。
こんどは煮汁をこぼして、
灰汁をちゃんととる。
きれいな水をたっぷりと入れる。
煮とかしながら砂糖をくわえ、
ピーナッツがとろけてくるまで
ゆっくり、ゆっくりと煮る。

手間をおしまず
単純であること。
大層な言葉はいらない。
われらにひつようなのは、
大鍋一杯の長生果のスープと、
すばらしく単純な挨拶。
請吃甜《チンツテイエン》!
甘いものをください。

ガドガドという名のサラダ

ピーナッツ、かるく炒ってきざむ。
すり鉢でよくよく擂りつぶす。
大蒜ショーガ玉葱、みじんに切る。
黒砂糖赤トーガラシ黒コショー、
白コショーシナモン
サンバルコリアンダー。
からからに乾した小エビの塩辛。
搾ったレモン汁、塩もくわえる。
とろみがでるまで一煮立ちさせる。
できたピーナッツソースは冷やす。
それからキャベツ隠元ホーレン草、
人参キューリ小松菜もやし、
ジャガイモ豆腐の生揚げだってもいい。
取りあわせてざっと茹でる。
皿一つにゆったりと盛りあわす。

あとはただ、たっぷりと
ピーナッツソースをかけて食べるだけ。
ごたまぜで手がこんでいて、
すべからく簡素だ。
そういうものじゃないだろうか。
人生はサラダだ。
ガドガドという名のサラダである。

カレーのつくりかた

そうしなければいけないというんじゃない。
そうときまっているわけじゃない。
掟じゃなくて、味は知恵だ。
こうしたほうがずっといい、それだけだ。
さて、殻つきのカルダモンとコリアンダーを
手のひらに一杯、それから
黒コショーとクミンを大さじ一杯、
クローヴを丸のまま一つまみ、
シナモンは棒で三本、それらの
スパイスをかさならぬようにひろげて
フライパンでかるく炒る。
全体がカリンとしてきたら、火を止める。
強火で焦がしちゃ絶対にいけない。
カルダモンの殻をていねいにむく。
それから、ぜんぶのスパイスを一緒にして

すり鉢でゆっくり細かく擂りつぶす。
ターメリックの目のさめる黄色をくわえる。
サフランをくわえ、赤トーガラシで
辛味をつけて、さあカレー粉のできあがりだ。
香ばしい匂いがサッとひろがってくると、
いつだってなぜだかうれしくなる。
人生「なぜ」と坐ってかんがえるのもいいが、
知恵ってやつは「なぜ」だけでは解けない。
本質をたのしむ、それが知恵だ。
きみを椅子からとびあがらせる
とびきりのカレーをつくってあげるよ。
秘訣はジンジャー・パウダーを混ぜること。
するどい後味がじわじわと効いてくる。

シャシリックのつくりかた

まず、きみの
新鮮な心臓が
ひつようだ、
何よりきみの料理には。

冷たい水で
心臓は揉むようにして
洗うのがコツだ。
臭味を消すんだ。

きれいな心臓を
いい包丁で二ツ割にする。
玉葱の皮を剝いて切る。
そして、鋭く細い鉄串に
しっかりと刺すんだ。
心臓と玉葱は
たがいちがいにする。
小麦粉をまぶす。

そうやってきみは美味にしなくちゃいけない
きみの心臓を、
熱く煮えたった揚げ油の
大鍋に沈めて。

パン・デ・ロス・ムエルトス

死者たちの日には
死者のパンをささげる。

大腿骨を象ったパンを二本
斜め十字に組みあわせ、

目から大粒の涙を一しずく
零しているガイコツのパン。

パン・デ・ロス・ムエルトス。
大小さまざま、ピンクと白の

粉砂糖をまぶしたかわいらしい
ガイコツたちの菓子パンを手に、

ローソクをともし、人びとは歌を
うたいながら、街の墓地へゆく。

墓地にはマリアッチが陽気に
鳴りひびき、周囲にはガイコツ芝居、

ガイコツ・ダンスが小屋掛けし、
深夜まで、誰だってもが馬鹿さわぎ。

ガイコツたちとともに徒し世を
騒ぎたのしみ、たのしみながら、

メヒコ、十一月二日夜、人びとは
死者のパンをささげる、

生けるものらのもっとも親しい
仲間である死者たちに。

テキーラの飲みかた

レモンを半分に切る。
そいつを左手にしっかり握る。
握った指のつけねに塩をのせる。
右手にはもちろんテキーラの杯だ。
まずレモンを口にぐいと絞る。
言葉でさんざんよごれた
きみの口のなかを明るくしてやるんだ。
それから、空を仰いで
サッと塩を口に放りこむ。
一瞬、テキーラを口に投げいれる。
まっすぐに投げいれるんだ。
火搔き棒みたいに
咽喉にまっすぐに通すんだ。
それがテキーラの飲みかたで、
むやみに嘆息して
空を仰ぐばかりなんて愚だ。
空を仰いできりりとテキーラをやる。
アミーゴ、アミーゴ
今日を嘆息してどうなるものか。
アスタ・マニャーナ！
（絶望は明日してもおそくない）

トルコ・コーヒーの沸かしかた

コーヒーは強く炒って
できるだけ細かくくだいて
一人ぶん、分量ぶんの水を沸かして
砂糖をくわえてさらに沸かして
コーヒーをくわえてもう一ど沸かして
そうしてぶくぶく泡だってきたら
最初の泡をまずカップに注いで
コーヒーをふたたび火にかけて
泡だてて泡をまたカップに注いで
泡がカップに一杯になるまで
繰りかえし繰りかえして
それから、火をとめて
古い木の椅子にゆっくりとすわる。
「死ぬまえにコーヒーをくれ」
銃殺された砂漠の革命家の言った言葉をおもいだす。

「コーヒーを沸かす間も待てないだろう、
急ぐひと絶望するひとは。
ぼくは絶望しないし、急がない」
一杯のコーヒーの熱いかおりが好きだ、
濃いトルコ・コーヒーの。

ギリシアの四つの言葉

ケフィ、意気ある活力を意味する言葉。
興のおもむくまま行動し、運は天にまかす。
イチかバチか、やってみて後悔しない。
手痛い目にあったらいう、こんちきしょう。
そしてまた、明日は明日のケフィでやりなおす。

パリカリ、闘士・戦士を意味する言葉。
ただし、あくまでも陽気でなくちゃいけない。
憂鬱な世をいまさらに憂鬱にしたくない。
パリカリは逆境にあってわらえる人だ。
一緒にいると、ふしぎに気分が引きたってくる。

ライキ・アゴラ、民衆の市、すなわち朝市。
新鮮でいびつな野菜、果物、羊乳チーズ、豚の足。
肉と魚、赤黄白緑むらさきの花ばな、物売りの声。
古代の裸足の哲学者が対話術をくりひろげた
思想のふるさととは、騒がしい雑踏だ。

ドルマダキア、ブドーの葉で包む米と肉の料理。
月桂樹の葉っぱを一枚かならず入れる。
オリーヴ油とレモン汁はもちろんのこと。
それから大皿をかこんで、大勢でワッとやる。
酒はウゾ、満月の夜は、真夜中だって宵の口。

ミキスとメリナの街。セフェリスとリツォスの
島々。青く低い空と白い家。永遠だって
一瞬にすぎないんだ。星座を
屋根とする国。

アイスバインのつくりかた

どかっとした
豚のすね肉のかたまり。
めったとキリで刺し、
よくよく塩をもみこむ。
木樽いっぱいに塩水をみたす。
樽に小さなジャガイモを落とす。
沈むようなら塩が薄すぎる。
浮いてくるくらいの濃さにする。
樽にすね肉をどっとほうりこむ。
落し蓋して重石する。
そして七日七晩、何もしない。
アイスバインをつくるのはきみじゃない。
時間という頑固な手垂れの料理人《シェフ》だ。
八日めの夕暮れがきたら、
肉のかたまりをとりだす。

ぐらぐらの湯でサッと煮る。
ひたひたの水に入れて
月桂樹の葉、唐辛し、クローヴ少々。
時間という古い才能にきみはたすけられて、
火をつけて、
あとは一刻あまりコトコト煮るだけ。
アイスバインのレシピは、こうだ。
時間という料理人《シェフ》を、きみはよく
親しい友人となしうるか。

卵のトマトソース煮のつくりかた

日暮れたら、
トマトの皮をむこう。
トマトは乱切りに、玉葱を薄切りに。
厚手鍋で、オリーヴ油を熱くする。
玉葱を炒めて切ったトマトをくわえる。
塩と胡椒とトマトピューレーをくわえる。
バジリコの葉っぱもくわえる。
弱火で煮込む。
トマトソースはミケランジェロより偉大だ。
それなしで長靴の国の歴史はなかった。
すぐれたものはありふれたものだ。
黙って、卵を一コずつ割り落とす。
ほんのすこしのあいだ煮込む。
ねえ、古いテーブルに
新しいテーブル掛けを掛けてくれないか。

「疲れた」ではじまる話はよそう。
ぼくらの一日にひつようなのは
お喋りじゃない。
ミケランジェロの注意を忘れてはいけない、
語るなら、
声低く語ること。

絶望のスパゲッティ

冷蔵庫のドアを開けて、
一コの希望もみつからないような日には
ピーマンをフライパンで焼く。
焼け焦げができたら、水で冷やして
皮をむき、種子をとる。
トマトを湯むきし、乾燥キノコも
水に浸けてもどし、20粒ほどの
オリーヴの種子をていねいにぬいて、
それらぜんぶとアンチョビーとケーパー、
パセリをすばらしく細かく刻む。
玉葱、大蒜、サルビアも刻む。
もうだめだというくらい切り刻む。
それからじっくりと弱火で炒める。
火をとめて、あら熱がとれたら
パルメザンチーズをたっぷりと振る。

しゃきッと茹でた熱いままの
スパゲッティにかけてよく混ぜあわせる。
スパゲッティ・ディスペラート。
絶望のスパゲッティと、
イタリア人たちはそうよぶらしい。
どこにも一コの希望もみつからない
平凡な一日をなぐさめてくれる
すばらしい絶望。

パエリャ讃

パエリャは何はともあれ鍋である
いい鍋でなければならないのである
浅くて平らな底の厚い鍋である
母の腰のようにしっかりとした鍋である
神様よりも大事なのが鍋である

すべてを鍋にほうりこむのである
笹身白身である蛤エビカニである
ピーマンアスパラガストマトである
オリーヴ油であるレモンニンニクである
肉魚野菜何よろずなのである

もちろん米であるムール貝である
それから、決め手はサフランである
それらぜんぶを金色に炊きこむのである

米は洗わない鍋はふたしないのである
ゆっくりと急いで炊きこむのである

いい仲間と争って食べるのである
黙々とでなくがやがやと食べたいのである
顎がつかれるまで食べたいのである
鍋は日々のフィエスタである
純粋でなく雑多をおもいきって愛するのである

ブイヤベース・ア・ラ・マルセイエーズ

港の魚なら何だっていい、たくさんの
魚がいい、青魚をいろいろいれたい。
それとアサリとエビと立派なハサミをもった蟹。

ブイヤベースでたいせつなのは、味と香りだ。
オリーヴ油と白ブドー酒にトマト・ピューレーを少し。
葱、大蒜、パセリの軸、月桂樹の葉、タイムと胡椒。

大さじ一杯に丘の上のノートル・ダム寺院。
それから、夜のパヴィヨン街のさんざめく味。
ミストラル、冷たく乾いたリオン湾の風。

ピエモンテ人とコルシカ人とカタロニア人と
アルジェリア人の汗、一さじのサフランを忘れちゃだ
めだ。

できれば機関銃の音、モンタンの唄もね。

それら全部を放りこんで長くゆっくりと煮る。
さまざまな味がぶつかって混ざって一緒になって
鍋と火が共和国の歌《ラ・マルセイエーズ》をうたいだすまでだ。

ブドー酒の日々

ブドー酒はねむる。
ねむりにねむる。

一千日がきて去って、
朱夏もまたきて去るけれども、
ブドー酒はねむる。
壜のなかに日のかたち、
年のなかに自分の時代、
もちこたえてねむる。
何のためでもなく、
ローソクとわずかな

われらの日々の食事のためだ。
ハイホー
ブドー酒はねむる。
われらはただ一本の空壜をのこすだけ。

ポトフのつくりかた

深い鍋に、ひたひたの水。
凧糸でくくった牛のスネ肉。
それと、スネ骨を二本ほど。
中火でしっかりと、くつくつと煮る。
ニンジン、カブ、大ぶりのポロネギ。
玉葱とセロリ、月桂樹の葉っぱ。
できることなら、メランコリー一束。
大蒜、塩、胡椒、タイムもちょっぴり。
明るい色したブイヨンに沈めて、
穏やかに、さらにことことと煮る。
好きな唄を聴いていてもいいし、たとえば
人生の水曜日についてかんがえてもいい。
もし水曜日という日がなかったなら、
誰の人生も、週の真ン中にあいた
深い穴に墜ちこんでしまうだろう。

壁の時計の長針が、四回廻る。
じゃがいもを丸のまま、ごろんと入れる。
さらに、ことこと煮つづける。
ポトフは、特別な料理じゃない。
激しい沸騰を一時にもとめちゃいけない。
きみはきみの一日を
正しくつかわねばならない。
一日を、一日として。

十八世紀の哲学者が言った

「ぼくらは大理石の食べかたを知らなくちゃいけない。
まず大理石の石像を一コ、石臼に放りこむ。
大通りの偉そうな石像をちょいと失敬してきてさ。
そしてハンマーで、がんがん木ッ端みじんに砕く。
石塊が細かくやわらかな粉末になるまで砕く。
それから大理石の粉末を、腐蝕土によく混ぜる。
よくよく練って水をくわえ、一年でも二年でも
一世紀でも放っといて、十分にくさらせておく。
時間をあれこれ、おもいわずらうのはよしたまえ。
全体が等質となり、完璧な腐蝕土になったら、
エンドウ、そら豆、キャベツ、豆科植物の種子を
そこに播くんだ。植物はこの土壌によって養われ、
その植物によってぼくらは養われるのだ。大理石から
腐蝕土へ、腐蝕土から植物へ、植物から動物へ、
そして肉すなわち魂へ、静止的な感性から
能動的な感性をつくりだす。ぼくらの営みは、
大理石を食べられるようにするということなんだ」
刃物屋の息子にして、百科全書の編集者、
街の公園のベンチをこよなく愛した男は言った。
「あたりまえのことをあたりまえに」
適切なことを適切に。
ディドロという名の十八世紀の哲学者はそう言った。

ディドロ「ダランベールの夢」

A POOR AUTHOR'S PUDDING

一リットルの牛乳に、細かく削ったレモンの皮、
コーヒー・カップに一杯ぶんの砂糖、
ちょっぴり粗塩をくわえて、火であたためる。
ミキシング・ボウルに注いで、冷ます。
よく溶きまぜた卵三コをくわえて搔きまぜて、
パイ皿にたっぷりと引きのばす。
そして、ミルトンの言葉を一滴、垂らす。
「すべてのものが強制されるよりは
おおくのものが寛容されることのほうが
疑いもなくより健全で、より慎重だ」
「不平をもらす者が誰もいないなどという自由を
わたしはけっして信じない」
パン横丁という名の裏通りが、ロンドンにある。
その街で生まれた詩人が後世にのこした言葉。
熱くした包丁で、パンを薄くきれいに切りわける。
耳を切り、バターを両面にぬって、かぶせる。
隙間なく覆って、オーヴンで焼きあげる。
イングランドの古い料理の本で、
「徒手空拳の物書きのプディング」のつくりかたを
ぼくははじめておぼえたのだった。
『エリザ・アクトン夫人の料理の本』
一八四五年初版、ぼくらの国で
戦後とよばれた時代がはじまった
そのほんの百年まえに書かれた料理の本で。
プディングの味は、
じぶんで食べてみなければわからないのだ。

チャンプの食べかた

ポテトは皮をむいて鍋に入れて
ひたひたの水で塩一つまみこぼして茹でる。
芯までやわらかくなったら、湯は捨てて
熱いミルクを注いで、塩、胡椒をくわえて、
しっかりした木のスプーンで擂りつぶす。
そうして、あつあつのマッシュド・ポテトに
みじんに切った新玉葱を混ぜあわせるんだ。
それだけだ、あとは
めいめいが自由に、皿に好きなだけ
丘のように、マッシュド・ポテトを盛りあげる。
スプーンをシャベルにして
丘のてっぺんに墓穴を掘って、
切りとったバターを棺のように埋める。
バターがゆっくりと溶けてゆくだろう。
それから、フォークを鋤にして
マッシュド・ポテトの丘をくずしながら
溶けたバターにひたして食べる。
それがチャンプで、アイルランドの
人びとが日々にながくまもってきた
ポテトの食べかたなんだ。
一八四六年アイルランドのポテト全滅。
飢饉がはげしく襲いかかって、
人びとは飢え、荒涼と死んでいった。
チャンプは六十万の人びとの死の思い出。
食べかたには人びとの生きかたがある。
食べるとは、死者の土地を耕して食べることだよ。

食事の場面

ラ・マンチャの二人の男

荒野を旅する二人の男、痩せっぽと太っちょ。
痩せっぽは大男、駄馬という名のラバに乗っていた。
太っちょは小男、名なしという名のロバを曳いていた。
わが友よ、と痩せっぽが太っちょに言った。
われらの旅は大いなる旅でなければならぬ。
われらがつとめは、世にありとある
窮乏せる人びとの救助に馳せ参ずること。
大いなる冒険をもとめて敵をたおさねばならぬ。

荒野を旅する二人の男、痩せっぽと太っちょ。
痩せっぽは人も知るラ・マンチャのドン・キホーテ
またの名を憂い顔の騎士、そのよき従士は
裏表いつわりなしのサンチョ・パンサ、太っちょだ。

太っちょが言った、いまさら敵のひつようはねえだ。
水差しが石に当たっても、石が水差しに当たっても
ひどい目をみるのはいつだって水差し。
敵より冒険よりひつようなのは、まず食事でサ。

荒野を旅する二人の男、痩せっぽと太っちょ。
食事ったって荒野のまんなか、食べるものとて
パンひとかけ、玉葱すこし、巨人の頭だっても
叩き割れそうな固いチーズの欠けっぱし。

太っちょは言った、何にもまして食事の馳走は
世辞ぬき作法ぬき、自由ってことでさあ。
吹いてくる風、それにパンと玉葱さえありゃ
この世で一番おいしいソースは、空ッ腹。

荒野を旅する二人の男、痩せっぽと太っちょ。
さあゆこう、と痩せっぽが太っちょに言った。
さはれ大いなる敵、大いなる冒険をもとめて、
そんなにも急いで、いったいどこへ?

セルバンテス「ドン・キホーテ」

ミスター・ロビンソン

怒れる海を逃れて、夜の浜辺に一人たどりついた。
ここがどこで次にどうするか、くよくよしなかった。
死なねばならないなら、死ぬことは明日かんがえる。
木にのぼって、ナイフを抱いて、ロビンソンは眠った。

朝、凪いだ海にかたむいて沈んでゆく船をみた。
仲間の姿はなかった、運ぶべきものを黙々と運んだ。
ビスケット、パンとチーズ、乾燥肉とラム酒と穀物、
火薬、道具一式、いやしくも一人の二本の手で運べる
すべて。

人の住まない島だった、森では鳥がギャーギャー啼いた。
無為にして、ただ貯えによって、生きてはゆかれない。
手を働かすことをしなければ、食いつぶすしかできな

い。
ロビンソンはまなんだ、工夫すること身を使いこなすこと。

魚を食べるには、釣針と釣糸をつくらねばならなかった。
スープをつくるために、土をこねて土鍋を焼いた。
パンを焼くために畑をつくり、大麦を正しく播いた。
食事するために鋸をひき、テーブルと椅子をつくった。

山では仔山羊をつかまえて、火の両側に棒を立てて、
横棒をわたして紐で吊り、ぐるぐる廻して炙った。
浜で青海亀をつかまえた、卵を六十コ抱いていた。
亀の卵は灰のなかで焼き、殻つきのまま食べるのだ。

ある朝、飼いならした鸚鵡が、けたたましく三ど叫んだ。
哀れなロビンソン・クルーソー、おまえはどこにいるのだ？
哀れなロビンソン・クルーソー、おまえはどこにいたのだ？
哀れなロビンソン・クルーソー、どうしてここにきたのだ？

悲しみは食べられないよ、とロビンソンは鸚鵡に言った。
孤独な島の孤独な日々だって、ただ毎日にすぎない。
悔むことは、葡萄酒の樽とビールがつくれなかったこと。
「なんじ、何ぞ我をかく作りしや」とは祈らなかった。

デフォー「ロビンソン・クルーソーの生涯と冒険」

ダルタニャンと仲間たち

パリの路上を、四人の銃士が連れだってゆく。
アトス、ポルトス、アラミス、ダルタニャン。
一騒ぎおこしては、街角をサッとずらかる。
果たしあいと謀りごとが、かれらの稼業だった。

宮廷おかかえの腕達者、天下御免の伊達者だ。
肩で風切り、対する敵はかならず剣先に倒した。
敵がいなけりゃ、どうでも敵をつくりだす。
国王の制服に、四人は飢えた心をつつんでいた。

血なまぐさい風吹く時代、のぞみは
図々しく切りぬける幸運を手に入れることだった。
恋と名誉に不足はないが、懐ろは空っぽだった。
借金の山は、機智と口説をめぐらして踏みたおす。

いつも空っ腹をかかえて、ご馳走を夢みていた。
朝食にはチョコレート。ブドー酒はボージャンシー。
朝鮮アザミ。骨の髄で味をつけた仔牛の肉。
旨い食事にありつけるなら、どこへでも出掛けた。

脂肉をつめたウサギ。太ったニワトリ。ニンニクで
味つけをした羊の腿肉。むっちりとしたソーセージ。
それからブルゴーニュの極上を、うんと冷やして一ダース。

四人の若者はそら豆とホーレン草が大きらいだった。
戦争だって、食事のあいまの出来事にすぎない。
あった、ある、あるだろう。人生はその三語にすぎない。
鞭を手に、国王はいつもそっと銃士たちに囁いた。
「どうだ、わたしといっしょに退屈してみないかね?」
四人の若者が生きたのは、と物語作者は書いている。

自尊心がついぞ重んじられなかった時代だったと。
陽気で豪気な四人の若者が知らなかったのは、
コーヒーの味、市民という言葉、大革命、だった。

大デュマ「三銃士」

孤独な散歩者の食事

街の通りを歩いてゆくと、コーヒーの香りがしてきた。
コーヒーの香りが好きだ、と老人は言った。家の階段で
誰かがコーヒーを炒っていると、隣人たちは扉を閉める。
けれども、わたしは部屋の扉をおおきく開けるんだ。

笑うと目がかくれてしまうほど、目じりに無数のひだ。
額には深い悲しみ。ひとは自由なものとして生まれた。
しかもいたるところで鎖につながれている。なぜだ？
「なぜ」を口にしたばかりに生涯憎まれて老いた男だ。

朝五時に起きる。写譜の仕事をつづける。散歩にでる。
日光を愛し、雨を怖れた。帽子をけっしてかぶらなかった。

老人ののぞんだのは、そこで一生を終えるつもりの場所で、
翌朝は出立するはずの宿にいるような暮らしだった。
質素だった。何でも食べたが、アスパラガスだけはけっして口にしなかった。膀胱をわるくすると信じていた。
やわらかな大粒のソラマメが好物だ。上等のものをちょっぴりより、ふつうのものをたっぷり味わうことを好んだ。

ひとの自由は、欲するところを行うことにあるのではない。
それは、欲しないことはけっして行わないことにあるのだ。
わたしは哲学者じゃない。ただ一コの善人でありたい。
それ以外の何者になろうともおもわない、と老人は言った。

夕食にブドー酒を一壜あけ、ジュネーヴのチーズを愛し、
アイスクリームとコーヒーを、唯一の贅沢なたのしみとした。
この世の欺瞞や裏切りを憎んだ正しい魂をもつ友人を一人も見つけられなかったが、後悔しないと老人は言った。

ひとの不治の病いをなおせるのは、緑の野だけとも言った。
老人は、じぶんの死亡記事を新聞で読んでから、死んだ。
「ジャン＝ジャック・ルソー氏は道でころんだ結果、死んだ。
氏は貧しく生き、みじめな死にかたをした」

ルソー「孤独な散歩者の夢想」、サン＝ピエール「晩年のルソー」

少年と蟹

日々用いられる、欠くべからざるものはきれいだ。
鋤。耙《まぐわ》。馬車。手押車。臭い肥料さえも、
正しくていねいに、生き生きとその場所を占めていた。
畑の緑。木の花の白。四方八方、風景の自由さ。

ウィルヘルムはサクラソウを、夢中で摘みあつめた。
伯母さんはそれで、おいしい飲みものをつくるのだ。
春の匂いがした。村の子どもたちが、仲間にくわわっ
た。

甲虫。アネモネの草むら。森や、藪をぬけてゆく径。
いっしょに河にゆこう。年かさの漁師の息子が言った。
立派な蟹のいる秘密の場所を知っているんだ。
服をぬいだ少年の肢体は、おどろくほどうつくしかっ
た。

正午の日光のなかで、永遠の友情にあたいするものを、
はじめて見つけたとおもった。夕方、森で会おう。
けれども漁師の息子は、約束をまもらなかった。
村の家々から、女たちが叫びながら走っていった。
子どもたちが河に溺れた！　溺れて、死んだ！

溺れた子どもたちの手を摑んで放すまいとして、
漁師の息子もまた、河の深みに引きずりこまれたのだ。
死んでもまだ、真珠のような歯をくいしばっていた。
たくさんのみごとな蟹が、少年ののこしたすべてだ。

雑然と活発にうごきまわるぶかっこうな蟹を、
入念に料理し、伯母さんはすばらしい食事をつくった。
伯母さんはよく知っていたのだ。われらの日々の
ささやかな幸福は、死者の贈りものにほかならない、
と。

その日のことを、ウィルヘルムははっきりとおぼえている。
それは、人生というものがはじめて、オリジナルなものとして
少年のこころにふいに姿をあらわした日だったから。
自分じゃない。人生とは、他人を発見することだった。

ゲーテ「ウィルヘルム・マイステル　修業時代／遍歴時代」

ソバケーヴィチの話

神様を信じようとしなかった。それでいて、鼻の頭がむずむずしだすときっと死ぬ、なんてことを信じていた。
真実に欺されたくないので、いつも噂に耳をすまし、
口をひらけば、辛辣に、おもいっきり罵言をとばした。
町の旦那どもをみな。鬼が鬼づれで、通りを歩いてるぜ。
ミハイル・セミョーノヴィチ・ソバケーヴィチは言った。
いかさま師のうえにいかさま師が乗って、いかさま師を
追っかけてる。やつらの食いものをみな。蛙だ、牡蠣だ、

細切肉《フリカセ》だ、丸薬だ、さんざん胃の腑をこんがらかせて、
あげくは食餌療法、断食療法なんてことを言いだす。
その言い草ときたら、「ねえ、きみ、まあ、つまり、
そういったふうな、いいですかね、おわかりだろう、
かんがえてもみたまえ、ある程度、いくぶんはねえ」
どいつもこいつも、地球の無駄なお荷物になってる連
　中さ。
羊肉なら羊一頭。鵞鳥なら鵞鳥、まるごと一羽。
豚肉なら豚一頭。それから、ねぎをそえた焼き腸詰。
キャベツ汁。パイ。肉入り饅頭。詰めものした七面鳥。
食いものは、そのとおり食いものでなくちゃいけねえ。
ミハイル・セミョーノヴィチ・ソバケーヴィチは言っ
　た。
人間だっても、そのとおり人間でなくちゃいけねえ。
自然が仕上げをあんまりかんがえず、斧を一どあてた
　だけで
鼻ができ、もう一どあてたら唇ができ、大きなキリで
目をほじくって、カンナもかけずに「生きろ！」と言
　って
そのまま娑婆におくりだしたような無骨な男だった。
魂《ドゥーシ》が農奴《ドゥーシ》と同じ言葉だった時代の、ロシアの男の話。
生きても死んでも同じ呼び名でしかないものらが、誰
　か死ぬと、
ミハイル・セミョーノヴィチ・ソバケーヴィチは言っ
　た。
「やい、てめえは正直、大粒の胡桃みてえに粒よりだ
　ったぜ」

ゴーゴリ「死せる魂」

まことに愛すべきわれらの人生

ピクウィック氏はまことに端倪すべからざる人物。禿げ頭に丸眼鏡。
黒い帽子にピンクの縞チョッキ。外套に望遠鏡。ゲートルに靴。
書きしるすに足る見聞を記すべき雑記帳を、どんな場合にも携帯。
百科事典的な眼差しをそそいで、街路の向うがわにある真実を探索。

太りすぎには気をつけよ。ピクウィック氏は雑記帳に書き入れる。
四十五年ものあいだチラとも腹の下の自分の靴をみたことのない紳士、
首に吊るした一フィートあまりの自慢の金鎖時計も、ついにみるあたわず。

金鎖をひっぱって時刻を確かめるのは、もっぱら街の掏摸の上手のみ。
ネックレスには気をつけよ。貧しい娘がはじめて贈られたネックレス。
二十五箇の木の玉のネックレスを、その弟がバラバラにして飲みこんだ。
うつくしいものはおいしいはずだ。少年は信じ、病院に担ぎこまれた。
歩きまわると胃の玉がすごい音をたて、患者たち眠られず、拘禁。

仔牛の肉のパイには気をつけよ。たくさん猫を飼っていた料理人。
才覚才腕に長じ、愛らしいけものの肉で、評判のみごとなパイをつくる。
料理は味つけがすべて、客は看板で食べる。他言は無用ですぞという。

仔牛の肉のパイは、つくった人と材料は猫でないと知ってのち食すべし。

ソーセージには気をつけよ。裏街に住むソーセージつくりの職人。
どんなものをもソーセージにする自動機械を発明し、幸福な日を送る。
女房に怠け者よばわり、アメリカにゆけと罵られて失踪。三日後、客に
突っかえされたソーセージ。ボタン入り。男はどこへもゆかなかったのだ。

ホットケーキには気をつけよ。何はさておきホットケーキに目のない老人。
生き甲斐は夕暮れのコーヒーハウス、一杯のコーヒーと四枚のホットケーキ。
ある日腹痛をおこし、病院に走り、悲しい宣告。ホットケーキ厳禁。
その夜、ホットケーキを山と買い、ぜんぶ食べ、頭を拳銃で吹きとばす。

食卓にのるはつねに人生。ピクウィック氏は雑記帳に書き入れる。
人間は生きている比喩である。ピクウィック氏が嫌ったのは、天下に
何ごとも心配なしという言葉。ピクウィック、プリンシプルと韻ふむ人。
あなたは誰かと問われると毅然とこたえた、人間性を観察する者です。

ディケンズ「ピクウィック・クラブ」

ああ、ポンス

耳はおおきすぎた、鼻は立派すぎた、それでいて
顔はよくよく踏みつぶされたかぼちゃみたいだった。
ポンスはフランス人がもっとも残酷とおもう一生を生
きた。
すなわち、生涯、顔ゆえに女たちに好かれずに終わっ
た。

光りのない目は、いつもなみはずれた憂鬱をたたえて
いた。
音楽家だった。かつては世にむかえられたこともある。
しかし、誰が信じるだろう、ひからびてやせこけた老
人が
じつは高雅な魂と繊細な感情のもちぬしだなんて。

そのうえ、哀れなことに、ポンスは七つの大罪のうち
神がもっとも寛大な罰をくだしたもうにちがいない罪
の
おぞましい奴隷だった——つまり、食いしんぼうだっ
た。
世にいれられぬ天才の悲しみよりさらに痛烈なのは、
他人にはけっして理解されない胃の腑の悲しみである。
プラム・プディングのためのクリーム、それは詩だ。
ホワイト・ソース、それは傑作だ。松露をあしらった
鳥肉料理、それは恋だ。それにライン産の鯉ときた
ら！

上等の葡萄酒は、何かになぞらえることもできない。
みごとな料理のならぶ他人の食卓に招かれること。
食客が、ポンスの稼業だった。そのためにならば、
阿諛追従、世辞虚飾、どんな言葉も支払ってまわった。

ああ、パリ。無垢の情熱をほろぼすことにかけて、

食卓が娼婦たちと張りあってきたうつくしい街。

招かれるべき食卓がもはやポンスにうしなわれた日、芸術家としての堕落によって、食卓の永遠の招待客の身分をあがなうことをねがった孤独な老人は、どっと死の床に臥した。みじめなポンス。なんという一生だろう。

パリが、芸術家の首都という伝説を信じてはいけない。パリは、高雅な魂と繊細な感情の墓地なのだ。

バルザック「従兄ポンス」

水車場の少女の「いいえ」

青空の下のカシワの梢の若葉。足もとのツマトリソウ。空いろしたイヌフグリ。カキドオシ。ニワトコの繁み。おもいおもいに異なった生垣にかこまれた草深い畑。地蜂の巣。トネリコの木。おおきな水車場。河の光り。竪溝のついた赤い屋根。ケーキの焼きあがる匂い。煮立っているジェリー。香ばしくただよう肉汁のかおり。

ジャムのはいったとてもかろやかなジャム・パフの味。杏ジャムのはいった巻きプディング。ティプシー・ケーキ。

隅にじぶんの名を刺繡したテーブル・クロスをもつこと。

風が吹いたら羽根のようにとぶチーズ菓子のつくりか

た、
黄花の九輪ザクラでつくるおいしい酒のつくりかた、
ハムの貯蔵法、グースベリの貯蔵法をおぼえること。
よその誰にもまけないポーク・パイをこしらえること。
木製や銅製の家具、道具を徹底してみがきあげること。
通用しなくなりそうな硬貨を貯えること。正直であること。
バターを上手につくり、下手につくれば恥とかんがえること。

クリスマスにはヒイラギの紅い実、キヅタの黒い実。
みんなの好きな讃美歌。常緑樹の枝。短い説教。
朝のあつい卜ーストとビール。西洋スモモの砂糖漬。
伯父の好きなハッカ入りドロップ。巴旦杏と胡桃のデザート。
聖書のどこかに押し花にしたきりのチューリップの花片。
敷物の模様。火格子。火箸。十能。好き嫌いの
わずらわしさを知らぬうちから親しみ慣れてきたもの。
とりたててすぐれたところもないありふれた景色。
愛する男が少女に言った。こんなちいさな偏狭で息ぐるしい
日々からでてゆこう。愛があればなにごとも可能だ、と。
これらの平凡なすべてを貶めて忘れてしまえるほど
愛は幸福でしょうか。恋する少女はこたえた。いいえ。

ジョージ・エリオット「フロス河の水車場」

ハックルベリー・フィン風魔女パイ

それで、魔女パイをつくらなくちゃいけなくなったのさ。
森の奥ずっと深くに、わざわざ秘密の竈をこさえてさ。
たかがパイ皮に、小麦粉を洗面器に三杯もつかってさ。
あげくは火傷だらけ、目は煙でつぶれちまいそうだったぜ。

とにかく魔女のパイだからね。人間の食いものとはちがう。
なかに長い長いロープをたっぷりと仕込んだパイさ。
まずシーツを破く。細い紐にする。夜どおしで縫いあわす。
高い窓から地面まで、じゅうぶんに届くロープをつくる。

そうして朝まだき森にゆき、でかい鍋のうちがわに
練り粉をつけて、火に掛けて、できたてのロープを詰める。
練り粉の屋根をうえにかぶせて、しっかと厚く蓋をして、
熱い燃えさしをのっける。いやけむいのなんのって、
まったく涙がこぼれるほど上等なパイが焼けたぜ。
もちろん食えない。長いロープは固くてまずいし、
嚙みきってみたって、つま楊子が一万本はいるだろうし、
さっそく腹痛をおこして寝込んじまうだろうしね。

おれたちの友達が農場の小屋に閉じこめられたんだ。
黒人で、農場を逃げだしたんだが、つかまっちまった。
逃亡奴隷と世間じゃいうが、やつはおれたちの友達だ。
やつが逃げねえよう、見張ってるのが魔女どもなんだ。

魔女といったって信じねえだろうが、ほんとうだぜ。

信じられねえのは、人間が人間を見張るってことのほうさ。

おれたちは魔女どもを裏切り、欺かなくちゃいけない。

友達が自由でいることのできねえ国は、自由じゃねえ。

それで、魔女パイをつくらなくちゃいけなくなったのさ。

ガラクタをゴミっていうが、友達の顔に泥を塗って恥ずかしい目にあわせる人間のことも、ゴミっていうんだ。

きみに友達がいるなら、きみの自由は、友達の自由だ。

マーク・トウェイン「ハックルベリー・フィンの冒険」

働かざるもの食うべからず

ぐうたらで、不平家で、ろくでなしで、腹へらし。

木の頭、木の手足の操り人形だった、ピノッキオは。

顔のまんなかに、先もみえないほどの長い鼻。

耳はなかった。だから、忠告を聞くことができなかった。

悪戯好きで、札つきの横着者で、なまけもの。

この世のありとあらゆる仕事のうちで、ピノッキオにほんとうにすばらしいとおもえる仕事は、ただ一つだった。

朝から晩まで、食って飲んで、眠って遊んでという仕事。

勉強ぎらい、働くこと大きらい、できるのはただ大あくび。

貧しくてひもじくて、あくびすると胃がとびだしそうだ。
けれども誰にも同情も、物も乞うこともしなかった。
食べるために働くひつようのない国を、ひたぶるに夢みた。

この世は性にあわない。新しいパン一切れ、ミルク・コーヒー、
腸詰のおおきな切り身、それから砂糖漬けの果物。
巴旦杏の実のついた甘菓子、クリームをのせた蒸し菓子、
一千本のロゾリオやアルケルメスなどのおいしいリキュール。

それらを味わいたければ身を砕いて働けだなんて、
ぼくは働くために生まれてなんかきたんじゃないや。
腹へらしのなまけものの操り人形は、ぶつぶつ言った。
まったくなんて世の中だろう。稼ぎがすべてだなんて。

こころの優しい人があわれんで、パンと焼鳥をくれた。
ところが、そのパンは石灰で、焼鳥は厚紙だった。
服を売って、やっと金貨を手に入れて、土に埋めた。
水もどっさり掛けたが、金貨のなる木は生えなかった。

胃は、空家のまま五カ月も人が住んでいない家のよう。
それでもピノッキオは言い張った。骨折るのはまっぴらだ。
操り人形が倒れると、駆けつけた医師はきっぱりと言った。
死んでなきゃ生きてる。不幸にも生きてなきゃ死んでいる。

コッローディ「ピノッキオ」

ぼくの祖母はいい人だった

サモワールがテーブルの上で、ヒューヒューと音を立て
てる。
祖母のお気に入りの場所は、いつもサモワールのそば
だった。
朝の匂いは、生チーズ入りの裸麦粉の厚焼の匂い。
茴香やスグリや熟れたリンゴのなんともいえない香り。
貧しかったが、祖母は気にしなかった。倦まずに働い
た。
ときどき太い指でタバコを嗅ぎ、うまそうにくしゃみ
して
大声で言った。「こんにちわ！　世々代々の世界さ
ま！」
冬には熱いパンを、心臓に押しあててこころを暖めた。
知ってるかい？　火で牛乳をいぶしてよくよく発酵さ
せた
ワレネーツの味を。蜂蜜で味をつけて芥子をきかせた
レビョーシキの味を。祖母は言った、「どこでもねえ
だ。
おらたちの善い国は、あったけえ台所にありますだ
よ」
どんなときも、祖母は神と一緒だった。祖母にとって
の神は
すべての生きたものにとっての愛すべき友だ。まんま
る顔の
カザンの聖母像に、いつも祈った。「神さま、おめえ
さまには
おらたちにくださる浄き知恵が足りませなんだか？」
寒い往来に物乞いをみると、黙って台所に招きいれた。
熱いお茶と一切れのパイのあとで、祖母は静かに言う。

「達者にな。死神はちゃんとポケットに蔵っときなせえよ」

傷ついた椋鳥にさえ、木片で義足をつくってやる人だった。

読み書きはできなかったが、おとぎ話、つくり話、詩を

誰よりも知っていて、ゆっくり歌うように物語った。「何がなくともさ」と、祖母は言った。「好い物語をいっぱいもってるものが、この世で一番の果報者だよ」

祖母の時代は息苦しく、大人も子どもも倖わせじゃなかった。

だが、無限につづく平日にあっては、悲しみも祭日である。

「何もかも過ぎるだ」祖母の言葉を、いまもおぼえている。

「けど、そうなくちゃならねえことは、そのまま残るだよ」

ゴーリキイ「幼年時代」

こうして百年の時代が去った

まず、スープだ。熱く、透明な、微かな黄金色の
ちいさなもつれあった、なよやかなヌードル入りのス
ープ。
卓上にならんだ小皿の一皿一皿には、とりどりの野菜。
すみれ色にほのかにひかっている蕪。沈んだ濃緑色の
まじめくさったホーレン草。愉しいあざやかなサラダ。
溶けたバターに浮かんだかわいい玩具のような、非の
うちどころない新じゃが。不愛想に白い西洋ワサビ。
ワサビは、風味が牛乳のなかで消えるようではいけな
い。
主餐はかならずターフェル・シュピッツと決まってい
た。
柔らかなベーコンでおおきな肉の塊をしっかりと巻く
のだ。
なにより日曜日の午餐に欠かせなかったのは、市の広
場で
軍楽隊が吹奏する祖国の英雄にささげられたマーチだ。
かがやく帝国の栄光を、かがやくトランペットが讃え
た。
ティンパニーが讃え、シンバルが讃え、太鼓が讃えた。
窓は開け放たれ、バルコニーでは、日の光りが踊って
いた。
そこまでが、永遠につづくようにおもえた夏の思い出
だ。

それから、突然、血の秋が……戦争が、やってきた。
人びとは急いで、窓を閉めた。誰もいない市の広場で
真実の裏切り者たちと、裏切り者とおもわれた者たち
とが
樹木に吊るされた。終日、雨に打たれて揺れていた。

戦争が終わったとき、郷愁の帝国はもはやなかった。
日曜日は戻ってきたが、祖国の栄光のマーチを聴きながら
硝煙のなかへ消えた者たちは、二どと戻らなかった。
食卓には空席があり、それは死者のための席だった。

青と金の線の入った皿。重たい銀のスープ用スプーン。
魚のスープ鉢。みねにギザギザのついている果物ナイフ。
ちっちゃなコーヒー茶碗。うすい銀貨のように華奢な匙。
こうして一つの世紀が去った、食卓に食器だけのこして。

ロート「ラデツキー行進曲」

アレクシス・ゾルバのスープ

旅の人ですかい、
どこへおいでかね、途中まで
わしを連れてってくれますかい。
わしはうまいスープをつくれますぜ。

すたすた歩いてきて
いきなり話しかけてきた、
古い馴染みたいに見知らぬ男が
あんただったアレクシス・ゾルバ。

食いかたが肝心なんでさあ。
おまえさんが食った食いものをどうするか、
言ってみなせえ。
食いかたでおまえさんの生きかたがわかる。

ある奴ア食いものを贅肉にする。
ある奴ア食いものを魂に変えちまう。
まったく高くつく食いかたをする奴がいる。
食いものは上機嫌に変えなくっちゃいけねえ。

身体がポキポキ鳴る仕事でさあ、
わしの一日にひつようなのは。
あばずれに惚れたみてえに働いて
夜はマリア様のベッドで、ラム酒を一壜。

あらゆるところが家郷でさあ。
ギリシア人だブルガリア人だトルコ人だ、
そんな分別なんざ人間たあ関係ねえ。
そいつがいい奴か悪い奴か、それだけでさあ。

てんで素敵な女たらし。
左手の人指し指を失くした渡り者。
羊でも鳥でもなくて老いざかりの大男。

あんたが好きだアレクシス・ゾルバ。

本は閉じて読みなせえ。
言葉を心臓の外に落っことしますぜ。
粉屋のおかみさんの屈んだ背中、
そいつが、わしア面倒な言葉はさっぱりだが、

人間の理性ってやつじゃねえですかい。
目ン玉むいて目のまえを見てみなせえ。
この木や海、石ころ、草や匂い
これらの不思議なもんは一体何と呼びゃいいんですかい。

おまえさんは賢いし、何不足もねえようだ。
だけど、そのぶんきっと愚かさが足りねえ。
わしア一番賢い人間じゃねえが、
かといって一番馬鹿な人間なわけじゃねえ。

わしはゾルバで、ゾルバのように話す。
ただそれだけでさあ。
国も金も、たいていのものはなくて済ました。
そいつは結局そう悪いことじゃねえですよ。

約束のうまいスープをつくってくれた。
去勢した雄鶏のものをコトコトと煮込んだスープ。
人生の味は一物をつかわなきゃ知れねえさ。
あんたは言ったアレクシス・ゾルバ。

あばよ、友人、忘れねえでくれますかい。
わし、ゾルバ、そして果てもねえ仕事。
あばずれに惚れたみてえに働いて
夜はマリア様のベッドで、ラム酒を一壜。

カザンザキス「その男ゾルバ」

心の中にもっている問題

夏の物語——野球——

　　掴む。
　滑る。
砂煙があがる。
倒す。倒れる。
　どよめく。
沸く。
燃える。
ギュッとくちびるを噛む。
苦しむ。焦る。つぶされる。
　どこまでもくいさがる。
　どこまでも追いあげる。
どこまでも向かってゆく。
波に乗る。拳を握る。
襲いかかる。陥れる。
踏みこむ。真っ二ツにする。

盗む。奪う。
　刺す。
振りかぶる。構える。
　　投げおろす。打ちかえす。
叫ぶ。叫ぶ。
跳びつく。駆ける。
　　駆けぬける。
深く息を吸う。引き締める。
　かぶりを振る。うなずく。
狙う。睨む。脅かす。
浴びせる。崩す。切りくずす。
むきだしにする。引きつる。
踏ンばる。
顔をあげる。腰を割る。
粘る。与える。ねじふせる。
　　投げる。
　打つ。
飛ぶ。

走る。
見事に殺す。
なお生きる。生かしてしまう。
付けいる。
追いこむ。
突きはなす。
手をだす。
見逃す。
読む。選ぶ。
黙る。
黙らせる。目に物みせる。
意気地をみせる。思い切る。
叩く。突っこむ。死ぬ。
(動詞だ、
野球は。
すべて
動詞で書く
物語だ)

あらゆる動詞が息づいてくる。
一コの白いボールを追って
誰もが一人の少年になる
夏。

キャベツのための祈り

キャベツを
讃えよ。
すべてはキャベツにしてキャベツ、
かつキャベツにしてキャベツにすぎない。
ねがわくは、われらの
キャベツがキャベツにして
正しくキャベツならんことを。
キャベツがキャベツであるごとく
ありふれてキャベツであり
なによりキャベツであり
キャベツにおいてキャベツならんことを。
ねがわくは、われらの
手にキャベツを、
われらにキャベツを、
われらの日々のキャベツをあたえたまえ。

われらのキャベツをキャベツとして
キャベツをして
キャベツたらしめたまえ。
かくてキャベツ、
キャベツにほかならぬキャベツを
祝福したまえ。
キャベツはキャベツにしてキャベツ、
かつキャベツのごとく
キャベツなればなり。
キャベツを
讃えよ。

かつてナルニア国をつくりあげた
敬虔な英国の老教授は
キャベツ畑を讃えて言った。
「この畑はね、ただのキャベツ畑だけれど、
きちっと一列にならんで葉をだして、
すばらしいね」

ライ麦の話

一本のライ麦の話をしよう。
一本のライ麦は、一粒のタネから芽をだして、
日の光りと雨と、風にふかれてそだつ。
ライ麦を生き生きとそだてるのは、土深くのびる根。
一本のライ麦の根は、ぜんぶをつなげば六〇〇キロに
　およぶ、
根はさらに、一四〇〇万本もの細い根に分かれ、
毛根の数というと、あわせてじつに一四〇億本。
みえない根のおどろくべき力にささえられて、
はじめてたった一本のライ麦がそだつ。
何のために？
ただ、ゆたかに、刈りとられるために。

世界で一番おいしいパンケーキ

ポール・バニヤンのパンケーキは
世界で一番おいしいパンケーキで、
世界で一番おおきな重たい斧で
世界で一番高い樹を伐らねばならぬ
世界で一番深い森の樵夫のポールが、
世界で一番辛くて長い仕事を終えて、
世界で一番すてきな日曜日の朝に
世界で一番汚れた頭を天国で散髪し、
世界で一番のドタ靴を地獄でみがいて、
世界で一番古い椅子にどっと坐って
世界で一番なじんだ木のテーブルについて、
世界で一番働いた大男のために
世界で一番息のきれいな女房のキャリーが、
世界で一番めずらしい卵の木にみのった
世界で一番真ッ白な卵の実を一ツ摘みとって、

世界で一番新鮮な卵を割って、ホイップして
世界で一番すばらしい日の光り一つまみと
世界で一番よくふるった小麦粉を混ぜあわせ、
世界で一番明るい台所で、ありったけ
世界で一番たいせつな知恵を働かせて、
世界で一番使いこんだフライパンで焼きあげた
世界で一番つつましいパンケーキ。

ポール・バニヤン＝北米民話の巨人の樵夫。

タンポポのサラダのつくり方

タンポポの葉を摘んできた。
やわらかな葉を一枚一枚、
水で洗ってよく水気を切った。
ゆで卵を一コみじんに切って
オリーヴ油と酢に、塩と
胡椒をくわえて、ソースをつくった。
それから、ベーコンを切った。
ちいさなサイコロのかたちに切った。
フライパンを火にかけて
油は入れずに、かりかりに炒めた。
そうしておいて、タンポポの葉と
ソースとをさっくりとあえる。
クレソンもわすれちゃいけない。
サラダ・ボウルに盛りつけて
かりかりのベーコンをさっと散らした。

「ライオンの歯」のサラダである。
「ベッドのオシッコ」のサラダである。
人にも議論にもつかれて
めざめる朝がある。
一人の朝のためのサラダである。
どこへでも飛んでゆきたくなる。

それはどこにあるか

それは窓に射す日の光りのなかにある。
それはキンモクセイの木の影のなかにある。
それは日々にありふれたもののなかにある。
Tシャツやブルージーンズのなかにある。
それは広告がけっして語らない言葉、
嘘になるので口にしない言葉のなかにある。
それは予定のないカレンダーのなかにある。
時計の音が聴こえるような時間のなかにある。
誰のものでもないじぶんの一日のなかにある。
それは、たとえば、小さなころ読んだ
「シャーロットのおくりもの」のなかにある。
あるいは、リンダ・ロンシュタットの
スペイン語のうつくしい歌のなかにもある。
名づけられないものが、そのなかにある。
それが何か、いえないものがある。

アンナおばさんの思い出

男の子がバグパイプを鳴らしているわ、
女の子がじぶんの花冠りを編んでいるわ、
二すじの小径が森のなかで交わっているのよ、
遠くの野原に遠くちいさな野火。

わたしはあらゆるものを見、あらゆるものをとどめる。
いとおしく優しく、わたしのこころで慈しむ。
ただ一つのものだけ、わたしが知らないのは。
けっしておもいだすこともできないものは。

知恵や強さは欲しくないわ、わたしはけっして。
ただ火のそばでわたしを暖めさせて!
寒いのよ……翼ある、いいえ翼なんてない
何の悦びもない神さまがわたしのところにやってくる
から。

アンナ・アフマートヴァ=ロシアの詩人。

ヨアヒムさんの学校

物の見方を、この世界の秘密をおしえてくれる先生なんて、めったにいない。ヨアヒムさんは、物の見方を、この世界の秘密をおしえてくれた、路上の学校の先生だった。

ある日、先生は、地球儀を手に、どこにわれわれの理性があるのか、おしえてくれた。先生によれば、理性は地球のお尻にある。されば、地球は、そして地球の上のわれわれもまた、じぶんのお尻にある理性を探して、くる日もくる日も自転しているのだ。

きみをささえているのは、日常、きみにいちばん身近かなもの。すなわち、靴底だ。きみは靴底なしには、どこへもゆけない。靴底はきみのために、日夜身を磨りへらしているのだ。じぶんの靴底を愛しえぬものは、じぶんの魂をも愛しえぬものだ、と先生はいった。

ヨアヒム先生の路上の学校で、物の見方を、この世界の秘密をまなべ。ヨアヒム先生の学校には試験はない。いつでも誰でも入学できるし、校則も制服もいっさいない。自由しかない。ただし、生徒はつねに、きみ一人だ。けれども、そこには、誰もおしえてくれないことを、すべて惜しまず一対一でおしえてくれる、変わり者の優しい先生がいる。リンゲルナッツ詩集というのが、ヨアヒムさんの学校の名だ。

ヨアヒム・リンゲルナッツ＝ドイツの詩人。

パブロおじさんのこと

誰も信じない、しかし
おじさんはずっと美術館長だった、
スペインのプラド美術館の。

自由なしには、何の傑作もない。
自由を失くした国をでたあとも
おじさんは、幻の美術館長だった。

「ぼくを任命したのはぼくの共和国。
一ども手当を貰ったことはない。
一ども首になったことはない」

誰も信じない、しかし
おじさんは本当にそうおもっていた。
フクロウと鳩と、山羊と牝牛と、

犬と石ッころと太陽と、悪戯と
カタルーニャ語を愛していたおじさん。
おじさんの名は、ピカソだった。

パブロ・ピカソ＝スペインの画家。

カミングスさんの日曜日

南にひらいた窓をあけて、
うんざりした気もちを放りだして、
古い木の椅子に、身をしずめる。
きれいな時間のほかは、何もいらない。
(きみは、おもわないか？)
世界はたぶん、バラの花と、
「こんにちは」でできてる、とわたしはおもうな。
(それから、「じゃ、またね」と、灰で)
いつも小文字で詩を書いた
カミングスさんが、そう言ったっけ。
単純でない真実なんてない。
日曜日のきみのたのしみ。
九官鳥に「くたばれ」という言葉をおしえる。
それから「くたばるものか」と言いかえす。

e・e・カミングス＝アメリカの詩人。

クレインさんの古い詩集

退屈をたのしみたい日は、古本屋のある街へゆく。雑然とならぶおびただしい本のあいだをさまよって、知らない時代の知らない本のページに、きみは、風の言葉を探す。

地平線を追いかけている一人の男を見た
ぐるぐるぐるぐる　地平線と男はまわった
私は　心をみだされて
男に　声をかけた
「無駄だよ」と　私は言った
「きみは絶対に――」
「嘘をつけ」と　その男は叫んだ
そして　なおも走りつづけた

クレインさんの古い詩集のなかの、とある二人の男の奇妙な会話。きみは耳を澄まし、微笑する。帰りに、花屋に寄って、クレマチスを買ってかえろう。そして、熱いコーヒーを淹れて、ゆっくりと飲もう。退屈をたのしむには、花とコーヒーと新しい時間をくれる古い本があれば、いいのだ。

スティーヴン・クレイン＝アメリカの詩人・作家。

ジャズマン

ジャズマンは、サキソフォンを手に、ステージに無造作にあらわれる。黒くおおきなジャズマンは、突然そこにたった一人でいることに気づいて、困ったように、黙ったまま立ちつくす。ジャズマンのがっしりとした身体が、スポットライトにまっすぐに束ねられて、青い長い影をつくる。

ジャズマンは一瞬、やさしいけもののように、じぶんの場所のぐるりを歩いてみる。そして、じぶんの孤立が信じられないというふうに、サキソフォンを口にくわえると、そこから逃れるように、唐突に、最初のフレーズを吹きはじめる。咽喉がふかぶかと音をつかまえたとおもったときには、すでに旋律のずっと遠くまでいってしまっている。

ひとがその場にいると同時に、離れたところにもいられるというのが、どんな感じか、わかるかい？

ジャズマンの姿は、もうみえない。ほのぐらい、あたたかな胎内にひびきあうように、サキソフォンの響きだけがのこっていて、目を閉じると、ふいに楽器としてのサキソフォンの音色が消えさって、音になったジャズマンの声のように、サキソフォンの音色が聴こえてくる。どこまでも声でありつづけようとしているサキソフォン。何か新しいことを、ジャズマンは語ろうとしているのではない。

ジャズマンは、誰もが知っていて誰もがわすれている孤独について、じぶんの言葉で、新しいやりかたで語ろうとしているのだ。奇妙なことに、ひとははげしく語ろうとすればするほど、じぶんの沈黙をますますはっきりとあらわしてしまう。耳を澄ますと、音がみえてくる。ジャズマンの感情の太腿《ふともも》の筋肉が、ピクピクとふるえている。予想しなかった次のフレーズがいきなりあらわれて、そしてまた次のフレーズが、いま、ここにあらわれる。音に否定形はない。即興が、すべてだ。

ひとがその場にいると同時に、離れたところにもいられるというのが、どんな感じか、わかるかい？

そして、ふたたび突然に、ジャズマンはたった一人で、そこにいる。注意ぶかく、しかしとても単純に、そこに立っている。黒いおおきなジャズマンは、黒いおおきな孤独を腕にかかえて、拍子も感動も拒んでいるようにみえる。ジャズマンは、音楽家にいちばん似ていない。ジャズマンは、畑にいる農夫にいちばん似ている。

ジャズマン＝ソニー・ロリンズ

ゴルギアスの歌

胸の底にストンと落ちて、そのままそこにのこっている。そのときは気づかない。だが、ずっと後になって、突然、あざやかな感覚の旋律としてよみがえってきて、或る感じかたをいいあらわすのに、その旋律しかおもいうかばない。そんなふうに、ずっと胸の底に落ちたままの旋律が、じぶんでも気づかぬうちに、いつかじぶんにとって、とりかえのきかない切実な旋律になっている。

歌はふしぎだ。はじめに歌があるのではない。おもいだされたとき、はじめて歌は歌になるので、そういってよければ、歌というのは、旋律をもった無意識の哲学なんだとおもうな。リクツやゴタクじゃない。おもいだされた旋律にのこっているのは、おそらく世界というものの感じかたをそのとき新しくされたというような、あるはっきりした感覚なのだ。

ひびきあう直観を哲学とするならば、歌は音をもつ哲学だろう。手まわしオルガンやバンジョーやギターやキーボードの音が聴こえる、ひとの声をもった哲学。「ある種の経験、喜びや快楽をつくりだすことについての経験」(プラトン「ゴルギアス」)。ほかにどういっていいかわからない感情を、いっぱいに容れる旋律をもった言葉が、歌だ。きみは好きな歌を、いくつ胸の底にもっている?

砂時計の砂の音

砂時計をいま、ここに置いて、じぶんの時間をいま、ここに置く。砂時計のしるす時のなかには、一人のわたしのもつ時間がある。

砂時計の砂の音は、あまりに微かなので、実際にはほとんど聴こえない。けれども、こころをあつめて、じっと耳を澄ましていると、ふいに周囲がカーンと静まりかえってきて、落ちてゆく砂の音、時の音が、日々の脈拍のように、にわかにはっきりと聴こえてくるようにかんじられることがある。砂は絶えまなしにこころの管のなかを落ちつづけるのだが、過ぎさった時はどこかにいってしまうのではなくて、やがてこころの底に、ゆっくりと静かに盛りあがってくる。

砂時計がはじめてつくられたのがいつで、つくったのが誰かは、知られていない。ただずっと昔には、砂時計の砂は、大理石の粉を葡萄酒で煮詰めてつくったのだったらしい。砂時計の時は繰りかえしでつくられていて、砂の落ちるのがつきたら、引っくりかえす。繰りかえし、繰りかえし引っくりかえす。それだけに砂時計の砂は、固くて重くて、入念にみがかれてよく篩《ふる》われた、しっかりした砂がのぞましいとされるのだが、どんなみごとな砂でも、繰りかえす時をかさねるうちに、たがいに擦れあってやがて細っていって、いつかそうとはっきりとわからないままに、だんだんと早く落ちてゆくようになる。

砂時計がしるすのは、だから、正確な時とはちがう。砂時計の砂の音は、繰りかえすうちにますます早く過ぎてゆくようになる日月、一人のわたしのもつ時間の音だ。いま、ここに、めいめいはめいめいに、じぶんの砂時計を一コずつ、じぶんにもっている。

失くしたもの　1

言葉は　力こめて書かねばならない
じぶんの字で　書かねばならない
じぶんの指で　書かねばならない

誰でも読めるように　言葉を刻むのだ
一画一画　指さきが痛むほど
はっきりと　正確に書かねばならない

言葉が　手わたすための言葉だった
他の人びとにむかって　一字ずつ書く
ガリ版印刷という　手の文化があった

いまはすでに　なくなってしまった
鉄筆も　鉄ヤスリも　蠟引きの原紙《げんし》も
ローラーも　インキも　ワラ半紙も

いまは誰も　言葉を　心に刻まない
いつも　なくなってしまってからだ
失くしたものが何か　おもいだすのは

失くしたもの　2

文字に　面《ツラ》があり　表情があった
それと　体《タイ》だ　線がきれいで
肉付きがよくて　懐ろがあった
高さがあり　肩があり　足があった

圧《アツ》があり　言葉に　力があった
真新しい匂いが　新鮮だった
人間と　おなじだ　呼吸していた
疲れると　擦り減って　汚れた

新聞の活字が　鉛でできていたとき
世界を　言葉で　表現するとは
日々に　種子を播くことだった
植字《ショクジ》　植える言葉だったのだ

いまは　根のない　言葉が
一枚の紙のうえに　ただ載っている

失くしたもの　3

ブルー・ブラック・インキの　インキ壷
肥後ノ守　分度器　レコードの針
土の校庭　板塀　リヤカー　木の電柱
炭屋　氷屋　曲げ物屋　空き地　抜け道
あるとは　まだあるけれども　ということだ
ないとは　もうまったくない　ということだ
生まれた街で　死ぬ人がいなくなった
じぶんの家で　死ぬ人が少なくなった
十年前　百万羽いた水鳥が　一万羽になった
ないとは　もうまったくない　ということだ

鉢の朝顔　垣の夕顔　友達の家
街を飛ぶ　ツバメ　道ゆく人の　挨拶

一年の365分の1

川を眺めている人がいた
何をしているのか
見えないものを見るように
川の光りをみつめていた

木を見ている人がいた
何をしているのか
懐かしい人に会ったように
木の話すのを聴いていた

人混みで怒っている人がいた
誰も何も聞いていなかった
何を怒っているのか
鋭い声が悲鳴のようだった

電話をしている人がいた
受話器を手にもって
じっと考えこんでいた
じぶんに電話する方法は？

ひとは、ひとにとって
空気のごときものである
暖かな空気、あるいは
冷たい空気のように

空を見上げている人がいた
立ったまま、動かなかった
何をしているのか
じぶんの空を捜していた

ねむりのもりのはなし

いまはむかし　あるところに
あべこべの　くにがあったんだ
はれたひは　どしゃぶりで
あめのひは　からりとはれていた

そらには　きのねっこ
つちのなかに　ほし
とおくは　とってもちかくって
ちかくが　とってもとおかった

うつくしいものが　みにくい
みにくいものが　うつくしい
わらうときには　おこるんだ
おこるときには　わらうんだ

みるときは　めをつぶる
めをあけても　なにもみえない
あたまは　じめんにくっつけて
あしで　かんがえなくちゃいけない

きのない　もりでは
はねをなくした　てんしを
てんしをなくした　はねが
さがしていた

はなが　さけんでいた
ひとは　だまっていた
ことばに　いみがなかった
いみには　ことばがなかった

つよいのは　もろい
もろいのが　つよい
ただしいは　まちがっていて

まちがいが　ただしかった

うそが　ほんとのことで
ほんとのことが　うそだった
あべこべの　くにがあったんだ
いまはむかし　あるところに

静かな日

目は見ることをたのしむ。
耳は聴くことをたのしむ。
こころは感じることをたのしむ。
どんな形容詞もなしに。

どんな比喩もいらないんだ。
描かれていない色を見るんだ。
聴こえない音楽を聴くんだ。
語られない言葉を読むんだ。

たのしむとは沈黙に聴きいることだ。
木々のうえの日の光り。
鳥の影。
花のまわりの正午の静けさ。

詩の絵本

森の絵本

どこかで　よぶ声が　しました。
でも　見まわしても　だれもいません。
すると　また　よぶ声が　しました。
こんどは　ずっと　すぐ近く　です。
でも　やっぱり　だれもいません。

木のうえに　ひろがる　青い空。
風がはこんでくる　日の光。

「ここだよ」その声は　いいました。
小さな声なのに　とても　澄んだ声でした。
でも　声のほか　すがたは見えません。

「ここだよ」その声は　いいました。
どこにも　すがたは　見えないのに
気もちのいい　とても　はっきりした声でした。

「いっしょに　ゆこう」
すがたの見えない　声が　いいました。
「いっしょに　さがしにゆこう」

「きみの　だいじなものを　さがしにゆこう」
すがたの見えない　声は　いいました。
「きみの　たいせつなものを　さがしにゆこう」

「ほら、あの　水のかがやき」と　その声は　いいました。
声のむこうを　きらきら光る
おおきな川が　ゆっくりと　流れてゆきます。
「だいじなものは　あの　水のかがやき」

「ほら、あの　花々のいろ」と　その声は　いいました。
たくさんの花々が　咲きみだれています。
きっと季節が　ほほえんだみたいに。
「たいせつなものは　あの　たくさんの　花々のいろ」

「ほら、あの　わらいごえ」その声は　いいました。
公園の　木だちのあいだから
子どもたちの　はじけるようなわらいごえが　きこえてきます。
「あの　明るい　わらいごえを　わすれてはいけない」

「ほら、この　におい」その声は　いいました。
とても　おいしそうな　においがひろがってきます。
どこかで　だれかが　クッキーを　やいています。
いい　におい。なつかしい　あまい　におい。
「クッキーの　すてきな　においを　わすれてはいけない」

「ほら、この本」と　その声は　いいました。
その本は　子どものきみが　とてもすきだった本。
なんべんも　なんべんも　くりかえして　読んでもらった本。
「その本のなかには　きみの　だいじなものが　ある。
ぜったいに　なくしてはいけない　きみの思い出が――
――」

「ほら、あの窓」と　その声は　いいました。
その窓から　夜　きみは　空を見あげて

星々のかずを　かぞえます。希望のかずを　かぞえるように。

「あの窓からは　きみの　たいせつなものが　見える。ぜったいに　なくしてはいけない　きみの夢が――」

――きみにとって　だいじなものは　何？

「すきなひとの　手を　にぎると　わかる」

その声は　いいました。

「ほら　こんなに　あたたかい。だいじなものは　その　あたたかさ」

――きみにとって　たいせつなものは　何？

「すきなひとの　目を　見れば　わかる」

その声は　いいました。

「ほら、そのひとの　目のなかに　きみがいる」

「森へ　ゆこう」

その声は　いいました。


「いちばん　だいじなものが　森のなかに　ある。きみの　いちばん　たいせつなものが　そこに　ある」

しずかな　森のなか。
森の　しずけさを　つくっている
天までとどく　たくさんの　おおきな木。
おおきな木は　じぶんよりおおきな影を　つくります。

しずかな　森のなか。
森の　おおきな木のうしろには　天使がいます。
風の音　ではありません。
耳をすますと　きこえるのは　天使の　はねおと　です。

森が息しているのは　ゆたかな沈黙　です。

森が生きているのは　ゆたかな時間　です。

朝がきて　正午《ひる》がきて　午後がきて
夕べがきて　そして　夜がきて
ものみな　眠り　ふたたび　朝がきて
夏がきて　秋がきて　冬がきて　春がきて
そして　百年が　すぎて
きょうも　しずかな　森のなか。
どこかで　よぶ声が　します。
——だいじなものは　何ですか？
——たいせつなものは　何ですか？

ジャーニー

うつくしい色を
探しに行った
たましいの色を
探しに行った

茂みのなかに
女が二人
一人は朱い実を摘んでいた

もう一人は緑の実を摘んでいた

緑の実は澄んだ影の実
朱い実はふかい光の実

環になった花壇のなかに
ふしぎな花が一輪咲いていた

花の幻が消えた
白い石の環が
金色にかがやいた

五人の女が野に立っていた
白い石を手のひらに
心臓のように一つずつ持ち
静かに立っていた

白い石
祈りの石
ただ一つも欠けていない

白い石
緑の白鳥
静けさのほか音はない

うつくしい時がどこにあるか
時を探した

朱い砂を掘り
その砂を運ぶ
二人の女がいた
時は過ぎていった
ことばはいらなかった

のこされたのは
うつくしい

時のかたちだった

森の木を伐り
その木を挽く
二人の女がいた
時は過ぎていった
ことばはいらなかった

のこされたのは
透きとおった
時のかたちだった

冬の日
白い世界にあそぶ
二人の女がいた
時は過ぎていった
ことばはいらなかった

のこされたのは
浄らかな
時のかたちだった

風そよぎ
水面《みなも》ゆれ
みどりむらさき
あらそって花ばなひらき
日の光
石に射し

いま〈わたし〉はここにいる

遠いところまで行った
遠いところから帰ってきた
うつくしい色を探しに行った
たましいの色を探しに行った

最初の質問

今日、あなたは空を見上げましたか。
空は遠かったですか、近かったですか。
雲はどんなかたちをしていましたか。
風はどんな匂《にお》いがしましたか。
あなたにとって、
いい一日とはどんな一日ですか。

「ありがとう」という言葉を、
今日、あなたは口にしましたか。

窓の向こう、道の向こうに、
何が見えますか。
雨の雫《しずく》をいっぱい溜《た》めたクモの巣を
見たことがありますか。

樫《かし》の木の下で、あるいは欅《けやき》の木の下で、
立ちどまったことがありますか。
街路樹の木の名を知っていますか。
樹木《じゅもく》を友人だと考えたことがありますか。

このまえ、川を見つめたのはいつでしたか。
砂のうえに座《すわ》ったのは、
草のうえに座ったのはいつでしたか。

「うつくしい」と、

あなたがためらわず言えるものは何ですか。
好きな花を七つ、あげられますか。
あなたにとって
「わたしたち」というのは、誰ですか。

夜明け前に啼《な》きかわす
鳥の声を聴いたことがありますか。
ゆっくりと暮れてゆく
西の空に祈ったことがありますか。

何歳のときのじぶんが好きですか。
上手《じょうず》に歳《とし》をとることができるとおもいますか。
世界という言葉で、
まずおもいえがく風景はどんな風景ですか。

いまあなたがいる場所で、
耳を澄ますと、何が聴こえますか。
沈黙はどんな音がしますか。

じっと目をつぶる。
すると、何が見えてきますか。

問いと答えと、
いまあなたにとって必要なのはどっちですか。
これだけはしないと、
心に決めていることがありますか。

いちばんしたいことは何ですか。
人生の材料は何だとおもいますか。

あなたにとって、
あるいはあなたの知らない人びとと、
あなたを知らない人びとにとって、
幸福《こうふく》って何だとおもいますか。

時代は言葉をないがしろにしている——
あなたは言葉を信じていますか。

世界は一冊の本

誰でもない人

遠くの高い丘の上に
一人の男が立っていた。

通りがかった三人の男が
遠く丘の上の男の姿を見た。

草原をわたってゆく風。
空の青。

一人が言った。
きっと迷った羊を捜してるんだ。

もう一人が言った。
連れにはぐれたにちがいない。

別の一人が言った。
風にあたって涼んでるのさ。

高い丘の上まできて、
三人の男は顔を見合わせた。

男は棒のように立っていた。
三人の男は口々に訊ねた。

羊が迷ったのですか？
いや、羊が迷ったのではない。

連れにはぐれたのですか？
いや、誰にはぐれたのでもない。

涼んでいるのですか？
いや、涼んでいるのでもない。

ではなぜ、そうやって
丘の上に立っているのです?

男は微笑んだ、私は
ただ立っているだけだ。

草原をわたってゆく風。
空の青。

ある人が誰でもない人に訊ねた。
何ぞ虚を貴ぶや?

誰でもない人は微笑んだ。
虚には貴ぶことすらもなし。

人生の短さとゆたかさ

いま、ここにいることがきみの罪である。
きみは裁かれるだろう。

アグリッピヌスは、そう言われた。
判決がすぐにでるだろう。

アグリッピヌスが何をしたのか?
何も伝えられていない。

アグリッピヌスとは何者?
じぶん自身以外の何者でもなかった者。

生まれたとき、この世界の隅っこに
小さな肉体を投げだされたにすぎない者。

判決は有罪。きみは追放される。
アグリッピヌスが聞いたのは、だが別の声だ。
おまえはおまえ自身とたたかうがいい。
その声は言った。

そうして、おまえ自身を
自由と慎しみのなかに救うがいい。

では、とアグリッピヌスは言った。
アリキアまで行って食事をしようではないか。

ローマから追放された者が通る
アリキアは、途中の小さな町である。

食事の時間だから、今は食事をしよう。
私は私自身の人生の邪魔をしたくない。

なぜわれわれは、じぶんのでない
人生を忙しく生きなければならないか?

ゆっくりと生きなくてはいけない。
空が言った。木が言った。風も言った。

立ちどまる

立ちどまる。
足をとめると、
聴こえてくる声がある。
空の色のような声がある。

「木のことば、水のことば、
雲のことばが聴こえますか？
「石のことば、雨のことば、
草のことばを話せますか？

立ちどまらなければ
ゆけない場所がある。
何もないところにしか
見つけられないものがある。

ことば

草をみれば、
草というだけだ。

ことばは、
表現ではない。

この世の本のなかには
空白のページがある。

何も書かれていない
無名のページ。

春の水辺。夏の道。
秋の雲。冬の木立。

ことばが静かに
そこにひろがっている。
日差しが静かに
そこにひろがっている。
何もない。
何も隠されていない。

ファーブルさん

I

ファーブルさんは勲章や肩書をきらった、権威も。
ペコペコしたり無理を我慢したりは、真ッ平だった。
シルクハットは、逆さまにして、メボウキを植えた。
それから、一おもいに、足で踏みつぶした。

なくてならないものは、自由と、静かな時間と、
清潔なリンネルのシャツと、ヒースでつくったパイプ。
毎日、青空の下で、おもいきり精神を働かすのだ。
じぶんの人生はじぶんできちんとつかわねばならない。

黒い大きなフェルトの帽子の下に、
しっかりすわった深く澄みきった目。
ファーブルさんは、怠けることを知らなかった。
黙って考え、黙って仕事をし、慎ましやかに生きた。

目を開けて、見るだけでよかった。
耳を澄ませて、聴くだけでよかった。
どこにでもない。この世の目ざましい真実は、
いつでも目のまえの、ありふれた光景のなかにある。

Ⅱ

目立たない虫、目には見えないような虫、
とるにたらない虫、つまらない虫、
みにくい虫、いやしい虫、くだらない虫。
ファーブルさんは、小さな虫たちを愛した。

生きるように生きる小さな虫たちを愛した。
虫たちは、精一杯、いま、ここを生きて、
力をつくして、じぶんの務めをなしとげる。
じぶんのでない生きかたなんかけっしてしない。

みずからすることをする、ただそれだけだ。
生命というのは、すべて完全無欠だ、
クソムシだろうと、人間だろうと。
世の中に無意味なものは、何一つない。

偉大とされるものが、偉大なのではない。
美しいとされるものが、美しいのではない。
最小ノモノニモ、最大ノ驚異アリ。
ファーブルさんは、小さな虫たちを愛した。

III

どんな王宮だって、とファーブルさんはいった。
優美さにおいて精妙さにおいて、一匹の
カタツムリの殻に、建築として到底およばない。
この世のほんとうの巨匠は、人間じゃない。

この地球の上で、とファーブルさんはいった。
人間はまだ、しわくちゃの下書きにすぎない。
われわれ貧しい人間にさずかったもののうちで、
いちばん人間らしいものとは、何だろうか。

「なぜ」という問い、とファーブルさんはいった。
ものの不思議をたずね、辛抱づよく考えぬくこと。
探究は、たくましい頭を必要とする労働だ。
耳で考え、目で考え、足で考え、手で考えるのだ。
理解するとは、とファーブルさんはいった。
はげしい共感によって相手にむすびつくこと。
自然という汲めどつきせぬ一冊の本を読むには、
まず身をかがめなければいけない。

IV

狭いほうからしか世界を見ない人たちの、
とげとげしいまるで人を罵るような言葉。
呪文のような用語や七むつかしい言いまわし。
ファーブルさんは、お高い言葉には背をむけた。

言葉は、きめの細かな、単純な言葉がいい。
古い方言や諺や日用品のようによくなじんだ言葉。
すっきり筋のとおったものの言いあらわしかた。
言いたいことを、目に見えるように書くのだ。

いつもクルミの木のちいさな粗末な机で書いた。
「ペンには、釣り針についたエサのように、
血まみれの、魂のきれはしがついている」

いつも血の通った言葉でしか書かなかった。

仕事に疲れた夜は、ベッドで、好きな本を読んだ。
つねに素晴らしい楽しみだったウェルギリウス。
ラブレーは変わらぬ友人だった。ミシュレも。
純真なラ・フォンテーヌの一の弟子だった。

V

花々のあいだ、青葉のなか、暗い木の枝。
石ころだらけの狭い山道、日に照らされた荒地。
高い草、深い沈黙につつまれた野ッ原。
虫の羽音がさかんに暖かな空気を震わせている。

何一つ、孤立したものはない。
この地上で、生きる理由と究極の目的を
じぶんのうちにしかもたないものなんてない。
ものみな、無限のかかわりを生きているのだ。

有頂天のトカゲ、セミのジージー鳴く声、
飛ぶクモ、コオロギの悲しげな声、笑う北風。
ファーブルさんが語ったのは、新聞の
朝刊がけっして語らないような世界の言葉だ。

死がきて、ファーブルさんのたくましい頭から
最後に、黒いおおきなフェルトの帽子をとった。
そして、二十世紀の戦争の時代がのこった、
ファーブルさんの穏やかな死のあとに。

なあ、そうだろう

人生を考えて、どうなるものか。
何だろうとくそくらえ、それだけだ。
聞く耳をもたなかった一人の耳に、
穏やかな口調で語られた言葉が、
三十年経って、ようやくとどく。
旧師の葬儀の日。
緑の日々に、大学の教室で、
柔らかに伝えられた厳しい言葉。
わずか二十三歳で死んでいった
ダルムシュタットの詩人の言葉。

いちばんつまらない人間だって
結構、偉大なものさ――
そいつを愛するのにも、人間の
一生じゃとても短すぎる――
死んだ旧師の灰色の目が、じっと
花々の向こうから、こちらを見ていた。
一時間経てば、六十分が消えてゆく。
なあ、そうだろう、きみ?――

友人の死

これをしたといえるものはない。
こんなふうに生きちゃいけなかった。

きみはそういって、静かに笑った。
怒りを表にあらわすことをしなかった。

静かな微笑は、けれども、
きみの怒りの表現だったとおもう。

きみが叫ぶのを聞いたことがない。
慎ましさが、きみの悪徳だった。

癒すすべのない病に襲われても
慎ましさを、頑としてまもった。

蝶を愛し、ジャズを愛し、
話すときは、まっすぐ目をみて話した。

何一つ、後に遺すことをしなかった、
心の酸のような、微笑のほかは。

「人間は、一つの死体をかついでいる
小さな魂にすぎない」

さよなら、きみのことを
ほんとうは何も知らなかった。

役者の死

板一枚　その下は奈落だ
その板を踏みつづけて　一生だ

役者は　それがすべてである
チェーホフの　ソーニャは言った

「片時も休まずに働いて　そして
素直に　死んでゆきましょうね」

難しい芝居を　何よりきみは
楽しんだ　不条理は　悦びである

他人の人生を　生きる仕事
等身大でしか　やれない稼業

たとえ死んでも　生き返るくらい
きみはできたはずだ　できなかった

青函連絡船

八十年の　海峡の物語の終わり
船はもう　港をでない

函館の灯を見つめ　泣きながら
海峡を渡った　男の手紙

人生は　前後左右
未解決の　血の海なり

云ふべからざる　孤独の感
酒と共に　苦く候ひき

さらば　友の恋歌　矢ぐるまの花
一九〇八年　春　石川啄木

それから　どれだけ　孤独な男が
血の海を渡ったか　泣きながら

詩人の死

古き良きものをうたわなかった。
不変なるものを信じなかった。

ふりかえることをしなかった。
嘆くことをしなかった。

ソノ然ラザルヲ以テ
ソノ然ルヲ疑ウ。

善い言葉と自由な時間。
それ以上は何ももとめなかった。

何をしたか、ではない。
ひとは何をしなかったか、だ。

生まれて、しばらく生きて、
それから死ぬ。

ただそれだけのあいだを、
上手に過ごすことをしなかった。

——笑って、身を低めていよう。
死ぬときも、さよならをいわなかった。

詩人でなかったら、あなたの
人生はきっと幸福だった。

無名の死

空は墜ちてこない。
何もかもがつつましい。
朝がきて、昼がくる。

ひとが一人消える。
一人ぶんの火が燃える。
骨と煙、それだけだ。

ゼロを引いたあとに
何がのこる？
あとに遺された

ありふれた一日。
時計が刻む
いつもの時間。

誰がいなくなったのか。
誰かいなくなったのか。
われわれは誰でもない。

父の死

涙も、こぼれなかった。
胸も、痛まなかった。

悲しくさえなかった。
無だ、それだけだった。

死は、無である。
そうとしかいえない、と知った。

よその、知らない家で
よその、一人の男が死んだ。

一人の男が、そうして
この世を去っていった。

他人として生きて
他人として死ぬ。

たぶん、それ以上に
愚直な生きかたはない。

さよなら、知らない
人生を了えた父よ。

あなたは、あなたの
境涯を十分に生きたのだ。

母を見送る

静かである。
静かである。
静かである。

花の中の、
小さな顔。
口の紅。

静かである。
静かである。
静かである。

胸の上の、
組みあわされた
頑丈な指。

静かである。
静かである。
静かである。

泣きながら生まれてきて、
黙って死んでゆくのだ。
人は年老いた幼児として。

誰だろうと
われわれは死者の子どもだ。
子どもは母を焼却しなければならない。

静かである。
静かである。
静かである。

さよなら、

おふくろ。
幸福でしたか？
火……
灰……
none……

黙せるもののための

あらゆるものが話している。
誰も聞いていない。

意味は言葉を求めているのに、
言葉にもはや意味はない。

ない意味だけがあるのだ。
あるべき意味がない。

われわれはここにいる。
われわれはここにいない。

こころ寒い野に、
黙せるもののための青い竜胆《りんどう》。

十二人のスペイン人

ウナムーノ

スペインの大地は、神の荒れた掌。
その大地に住むのは、国民《ナシオン》でなく、人びと《プエブロ》。
そこで生き、死に、それによって生き、
死ぬところの大地を夢みる人びと。

毎日の挨拶に、¡se vive!
「生きています」とこたえる人びと。
憂い顔の哲学者は、頑固に信じていた。
人間一人は世界全体ほどの価値がある。

「生まれ、生き、そして死ぬ一人一人が
この世を生きぬいたことにより
誇りをもって死んでゆけないようなら、
世界とは、いったい何だろうか？

「哀れなドン・キホーテは、敗れて死んだ。
だが、絶望とたたかう魂を、彼は遺したのだ。
諸君には、ドン・キホーテの笑いが、
神の笑いが聞こえないだろうか？

Miguel de Unamuno y Jugo (1864–1936)

マチャード

詩は、慎しみぶかく語られねばならない。
詩は、存在を夢みる言葉なのだといった人。
存在するとは、生きることによって学ぶこと。
午後の静けさ、樫の木のうつくしさを愛した人。
ひとはみな本質的に田舎者なのだといった人。
いつでも人間らしい恥じらいをもとめた人。

じぶんで苦しんで働いて、じぶんのナイフで
パンを切りわけるひとの、なんとわずかなことか。

なぜ？　どうしてなの？　と子どものように
世界に質問を浴びせつづけなさいといった人。

思索とは、秘められた激怒にほかならない。
教義や儀式を、いかさまを公然とにくんだ人。

思考のギターの低音を掻きならすのは
「しかし」という銀色の言葉なのだといった人。

Antonio Machado y Ruiz (1875–1939)

ファリャ

余計な音がただの一つもあってはならぬ
だが、不足した音が一つもあってはならぬ

音楽が熱望でなく、祈りでないなら何だろう
音楽家は他の人びとのために働かねばならぬ

マヌエル・デ・ファリャは潔癖だった
マエストロとよばれることをきびしく拒んだ

作品にじぶんの名を付すことさえしなかった
修道僧のように、一人の生涯を端正に生きた

騒音と贅沢と写真と暴力がきらいだった
月と7という数字の魔力を深く信じていた

耳と目と心をおそろしいほど澄ませて生きた
魂に、脂肪の一かけらももたなかった

「じゃ、またすぐに。でなければ、永遠に」
マヌエル・デ・ファリャはそういって死んだ

Manuel de Falla (1876–1946)

カザルス

最初に発見したのは、音だ。
（旅芸人の鳴らす、塵にまみれた聖なる音）

そのとき、チェロを発見した。
（違う。チェロによって、私は私を発見した）

バッハを発見。
（生きることの、何という絶妙な単純さ！）

音楽を発見した。
（現在を輝やかすのでないなら、音楽は何だ）

そして、良心を発見した。
（結局、良心の基準以上の、何もないのだ）

それから、沈黙を発見した。
（悲しいかな、世界は不正を受けいれている）

チェロが一番響くのは、弦の切れる直前……
最後に死が発見したのは、よく生きた人だった。

Pablo Casals (1876–1973)

ヒメネス

髭を生やした詩人が、ロバにいった。
雨の中のバラをごらん。バラの中に
もう一つ、水のバラがある。揺すると、
かがやかしい水の花が落ちてくる。

優しい目をした詩人が、ロバにいった。
子どもたちをごらん。鏡のカケラで
日光を集めて、日陰にもってこようとしている。
信じていい。一日は単純で、そして美しい。

いつでも喪服を着ていた詩人が、ロバにいった。
人びとをごらん。人生の表と裏を眺めながら
ときどき心の暗がりに、苦しい思い出を捨てて、
みんな勇気をもって、年老いてゆく。

しっとりと、おだやかに、地球はまわる。
アンダルシアの詩人は、ロバにいった。
ごらん。青空のほかに、神はない。
この世に足りないものなんて、何もないのだ。

Juan Ramón Jiménez (1881–1958)

ピカソ

なぜ芸術を、人は理解したがるのか
夜を、花を、すべてのものを
理解する代わりに、人は愛するのに

頭蓋骨のうつくしさを見たまえ
そこにはつねに指の痕がある
それを仕上げた、神々の指紋だ

パブロ・ピカソはいった
客観的真実なんてものはないのだ
ただ具体的事実があるのだよ

神々がつくり、ひとが発見する
パブロ・ピカソはいった
発見したものに、私は署名しただけだ

Pablo Picasso (1881–1973)

オルテガ

致命的で、とりかえしがつかない。
そんなものは何一つないと信じている。

人が生きるために理由を必要とせず、
ただ口実だけを必要としている時代。

何でもできるが、何をすべきかわからない。
不まじめと冗談だけが取り柄の時代。

凡庸な何たる時代と、天を仰いで、
ホセ・オルテガ・イ・ガセットは嘆いた。

不可能なものはなく、危険なものはないと
全能ぶっても、その日暮らしの、われわれの時代。

――ねえ、世界って何なの?
下らんことで縁まで一杯の、とても大きなものだよ。

José Ortega y Gasset (1883–1955)

セゴビア

もし、愛する人に捨てられて
友人に悲しみを訴えたいなら、チェロで
その友人に裏切られたなら、オルガンで
神さまにその苦しみを訴えなさい
けれども、ほんとうに愛する人がいるなら
あなたはギターの言葉で語らなければなりません

ギターを弾く人は、歎いてはいけません
遠くへゆきたくないなら、ギターは捨てなさい
どんなに幸福にめぐまれた土地であっても
ギターを愛するのなら、その街を離れなさい
ギターを弾く人は、旅しなければなりません
地球の円みを踏みしめて旅しなければなりません

ギターを弾く人は、泣いてはいけません
けれども、泣くような思いをしなければなりません

魂にかたちがあるなら、ギターの形をしています
「ギターを弾く人は」アンドレス・セゴビアはいった
「愛する楽器のために生きて、旅しつづけて、
そして死ななければなりません」

Andrés Segovia (1893–1987)

ミロ

美しいのは、テーブルの上の
赤い染み、青い染み、黒い染み。
錆びた鉄片、汚れたボール紙。
古い自動車のナンバー・プレート。
日常の、無数のちいさな事物。
世界のあるがままのものすべて。

純粋なままのまなざし。
根元的なまなざし。
絵を描くとは、とジョアン・ミロはいった。

自由のために何かすること。
私は純粋さにちかづきたい。
そして、人びとを動揺させたい。

美しいのは、飛んでいる鳥。
目と口のある、生きている木。
昆虫、髪の毛、性器、太陽。
星くずのように散らばった絵具。
家や市場や友だちのあいだで
毎日交わしあうカタルーニャの言葉。

Joan Miró (1893–1983)

ガルシア・ロルカ

緑の風　緑の雨　緑の枝々
緑の影　緑の鏡　緑のバルコニー
黄色の塔　黄色い牛
白い家々　白い悲鳴　静寂の白さ

白いギター　白い百合
アンダルシーアの　薄紅色の空気
灰色のなみだ　風の灰色の腕
灰色の肌　灰色をした無限
スミレ色の声　空色の舌
黒い鳩　黒い馬　黒い虹　黒い悲しみ
黒い月　黒い音　黒い髪の娘たち
赤い月　赤い絹
青い月　青い水　青い闇
青い巴旦杏の　三つの実
フェデリーコ・ガルシア・ロルカの
十二色の色鉛筆で　書かれた
血の言葉　木の言葉　無言の言葉
銀色の心臓　銀色のねむり
金色の丘　金色の野　金色の川
金色の乳房　金色の震え

Federico García Lorca（1898–1936）

ドゥルティ

革の帽子　ベルトつきの革の上着　麻の靴
いつも床で眠り　拳銃を手放さなかった

夜は　幼い娘のオムツを替え　料理をした
朝になれば　拳銃を手に　街へ出ていった

学校をつくるために　銀行に押し入った
新聞をだすために　輪転機を奪い取った

諸君　革命だ　日常生活は革命される！
頭のてっぺんから爪先まで　率直だった

「ぼくらは廃墟を怖れない　地球を継承する」
地上のあらゆる権力を　仮借なくにくんだ男だ

背後から撃たれて死んだ　のこされたのは

拳銃と　穴のあいた靴と　伝説だけ
ブエナベントゥラ・ドゥルティという男がいた
むかし　バルセロナが革命の街だったとき

Buenaventura Durruti（1896–1936）

フェレル

フランシスコ・フェレルのつくった学校は小さかった。
褒賞、懲罰、教義、試験、短気、怒りは不要。
楽しみを犠牲にしない。考えることを学ぶこと。
経験し、愛し、感動したことを実行すること。
自然の法則を知ること。男女の共同作業を学ぶこと。
私たちは、宇宙の小さな物体の上に、
とるにたらない点のようなものの上に住んでいるのだ
から、
私たちは、じぶんたちで手に入れられることを
他人にもとめて、時間を空費しようとおもわない。
大空に、四方八方開けた静かな展望台、それが学校だ。
日々、感受性に生気をみなぎらせる、それが教育だ。
一人前になること。そして、一人前になるとは
不正に反対することをみずから宣言できるようになる
こと。
フランシスコ・フェレルのつくった学校は大きかった。

Francisco Ferrer Guardia（1859–1909）

嘘でしょう、イソップさん

†

原因があって結果がある
というのは真実ではない。
事実はちがう。
はじめに結果がある。

それから、気づかなかった
原因にはじめて気づく。

ものごとの事実に対し
ものごとの真実は、
いつでも一歩遅れている。

†

ただ悦びでありえたものが、
ただ悲しみでしかなくなってしまう。

ゆたかな時代こそ、じつは
まずしいなんて信じられるか？

富める時代は悲しい。
懐疑が悦びでありえない。

†

言いあらそっても、はじまらない。
口をつぐんで、済むことでもない。

気にくわない、頭にくる、じゃない。
対立する、好きだきらいだ、そんなじゃない。

相違はただ一つ、もとめる幸福がちがう。
あるいは、幸福の概念がちがう。

†

ありうべき最良の状態をのぞんで
物事をかんがえているかぎり、
きみはいつも正しい。

きみはいつも正しい。
それが間違いだとおもわぬかぎり、
きみはいつも間違う。

ありうべき最良の状態をのぞんで
物事をかんがえているかぎり、
きみはいつも間違う。

†

ほんとうは、したいことがあるのだ。
仮りの姿で、暮らしているのだ。
建てまえがあって、本音があるのだ。

だが、ほんとうはしたいことがない。
借り着姿で、暮らしているのだ。
建てまえがあって、本音がないのだ。

自明性の領域に暮らして、
自罰性の領域をもたない。
ほんとうは、それが本当なだけである。

†

知っている。しかし、読んだことはない。
知っている。しかし、聴いたことはない。
知っている。しかし、使ったことはない。

知っている。ただ、経験がないだけ。
知っている。ただ、知っているだけ。
知っている。ただ、知らないだけだ。

何でも知っていて、何も知らない。
何てザマだなんて、かんがえない。
何を知らないか、何も知らないのだ。

†

何にでもなることができる
なりたいとおもうものに何にでも
何にでもなることができる
何になりたいということがないので
何にでもなることができる
みずから何であることもできないので

何にもならない
何にでもなることができても

†

考えることが快楽でない人は
考えに考えることをよしと考えない。

考えることが快楽でない人は
ためらわない。すぐに性根を問題にする。

考えることが快楽でない人は
精神の字に必ず（こころ）とルビを振る。

考えることが快楽でない人は

考えない。考えさせない。疑わない。

†

もう欲しいものはないのだ。
いらないものしか欲しくないのだ。

それがゆたかさだと、きみたちはいう。
きみたちはまちがっている。

ゆたかさは、私有とちがう。
むしろ、けっして私有できないものだ。

私有できないゆたかなものを
われわれは、どれだけもっているか？

†

力ずくで、ただ無理じいすること、ではない。
強制は、

国中の人間の半分を馬鹿にし、
残りの半分を偽善者にしてしまうことである。

トマス・ジェファーソンの
辞書によれば。

†

「ある国民がみずからの法に注ぎ、
みずからの法を貫くための支えとする
愛情の力は、その法を得るために
費やされた努力と労苦のおおきさに比例する」

では、誰が、みずからの法にたいする
愛情の力を、みずから深く恃《たの》んでいるのか？

みずからの法をみずから得るために、
戦争し、敗戦をなめたのでなかった国では？

だが、戦争し、敗戦をなめなければ、
みずからの法を得ることはなかった国では?
(括弧内イェーリング)

†

鬼車、
鬼を載す。
なんの及ぶところぞ。

風邪がはやっている。
気をつけろ。
時代は、寒い。

うっかり風邪を
こじらすと、
魂まで、やられる。

†

幽霊は幽霊のようでしかない。
まだそうだとおもっているか?

ところが、それはそうではない。
幽霊はもう幽霊のようではない。

仕事だって仕事のようではない。
悲哀だって悲哀のようではない。

大事なものが大事なものでない。
きみの国のようではない、きみの国も。

†

まずしい世には綴られてきた。
文学の言葉は、偽悪の言葉で。
思想の言葉は、偽善の言葉で。

ゆたかな世には綴られるのだ。

偽善の言葉で、文学の言葉が。
偽悪の言葉で、思想の言葉が。
いつの世にも忘れられるもの。
ゆたかさによって測れぬもの。
まずしさによって犯せぬもの。

†

おなじ人間がちがう言葉で
話しているのか？
ちがう人間がおなじ言葉で
話しているのか？
ちがう人間がちがう言葉で
話しているのか？
おなじ人間がおなじ言葉で
話しているのだ。

嘘の言葉を、おなじ言葉で。

†

そうすべきだと言いきる断言は
正しいとおもえば、いつでも正しい。
誤ることなどありえないという
正しい理由をいつでももっているのだ。

だが、すべきでないことはしないことを択べ、
すべきこととすべきでないことのあいだでは。

そうすべきでない不正な行為も、
正しいとおもえば、いつでも正しい。
誤ることなどありえないという
正しい理由をいつでももっているのだ。

†

口に出して言ってみるまでは、

そうだとじぶんでもおもっていない。

口に出して言ってみたばかりに、
その言葉をじぶんで追いかけるのだ。

人間はうつくしいと言って、
その言葉を追いかけているひと。

何事も信じるに足らないと言って、
その言葉を追いかけているひと。

†

言葉に害のない言葉はない。
言質をあたえない言葉なんてない。

純粋な言葉だけの言葉はない。
思いあがるのが、ひとの悪い性癖だ。

思うまま言葉を走らすことはできない。
いつだって言葉がひとを走らせるのだ。

†

気をつけたほうがいいのだ、
何事もきっぱりと語るひとには。

です。であります。なのであります。
語尾ばかりをきっぱりと言い切り、

本当は何も語ろうとしていない。
ひとは何をきっぱりと語れるのか？

語るべきことをもつひとは、言葉を
探しながら、むしろためらいつつ語る。

†

目をのぞきこまなければ。

ふるまいをみつめなければ。
じかに沈黙にむきあわなければ。

疲労をあじわわなければ。
匂いと味と色と響きを知らなければ。
五感を正しくつかわなければ。

統計はかならずしも正確ではない。
多数がじつは少数であり、そうして
少数が多数であることもありうるのだ。

† 安吾 1

あたりまえの言葉で
大概のことは言いあらわせるはずですよ。
日常生活の言葉で
思想が語れないとおもいますか？

それだけの言葉でまにあわない
深遠なものが何かあるのですか？

† 安吾 2

美しくみせるための
一行があってもならぬ。

書く必要のあること、
ただ必要、一も二も百も。

切なくて本気のものですよ。
言葉は直にそれだけです。

†

腹の足しにもならない。
嘘だ、それが
芸術だ、なんて言い草は。

芸術とは、腹一杯
おなじ釜のメシを食うことである。
死者と、席を共にして。

†

子どもは誰と？　男は誰と？
女は誰と、老人たちは？
敵は誰と？　味方は誰と？
友人と？　友人って誰だ？

誰と？　それだ、歴史を
つくるのは、いつもその問い。

すなわち、ひとは
誰と食事を共にするか？

†

理想にもっとも似ていないのが理想。
希望に似ていない希望のための、
飢えに似ていない飢えのための、
家族に似ていない家族のための、
平凡さに似ていない平凡さのための、
誰にも賞められないもののための、
すこしも愛に似ていない愛のための、
闘いに似ていない闘い。

†

しなければならないことを
敢えてする。

勇気だって、それが？
まさか。

しなければならないことなど
何もない。
にもかかわらず、敢えてする。
何を、それがすべてだ。

†

堪忍のふくろを
首にぶらさげて、
破れたら縫え。
破れたら縫え。
にしても、である。
けれども、である。
人生、誤謬も
また真なり、だ。

憤怒のふくろを
首にぶらさげて、
繕っても破る。
繕っても破る。

†

肺はきれいか？
息を切らしてないか？
頭はどうだ？
空の下に屋根、
屋根の下に机、
手を働かせているか？
心が渇いてないか？
近くに林はあるか？
夜、星をみているか？

†

口は黙っていても、
手の動きはそれを裏切るだろう。
言葉じゃない。はじめに手と足。
二本の手と二本の足にまなべ。
足が歩いたところを、
頭はかんがえなければならない。

†

毎日、滅茶苦茶だったけどネ、
ちっとも退屈しなかったョ。
忙しいばっかりだったけどネ、
ハテ、何に忙しかったのやら。

後生大事なものなんてないサ。
悲しまぬことを覚えるこッた。
死んだ祖母の口ぐせだった。
裸にて生まれてきたに何不足。

† 伊曾保物語 1

五体六根、某日、腹をそねんで申けるに、
我等面々、幼少よりその営みをなす。
然るに件の腹は一切、何もなす事なくて
あまつさへ我等を召使ふ業をなんしける。
言語道断、奇ッ怪の次第なり。
今より以後、けしてかの腹に従ふべからず。
かくして何事もせず、日数経にけるほどに
何かはよかるべき、五体六根
迷惑し、困窮し、終には、草臥《くたびれ》きはまる。

† 伊曾保物語　2

土器、某日、果報を慢じて申けるに、
もとは田夫野人の踏物たりし土なれども、
我は賤しきものの住み家に居たる事なし。

何人かと問はれれば、我は是、帝王の盃なり。
夕立、聞きて申けるは、御辺は土器に異ならず
さても人もなげに慢じたまふものかな。

云ひ捨てて、夕立、身をふるはせければ、
一天、俄かにかきくもり、かみなり騒いで、
かの土器を降りつぶしければ、野辺の土。

五右衛門

京でお尋ね者　伏見でお尋ね者
堺でお尋ね者　大坂でお尋ね者
石川五右衛門　その名も高い大泥棒

夜がきて丑満時がきて　朝がくる
物持ちたちが青ざめる　蔵は空っぽで
門のまえには　死体がごろごろ転がっていた

五右衛門のしわざだ　人びとは口々に言った
奪うものを奪って　風の噂しかのこさなかった
石川五右衛門　その名も高い大泥棒

ない所には何もない　ある所にはきっとある
闇を駆け　月明りをぬけ　影のように走った
ある日悪運がつきた　一網打尽つかまった

掟きびしい　太閤の世の中
天下をとった男は　従わぬ者を許さない
その名も高い大泥棒は　うそぶいた

大泥棒は太閤秀吉　天下を盗んだ
善いこと一つしなかったが　おれは
人びとの浮世の夢は　盗まなかった

石川五右衛門　ならびに一族郎党
町中引きまわし　三条河原にて仕置
ぐらぐら油を焼きたてて　地獄の釜ゆで

ぐらぐらぐらぐら　ぐらぐらぐらぐら
絶景かな塵世の眺め　価千金
千日鬘の大泥棒は言いのこして　息絶えた

よく晴れた　暑い夏の日だった
伝説のほか　骨一本のこさなかった
石川や　浜の真砂は尽くるとも
世のあるかぎり　盗っ人のたねは尽くまじ
五百年　いつの世の人もわすれなかった
石川五右衛門　その名も高い大泥棒

世界は一冊の本

本を読もう。
もっと本を読もう。
もっともっと本を読もう。

書かれた文字だけが本ではない。
日の光り、星の瞬き、鳥の声、
川の音だって、本なのだ。

ブナの林の静けさも、
ハナミズキの白い花々も、
おおきな孤独なケヤキの木も、本だ。

本でないものはない。
世界というのは開かれた本で、
その本は見えない言葉で書かれている。

ウルムチ、メッシナ、トンブクトゥ、
地図のうえの一点でしかない
遙かな国々の遙かな街々も、本だ。

そこに住む人びとの本が、街だ。
自由な雑踏が、本だ。
夜の窓の明かりの一つ一つが、本だ。

シカゴの先物市場の数字も、本だ。
ネフド砂漠の砂あらしも、本だ。
マヤの雨の神の閉じた二つの眼も、本だ。

人生という本を、人は胸に抱いている。
一個の人間は一冊の本なのだ。
記憶をなくした老人の表情も、本だ。

草原、雲、そして風。

黙って死んでゆくガゼルもヌーも、本だ。
権威をもたない尊厳が、すべてだ。

200億光年のなかの小さな星。
どんなことでもない。生きるとは、
考えることができるということだ。

本を読もう。
もっと本を読もう。
もっともっと本を読もう。

黙されたことば

沈黙があった。
宇宙のすみっこに。

はじめに……

星があった。光があった。
空があり、深い闇があった。
終わりなきものがあった。
水、そして、岩があり、
見えないもの、大気があった。

雲の下に、緑の樹があった。
樹の下に、息するものらがいた。
息するものらは、心をもち、
生きるものは死ぬことを知った。
一滴の涙から、ことばがそだった。

こうして、われわれの物語がそだった。
土とともに。微生物とともに。
人間とは何だろうかという問いとともに。

樹、日の光り、けものたち

樹が言った。きみたちは
根をもたない。葉を繁らすこともない。
そして、すべてを得ようとしている。

日の光りが言った。きみたちは
あるがままを、あるがままに楽しまない。
そして、すべてを変えようとしている。

けものたちが言った。きみたちは
きみたちのことばでしか何も考えない。
そして、すべてを知っていると思っている。

樹は、ほんとうは、黙って立っていた。
日の光りは、黙ってかがやいていた。
けものたちは、黙って姿をかくす。
どこでもなかった。ここが、
われわれの居場所だった。
空の下。光る水。土の上。

聴くこと

土が語ることば。泥が語ることば。
空のひろがりが語ることば。石が語ることば。
遠くの丘が語ることば。巻雲が語ることば。

蜂が語ることば。老いた樹皮が語ることば。
バッタが語ることば。シャクナゲが語ることば。
昼には、川が、夜には、大熊座が語ることば。

耳かたむけるのだ。大事なことは、
見ることではなく、聴くことなのだと思う。
誰のためでもなく、誰のものでもないことば。

眼で聴く。そして、耳で見るのだ。
けっして語ることをしないものらが語ることば。
どこにもない傷口から流れだすことば。

まだ失われていないもの

何かがちがってくる。
風があつまってくる。
陽差しがあつまってきて、
やわらかな影が、そこにあつまる。

見えないものがあつまってくる。
ふと、騒がしさが遠のいて、
それから、音もなく
明るい塵があつまってくる。

すべてが、そこにあつまってくる。
花のまわりにあつまってくる。
ふしぎだ、花は。
すべてを、花のまわりにあつめる。

匂いのように、時間が
蜜のように、沈黙が
あつまってくる。
ことばをもたない真実がある。

空の色、季節の息があつまってくる。
花がそこにある。それだけで
ちがってくる。ひとは
もっと率直に生きていいのだ。

黙されたことば

音楽

静けさをまなばなければいけない。
聴くことをまなばなければいけない。
よい時間でないなら、人生は何だろう？

時間こそ神のいちばん貴い贈物。
老ヨハン・セバスチャン・バッハは言った。
ほんの一瞬も無駄にしてはいけない。

夜おそくまで、蠟燭の光の下で仕事をした。
心の中の音楽に聴き入って。
魂の音を、五線紙に書き写す仕事。

老ヨハン・セバスチャン・バッハにとって
音楽は労働だった。芸術ではなかった。
生きるというただ一つの主題をもつ労働だ。

充実でないなら、音楽は何だろう？
こだまをのこして、沈黙のなかに消え沈む。
よい音楽はよく生きられた人生にひとしい。

仕事のあまり失明したが、悔まなかった。
老ヨハン・セバスチャン・バッハは
ただ静かな微笑をのこして、死んだ。

J・S・バッハ（一六八五―一七五〇）

トロイメライ

言葉を、ほんとうは熱愛していた。
けれども、言葉をにくんでいるように
いつも、おそろしく寡黙だった。

幸福を、ほんとうは渇望していた。
けれども、まるで幸福を拒むように
いつも、憂愁に沈みこんでいた。

人生は、ほんとうは完成であるべきだ。
ところが、子供の時代のうつくしい詩を
人生は一行一行消し去ってゆくのだ。

こなごなになってゆく夢の破片を、
シューマンは黙って拾い集めた。
世界がこなごなに砕けていった時代に。

そして、この世のもっとも遠くから
手紙を書くように、音楽をつくった。
音楽は、ほんとうは手紙なのだ。

無謀にも気高く生きようとして、
シューマンは精神を壊して死んだ。
最後は一切の食を絶ち、飢えて死んだ。

ローベルト・シューマン（一八一〇—一八五六）

エレジー

揺れながら、揺れながら、近づいてきて、
それから、遠ざかって、さらに遠ざかって、
ふたたび遠くから、素早く近づいてきて、
すぐ間近まで、きて、立ちどまって、
語ろうとして、一瞬ためらって、
目を見ひらいて、じっと見つめている。

けれども、どこにも、誰もいない。
すべてが、遠くから澄んできて、
透きとおって、ゆっくりと広がって、

魂のざわめきのような静けさだけが、
そこに、のこされている。
世界でもっともうつくしい音のように。

夜の樹が深いしじまをそだてるように、
ガブリエル・フォーレは、
沈黙に深くつつまれた音をそだてた。

ガブリエル・フォーレは、われわれの
耳がもう失ってしまった音をもとめた。
激しい難聴に苦しみながら、死の間際まで。

ガブリエル・フォーレ（一八四五—一九二四）

世界が終わるまえに

森が語ることを、草が語ることを、
石が語ることを、夕暮れが語ることを、
夏が語ることを、子どもが語ることを、
蜜蜂が語ることを、カッコウが語ることを、
夢が語ることを、古い物語が語ることを、
惨殺された鼓手の伝説が語ることを、

軍隊のラッパが語ることを、
打ち鳴らされる鐘の音が語ることを、
不協和音が語ることを、

語ることができなければならない、音楽は。
私が語るのではない。私をとおして
この世界が語るのだ。

人間は悲しい。大地はもっと悲しい。
グスタフ・マーラーが生涯書きつづけたのは
ただ一つの曲だった。葬送行進曲だ。
非常にゆっくりと、けっして急がずに――
孤独に、荒野をすすむように――
影のように――

グスタフ・マーラー（一八六〇―一九一一）

短い人生

幸福とは、何一つ私有しないことである。
自分のものといえるものは何もない。
部屋一つ、机一つ、自分のものでなかった。

わずかに足りるものがあればかまわない。
貧しかったが、貧しいとつゆ思わなかった。
失うべきものはなかった。

現在を聡明に楽しむ。それだけでいい。
無にはじまって無に終わる。それが音楽だ。
称賛さえも受けとろうとしなかった。

空の青さが音楽だ。川の流れが音楽だ。
静寂が音楽だ。冬の光景が音楽だ。
シューベルトには、ものみなが音楽だった。

旋律はものみなと会話する言葉だ。
神はわれわれに、共感する力をあたえた。
無名なものを讃えることができるのが歌だ。

遺産なし。裁判所はそう公示した。
誰よりたくさんこの世に音楽の悦びを遺して
シューベルトが素寒貧で死んだとき。

フランツ・シューベルト（一七九七―一八二八）

自由のほかに

栄誉をもとめない。地位をもとめない。
特権はなしだ。芸術は特権ではない。
ひたすら、わが身を擦りへらして生きた。

慰めはもとめない。安逸はもとめない。
祈りさえもだ。恩寵なんてないのだ。
ぼくは共和国の一市民です、と書いた。

昨日は気がふさいだ。今日は落ち込んだ。
だが明日は、元気な音楽を書かなければ。
ぼくには音楽が必要だ、とビゼーは書いた。

私には自由が必要、とカルメンは歌った。
世界を故郷に、希望を掟にしなければ。
自由だ、自由だ、なによりすばらしいのは。

自由って何だ？——われわれの
宿命。カルメンの作曲家はそう言いのこす。
人生は短い。自由のほかに、何がある？

耳を病み、片耳はまるで聴こえなかった。
咽喉炎。リューマチ。高熱。苦痛。
最後は心臓をやられて、突然に死んだ。

ジョルジュ・ビゼー（一八三八—一八七五）

ポロネーズ

じぶんの街で死ぬことのできる人は幸いだ。
ショパンはできない。亡命者のように、
他人の街で、人生を了えなければならない。

白樺の木のある風景の子供だった。
夜には白樺の木は、銀色の木に変わる。
銀色の夜の国がショパンの故郷だった。

パリで死んだ。パリは芸術の都ではない。
亡命者の都だ。どれだけの人びとが
一人で死ぬことを、パリでまなんだことか。

孤独だ、孤独だ、こんなにも空しい。
叫んだ。——だが、
空しさはいっそう深まっただけだ。

故郷を離れてから、管弦のための音楽は
一つたりとつくらない。一台の
ピアノのための曲だけ書きつづけて死んだ。

肺に穴のあいた身体はパリに、心臓は
抜きだされて故郷ワルシャワに、葬られた。
汝の心はあるべし、汝の富のある場所に。

フレデリック・ショパン（一八一〇—一八四九）

樫の木のように

暗い緑の影に覆われた　山々の影
雲の影　小麦畑の影　さざ波たつ河の影
淡い影　灰色の影　心の影　明るい影
揺らぎ　ざわめき　かさなりあう
影だ　音楽は　世の　すべてのものの影だ
立ちあがる影　沈みこむ影　森の影

奥のある影をつくる　葉を繁らせた樫の木
ブラームスは樫の木のような音楽をつくった
そして　われわれの世界の影を　濃くした

青春の輝きは　ブラームスのものではない
老いてゆく者として　どこまでも質実に
人生の習慣をまもり　夕べの散歩を愛した

ひとはただすべてを失うために生きています
自由に　しかし孤独に　しかもゆっくりと
生きることが　ひとにできるすべてです——

悲しみを知る人の音楽だ　癌で死んだ
職人の誇りを生きた　最後の音楽家にして
市民として生きた　最初の音楽家だった

ヨハネス・ブラームス（一八三三—一八九七）

イタリアの人

声をかぎりに、時代を圧倒するのだ。
息せききった響きで、劇場を満たすのだ。
情熱がすべてであるように思われた。

けれども、祈りの小さな歌だ、
時代の胸を叩きつづけて、最後に
イタリアのオペラ作者が遺した歌は。

歌はつきつめれば、祈りである。
かつてはわれわれも、祈ることを
知っていた。今日、われわれはどうか？

われわれを憐れみたまえ。
われわれは、われわれ自身に囚われていて、
神の怒りに思いを致すことさえしない。

イタリアの人ヴェルディは言った。
土を耕す一人の人として、私は生きよう。
葡萄の樹を植えて、よい葡萄酒をつくろう。
イタリアのオペラ作者が死んだのは、
二十世紀のはじまった年だ。以後、
晴れやかな歌を、世界はもうもっていない。

ジュゼッペ・ヴェルディ（一八一三―一九〇一）

一番難しい生き方

悲しみをうたう言葉ではない。
苦悩をきざむ言葉ではない。
私が私について語る言葉ではない。

ハイドンは言った。語るのは音だ。
音がみずから語りたがっていることを、
誰も思ってもみないやり方で語らせるのだ。

澄んでゆく音。はしゃぐ音。快活な音。
跳びあがる音。唐突な音。引っかかる音。
ふりむく音。はっとさせる音。ふと黙る音。

音楽はおもいがけない驚きであるべきだ。
この世の人生のおおくは辛い。音楽は
誰のものでもある幸福な言葉であるべきだ。

ハイドンは音楽という幸福を信じた。
感情ではない。感覚を研ぐのだ。
朗らかであることだ。明晰であることだ。
ハイドンは一番難しい生き方を貫いた。
すなわち、しごく平凡な人生を
誇りをもって、鮮やかにきれいに生きた。

F・J・ハイドン（一七三二―一八〇九）

ボヘミアの空の下

学校で学ばなかった。じぶんで学んだ。
試みて学んだ。耳を澄まして学んだ。
学ぶとは感受性をきたえるということだ。

貧しかったから、貧しさに学んだ。
足を棒にして歩いて、徒労に学んだ。
言葉が語らないものを語るすべを学んだ。

音楽であれば、どんな音楽にも学んだ。
音楽は呼吸だ。身体が宿すものだ。
ひとは音楽の民として生きているのだ。

ドヴォルジャークは気候に、和声を学んだ。
嵐に、湖の光りに、森の静けさに学んだ。
自然を神のつくった音楽だと信じた。

私はボヘミアの田舎者なのだと言った。
朝早くから農作業をするように作曲をした。
毎日、午前に三時間。午後に三時間。

空を見て、音楽がそこにあると信じた。
ドヴォルジャークは新しい真実を語らない。
新しい真実というものはないと知っていた。

アントニン・ドヴォルジャーク（一八四一—一九〇四）

幻のオペラ

そして、核戦争が終わった。世界は滅んだ。
のこったのは、灰、荒廃、空寂だけだ。
いや、二人の人間がいた。女と男がいた。

この惑星に、世界を再び創らねばならぬ。
かつて人間はどのように生命に目覚めたか。
女と男は、すべてを再体験するだろう。

万物は新たな夢によってかたちづくられる。
地上のすべてに、新しい定義が必要だ。
あらゆるものを正しい名でよぶのだ。

言葉は新しくつくられる。なにごとも
けっして抽象しない生き生きとした言葉。
必要なのは、生きる悦びの歌だけだ。

春の歓喜を愛した作曲家と、緑の世界を
愛した詩人が創るはずだった悦びのオペラ。
だが突然、詩人は没し、作曲家は筆を折る。

書かれないままになった幻のオペラ。
ストラヴィンスキーは詩人の墓標に刻んだ。
抗え。光りが死んでゆくのだ。抗え。

イーゴリ・ストラヴィンスキー（一八八二―一九七一）

ひろがりのなかへ

音が降ってくる。音が降ってくる。
微かに降ってくる。激しく降ってくる。
光りのようにいつまでも降ってくる。

ふしぎだ。音もなく、音が降りそそぐ。
次から次から降りそそぐ音につつまれる。
気がつくと、無辺のひろがりのなかにいる。

四十歳を過ぎて、ブルックナーは
本当の音を見つけた。音の向こう側に、
涯のないひろがりを見つけた。

ひろがりにむかって、交響曲を書くのだ。
それからは、ブルックナーはただ、
ひたすらに交響曲を書くためだけに生きた。

ひろがりが神だと言ったのは、誰だったか？
古いピアノが一台。小さな机が一つ。
何もない部屋には五線譜だけが山をなした。

死の四時間前にも、まだ最後の交響曲の
未完の楽章を書いていた。そして一人、
無辺のひろがりのなかへ入っていった。

アントン・ブルックナー（一八二四―一八九六）

われわれの隣人

誰にも頭を下げない。勲章も称号も
くそくらえだ。偉がり、見せびらかし、
知ったかぶりを嫌った。世はさかしまだ。

このさかしまな世では、すべてが逆だ。
騒音のうちにしか、静けさがない。
困苦のうちにしか、尊厳がない。

正反対のところにしか、真実がない。
どんな賢明さも、ただ愚鈍にしか見えない。
冗談は悲しく、悲しみは冗談にすぎない。

さかしまの世に逆らって、貧しく、
むなしく闘って、過労のあまり倒れて、
そして、たった一人で死んでいった、

われわれの隣人であるモーツァルト。
その音楽を優しいとは言うな。
さかしまの世に耐える、それは

かけがえのない武器としての音楽だ、
アマデウス（神が愛する者）という名をもつ
モーツァルトがわれわれに遺したものは。

W・A・モーツァルト（一七五六―一七九一）

聖なる愚者

音楽は職業ではない。運命なのだ。
運命に人生はささげるべきだ。
音楽は真剣な仕事でなければならない。

不器用だった。処世はわが事にあらず。
ムソルグスキーはひたぶるに生き急いだ。
そうして、音楽と人生を刺しちがえた。

没落した階級の息子。まったくの文無し。
住む部屋もなく、生涯、転々として生きた。
持ち物は一つきりだった。音楽という夢だ。

——そこにある。音楽はそこにある。
私たちはそこにある。私たちの言葉は
そこにある。母なるロシアのうちにある。

ムソルグスキーは書く。音楽は歌う言葉だ。
意味のある、理由ある、人びとの旋律だ。
人びとのうつくしい夢、そして悪夢の音だ。

深酒がすぎて死んだ。死因は孤独。
流れよ苦い涙、と聖なる愚者は言った。
何者も我を奪うことあたわず、とも言った。

モデスト・ムソルグスキー（一八三九—一八八一）

牧神の問い

樹木である音楽。微風である音楽。
空の雲であり、水の動きである
音楽。小鳥の鋭い啼き声である音楽。

子どもたちが駆けてゆく、真昼の
明るさである音楽。一日の終わりの
鐘の音の音楽。夜の薄闇の音楽。

海のざわめきであり、楽しかるべき
自由である音楽。なぜ音楽を、われわれは
四角四面なものにしてしまうのか？

秘密である音楽。繊細な官能である
音楽。心のなかに眠っている
影像である音楽。陰影である音楽。

静けさである音楽。そうして、
表現できないものだけが秘めている
不思議にきらきらしたものである音楽。

なぜという問いを、ドビュッシーは遺した。
なぜわれわれは、聴こうとしないのか、
なぜ自然のなかに書き込まれている音楽を？

クロード・ドビュッシー（一八六二―一九一八）

怒りと悲しみ

昨日の世界は壊れた。ぜんぶ壊れた。
伝統は壊れ、体系は壊れ、調和は壊れた。
中心が壊れた。何も確実なものはない。

壊れてはじまったのだ、二十世紀の
百年の時代は。国が壊れた。心が壊れた。
音階は壊れた。流れるような旋律は壊れた。

この新しい時代の新しい廃墟に
のこされたのは、自問だけだ。
われわれは何者なのかという自問だけだ。

われわれは、静かに従う人間なのか？
それともみずから反抗する人間なのか？
あるいはただ無関心な人間なのか？

ちがうと、シェーンベルクは言った。
われわれはみな、生きのこりだ。この
壊れた時代に生きのびた生きのこりなのだ。

自分たちの世界に移民のように生きている。
それがわれわれだ。シェーンベルクには
音楽は怒りだった。怒りとは悲しみのことだ。

アルノルト・シェーンベルク（一八七四―一九五一）

無言歌

朝の光りのなかを、正午の
影のなかを、月の光りのなかを
旋律のように、妖精たちが走ってゆく。

姿のないものが、心の中を通りぬける。
不意に、空気がきれいになる。遠くまで
何もかもがはっきりと感じられる。

どこにも、微塵も、あいまいさがない。
音楽は無垢のもの、素早いもの、
明確なものであり、うつくしい論理だ。

メンデルスゾーンが書けば、どんな曲も
讃歌に、翼ある歌になった。音楽は摂理だ。
世界はおおきな眼差しにみちている。

死の九十年後、鉤十字のナチスの国は、
メンデルスゾーンのすべての演奏を禁じる。
音楽家の銅像を倒して、溶かしてしまう。

音楽はとても危険な芸術なのだ。
真実の感情を包み隠すことができない。
メンデルスゾーンはそのことをおしえる。

フェリックス・メンデルスゾーン（一八〇九—一八四七）

人生のオルガン

非常に高いところから下りてくる。
下へ下へ沈みこむように下りてくる。
千のオルガンの胸騒ぐ音が下りてくる。
雨の空のように、低く下りてくる。
見あげる顔を覆うように下りてくる。
千のオルガンの深い響きが下りてくる。

フランクは黙々とオルガンを弾きつづけた、
教会のオルガン奏者として暗い奏者席で、
三十五年のあいだ、一人きりの場所で。

そうして年老いて、それから初めて
フランクはつくって遺す。このように
私は生きたと潔く言いきれるだけの音楽を。

忍耐と沈黙をぎゅっと握りしめてきた
拳がゆっくりほどかれてゆくような音楽。
低く低く、こころに低く広がってくる音楽。

平凡でない人生はない。ただ、
人生は人生というオルガンなのだ。
問題はただ一つ、それをどう弾くかだ。

セザール・フランク（一八二二—一八九〇）

ファンタジー

百二十のヴァイオリンが鳴りひびく。
四十のヴィオラが、三十のハープが、
千弦の弦楽器がいっせいに鳴りひびく。

三十のピアノが一どに響きわたる。
八つのティンパニーが、九つの太鼓が、
五十の金管楽器、木管楽器が響きわたる。

十のシンバルが、吊り鐘の音が突きぬける。
四百人が合唱する。この世を震わせる
大きな翼を、音楽はもたなければならない。

ベルリオーズは叫んだ。怒りの日がきた。
時代は、地獄の門を開けてしまった。
うつくしいだけの音楽はもはや不可能だ。

微笑をかけらものこさなかった音楽家だ。
荒ぶる魂のままに生きて、耳を奪う
断頭台の時代の主題歌を書きつづけた。

どんな楽器も自在に歌わせることができた。
できなかったことは、生涯に一つきりだ。
ベルリオーズは楽器は一つも弾けなかった。

エクトール・ベルリオーズ（一八〇三―一八六九）

ワーグナーの場合

もちろん、それは、音楽だ。
ゆるぎない音調をもつ音楽だ。
すみずみまでもうつくしい音楽だ。

けれども、それは、音楽ではない。
ワーグナーにとって、音楽は
ただ音楽であるものではなかった。

伝説？　それとも、夢？
ちがう。時間だ。その音楽には
時間が黒い森のように広がっている。

時間をおおきく、濃密にしながら、
ワーグナーが音楽に刻みこんだのは、
一瞬も途切れない、永遠のような旋律だ。

世界の始源の空気を、音楽は息する。
乏しい時間しかないこの世の、
音楽は理想の時間でなければならない。

ワーグナーの冗談。九つの交響曲も
書くべきだった。第九は合唱付。
ただし主題は歓喜でなく、この世の苦痛。

リヒャルト・ワーグナー（一八一三—一八八三）

冬の光り

ただ一つも不要な音があってはならない。
その音でなければならない音を、
そこでなければならない場所に置く。

鋼を削るように、音を細心に削って、
これ以上削れないまで鋭く削って、
おそろしいほどの静寂のただなかに置く。

すると、音のまわりに
すべての静寂が集まってくる。
音を伝って、やがて静寂が滴ってくる。

バルトークは静寂を激しくもとめた。
音のもつ力は、静寂を集める力だ。
音楽は静寂の滴りなのだ。

原野の匂い。………
農民たちの古い歌。………
冬の光り。………

急がねばならない。バルトークは言った。
静寂という静寂が滅ぼされようとしている。
尊厳を育むものは、だが静寂なのだ。

バルトーク・ベラ（一八八一―一九四五）

ニューイングランドの人

音楽をバッハに学び、同時に愛すべき
「草競馬」のフォスターに学んだ。
フーガを学び、同時にラグタイムを学んだ。

ブラスバンドの響きに人生の楽しみの
音楽を、教会のオルガンの響きに
精神の悦びの音楽を、同時に見いだした。

花ひらくニューイングランドが故郷だ。
チャールズ・アイヴズの遺した
鮮やかな音楽は、誰の音楽にも似ていない。

生気にみちた不協和音。答えのない問い。
その音楽からはアメリカの心音が聴こえる。
不抜の人の、不抜の言葉が聴こえてくる。

——悪い音楽などありうるだろうか。
すべての音楽は、天国からやってくる。
音楽は、音楽というデモクラシーなのだ。
平凡な人生から非凡な真実をとりだすこと。
音楽は生きられた音だ。よい音楽でなくとも
音が真実なら、うつくしい音楽だ。

チャールズ・アイヴズ（一八七四—一九五四）

イン・メモリアム

沈黙しか語ることのできないものが
歴史の、深い森の奥には広がっている。
灰青色の湖水のように。

湖水に石を投げるように、
沈黙のなかに、音を投げ入れる。
飛沫。波紋が走る。世界の影が揺れる。

そのようにして、ショスタコーヴィチは
沈黙の波紋を、生涯、記しつづけた。
時代の総譜のうえに。

沈黙とは――語られなかった
悲しみのことだ。そして、音楽は
語られなかった悲しみのためのものだ。

ひとが音楽によって得るのは、
人間の権利としての悲しむ権利だ。
レクイエム（死者の歌）でない音楽はない。

言葉が語ることのできないものがある。
それは沈黙しか語ることができない。
われわれが音楽とよぶのは、激しい沈黙だ。

ドミートリイ・ショスタコーヴィチ（一九〇六―一九七五）

そうでなければならない

言葉ではない。
音なのでもない。
旋律ですらもない。

言葉から立ちあがってくるもの。
音の繫がりのなかに立ち現れるもの。
そのなかから旋律が迸りでるもの。

そして、はっとするような
一瞬の、沈黙。
その沈黙のなかに閃くもの。

リズムだ。――
ベートーヴェンが、われわれに
至高の贈りものとして遺したものは。

リズムだ。――
何一つ確かなものはない日に
われわれを深く支えてくれるものは。

魂に、リズムを彫りこむ仕事。
ベートーヴェンは記した。音楽は
そうなのか？　そうでなければならない。

L・v・ベートーヴェン（一七七〇―一八二七）

森の中で

木々のあいだ、枝々のむこう、
透きとおって、どこまでも
ひろがっているのは、
非常に高い空だ。
細い梢のいちばん先を
鋭く光らせ、西日の
光りの無数の矢が走ってゆく。
その後を追って、風が
息を切らして走ってゆく。
ざわめく影のように
それから、沈黙が
木立ちのなかに落ちてきた。
昏れてゆくなかに
一本一本の樹が、
祈る人のように立っていた。

森には誰もいない。
神々は昨日立ち去ったばかりだった。
見えるものでなく感じるものを、
一羽のフクロウが
じっと見つめていた。
世界は本当はきれいな無だとおもう。

ファイア・カンタータ

じっと見つめることをまなんだ。
そしてじっと考えることをまなんだ。
考えるとは、深く感じるということだ。

そのようにして、ひとは火にまなんだ。
そして、火に、運命をまなんだ。
人の、人としてのあり方をまなんだ。

われわれは火の人種なのだと思う。
われわれとは火を共に囲むもののことだ。
火のことばが、われわれのことば。

火が、ささげる祈りだった。
火が、かかげるべき理想だった。
火が、あかあかとした正義だった。

こごえるものは、火をもとめた。
みずから信じるものは、火をかざした。
われわれの歴史は、火の歴史だ。

ときに、われわれの愚かさゆえに、
家々は火にのまれ、火につつまれた。
町々は燃えあがり、燃えつきた。

業火である、身を灼く火。
戦火である、にくしみの火。
劫火である、地をおおう火。

われわれは災いを、火にまなんだ。
そして、絶望を、火にまなんだ。
われわれは怒りを、火にまなんだ。

にもかかわらず、われわれは

何より、うつくしさを、火にまなんだ。
火を入れる。それは浄め、極めることだ。

火はつねに、本質をとりだす。
目に見えないうつくしさを、目に
はっきり見えるようにするのは、火だ。

われわれの日々の悦びは火の贈りものだ。
火の食事をして、火の時間を過ごす。
火の書物を読み、火の音楽を聴く。

近きにあって、遙かより望める火。
明るさであって、その外に
濃い闇を浮かびあがらせる火。

火を、われわれは神々から盗んだのだ。
火を盗んで、われわれは
魂を、かがやく無を、手に入れたのだ。

火という隠喩がなければ、われわれの
精神はきっと、ずっと貧しかっただろう。
三本の蠟燭が、われわれには必要だ。

一本は、じぶんに話しかけるために。
一本は、他の人に話しかけるために。
そしてのこる一本は、死者のために。

記憶のつくり方

むかし、遠いところに

むかしむかし、ずっとむかし、まだ世界ができたてのころ、遠い遠いところに、小さなおばあさんがいました。おばあさんは世界と一緒に生まれたので、おばあさんの年の数と世界の年の数はおなじでした。おばあさんが好きなのは、この世界のうつくしい色をたくさん集めて、世界の風景をもっとうつくしい色に染めることでした。

青いだけだった世界の空に、一日の始めと終わりの朝焼けと夕焼けの赤をくわえて、すばらしい空の色をつくりだしたのは、小さなおばあさんです。そのころは世界のどこにも神々がいました。神々は小さなおばあさんが大好きでした。小さなおばあさんに頼めば、どんなものにもふさわしいうつくしい色をきっと考えだしてくれたからです。

たとえば、森の色。それぞれの木の緑をぜんぶちがう緑にし、さらに四季ごとにどの緑もちがってくるように考えたのは、小さなおばあさんでした。

神々はときに世界に雨をふらせました。しかし、雨があがったあとの世界を見ると、神々はいつも顔を曇らせました。何かが足りないのです。雨があがったあとの世界はなんだかがらんとして淋しいのです。神々は小さなおばあさんに言いました。ものみなが悦《よろこ》ぶような、たくさんのきれいな色が欲しい。

おばあさんはじっと考えて、神々のために、とっておきの九つの色をえらびました。しかし、この世界の人間たちのために、葡萄酒色とピンクの二つの色はとっておきたいと言いました。人生をおいしくする飲みものと、この世界を明るくする女の子たちのために。こうして、のこりの赤、橙《だいだい》、黄、緑、青、藍、紫の七つの色を、神々が雨のあとの空に力いっぱい投げあげてできたのが、雨の弓、虹です。

虹の七つの色に葡萄酒色とピンクがないのは、そのためです。小さなおばあさんの名はマザー・アース。

しかし、小さなおばあさんのことが大好きだった神々は、いまはもういません。

I

鬼

稲を刈ったあとの田んぼに、穂を落とした藁《わら》が積みあげられる。その厚い稲藁の束のあいだでかくれんぼをしているのは、子どものわたしだ。わたしはよく乾いた藁にそっとちいさな身体をこすりつけて、じっと鬼を待っている。息をのみ、どんなかすかな音にもするどく耳を澄まして。

乾いた藁の匂いは、乾いた秋の匂いがした。見あげると、空に鰯《いわし》雲がきれいだった。稲を刈ったあとの空は、どこまでもひろく感じられる。それは早瀬のように浅く清潔な青の世界だ。わたしは鬼に見つけられなかった。いつまでも見つけられないでいると、このまままじぶんがほんとうにいなくなってしまうのではないか、と急に不安になった。

空のほかには沈黙しかなく、そして秋の沈黙はさわやかに澄みきっていた。身体まで透きとおってしまいそうだった。わたしの身体にまるで鰯雲の透かしがはいっているみたいだった。

おもわず藁束の後ろからとびだして見つけられてしまえば、こんどはわたしが鬼になるのだ。だが、鬼になると、誰をも見つけられなかった。どこにも誰もいなくなった。積みあげられた藁束の後ろへ、足音をしのばせて廻る。だが、そこにあるのはただやわらかな影ばかりだ。わたしは泣きだしそうになり、それでも男の子はけっして泣かないんだと懸命に思いつめる。

あのときの緊張しきった幼い不安が、いまも鋭くよみがえるときがある。ただ一ど父に連れられて、父の村にいった日の記憶だ。それは祖父の死んだ日で、祖父にさからって村をでていた父は、その日子どものわたしをはじめて連れて、村にかえった。

　わたしはそれまで一ども会ったことのなかった村の従兄弟《いとこ》たちと、日の暮れるまで、稲のない田んぼのなかで遊びつづけた。それから、東北のひろい平野の夕暮れがゆっくりとやってきた。おおきな空がゆっくりと瞼《まぶた》を閉ざす。従兄弟たちの顔だけがわずかに暮れのこっている。長い一日が暮れなずんでいる。やわらかな夕闇のなかで、積みあげられた藁束は背中をまるめて休息している獣たちのようだった。あばね、あばね（さよなら、さよなら）。遠くで誰かの声が叫んでいる。

　祖父はその夜、開かれた田んぼで荼毘《だび》にふされた。明るい闇のそこにぼうっと赤い火が燃えあがり、藁の焦げてゆく匂いがながれ、わたしは父の指をつよく握って、赤い闇を見つめながら、こんなに明るければほんとうの鬼が祖父を見つけてしまうと、そのことばかり思いつづけていた。

　幼いわたしはまだ死というものを知らなかった。

夜の火

火が見える。目を閉じると、闇のなかにやわらかな火の色がひろがる。一つかみの火の塊がつくる火の色のなかに、死者が立ちあがる。死んだ祖父だ。

　祖父は晩年、生まれた村の小さな分教場を引きうけて、そこで死んだ。大酒飲みだったそうだ。村をでて地方都市で暮らしていた父と一緒だったわたしには、祖父の記憶はほとんどない。少年時代に生母を喪《うしな》った父は、その母の死後村をでて、以来村にかえることはすくなかった。

　祖父が死んだのは、わたしがようやく少年期にさしかかったときだ。わたしはそのときはじめて父に連れられて、父の村にいった。父の村は、遠く低い丘にかこまれた東北の平野のなかに散らばる村だった。その村のはずれの古い家に、死んだ祖父は白い布を顔にのせ、ひっそりと横たわっていた。秋だった。父の手が白い布をそっとはぎ、それからわたしの手を、見知らぬ死者の額にのせた。死者のぞっとするほど異様な冷たさが、わたしの幼い汗ばんだ掌を拒んだ。

その夜、平野のなかの乾いた田で、死者を焼いた。さえぎるもののない田に、星々を刺繍《ししゅう》したような夜空が斜めに流れていたことをおぼえている。遠くの低い山並みがかすかに夜空をかぎって、なだらかな曲線をつくり、その濃い闇のなかに、隣り村の家々の灯りが、蛍火のように飛んでいた。わたしは父にならんで、田の端の固い細い畦《あぜ》に立ち、死者の棺《ひつぎ》が運ばれて、藁が積まれるのを見つめていた。仄明るい夜のなかに大人たちの影が忙しく、声もなく動いていた。

ガソリンが撒かれ、マッチの火が光った。と、わぁッと叫ぶように、火が躍りあがった。生きもののような火の舌が、白い棺の白さを覆った。藁の火がはぜた。火のむこうに、疲れた大人たちの顔が一つずつ浮かびあがった。火が激しく動いた。夜のなかに、夜よりも黒い煙がのぼっていった。

そのときだった。赤橙色の火の囲みを破って、白い棺のなかから死者が立ちあがった。一瞬生きかえったのだ、と思えた。身じろげば夜の世界がそのまま崩れ落ちてゆきそうな気がした。わたしは、死者がみずからの姿を失くすまえに、死者に生者の活動を一瞬かえしてやる火葬の怖しいやさしさを、それまで知らなかったのだ。

二どと、父の村にいったことはない。だが、わたしには見知らぬ人だった祖父が、幼いわたしのこころにのこした唯一の贈りものであるあの秋の夜の火のイメージがなければ、わたしがひとの生のイメージを、火のイメージのなかに思いえがくということは、きっとできなかっただろう。

そうなのだ。ひとは身を灼《や》かれるまで、火のうえを歩いている。

明るい闇

世のなか、右も左も真暗闇じゃございませんか。ひところ、そんな歌が流行したことがある。そのとき、ちがうと思った。「闇」という言葉を「真暗闇」という感覚でしかとらえられなくなってしまった時代の不幸を、その歌の文句に感じた。

真暗闇というのは、つくられた白い光りに慣れた目が、突然その光りを断たれたとき、とっさにつかんでしまう偽の感覚である。闇は、ほんとうは明るいものだ。仄明るいものなのだ。

蛍光灯を消す。いきなり、すべての視力が奪われる。だが、それはまだ闇ではない。なぜなら、目はそれからすこしずつ、ゆっくり回復する。すこしずつゆっくり、事物たちが、それまで光りによって匿《かく》されていた輪郭とたたずまいをあらわにして、闇のなかにあらわれでる。目に、やすらいでいる事物たちが見えてくる。

戸を開いて、外にでてゆく。夏には、暑さは、ようやく闇のなかに静まっている。冬には、闇は本来の寒さを、身に刺すようにわたしにおしえる。わたしはじぶんの足音を、はじめて聴く音のように聴いて、おどろく。歩くものとしてのじぶんを、わたしはすっかりわすれていたのだ。

闇のなかで、花の匂いに気づく。昼には気づかなかった花たちが、闇のなかによみがえっている。闇のなかに、樹木たちは、確かな暗がりを編む。

ちいさいころよく、木の根もとの暗がりに、いまにも生まれでようとしている幼い蟬《せみ》たちを見にいった。息をつめるようにして、蟬の誕生を見ていた。わたしも闇のなかからこのようにして生まれてきたのだ、と思った。母の子宮の闇のなかから。

人間は、闇の子どもなのだ。火をつくりだした生きものである人間は、明るい火のむこうに闇を発見した生きものでもある。

フランスの画家ラ・トゥールの描く、蠟燭《ろうそく》を掲げる娘たちの絵を思いだす。ラ・トゥールは、闇をうばうものとして、蠟燭の明かりを描くことをけっしてしなかった。闇を活かして、闇に活かされるものとして、蠟燭の明かりをカンヴァスに描きとどめた。

あるいは、「月天心貧しき町を通りけり」という与謝蕪村の一行の詩を思いだす。

闇のなかを歩く人間の、闇にまなんだ言葉で書かれているその短い詩は、ふしぎに明るい闇のイメージをこそ、こころにキーンと響くように落とし入れる。

そうした明るい闇を見失い、明るい闇に息づくべきじぶんを見失って、わたしは今日をやりすごしていないだろうか。闇の感覚がじぶんのうちに親しくなくなったことを知るとき、わたしはじぶんを、ふいに不確かなものに感じてしまう。

路地の奥

路地の奥で生まれて、そだった。その街の中心の、商店街の道一つ裏。老舗《しにせ》をほこる呉服屋の脇の小路をはいって、角を一つ曲がる。ゆきどまり。家と家とが額をあつめるようにならんだ路地だ。へちまの棚。卵の殻をふせた万年青《おもと》の鉢。木目の透きでるまで洗われた窓の桟《さん》。塀《へい》はなかった。戸を開けると、そこがすぐ路地だ。路地はそれぞれの家の通り道であり、庭先であり、子どもには自在な遊び場だった。

石蹴《け》り。なわとび。陣取り。三角ベース。木ゴマ。パッチ。かくれんぼ。路地の遊びはいろいろだ。だが、一つの約束だけはまもらねばならなかった。他人の家で遊んではいけないという約束。路地の住人たちは親しい挨拶によってつながっていて、たがいに隔てをもたなかった。それだけに、たがいのプライバシーは、たがいにきちっとまもらねばならない。その約束はつらぬかれた。うっかりよその窓をのぞこうものなら、たちまちおばさんに言われたものだ。おばさんがあんたンちにいるかどうか見ておいで。

路地には、さまざまなひとが住んだ。映画館の支配人。いつも照れたように蝶ネクタイをして、路地を足早にでていった。鉄道の保線工。朝早くかえってきて、昼のあいだ眠る。非番の日には、模型ヒコーキをつくることに熱中した。できあがると路地にでてきて、ヒコーキをみごとに飛ばしてみせた。きりっと巻きあげた太ゴムのプロペラ機が、路地のはしからはしまで、ニューヨークからパリまで飛んだリンドバーグ機のように、無着陸で飛んだ。路地の一番奥には、老女がひっそりと一人で暮らしていた。あのひとは不幸なひとなんだよ。——子どもは不幸というのが何かわからない。しかし、それに手をふれてはいけないのだということは、わかっていた。

親しい仲にも秘密がある。ひとの秘密には手をふれてはいけないのだ。それが生まれそだったゆきどまりのちいさな路地のおしえてくれた、ひとの暮らしの礼儀だった。

ひとはひとに言えない秘密を、どこかに抱いて暮らしている。それはたいした秘密ではないかもしれない。秘密というよりは、傷つけられた夢というほうが、正しいかもしれない。けれども、秘密を秘密としてもつことで、ひとは日々の暮らしを明るくこらえる力を、そこから抽《ひ》きだしてくるのだ。

ひととすれちがう。何でもないそれだけのことなのに、路地でひととすれちがうときは、おもわず目を伏せてしまう。目をあげればたがいの秘密に気づいてしまうとでもいうように。

どんなちいさな路地にさえ、路地のたたずまいには、どんなひろびろとした表通りにもないような奥行きがある。ひとの暮らしのもつ明るい闇が、そこにある。

肩車

肩車が好きだった。父によくせがんだ。背をむけて、父が屈《かが》みこむ。わたしは父の頭に手をしっかりのせて、両脚を肩に掛ける。気をつけなければならないのは立ちあがるとき。わずかに父の両肩のバランスが崩れる。そのバランスの崩れをうまくしのがねばならない。立ちあがってしまえば、あとは大丈夫だ。わたしはもう誰よりも高いところにいる。わたしは巨人だ。ちっちゃな巨人だ。わたしの見ているものはほかの誰にも見えないものだ。父さえ見ることのできないものだ。

肩車にのると、頭が屋根の上にでた。平屋のおおかったむかし、軒は低く、屋根はずっとひろびろとしていた。肩車の上から見える屋根瓦《やねがわら》は青みがかった灰色に沈んでいて、真新しい石板のようにきれいだ。屋根から上には、いつもふしぎな静けさがあった。どんな騒がしさも、屋根より上にはけっしてとどかない。手をのばせば、その静けさがつかめそうだった。手をのばした。ずっとのばした。そして、つかんだ。静けさを一かけら。

幼いころの記憶というのは、思いだすと懐かしく、そしてふしぎだ。肩車が好きだった幼い子どもは、かつての父よりおおきくなったいまも、幼いころの肩車の上の世界をはっきりと覚えている。幼いわたしに、たとえば屋根の上にひろがっていた静けさが、ほんとうに静けさとしてわかったのだろうか。そうは思えない。それでいて、わたしの掌には、あのとき肩車の上で一瞬つかんだ一かけらの静けさの感触が、いまもあざやかにのこっている。あの青みがかったきれいな灰色の屋根の色も。

幼いころのことで覚えているのは、あとになってみれば、どれも他愛ない何でもないようなことばかりだ。ありふれたちいさなこと。なにげない日々のしぐさ。ふるまい。感覚の切れっぱし。そうした幾つかの印象の断片が、けれども、おおきくなればなるほどにいっそう確かになり、動かせないものになる。そのことがときどきひどく怖しいことのように感じられる。一人の感受性のかたちを決定的にするのは、大仰な出来事なんかじゃない。ありふれた何でもない日々の出来事が、おもわず語りだすような言葉。その言葉をどのように聴きとったか、ということなのだ。

どうした。手を放すと危いぞ。父の声がする。肩車の時代。巨人の時代。肩車からおりてしまったあと、わたしはもう二どと、屋根より高い巨人になることはできなかった。

最初の友人

町なかに一本の川があり、橋と橋のちょうど中間に、細い黒い水道管が一本、鉄のロープのように渡されていた。ただそれだけだったが、子どものわたしたちにとって、それほど興奮をさそう遊具はそうそうなかった。物干竿《ものほしざお》をもちだしてきて、サーカスの綱渡りの上手のように、慎重に、真剣に、バランスをたもちながら、そろそろと細い黒い管のうえを、向こう側へ渡るのだ。汗がじわっとふきだしてきて、掌が熱くなる。

そうした危険な遊びは、もちろん厳重に注意されていたのだ。しかし、大人たちの目を盗んでは、子どものわたしたちは性懲《しょうこ》りもなく、その危険な綱渡りに熱中した。川幅は七メートルぐらいだったが、川はいつもほとんど涸《か》れており、危くなったらうまく跳びおりれば大丈夫という目算だ。毎日そんな危険な遊びを密かに共にすることで、幼いわたしにはじめて友人とよべる幼い友人ができたのだった。それがわたしの最初の友人だった。

友人は、危険と秘密を共有して、はじめて友人になる。昭和の戦争後まもなく、東北の山あいの小さな城址のある町で小学校の最初の三年間を過ごした幼いわたしに、はじめて「友人」という親しい存在をこの世で実感させてくれたのは、その幼い友人である。四年生になって遠くの県庁所在地に転校したわたしは、すぐに友人に手紙を書いたが、返事はなく、受けとったのはその友人の死の知らせだった。

わたしがその町を去って一週間後に、少年は、仲間もなく一人で孤独な綱渡りをして、水のない川床に転落して頭蓋を打ち、黙ってこの世を去っていたのだ。

わたしの最初の友人の、わたしは最後の友人だった。

風邪

ふしぎなほどよく風邪をひいた。夏は夏風邪。冬の感冒。春さきの風邪。梅雨どき、紅葉のころもいけなかった。病気らしい病気をしたことがないのに、風邪だけは季節季節にきちんとひいていた。風邪ひきじゃない。風邪好きだ。そういわれた。風の子でなく、風邪の子だった。よく学校を休んだ。

学校を休むのはいやだ。風邪には休み時間がない。じっと寝てなければならない時間が一日中つづくだけだ。たのしみがなかった。眠れなかった。たまに短い眠りがくる。だが、眠りのなかも、わるい夢でいっぱいだった。たちまちぐっしょり冷たい汗にぬれて、目がさめた。風邪で寝ていると、耳が敏感になった。病むものの想像力は、ディテールへの想像力だ。どんな微かな音にも注意をあつめて、部屋の外、窓の外の世界を、ものごとの一々のディテールから組みたてようとする。うまくゆかない。いらいらする。そしていっそう疲れてしまうのだった。

風邪というとまっさきに反射的に思いうかべるのは、明るい午前の光りである。ぼくは病気なんだ。起きられないんだ。その思いをつよくつらく感じさせるのは、射しこんでくる朝の光りのなかで、ひっそりとした部屋に、息をつめて横になっていなければならないと知る午前の時間だった。もう学校では、一時限目がはじまっただろうか。だが、ぼくはここにぽつんととりのこされて、友だちのみんなから一番遠い場所にじっとしていなけりゃならない。

風邪の子どもにとって、午前の明るい光りほど孤独を感じさせるものはなかった。淋しさに打ちのめされると、枕もとから本をとって、仰向《あおむ》けのまま読んだ。本は好きだ。本のなかの世界には、いつでも病気のわたしと一緒に遊んでくれる友だちがいた。いまなおはっきり思いだせるのは、小川未明の『金の輪』という短い話である。病気の子どもの話だった。明るい日のなかを、見知らぬ少年がキラキラと金の輪を廻しながら走ってくる。金の輪は二つで、それがたがいにふれあって、うつくしい音をひびかせる。病気の子どもがそれを見ている。

それだけの短い話なのだが、はげしい印象がのこった。魂に風邪をひいたものたちの世界が、小川未明の世界だった。

いまも耳の底に、ふいに金の輪がかすかにふれあう音が聴こえてくるときがある。その音が聴こえてきたら、わかるのだ。また、風邪をひいたのである。

鳥

鳥を飼っていた。少年のときだ。はじめて飼った鳥だった。鶸《ひわ》だった。

白い瀬戸物の貯金箱を叩きこわし、貯めていた小遣いぜんぶを握りしめて、わたしはある日、街はずれの鳥屋に駈けていった。高価な鳥は買えない。鳥屋の主人は、一番ちいさな鳥を一羽、ゆずってくれた。それが、鶸だった。しかし、わたしは満足だった。それから毎朝、鶸色といわれるその鳥の可憐な黄いろい羽根を眺め、鳴き声をたのしみ、夜は黒い風呂敷で鳥籠をつつんで、眠った。どうしてそんなに鳥を飼いたかったのか、思いだせない。少年の気まぐれだったのだろうか。

けれども、たとえそれが気まぐれからだったにせよ、その小さな一羽の鶸色の鳥を飼ったことは、わたしのなかに癒しがたい記憶をのこすことになった。鶸はそれから一ヵ月後に死んでしまったからだ。

鳥を飼ってしばらくして、わたしは修学旅行にゆかねばならなかった。短い旅行だったが、エサが心配だった。母に頼んだ。そして、鳥をよく知らない母は、鶸にその五日のあいだ、エサをあまりにもあたえすぎた。鶸は食べすぎて、ちいさな鳥籠のなかでじゅうぶんに飛びまわることができなかった。わたしがかえってきたときは、止まり木から墜ち、異様に腹を膨らませて、鳥籠の底に倒れて、死んでいた。

昭和の戦争の時代に幼年を経験したわたしには、死は飢えのイメージにしかつながらなかった。食べすぎて死ぬことがありうると考えることは、どうにか飢えた幼年をぬけだしたばかりの少年にとって、あまりにも唐突だった。わたしは母をなじったが、母は善意の人だった。飢えの時代を生きのびた人である母の善意が、一羽の小鳥を苦しませて死なせたのだ。

一羽の鶸の死は、ようやく大人になりかけていたわたしから、無垢《むく》な感情をうばった。「ゆたかさ」の過剰も「善意」の過剰もまた、生きものを殺しうる。そのことに気づいた少年の日の苦痛を、いまもじぶんに負っているような気がする。二どとどんな鳥も飼ったことはない。けれども、そのときから、一羽の死んだ鳥はずっとわたしのこころの底に、空《うつ》ろにころがったままだ。

それは、ほんとうは飛びたかった鳥だった。必要な飢えによって飛ぶ鳥。しかし、不必要なゆたかさによっては、どこへも飛べなかった鳥だった。

ジャングル・ジム

鉄の棒が正方形に組まれ、おおきな正方形のなかにちいさな正方形がいくつも、いくつもつづく。どの正方形にも線はあるが、面はなく、空洞だ。鉄の棒にとりつく。一つの正方形のなかにはいる。さらにちいさな正方形をくぐりぬける。正方形は無限につづき、わたしはたちまちにして正方形の世界の旅人になり、探検家になり、水先案内人になる。

ジャングル・ジムにはいったいいくつの正方形が匿されているか。わたしは夢中になって数えはじめ、いつもおなじような数までいってわからなくなった。それにしても、と子どものわたしはよく考えたものだ。ジャングル・ジムを発明したひとはいったい誰なのだろう？

ジャングル・ジムを発明したひとこそ天才だ。エジソンやノーベルやアインシュタインがなぜ天才だろう。

先生がおしえてくれる天才たちは、子どもに何の歓《よろこ》びもあたえてくれないひとばかりだった。それでいて先生は、ジャングル・ジムを発明したひとは誰ですかというわたしの質問に、こたえてもくれなかったのだ。

最初は外側しか廻れなかった。それでも角をくるりとすばらしい早さで廻ったときは、幸福だった。中にはいっても、はじめは迷った。自在に動けるようになると、狭いジャングル・ジムの世界は急にひろびろとひろがった。ジャングル・ジムのなかを滑り台を滑るように、斜めにうまく滑りおりられるようになったときは、どんな鉄の棒もわたしのやわらかな肉体を傷つけることができないことに、密かな誇りを感じた。

ジャングル・ジムの頂上。二本の足だけで平衡をたもって立つと、突然風景が変わる。屋根は低くなり、空がふいに展《ひら》けた。そこは、誰もいない、静かな世界だった。だが、その静かな世界は、誰かがまちがって手をわたしの足首にひっかけたとき、断ち切られた。

わたしは、ジャングル・ジムのなかに、一気に、垂直に墜ちた。正方形の世界が、一瞬にして檻《おり》の世界に変わり、身体は一どにやわらかさを失って、わたしは激痛に悲鳴を挙げた。わたしは死んだと思ったが、わたしは死ななかった。

死んだのは、わたしのジャングル・ジムの世界だった。一週間寝つづけた。それきりわたしは、二どとジャングル・ジムのなかにもどらなかった。

ジャングル・ジムはアフリカよりも遠い世界になり、わたしはジャングル・ジムの発明者が誰かついに知ることもなく、大人になった。だがわたしは、大人になることで、ただ、じぶんのなかの傷つけられた子どもの夢と肉体を償っただけだったのだ。

ひとは大人になって、高さを忘れる。平行になじんで、垂直を忘れる。

Ⅱ

少女と指

街を歩く。街を歩きながら、物語のなかを歩いている。街を歩いていると、いつとはなくそんな思いにさそわれる。

歩くことが、読むことなのだ。街を歩く。街を物語として読んでいる。微笑一つ、みごとな短篇なのだ。

まだ言葉にならない声。物語という古い言葉にはそんな意味がある。街の物語を織りなしているのも、そうしたまだ言葉にならない声だろう。街を歩く。街のもつまだ言葉にならない声の物語に、わたしはとらえられる。

ある正午すぎ、その事故は起きた。

いきなり激しく重い音が飛んだ。鋭いブレーキの音につづいて、鋭い衝突音がピリオドのようにひびいた。急いで角を曲がった。路上にはすでにひとが集まっていた。ちいさなひとの輪がくずれて、そのときぐったりとした少女が抱きかかえられて運ばれるのを見た。

自転車に乗った少女を、車が轢《ひ》いたのだ。少女は自転車ごと撥《は》ね飛ばされ、車とガードレールのあいだに挟まって、倒れおちたのだ。だが、少女が運ばれたあともなお、ひとの輪はあいまいにのこった。輪のなかの路上には白いちいさなものがあり、みんながそれをじっと見つめていた。

はじめは何かわからなかった。指だと誰かが呟《つぶや》いて、指だとわかった。

確かにそれは、根もとからちぎりとられた一本の指だった。傷口からとうに流れでてしまったらしい黯《くら》い血のぽっちりした塊のなかに、一本の白いローソクのような、まったく皮膚のいろを失ったその指が一つ、転がっていた。

死んだ指は奇妙に生々しかった。指が死んでいる。そう呟きかけて、わたしはじぶんが見てはいけないものを見てしまったような感情につかまった。そこに死んでいるのが、指ではなく、指のような小人のように思えたのだ。

そのときからもう長い年月が経っている。けれども、わたしはいまも唐突に、路上に死んで転がっていた白いほっそりした少女の指を、奇妙に生々しく思いだすことがある。それは、街のもつけっして言葉にならない声の物語のありかを、はじめてわたしにはっきりと指さしてみせた指だった。

指をひらいてみる。ひらいた指にひっそりと生きている十人の小人の存在を感じる。すると、ひとの輪をくずして運ばれていった、目をつむり青ざめていた少女の顔を思いだす。あれから、あの少女は幸福といえるものを、九本の指でつかんだろうか。指一本ぶんの隙間からどうしても、幸福がこぼれおちてしまうということはなかったたか。それとも、いまも指一本足りない拳《こぶし》を、握りしめたままでいるのだろうか。

橋をわたる

橋の下、川の流れのなかを、水が走っている。水は一団となって走ってくる。遅い水を追いぬいて、早い水がサッとまわりこむ。痩《や》せた川の脚、川の筋肉がふくらんできて、ふいに静まる。そのまま沈んでゆく。そ水という水がいっせいに流れの下に隠れてしまう。そのうえを白いアワ、黒いゴミが、なかば溺《おぼ》れながら流れてゆく。

橋から川を見ているひとがいる。ありふれた川のありふれた景色。どこがおもしろいというのでもないし、何か変わったものが見えるのでもない。けれども、川をのぞきこんでいるひとの後ろ姿には、独得の影がある。疲れている。しかし、疲れているといいたくない。そんなじぶんを黙って見ている。そんな影がある。橋から川をのぞきこむような姿勢でしか、のぞきみることのできないようなものがある。こころのようなもの。橋から川を眺めているひとは、そうやってじぶんのこころをのぞきこんでいる。

こころなんてふだん気にかけることがない。こころなんて背中の、天使なら羽根の生えているあたりにひっついているのだ。そのくらいにしか考えない。こころについて喋《しゃべ》ることは億劫《おっくう》だし、実際こころなんていまではとんでもない安値をつけている。今日こころのありようやもちようについて能弁に語る言葉は信用できない。それでも、何でもない川の流れを橋から眺めていると、じぶんのこころをのぞきこんでいるという思いが自然にやってくる。

橋にはひとを素直にさせる雰囲気がある。というのも、橋というのは、ありのままが橋だからだ。

橋はどこも吹きっさらしで、吹きぬけで、何もさえぎらず、とどめない。むきだしでいて、あらわなかたちをあらわなままに、何一つ隠すことをしない。内と外との閉ざされた区別を、橋は知らない。みせかけとほんとうの区別も知らない。

橋が知ってるのは、向こう側だけだ。ここから向こう側へゆく。向こう側へゆこうとするその橋の上で、思いがけずじぶんのこころに出くわす。

慕わしいひびきをもつ名。橋にはいい名の橋がおおい。無名橋。言問《こととい》橋。白鬚《しらひげ》橋。寒さ橋。一休み橋。いちもく橋。思案橋。袖摺《そですり》橋。わざくれ橋。猫股《ねこまた》橋。女橋。泪《なみだ》橋。蛍《ほたる》橋。面影《おもかげ》橋。枕橋。別れ橋。新し橋。喰《くい》違《ちが》い橋。火除《ひよ》け橋。逢初《あいぞめ》橋。俎《まないた》橋。さながら一つ一つの名が人びとの、橋に托したひそやかな、忘れられた心情をつたえてくるようだ。

「小雨が靄《もや》のようにけぶる夕方、両国橋を西から東へ、さぶが泣きながら渡っていった」

山本周五郎の『さぶ』の書きだしだ。橋ほど物語のはじまりにしっくり似あうものはない。じぶんのなかにいる橋上の人に出会う。それが物語のはじまりなのだ。

階段

石段をみるとふしぎにこころを引きよせられる。石段の一番うえまで上っていったら、そこからどんな街がどのように見えるか。引きよせられるままに、石段を上る。長い石段なら、きっと途中でふりむきたくなる。ふりむきたくなるが、ふりむいてはいけないのだ。最上段までおどろきは背後にのこしておくのだ。上りつめて上る。息が切れる。かすかに風を感じる。上りつめる。息を詰めて、それからふりむく。いきなり空がおおきくひろがってくる。

あるいは、長く細い下りの石段。狭い家々のあいだを、抜け道のように、石段が下りている。軒下をとおる狭い石段には、どこかしら懐かしさがある。石段の下には街がある。よく踏まれた石段の擦りへった危なさに、語ることをしない日々の痕《あと》がのこっている。うつむいて注意ぶかく下りる。ふいに膝がわらいだす。

足早になる。おもわず駈けおりてしまう。奇妙だ。長い下り階段は、いつだって、最後までゆっくり下りてゆくことができない。

石段のある街が好きだ。街にむかって開かれた階段には、開かれた気分がある。長い石段でなくてもいい。車止メがついているだけのほんの短い階段ですら、そこをとおってゆくと、ちがった気分のなかにでてゆけるのだ。ふっとこころがそこでとぎれて、ふっきれる。そうとすこしも気づかないでいて、こころがそこで改行される。それまでの一行をぬけでて、次の新しい一行にはいってゆく。

朝の公園や博物館へゆくひろい階段に、何をしているのでもなく座っているひとがいる。鳩たちが騒いでいる。若い女のするどい靴音が、すばやく、朝の階段をななめに横切ってゆく。

雨の日の石段には、誰もいない。暗い鏡のように、石段は孤独だ。

夕暮れ、古い河岸を歩いてゆくと、河面に下りてゆく階段がある。むかしは舟寄せだったのだろう。石段の下は黒い水のなかに消えている。黒い水のどのへんの深さまで石段は下りているのか。それとも石段は黒い水の底でさらにどこかへつづいているのか。

石段を見ると、ふしぎにこころを引きよせられるのは、なぜだろう。おそらく階段がいつもひとの通る道でしかない道であるためだろう。車で走れない。じぶんの足でしか上れないし、下りられない。そうした人びとのとおる通り道でありつづけてきた街の階段のありように惹かれるのだ。階段の段々が語られなかった街の物語の一つ一つのようだ。

「はげしくも一つのものに向って、誰がこの階段をおりていったか」。かつてそう書いた若い詩人がいた。街の階段を愛した詩人だった。昭和の戦争で死んだ。石段には、匿された街の感情がある。階段は、上ってゆくとき下ってくるとき、街の感情とじぶんとが、一瞬ひそかにすれちがうような場所だ。

海を見に

海を見にゆく。ときどきその言葉に内がわからふっとつかまえられて、車で一人で、よく海を見にいった。それは夜の波止場の海だったり、晴れた日の岬《みさき》の海だったりした。あるいは、長い長い海岸線を走り、深い入り江で休む。どこでもいいのだ。目のまえに、海が見えればそれでよかった。何もしない。じぶんが身一点に感じられてくるまで、そのままずっと、海を見ている。

ときに、欠けたちいさな姫色の貝殻が乾いた砂に埋まっているのを数え、ガラスや木器のうつくしい破片を拾ったりする。波のちろちろうごく白い舌を見る。たったいま濡れた重い砂の色を、次の波が消す。浜辺に敷きつめられた灰色のテトラポッドのあいだに座りこんでいたときもある。そんなときは遠くを見ていた。水平線がぐらりと沈んでゆくように見える日もあれば、空が水平線を引っぱりあげているように思える日もある。

夕暮れの海にはいつでも、どこでも子どもたちがいた。遊んでいる。喚声をあげて走りまわっているのだが、声は聴こえない。犬は波が好きだ。

海という字には母という字がかくされていると言った詩人がいたが、わたしは海にそのような感情を覚えたことがなかった。「根府川《ねぶかわ》と真鶴《まなづる》の間の海の、あのすばらしい色を見ると、いつも僕は、生きていたのを嬉しいと思う」と書いた詩人の詩は好きだが、わたしは海をまえにして、そうした感慨に誘われることはない。海をまえにするとき、言葉は不要だと思う。

わたしはただ海を見にいったのだ。海ではなかった。好きだったのは、海を見にゆくという、じぶんのためだけの行為だ。

鎌倉の材木座海岸まで車を走らせ、日暮れた海にのぞむ駐車場に車を停めると、いつも隣りの車の窓にきまって、煙った海を見ている一人の、もう老年にちかい男の横顔があった。もちろんいつもおなじではない。だが、いついってもそうした男がきっと一人だけで、ただ海が見えるだけの海岸に車を寄せているのだった。ときどきその車のなかが煙草の火で、ポッと赤くなる。熟思からも放心からも、決意からも怠惰からも遠い、ありふれた男のむしろ穏かな横顔が一瞬浮かんで、消える。どんな形容詞もいらない顔が一つ、わたしの目のなかにとどまって、消える。

海を見にゆく。それは、わたしには、秘密の言葉のように親しい言葉であり、秘密の行為のように親しい行為だった。何をしにゆくわけでもなく、ただ海を見にゆくということにすぎなかったが、海からの帰りには、人生にはどんな形容詞もいらないというごく平凡な真実が、靴のなかにのこる砂粒のように、胸にのこった。

一人の日々を深くするものがあるなら、それは、どれだけ少ない言葉でやってゆけるかで、どれだけ多くの言葉でではない。

竹の音

竹は、魅力的な植物だ。しなやかで、勁《つよ》い。かそけくてやさしい。そのおよそ異なるイメージを、竹は何のふしぎもなく同時に生きている。

こんもりとちいさな叢《くさむら》をつくる竹があり、すっきりとまっすぐに立ちあがる竹がある。激しい風、激しい雨にしぶとくしなう竹には、しなやかな抵抗のイメージがある。

竹林を微かに風が通りすぎる。耳が澄んでくる。雨あがり、細い竹の葉に水滴が一つぶ、二つぶころがってくる。幼い子どもの頬に涙のつぶがつたわってゆくようだ。

竹の好きな友人がいた。鉢に植えて、玄関においた。風に葉がふるえるように鳴るいい小竹だった。しばらくして、もっといい鉢に植えかえようとした。できなかった。鉢はびくともしなかった。小竹の根が鉢の底を割って、土中に深く伸びていた。

竹の根はしたたかである。境界を知らない。土のなかをゆっくりと、走るように縦横にすすむ。どんな塀《へい》も妨げることができない。アスファルトさえも。

竹の根は土をかたく抱きしめてすすんでゆく。根づよく、きびきびとしていて、むだがない。日々の暮らしのなかに、思いがけないほど身近かな位置にしっかりと根を張っているのも、竹だ。

焼きあがったパンを積んだ籠。花々の活けられた竹筒。籐《とう》の揺り椅子。ひんやりとした艶をもった竹の柱。

幼い記憶のなかにも、竹はしっかりと根を張っている。背丈けよりも高かった竹馬。ブーンとうなる竹とんぼ。竹ひごのヒコーキ。路地をゆっくりととおりすぎていった物干竿《ものほしざお》売りの声。

母の父、幼いわたしには武張《ぶば》ってみえた、みごとな禿頭だった祖父は、笹で醸《かも》したどぶろくが好きだ、と言っていた。いったいどんな味のする酒だったのだろう。

子どものころ好きだった、むかしの色あざやかな物語。都の大路を往く尺八を吹く虚無僧《こむそう》のスパイたち。するどい竹矢来《たけやらい》にかこまれて、無念さにくちびるを嚙みしめる義賊。剣道の達人にあこがれて、剣道部にはいった。上級生に手の甲にぴしっと竹刀《しない》を決められ、胴をとられ、面《メン》をとられて、立ち竦《すく》んだ。

鮪《まぐろ》には笹の葉。おにぎりには竹の皮。ほんのり苦みをのこす筍《たけのこ》の煮つけが好きだ。焼鳥は竹串にかぎる。焼団子、焼饅頭《まんじゅう》も。このごろは竹をつかうべきところに、竹が正しくつかわれることがすくなくなった。竹のわくら葉を静かに踏んで歩くことのできる小径《こみち》もなくなった。

ときどき京都にゆく。嵯峨野《さがの》の竹林にゆく。黙ってそっと小石を投げる。小石が次々に、竹にあたって消える。沈黙がのこる。その沈黙の音を聴きにゆくのだ。

おにぎり

やわらかな米飯は、きらいだ。歯あたりにさわやかなこわさが一瞬のこる米飯が、いい。米飯についていうこわいという表現はおもしろいが、どちらかといえばこわい米飯がいい。

炊きあがった米飯の息づいているような匂い。

米飯の味は、歯あたりと匂いだ、と勝手に決めている。日常あまりとることをしない米飯で、だからもっとも好きなのはおにぎりである。だが、おにぎりというのはもっとも細工のむずかしい食べものだ、と思う。

おにぎりの本質は「にぎる」行為にあるだろう。おにぎりを手にするとき、握ったひとの手がかんじられなければ、そのおにぎりは死んでいる、と思う。型で造ったおにぎりは、おおむね型にあまえて、握りがあまく、味が死んでいる。米飯のこわさ、握りのかたさの微妙な一致を失うと、おにぎりはただの米飯の集合物にすぎなくなってしまう。そうでなくとも、いいかげんに握って海苔にたよったおにぎりは、頰ばるとくずれてしまう。

海苔も何もつかわないおにぎりがいい。単純に、火でこんがりと焼くおにぎりがいい。米の一つぶ一つぶをうつくしく寄り添わせて、網のうえをころがしながら、色はウイスキー色に、おもてにはしっかりと焦げ目をつけて、香ばしい匂いを焼き込んでゆく。

こんなおにぎりに合うのは、結局はやはり、梅干、それもかたい小梅である。頰ばっているうちに、薄紅色ににじんだ米飯が見えてくると、ふしぎに微妙ななまめかしさを覚える。

このおにぎりのつくりかたは、無造作で、単純だ。しかしこの無造作な単純さは、もっとも新鮮に米飯の味を活かすために、非常にながい歴史をかけて、この国の人びとの、それぞれの手がそれぞれにつくりだし、そして完成させてきた好ましい単純さであるのにちがいない。

旅にでて宿に泊ると、翌朝の食事は、おにぎりをたのむ。早立ちがおおいせいだけれど、おいしいおにぎりをもたせてくれる宿ももうすくなくなった。だから、いつか能登《のと》を旅して、じつにひさしぶりにおいしいおにぎりを手にしたときは、こころがおもわず弾《はず》んだ。

海ぞいの道に「おにぎり」という旗がでていた。車を寄せた。珠洲《すず》のはずれ、「喜兵衛どん」のおにぎりは、竹の皮につつまれ、ウイスキー色にみごとに焼かれたおにぎりだった。

神島

何をしにいったのでもない。ちいさな島が好きだ。ただそれだけだった。雨もよいの港から、その島が煙ってみえた。あの島にゆけるかな。そう思って港の男たちに訊くと、黙ってちいさな船を指さした。船というより、海上タクシーとよんだほうが、ぴったりするような船だった。操舵手が一人、客一人。そうして島にいったのだった。海は荒れていた。台風がちかづいていた。

島の船着き場は、山あいのバス停留所にそっくりである。船を跳びおりる。島の港はちいさいが、活気がある。新しい家を建てるのだろう新しい角材の荷揚げのために、女たちが大勢でていた。「こんにちは」「こんにちは」。女たちの太い腕のあいだを通り抜ける。

島の家々はひっそりとかたまって、細い路地にそって屈《かが》んでいる。廂《ひさし》に頭をぶつけそうな人一人やっと抜けられるような路地が、島の家々を繫《つな》ぐ道だ。ほかに道はない。路地が、島のメインストリートだ。雑貨屋があり、床屋があり、米屋がある。すべて坂道である。

上ってゆく。家々の屋根が低くなる。屋根のむこうにワイヤー色した海。ちいさな流れをあつめ、川床をコンクリートでかためた洗濯場。一人の少女がうつむいて立っている。踏み洗いなのだ。そのさきが、神社だ。海にむかってひらけた長い長い石段。風には風の匂い。ふりむくと、海峡のむこうにさっきでてきた港が曇って見える。岬《みさき》の白い灯台。

白い石を敷きつめただけの海神をまつる神社の裏手から、島の灯台へつづくしっかり踏まれた小道がつづく。誰もいない道のうえで、鳥たちだけが群れなして騒いでいる。波の音が足下からひびいて上ってくる。道が廻ってゆく。いきなり、さえぎるもののない外洋がひろがる。

海は光りの粒子でできているのだ。曇った日の海が好きだ。青い海じゃない。青みがかった灰色の、神さまの指で幾枚ものセロファンをかさねて折っていったような海の色が好きだ。

島の灯台まできて、道は山道になる。昼も暗い湿った滑りやすい泥の小道を一息にのぼれば、あとは長い長い下りになる。途中、旧陸軍のいまはわすれられた無人の建物をすぎる。目のくらむ断崖のうえを過ぎる。灌木《かんぼく》の茂みのむこうに、島の小学校兼中学校ががらんとした校舎を見ながら過ぎる。島で唯一の砂浜のそばを抜ける。切通しを抜けると、家々がはじまる。一周きっかり二時間。周囲四キロ。人口千人。伊良湖《いらご》水道の神島。

ルクセンブルクのコーヒー茶碗

剃刀《かみそり》と着替えと文庫本数冊。ふだん読めないようなもの。たとえば『老子』のような。いわゆる旅らしい旅ではない。いつもと変わらないままに、日々の繰りかえしから、じぶんを密かに切り抜いてみる。それだけの旅だ。

予定をつくらない。時刻表をもたない。ただちがった街へゆくのである。何をしにでもなく、何のためでもなく、ちがった街のちがった一日のなかに、身を置きにゆく。そんな旅ともいえない短い旅が、好きだ。

ちがった街には新しい気分がある。日常なじんだ街ではつい何ということなくやりすごしてしまう。そんな街のなりわいや賑わいが、ちがった街では思いがけず新鮮に見えてくる。新聞が変わる。バスがちがう。市場がめずらしい。家並み。路地。何でもない挨拶の言葉が、ふしぎに耳にのこる。ちがった街の人混みのなかには、明るい孤独がある。くせで急ぎ足になって、急ぐ必要のなかったことを思いだす。

何よりいいコーヒー屋を見つけること。扉を押す。空いた椅子に座る。すると、その街がずいぶん会わなかった友人のように思えてくる。いいコーヒー屋のコーヒーには、その街の味がある。

遠い街に、ルクセンブルク製のコーヒー茶碗に、熱いコーヒーを淹《い》れてくれる店を知っている。ルクセンブルクはヨーロッパでもっともちいさな国の一つ。その歴史には苦痛がかくされているが、静かで清潔な国だ。そのコーヒー茶碗は、その国のように静かで清潔だ。その静かで清潔な店が好きで、ときにその街へゆく。

ちがった街の一日のはじまりには、朝の光りと、朝のコーヒーがあればいい。知らない街の気もちのいい店で、日射しにまだ翳《かげ》りのある午前、淹れたてのコーヒーをすする。

「人が生まれるときは柔かで弱々しく、死ぬときは堅くてこわばっている。草や木が生きているあいだは柔かでしなやかであり、死んだときは、くだけやすくかわいている。だから、堅くてこわばっているのは死の仲間であり、柔かで弱々しいのが生の仲間だ」

『老子』のそんな言葉が、つと生き生きと、目のなかに立ちあがってくるのは、そうした日の朝だ。堅くてこわばった日々のなかに、柔かでしなやかなこころを失うことの危うさを考える。ちがった街では誰に会うこともない。忘れていた一人の自分と出会うだけだ。

その街へゆくときは一人だった。けれども、その街からは、一人の自分と道づれでかえってくる。

自分の時間へ

川の流れを見るのが好きだ。たとえどんな小さな川であろうと、川のうえにあるのは、いつだって空だ。川の流れをじっと見つめていると、わたしは川の流れがつくる川面を見つめているのだが、わたしが見つめているのは、同時に川面がうつしている空であるということに気づく。ふしぎだ。川は川であって、じつは川面にうつる空でもあるということ。すなわち川は、みずからのうちに、みずからの空をもっているということ。

川の流れをずっと見ていて、いつも覚えるのはそのふしぎな感覚だ。川の流れの絶えることのない動きがうつしているのは、いつだってじっとして動くことをしない空だ。川の流れについてそういう感じ方をもちつづけてきて、なじめないのは、流れという比喩の言葉だ。時の流れ、歴史の流れといったふうに、流れという言葉が比喩として語られると、ちがうと思う。

川の流れは、流れさってゆくと同時に、みずからうつすものをそこにのこしてゆくからだ。流れさるものは流れさる。のこるのは、流れさるものがそこにうつす影像だ。時や歴史についていえば、流れとしての時や歴史でなく、流れさる時や歴史がそこにのこす影像こそ、いつだって流れさる時や歴史についてよりいっそうおおくを語りかけてくるように、わたしには思える。

桃の花の咲きはじめる季節に、生まれそだった東北の街の郊外にひろがる桃畑をたずねる機会があり、引っ越してから四十五年経って、かつて短いあいだ暮らしたことのあるサクランボ畑や桃畑のある風景のあいだを歩いたが、たたずまいをいまはすっかり変えた街並みには、記憶の入口となるべきものがまったくない。にもかかわらず、幼い日の記憶が変わらずにそこにのこっていたのは、川だ。

そこに暮らしていた一学期のあいだだけ通ったそこの小学校のことは、一枚の記念写真もなく、何も覚えていない。ただ通学した小道は覚えていた。小道にそって小川が流れていた。その小川がいまも流れていた。春の日差しをうつす小川は、細かく光りの粒を散らし、小さな流れがこっちにぶつかり、そっちにぶつかって、小道にならんでつづく。その川面のかがやきに、幼い日の記憶がそのままにのこっていた。

あとにのこるのは、或る時の、或る状景の、或る一場面だけだ。こころにそこだけあざやかにのこっている或る一場面があって、その一場面をとおして、そのときの日々の記憶が確かなものとしてのこっている。そこだけこころに明るくのこっているものだけが手がかりというしかたでしか、過ぎさったものはのこらない。日々に流れさるもののかなたでなく、日々にとどまるもののうえに、自分の時間としての人生というものの秘密はさりげなく顕《あら》われると思う。

木下杢太郎の、とどまる色としての青についての詩を思いだす。

ただ自分の本当の楽しみの為めに本を読め、
生きろ、恨むな、悲しむな。
空《くう》の上に空《くう》を建てるな。
思ひ煩ふな。
かの昔の青い陶の器の
地の底に埋れながら青い色で居る——
楽しめ、その陶の器の
青い「無名」、青い「沈黙」。（「それが一体何になる」）

人生とよばれるものは、わたしには、過ぎていった時間が無数の欠落のうえにうつしている、或る状景の集積だ。親しいのは、そうした状景のなかにいる人たちの記憶だ。自分の時間としての人生というのは、人生という川の川面に影像としてのこる他の人びとによって、明るくされているのだと思う。

書くとは言葉の器をつくるということだ。その言葉の器にわたしがとどめたいとねがうのは、他の人びとが自分の時間のうえにのこしてくれた、青い「無名」、青い「沈黙」だ。

Ⅲ

悪魔のティティヴィルス

哀れなちいさな悪魔のティティヴィルスは、汚いぶざまな格好をしていた。いつも長いおおきな袋を首のまわりにぶらさげて、人びとのあいだをうろついていた。言葉をいいかげんなしかたでつかって駄目にしてしまうような人びとのそばにいて、人びとのまきちらかす言葉のゴミを一々拾いあつめて、首の袋に入れる。それがティティヴィルスの仕事だ。

人びとが手をつかって働くことがほとんどなくなり、頭脳をつかうことはさらにめずらしくなって、何事も「ぺらぺらと早口にいう罪」ばかりふだんにおこなわれるようになってから、ティティヴィルスはやたらと忙しくなった。中世後期、西ヨーロッパの修道院でのことだ。祈禱《きとう》は空虚な形式と化し、信仰の念はうすらぎ、学問の伝統はどこかへいってしまった。

シトー会のある修道院長が、ある日この哀れなちいさな悪魔と交わした会話の記録がのこっている。

「おまえは驚くほど勤勉だが、おまえの仕事は何なのか」

哀れなちいさな悪魔はこたえた。

「あなたがたの修道院の日々の失敗、怠惰、言葉のきれはし、損われた言葉などを千袋ずつ、主人である悪の父にもってゆくことがわたしの仕事です」

「言葉を邪悪にも堕落させるのは何者か」

哀れなちいさな悪魔はこたえた。

「ぶらぶらする者、あえぐ者、跳びはねる者、かけだす者、だらだら歩く者、もぐもぐいう者、さきを急ぐ者らです。そうした連中の言葉を、わたしは集めます。噂話にふける連中のつまらぬお喋《しゃべ》り、じぶんの栄光のためにしか歌わぬ虚栄心のつよいテナー手の甲高い声も」

いつも首に長いおおきな袋をぶらさげた悪魔のティティヴィルスの話は、アイリーン・パウアのとても魅力的な本、『中世に生きる人々』に語られている。古い時代の古い悪魔の話だ。けれども、この哀れなちいさな悪魔の話は、古い時代の古い話のようには思えない。

なぜだろう。言葉をいいかげんなしかたでつかって駄目にする。「ぺらぺらと早口にいう罪」がふだんにおこなわれる。そうしたことでは、今日が中世の修道院の不実な日々に、すこしも見劣りしないような不実の時代だからだろう、きっと。

謎の言葉

厚さ0・1ミリの紙がある。わずか0・1ミリだ。二ツに折ると、0・2ミリの厚さになる。それをさらに二ツに折ると0・4ミリになる。こうして二ツ折したものをさらに二ツ折にするというふうにして折りつづけていったとして、何回折ったなら、その厚さが富士山の高さを越えるだろうか。まるで見当もつかないというほかはないようだけれど、その正解を聴くと、およそ黙りこむよりほかはないと思える。

一回折れば2倍だ。二回折れば4倍。三回折れば8倍。二ツ折にしてゆくわけだから、折る回数ぶん、こたえを2倍してゆけばいいのだが、そうして十回折れば、じつに1024倍になるのだ。十回折っておよそ1000倍と考えて、もともとの厚さ0・1ミリを1000倍すると、10センチということになる。さらにもう十回、つまり二十回折れば、10センチのさらに

1000倍、つまり一〇〇メートルになる。二十一回折れば二〇〇メートルだ。二十二回折れば四〇〇メートルである。二十三回、二十四回、二十五回折れば、三二〇〇メートルだ。

二十六回折れば、すでに六〇〇〇メートルを越えるのだ。富士山の標高は三七七六メートルだから、厚さ0・1ミリの紙は、二十六回折りつづけると、それだけで富士山の高さを越える勘定になる。たったの二十六回なのですよ。このふしぎな秘密を悪戯《いたずら》っぽくおしえてくれたのは、話しだしたらとまらない元気な経済学者だったが、ただ正解を聴くと確かに数字は正確にそうなるのだが、どうにも狐につままれたような、落ち着かない感覚がのこった。いまでもまだ、信じかねている。

数字というのは、奇妙な言葉だ。数字は、全体でたったの十字しかない、疑いもなく正確で、あいまいさをいささかもゆるさない言葉のようにみえるのに、組みあわせ、掛けあわせによって、突然まったく思いもよらない、おどろくほどに無垢の意味をあらわす。そのくせ、何の変哲もないように、何のおもわせぶりもないままに、いつもごくごく、平然としている。平明で、端正で、論理的で、それでいてこれほど、おそろしく奇妙に謎めいた言葉であるものは、たぶんない。数字のしめす謎は、奇怪にも「なぜ?」という疑いをはなからピシャリと封じこめながら、疑いもなくそのとおりであるがゆえに、なおいっそう不安な疑いを抱かせるのだ。

数字という謎の言葉のふるまいに気がボーッとするほどキリキリ舞いさせられたのは、『不思議の国のアリス』の作家キャロルの謎の言葉をめぐる、ジョン・フィッシャーの『キャロル大魔法館』という本を読んだときだった。数字に弱いことでは誰にもひけをとらないと自負するものには、これは読まないほうが身のためだった。

たとえば、こんなふうである。1を7で割る。こたえは0・142857142857142857……

循環小数になって、142857という数字が、いつまでも繰りかえしあらわれてくる。

この142857という数字が、じつはとんでもない曲者なのだ。フィッシャーによると、それはキャロルの発見した魔法の数字であり、その数字がつくりだす謎というのは、まるで一篇の完璧な短篇小説のように、一分の隙もないのである。

こころみに、その数字を、2倍、3倍、4倍、5倍、6倍してみれば、謎は明々白々だ。

142857
×2＝285714
×3＝428571
×4＝571428
×5＝714285
×6＝857142

142857の2倍から6倍までのこたえの数字は、一見どうということもなさそうで、しかしそのどのこたえをとっても、そのうちの1からはじめて左から右へたどってみると、かならずつねにもとの142857という数字のならびになっている。さらに、7倍するとどうなるかというと、こたえは9だけがきれいに六ツ。999999になるのだ。

どうしてそんなふうになるのか。なぜそんなふしぎなこたえが、何のふしぎもなく、平凡至極のようにあらわれでるのか。そう疑っても、こたえはないのだ。そうなるのである。数字は、もっともあたりまえのことが、もっともふしぎであるような謎の言葉だ。

わたしは思うのだが、『不思議の国のアリス』のような途方もないふしぎな傑作は、おそらくは数学者キャロルが数字という謎の言葉で書いた物語を、文学者キャロルがふつうの言葉に翻訳したばっかりに、突拍子もなくなってしまった謎の物語なのではあるまいか。

謎が謎でなく、ふしぎがふしぎでなく、奇異が奇異でなくて、しかも謎でないものは謎であり、ふしぎでないものはふしぎであり、奇異でないものは奇異である。数字という言葉はそうした世界の謎を何の衒《てら》いもなくあっさり語ってしまう、ふしぎな言葉だ。

たった十字しかもたない数字の言葉には、どこにもこけおどしがなく、おどろおどろしくもなく、明快さはこのうえもない。そうでありながら、平凡であたりまえであることが、どれほど奇妙にふしぎなものかを語ることにかけて、どんな手垂れの至芸もおよばない。千言万句を要せず、つねに簡潔で、非情だ。

こころ沈むような日には、熱いコーヒーを淹《い》れて、数字で書かれた物語を読むに如《し》くはない。そのふしぎに熱中するうち、いつか沈みこんでゆくこころのことなんか、あっさりとわすれる。

文字で書かれた物語には、二ど読める本なんて、そうはないのだ。しかし、数字で書かれた物語は幾ど読んだって、その謎が色あせることがない。

森鷗外が『椋鳥通信』に引いている、一九一一年にハーヴァード大学の一学者の書いたという数字の物語が、わたしは好きだ。

1×8+1	=	9
12×8+2	=	98
123×8+3	=	987
1 234×8+4	=	9 876
12 345×8+5	=	98 765
123 456×8+6	=	987 654
1 234 567×8+7	=	9 876 543
12 345 678×8+8	=	98 765 432
123 456 789×8+9	=	987 654 321

1×9+2	=	11
12×9+3	=	111
123×9+4	=	1 111
1 234×9+5	=	11 111
12 345×9+6	=	111 111
123 456×9+7	=	1 111 111
1 234 567×9+8	=	11 111 111
12 345 678×9+9	=	111 111 111
123 456 789×9+10	=	1 111 111 111

およそ間然するところのない数字で書かれたこのあざやかな物語は、幾ど読んでも、眺めても、何ともいえぬふしぎな後味をのこすのだ。すみずみにいたるまで一点の曇りだってもない。まるでとびきり上等の、寡黙きわまるハードボイルド小説のように。

プラハの小さなカラス

九月の異国が好きだ。はじめて知らない国の知らない街にいったのが、九月だったせいかもしれない。街の匂い。建物の影。広告の文字。道のむこうから歩いてくる女たち。往来の表情を見つめながら、人びとのあいだを歩くことが好きだ。歩くことをたのしみに歩くことのできる街であれば、どこでもよかった。地図をひろげて、街の名に惹《ひ》かれて、決めた。プラハ。

プラハはすでに秋が深かった。日射しは明るかったが、午後おそくには走り雨がきた。雨があがると、夕焼けが街のうえにひろがって、やがてゆっくりと日が暮れた。百塔の街とよばれるプラハは、とりわけ日の暮れ際のうつくしい街だった。見あげると、通りに面した建物の窓から、腕を組んだ年老いた女が一人、じっと街路を見つめていた。プラハというといまも、日の暮れに窓から黙って通りを見ている女のイメージが、肖像画のように目に浮かぶ。

路地と坂の街だった。建物にそってどこまでいっても、曲がって曲がって、古い石畳の道がつづいている。突然、小広場にでる。建物の壁を、彫刻がさりげなく飾っている。傾いているような、ながいだらだら坂を下ってゆく。市電の走る道に門のようにまたがった建物をくぐりぬける。大通りのマロニエの下を通って、細い路地を折れて、さらに奥へ歩いた。ふしぎな迷路を匿しもっているような街だった。

スタロムミエストスケー・ナーメスチー。おもわず舌を嚙みそうになる名まえをもった旧市広場の時計塔のなかから、時間になると、十二使徒の人形たちが顔をみせる。ゆっくりと行進して消えると、ニワトリが時報を告げた。

広場のカフェにすわって、ずっと以前この旧市広場に面した建物に住んでいた、世界で一番孤独だった男のことを考えた。スラヴ語で「小さなカラス」という意味をもつという、カフカという名の男だ。「小さなカラス」は散歩が好きだった。

カルル橋を越えて散歩。クラインザイテの橋塔をすぎて、ザクセン小路から大僧院長広場へ。そこからプロコピウス小路をへて卵市場《アイアーマルクト》にで、プレティスラフ小路を上り、ヨハネスベルクの幅広い階段をへて、シュポルナー小路へ。ここを下って、クラインザイテ広場から市電に。

カフカと親しかったグスタフ・ヤノーホが書きとめているある日の「小さなカラス」の散歩道を、そのままにたどろうとして、一日さんざん道に迷ったことを思いだす。

「ここはまっすぐゆける道がない街です」

ヤノーホがいうと、カフカは静かに微笑していった。

「わたしたちにとってそもそもどこかに、まっすぐな道などというものがあるでしょうか。近道とは夢にすぎない。それは迷いの道にすぎぬことがおおいのです」

プラハでわたしは、どこへもゆかなかった。日が暮れるまで、足が棒になるまで、膝がわらいだすまで、九月の街を路地から路地へただ歩きつづけて、そして、「憂愁」という一つの言葉を覚えた。

雨の歌

街角から、雨がふいにあらわれる。まるで待ちぶせていたように、いきなり走りよってくる。建物がみるみるかげって遠ざかる。すると、暗く光る水が影のように路上にひろがってくる。街を瀝青《れきせい》色に変えてしまう。ためらいがちにワイパーを瞬《また》かせて、車が駈けぬける。身をすぼませて、男たちが数人、通りを走ってゆく。少女が一人、昂然《こうぜん》と、雨のなかをことさらにゆっくり歩いてくる。腕に黒いギターのケースを抱いている。

雨の日の街のコーヒー屋には、物語が似合う。雨の日は窓にちかい椅子を択んで座る。そのまま黙って街の雨を見ている。じっと見ていると、降りしきる雨のむこうからおおきな顔がじっとこちらを見つめているような気がする。遠くと近くを、同時に見ている。遠くと近くを一緒にしてしまうのが、雨の遠近法だ。街の光景がだまし絵のように見える。雨の無数の線のなかに街のだまし絵がはっきりと見えてくるまで、街の雨を見ている。

シカゴの雨。マンチェスターの雨。ブリュージュの雨。さまざまな街の雨を思いだす。シェルブールの雨。スペインの雨は広野に降る。雨のなかにほろんでいったマコンドの孤独の百年の物語。サンチャゴは今日もまだ激しい雨だろうか。降りつづく雨をじっと見ていると、『すばらしいフェルディナンド』という本にワルシャワの詩人ルドウィク・J・ケルンが書いた、街に降りつづく雨の日々の物語を思いだす。

最初は、静かな雨だった。

あめ

あめ

あめ

あめ

あめ

あめ

あめ

あめ

あめ

あめ

翌日、雨はすこし強まった。

雨　　　雨　　　雨　　　雨　　　雨
　　雨　　　雨　　　雨　　　雨
雨　　　雨　　　雨　　　雨　　　雨
　　雨　　　雨　　　雨　　　雨
雨　　　雨　　　雨　　　雨　　　雨
　　雨　　　雨　　　雨　　　雨
雨　　　雨　　　雨　　　雨　　　雨
　　雨　　　雨　　　雨　　　雨
雨　　　雨　　　雨　　　雨　　　雨
　　雨　　　雨　　　雨　　　雨
雨　　　雨　　　雨　　　雨　　　雨
　　雨　　　雨　　　雨　　　雨

三日め、風が左から吹きつけた。

雨　雨　雨　雨　雨　雨
雨　雨　雨　雨　雨　雨
雨　雨　雨　雨　雨　雨
雨　雨　雨　雨　雨　雨
雨　雨　雨　雨　雨　雨
雨　雨　雨　雨　雨　雨
雨　雨　雨　雨　雨　雨
雨　雨　雨　雨　雨　雨
雨　雨　雨　雨　雨　雨
雨　雨　雨　雨　雨　雨
雨　雨　雨　雨　雨　雨
雨　雨　雨　雨　雨　雨

四日め、風向きが右に変わった。

雨雨雨雨雨雨
雨雨雨雨雨雨
雨雨雨雨雨雨
雨雨雨雨雨雨
雨雨雨雨雨雨
雨雨雨雨雨雨
雨雨雨雨雨雨
雨雨雨雨雨雨
雨雨雨雨雨雨
雨雨雨雨雨雨
雨雨雨雨雨雨
雨雨雨雨雨雨

五日め、雨が激しくなった。

雨雨雨雨雨雨雨雨雨雨雨
雨雨雨雨雨雨雨雨雨雨雨
雨雨雨雨雨雨雨雨雨雨雨
雨雨雨雨雨雨雨雨雨雨雨
雨雨雨雨雨雨雨雨雨雨雨
雨雨雨雨雨雨雨雨雨雨雨
雨雨雨雨雨雨雨雨雨雨雨
雨雨雨雨雨雨雨雨雨雨雨
雨雨雨雨雨雨雨雨雨雨雨
雨雨雨雨雨雨雨雨雨雨雨
雨雨雨雨雨雨雨雨雨雨雨
雨雨雨雨雨雨雨雨雨雨雨

六日め、土砂降りになった。

雨雨雨雨雨雨雨雨雨
雨雨雨雨雨雨雨雨雨
雨雨雨雨雨雨雨雨雨
雨雨雨雨雨雨雨雨雨
雨雨雨雨雨雨雨雨雨
雨雨雨雨雨雨雨雨雨
雨雨雨雨雨雨雨雨雨
雨雨雨雨雨雨雨雨雨
雨雨雨雨雨雨雨雨雨
雨雨雨雨雨雨雨雨雨
雨雨雨雨雨雨雨雨雨
雨雨雨雨雨雨雨雨雨
雨雨雨雨雨雨雨雨雨
雨雨雨雨雨雨雨雨雨
雨雨雨雨雨雨雨雨雨

ワルシャワの雨の音のなかから、ワルシャワという遠い街の物語が聴こえてくるようだ。

雨は土地の名を、街の名を、通りの名を、恋人のようにもっている。雨は、街の言葉だ。雨の言葉が語るのは、街角にかくれている街の物語だ。雨に、街が滲んでいる。滲んだ光景が、いつかこころに滲んでいる。悲しみのように、街の雨はこころにしみをのこすのだ。

みずからはげます人

「そう考えない自由が私にあるのだ」

その言葉が、わたしはとても好きだ。マルクス・アウレーリウスの言葉だ。

西暦一二一年生まれのマルクス・アウレーリウスは、誰であるよりもまず、みずからはげます人だった。その『自省録』は、ごつごつとぶっきらぼうで、簡潔な言葉のいっぱい詰まったふしぎな本で、どんな本もおもしろく思えないような日には、その本を一冊もって、街にでる。

雑踏をぬけて、好きなコーヒー屋の好きな椅子に座って、すこしずつ読む。けっしておおきな本ではないのだが、一気に読みとおせたことがまだ一どもない。言葉に目を落としてはいても、きっとすぐに目をあげて、そのまま遠くを見るように、近くをじっと見たくなる。

「いったいいつ、きみは単純であることを楽しむようになるだろうか」

いままでのこされたそんなまっすぐな質問をまえにして、こたえようもなく、ただ黙って熱いコーヒーを飲む。コーヒーには砂糖も、ミルクも入れてはいけない。マルクス・アウレーリウスを読みたいときは、濃く淹《い》れたブラック・コーヒーにかぎる。ハード・ロックの歌を聴きながら、読みさし読みさししながら、一つ一つの言葉を、ゆっくりとひろって読む。読むうちに、街の店のざわめきのなかでいつか、一人のわたしの一日の時間がきれいにされていることに気づく。

古い忘れられた知恵にこたえをたずねるようにでなく、いま、ここの騒がしさのうちに、みずからはげます人の励ましを受けとることができれば、それでいいのだ。古いいい本ほど、かしこまってなど読みたくない。ブルー・ジーンズで、マルクス・アウレーリウス。街のコーヒー屋のマルクス・アウレーリウスにわたしがまなんだのは、日々に必要な勇気だ。

「ここで生きているとすれば、もうよく慣れていることだ。またよそへゆくとすれば、それはきみののぞむままだ。また死ぬとすれば、きみの使命を終えたわけだ。そのほかには何もない。だから、勇気をだせ」

一日の終わりの詩集

いま、ここに在ること

人生の材料

なにより脆い身体、そして
どこにあるかは知らないが
じぶんのうちにある魂
感情は信じられないが
感覚は裏切らないとおもう
生まれた土地を離れても
なまりののこる話す言葉
石に彫りこむように
単純さにむかって書く言葉
考えるとは、知恵の
悲しみを知ることである
百年の樹齢をもつ木の上の空
すべて目に見えないもの
明るい孤独でない自由はない
木の家　年老いた猫
冷たい水　あたたかな食べ物
音楽　繰りかえし引く辞書
忘れることをしたくない千冊の本
友人が死んだ日から生やしはじめた髭

一人の私は何でできているか？

記憶

三島クンは　川に墜ちて　死んだ
人生の最初の友人が　人生で知った
最初の死者だ　死という事実のほかは
三島クンのことは　何一つ　覚えていない
小川サンは　顔も表情も　覚えていない
紀子という名だけ覚えている　もう一人
背の高い女の子の優しい表情を　覚えている
けれども　その名は　覚えてもいない
坂の上の古い寺の　墓地での遊び
春の甘茶　たくさんの卒塔婆　夏の肝だめし
何もかも覚えている　いや何も覚えていない
大きな松の木　夏草の匂い　深い井戸
木の独楽を激しくぶつけて　日の暮れるまで
夢中になって遊んだのは　誰と　だったか
覚えていることは　ごくわずかなものだ

何も　覚えていない　おおくのもの
ほんとうに大事なものは　そのなかにある
十歳になるまえに　べつの町に越した
それから　幼い日の町に行ったことがない

一人の記憶は何でできているか？

深切

親切ということばは　信じられない
できれば　深切と　書きたい
そのほうがずっと　真実に感じられる
幼いころ読んだ　物語のなかで
覚えた語彙だ　なんでも
しッかり踏ンばッて　人に
いいかげんのことは　どうでもしない
深切は　ただそれだけだが　たかが
それだけのはずが　とんでもない
どうしてなかなか　至難のわざだ
おためごかしの　親切と
深切は　いッかな　ちがうのである
大人になって　不思議だったのは
深切という語彙を　誰も知らないし
誰も知ろうともしないことだった

大人になるとは　深切な人間に
なることだったはずである
いまは　よくよく思い知っている――
日本語は　もう　表意文字ではない
まだ信じられる語彙がいくつあるか？

愛する

動詞でなら言うことができる。
愛すると言うことができる。
うまく言いあらわせないことを、
動詞は言いあらわすことができる。
小さなものを愛する。緑なすもの、
花つけるものを愛する。梢に射す
午前の光りを愛する。古い木の椅子を
愛する。語るべきものをもちながら、
何もついに語ろうとしないものを愛する。
愛すると、動詞で言えることを、
しかし、名詞は言うことができない。
動詞があらわすものを、名詞は
あらわすことができない。愛という
名詞がきらいだ。名詞は名詞にすぎない。
愛するという動詞は、営為だ。

営為は、讃えず、否定しない。
人生は、不完全だ。
繰りかえし読むことのできる本。
繰りかえし聴くことのできる音楽。
一日が一日として感じられるような日。

愛すると言えるものがいくつあるか？

間違い

いつかはきっと
いつかはきっとと考える
いつかがくるまでは
実現されてもいないもの
かたちになっていないもの
いまここにないもののうちに
真実のなかでもっとも
真実なものがあるのだと信じる
いつかはきっと
いつかはきっとと思いつづける
それがきみの冒した間違いだった
いつかはない
いつかはこない
いつかはなかった
人生は間違いである

ある晴れた日の夕まぐれ
不意にその思いに襲われて
薄闇のなかに立ちつくすまでの
途方もない時間が一人の人生である

ひとの一日はどんな時間でできているか？

言葉

悲しみを信じたことがない。
どんなときにも感情は嘘をつく。
正しさをかかげることはきらいだ。
色と匂いを信じる。いつでも
空の色が心の色だと思っている。
黒々と枝をひろげる欅の木、
夕暮れの川面の光り、
真夜中過ぎの月が、好きだ。
単純なものはたくさんの意味をもつ。
いくら短い一日だって、一分ずつ
もし大切に生きれば、永遠より長いだろう。
どこにあるかわからなくても、
あるとちゃんとわかっている魂みたいに、
必要な真実は、けっして
証明できないような真実だ。
人をちがえるのは、ただ一つ
何をうつくしいと感じるか、だ。
こんにちは、と言う。ありがとう、と言う。
結局、人生で言えることはそれだけだ。

一人の言葉は何でできているか？

魂は

悲しみは、言葉をうつくしくしくしない。
悲しいときは、黙って、悲しむ。
言葉にならないものが、いつも胸にある。
歎きが言葉に意味をもたらすことはない。
純粋さは言葉を信じがたいものにする。
激情はけっして言葉を正しくしない。
恨みつらみは言葉をだめにしてしまう。
ひとが誤まるのは、いつでも言葉を
過信してだ。きれいな言葉は嘘をつく。
この世を醜くするのは、不実な言葉だ。
誰でも、何でもいうことができる。だから、
何をいいうるか、ではない。
何をいいえないか、だ。
銘記する。——
言葉はただそれだけだと思う。

言葉にできない感情は、じっと抱いてゆく、
魂を温めるように。
その姿勢のままに、言葉をたもつ。
じぶんのうちに、じぶんの体温のように。

一人の魂はどんな言葉でつくられているか？

経歴

新しい町という名をもつ古い町。
新町という町で生まれた。
戦争がはじまった日は覚えていない。
戦争が終わった夏は覚えている。
奇妙な名の急坂の町に住んでいた。
御免町。もうご免だという名の町だ。
それから林檎畑の中の家で暮らした。
瀬上町。兎と暮らし、兎は死んだ。
宮下町。鶏と暮らし、鶏は死んだ。
成長は、死を置き去りにして、
知らない町へ引っ越すことだ。
東京馬橋。井草。氷川台。中台町。
「世にどんなに悪がはびころうとも、
やはり夜は静かで、美しいんだよ」
深夜、チェーホフを読みつづけた部屋。

宮前町。神山町。南青山。成田西。
そこにその家が、その町があった。
何もない。いまは何も、痕跡もない。
人生は、跡形もなく、生きることである。
隠れて生きよ。
どこにもない場所へ、次は引っ越す。

老年

誰に話しているのか、
それは問題ではないのだ。
あなたは話しつづけている。
もうずっと、話しつづけている。
話しつづけているが、あなたは
誰にも話しかけてはいない。
あなた自身に話しつづけているのだ。
八十年前に桜の木の下で夢みたこと。
五十年前の雨の日に泪《なみだ》したこと。
——さりとは陽気の町と
　住みたる人の申しき。
むかし好きだった物語の一節を、
あなたはよどみなく諳《そら》んじてみせる。
もっとも近しいのは、遠い時間だ。
目の前の世界は、もうすでに
どうでもいい世界になってしまった。
人生でしなければならないことはあと一つ。
ほとんど百年を、愚直に生きてきて、
そして、いま、あなたは
上手に死ぬことをもとめられている。

惜別

四十年、会うことがなかった。
四十一年目に、風の噂に聞いた、
きみは死んだと。——人はほんとうに死ぬ。
どこで、どんなふうに、生き急ぎ、
どんな死を、きみが死んだか、何も知らない。
知っているのは、きれいな微笑の少年だ。
四十年前までの、快活な一人の少年だ。
十五歳のきみは、百メートルを12秒4で走った。
十六歳。きみは月に一どずつ、きちんと
フランスとドイツの、同年齢の二人の少女に、
文通の、長い長い手紙を書きつづけた。
十七歳。きみは、沈丁花の匂いの広がる、
とてもばかげた、感傷的な物語を書く。
だが、十八歳のきみが捕らえられたのは、
シド・チャリシーの脚だ。この世で
信じられるのは何だ？　きみは、断じた。
美しい脚と、美しい旋律だけだ。——
きみではない。きみとともに死んだのは、
何者でもなかった、一人の、夢見る少年だ。
もうこれからは、ただ惜別の人生を覚えねばならない。

微笑だけ

風が冷たくなって、空が低くなった。
樹には影がない。雲だけが動いていた。
感覚が鋭くなった。季節が変わったのだ。
街で、友人を見かけたのは、その日だった。
幼い日の表情をのこした、懐かしい友人。
長い間会っていないのに、すぐにわかった。
名を呼ぼうとしたとき、人込みにまぎれて
遠い友人の姿は、すでに消えていた。
そのとき、思いだした。
もうとうに、友人は世を去っていた。
微笑だけがのこっていた。
キンモクセイの花の匂いがした。

陽がかげってきて、世界が暗くなった。
どこかで、木の枝の折れる音がした。

言葉はとうに意味をもたなくなった。
秋の日の終わり、たましいに
油を差すために、濃いコーヒーをする。
そのとき気づいた。そこに彼女がいた。
うつくしい長い細い指をもったチェロ弾き。
長い間会っていないのに、すぐにわかった。
声をかけようとして、思いだした。
もうとうに、彼女は世を去っていた。
微笑だけがのこっていた。
弦の静かな響きがひろがってきた。

微笑だけ。ほかには無い。
この世にひとが遺せるものは。

哀歌

鉛筆を使わなくなった。消しゴムも
使わなくなった。ずっと机上にあった
スタットラーの鉛筆削り器もなくなった。
万年筆の硬さが嫌いで、２Ｂの鉛筆が
好きだった。鉛筆の文字は柔らかかった。

ある日、幼い頃の、遠い友人の死を知った。
そのときは気づかなかった。だが、
後で気づく。深い喪失感がのこっていた。
どこでもない。故郷とは、激しく、私的に、
ただ夢中に生きた幼年時のことだった。

信じうる確かなものが、まだここにある。
ふっとそう思えるような一瞬もある。
たとえば、ショスタコーヴィチの
弦楽四重奏曲を、深夜、黙って聴きつづける。
もういまは、時代の言葉は感動を刻まない。

無くなったものなしには、何もないだろう。
わたしたちをつくったのは無くなったものだ。
存在しない魂なしに、存在はないように。

自由に必要なものは

不幸とは何も学ばないことだと思う
ひとは黙ることを学ばねばならない
沈黙を、いや、沈黙という
もう一つのことばを学ばねばならない
楡の木に、欅の木に学ばねばならない
枝々を揺らす風に学ばねばならない
日の光りに、影のつくり方を
川のきれいな水に、泥のつくり方を
ことばがけっして語らない
この世の意味を学ばねばならない
少女も少年も猫も
老いることを学ばねばならない
死んでゆくことを学ばねばならない
もうここにいない人に学ばねばならない
見えないものを見つめなければ

目に見えないものに学ばなければ
怖れることを学ばなければならない
古い家具に学ばねばならない
リンゴの木に学ばねばならない
石の上のトカゲに、用心深さを
モンシロチョウに、時の静けさを
馬の、眼差しの深さに学ばねばならない
哀しみの、受けとめ方を学ばねばならない
新しい真実なんてものはない
自由に必要なものは、ただ誠実だけだ

空の下

黙る。そして、静けさを集める。
こころの籠を、静けさで一杯にする。
そうやって、時間をきれいにする。
独りでいることができなくてはできない。
静けさのなかには、ひとの
語ることのできない意味がある。
言葉をもたないものらが語る言葉がある。
独りでいることができなくてはいけない。
草の実が語る。樫の木の幹が語る。
曲がってゆく小道が語る。
真昼の影が語る。ジョウビタキが語る。
独りでいることができなくてはいけない。
時間の速度をゆっくりにするのだ。
考えるとは、ゆっくりした時間を
いま、ここにつくりだすということだ。

独りでいることができなくてはできない。
空の青さが語る。賢いクモが語る。
記憶が語る。懐かしい死者たちが語る。
何物もけっして無くなってしまわない。
独りでいることができなくてはいけない。
この世はうつくしいと言えないかもしれない。
幼いときは、しかしわからなかった。
この世には、独りでいることができて、
初めてできることがある。ひとは
祈ることができるのだ。

穏やかな日

やわらかな日差しが　道に
ひろがっている　疎らな木の影が
静けさのなかに落ちている　時間が
遠くから　澄んでくる　空が
おおきな視線のように感じられる
何もかもが　はっきりと
すぐ近くに見えてくるような
ありありとした感覚に
つよくとらえられて
立ちどまる
それから　気づく
何かに　語りかけられている
目のまえの風景を　深くしている
声　耳を被ってしか　聴こえない
ことば　目を覆ってしか

見えないもの　いたるところにいて
どこにもいない　誰か
いままで　気づかれなかった
そこにずっと　存在していたもの
それは　外側から聴こえてくるようで
ほんとうは　内側から聴こえてくる
いま、ここに在ることが
痛切に　しきりに　思われる
穏やかな日

マイ・オールドメン

緑雨のふふん

一つ、人の世、荒れにけり。
いとしき事なし。ゆかしき事なし。
かなしき事なし。いじらしき事もなし。
むちゃくちゃがとんだ鉢合わせする
世のさまを、馬鹿と言いはじめたら、
言いはじめた奴からが猶々の馬鹿野郎。

志を抱いて死す、さもしからずや。
物には退いて考えるということあり。
地球は橙のごとく円しと聞く。
試みに、身は外面に跳り出でて、錐を執《と》りて、
小さき孔を通さば、異常なる一大々音響の
そこより迸発《へいはつ》し来るものあらん。
千万億の人のササヤキ、ツブヤキの凝聚せるなり。
人は打明ける者に非ず、打明けうる者に非ず。
人は打明けざるによりて、世に立つなり。
考え考え年をとってゆくわれら、
つまりがタダの野郎なり。
今はいかなる時ぞ、いと寒《さぶ》き時なり。
頭を下げるはチト理屈に阿波の十郎兵衛、
屈託の絶える時なし。世の中は
あははに非ず。ふふんなり。

一人の意気地は何でできているか？

露伴先生いわく

世界は進歩してきたというが、
サテネ、そうとばかりも言えまいよ。
微妙なものア、ずんとほろびてきた。だが、
嘆くより、よくよく運命に思いを致すべきだろう。
運命とは時計の針の進行のことサ。一時の次に二時。
三時の次に四時。そうして、一日が去って一日が来て、
一月が去り一月が来て、春去り夏来て、秋去り冬が来て、
年去り年が来て、人生まれ人死し、地球成り、地球壊れる。
すなわち、それが運命サ。運命は、運不運とはちがう。
俗にいう運不運は、じつは幸福不幸福のことである。
幸福つまり幸せであるというが、それもちがうネ。
幸福は、じつは福である。福というのは、ソレ
自前手製のもの。忌憚なく言えば、愛です。

人の世の味わいは、愛の多少による。
花のゆたかに咲いているのも蝶の
軽く舞うのも、愛のすがただ。
何をもって貴しとするか。
ナニ人生はそれだけサ。

一人の夢は何でできているか？

鷗外とサフラン

緑の絲のような葉が叢《むら》がって出た。
水も遣《や》らずに置いたのに、
活気に満ちた、青々とした葉が
叢がって出た。物の
生ずる力は驚くべきものだ。
あらゆる抗抵に打ち勝って生じ、
伸びる。鷗外の、サフランの鉢の、
その、青々とした色！
鷗外は、つねに、孤独だった。
けれども、その孤独は、不思議にも
明るかったと、言わなくてはいけない。
ひとは最小限に生きるべきである。
「私」にできることは何か。青々とした
サフランの鉢に、たまさか新しい水を
遣ることである。只それだけである。

これがサフランという草と「私」との
歴史である。机にむかって
鷗外は書く。これまで、宇宙のあいだで、
サフランはサフランの生存をしていた。
「私」は「私」の生存をしていた。これからも
サフランはサフランの、「私」は「私」の
生存をしてゆくだろう。悲哀ではない。
矜持だ、ひとの生の、球根は。――

一人の孤独は何でできているか？

二葉亭いわく

イヤ　そうじゃないナ
肝心なのは　人そのものでなく
人が　人生に対する態度だネ
立派な人という　別ごしらえの
人間がいると思うのは　間違いサ
ありがたいものを　担ぎまわる
それじゃ　ダメだ　根底から
いったん疑ってかからねば
解らンのが　価値なンじゃないか
理屈に　理屈を積みかさね
積みかさねしても　つまりは
解らないものは　解らないのだ
で　じぶんに命令したわけサ
くたばってしまえ（二葉亭四迷）！
その心持ちに立って　せめても
正直の二字を　理想とする——
だが　とんとロンリー・ライフです
私は　二十世紀の文明は　みな
無意義になるんじゃないか　と思う

一人の希望は何でできているか？

頓首漱石

啓上。その後、御無沙汰。
家の猫が死んで、裏に墓ができた。
仏前に鮭一切れ、鰹節一碗をそなえた。
この頃はいかにしてこの長き月日を
塵の世に短く暮らしめさるるや。
下らぬ人間の充満する極楽よりも
豪傑の集まっている地獄がましなり。
世の中、一人の手でどうもなりようはない。
ないからして打ち死にする覚悟の次第。
行く所まで行き、行き尽いた所で
斃れるのである。人の世が恐ろしくては
肩身が狭くて生きているのが苦しかるべし。
何をしても、自分は自分流にするのが
自分に対する義務である。それで沢山である。
小生のつむじは直《なお》き事、砥《し》のごとし。

世の中が曲がっているのである。
今の世に神経衰弱に罹らぬ奴は、
いやはや二十世紀の軽薄に満足する
ひょうろく玉に候。頓首。

一人の手紙は誰に宛てて書かれるか?

一日の終わりの詩

午後の透明さについて

ない。何もなかった。
何もなくなるまで、何も
気づかないでいるけれども、
人生は嘘ではなくて、無なのだった。
確かなものなどないのだった。
青空の下には、草花があった。

樹があり、木陰もあったのだった。
そうして夢もあったはずだけれども、
ない。何もなかった。
時は過ぎるというのは嘘なのだった。
時はなくなるのだった。
思いだすことなど何もないのだった。
新しいものは見知らぬものなのだった。
目を閉じなければいけないのだった、
見るためには。聞くためには、
耳をふさがなければならないのだった。
どこにも本当のことなどないのだった。
石にも、雨の音にも、音楽にも、
言葉にも意味があったはずだけれども、
ない。何もなかった。
われわれは何者でもないのだった。
微笑むべし。
海辺の午後の日差し。
砂州のかがやき。

水鳥の影。
人のいない光景のうつくしさ。

朱鷺

どこまでも深い雑木林がなくてはならない
栗の木が樫の木が椎の木がなくてはならない
森には年老いた古い木がなくてはならない
しーんとした時間のほかには何もない
梢のうえには、青い空がなくてはならない
なにより澄んだ空気がなくてはならない
生きるとは仲間とともに生きることだ
一緒に、おもいきり羽をひろげて
頸と足をまっすぐにのばして
直線に飛ぶことができなくてはならない
風切羽と尾羽のきれいな色が
朱鷺色だ、その鳥たちだけの色だ
冷たい谷の水、温かな水田の水
ドジョウとカエルと水辺の昆虫と草が好きだ
赤い顔に、長い嘴でついばみながら

泥のなかを静かに歩む
朱鷺という名の鳥たちは、もういない
めずらしい生きものがほろぶのではない
うつくしい風景がほろんでゆくのだ
深い雑木林も、古い森もほろんだ
生きとし生けるものは孤独になった
或る日、目を掩って、神はこう記すだろう
むかし、この国に、うつくしい鳥がいた
ニッポニア・ニッポンとよばれた鳥だ

新聞を読む人

世界は、長い長い物語に似ていた。
物語には、主人公がいた。困難があり、
悲しみがあった。胸つぶれる思いもした。
途方もない空想を、笑うこともできた。
それから、大団円があり、結末があった。
大事なのは、上手に物語ることだった。
何も変わらないだろうし、すべては
過ぎてゆく。物語はそうだったのだ。

今日わたしたちは、誰にも似ていない。
わたしたちの声は、声のようでない。
日々の事実が、日々の真実のようでない。
豊かさが、わたしたちの豊かさのようでない。
わたしたちは、わたしたちのようでない。
喋る。とめどなく。わたしたちはそれだけだ。

わたしたちの不幸は、不幸のようでない。
死さえ、わたしたちの死のようでない。

マザー・グースの曲がった歌のように、
曲がった人間が、曲がった道を百年歩き、
曲がった石段で、曲がった時間を見つけた。
曲がった猫は、曲がった鼠を追いかける。
曲がった時代は、曲がった歴史を追いかける。
曲がったひとつ屋根の下、
そうして、曲がったみんなで一緒に、
曲がった世紀を、曲がって暮らしてきたのだ。

怖くなるくらい、いまは誰も孤独だと思う。
新聞を読んでいる人が、すっと、目を上げた。
ことばを探しているのだ。目が語っていた。
ことばを探しているのだ。手が語っていた。
ことばを、誰もが探しているのだ。
ことばが、読みたいのだ。

ことばというのは、本当は、勇気のことだ。
人生といえるものをじぶんから愛せるだけの。

意味と無意味

うつくしいものはみにくい
慕わしいものは疎ましい
真剣なものはふざけたものだ
確かなものあるべきものはない
何でもあるしかし何もない
必要なものは不必要なものだ

くだらないものはすばらしい
すばらしいものはくだらない
もっとも賢いものはもっとも愚かなものだ
どんな出鱈目もけっして出鱈目ではない
本当でないことこそ本当のことだ
必要なものは不必要なものだ

正しさは間違いだ間違いが正しい
間違いをおかさぬものは誤たない
誤たぬものは悲しまない悲しまないものは
笑わない笑わないものは笑うものを憎む
憎むものは憎むことを憎むことができない
必要なものは不必要なものだ

意味に意味はない何も語らないために
語り何もまなばないためにまなぶ
読むとは読まないこと聴くとは
聴かないこと知っているとは
何一つ知らないということだ
必要なものは不必要なものだ

われわれ自身をわれわれは信じていない
われわれが得たもの得るだろうものは
すべて失ったもの失うだろうものだ
あなたは誰？　ではない問わるべきは
誰があなたなのか？　ということだ

必要なものは不必要なものだ

結ぶ言葉はない初めからなかった
大きな松の木の枝の一つずつに
百羽のカラスが飛んできて
百の黒い影をつくった
青空にほかならない
無　のなかに

Passing By

結局、わずかなものだ。
静けさ、身をつつむだけの。
率直さ、親指ほどの。
日が暮れる。一日が終わる。

大葉をのせた笊豆腐で、
冷酒を飲む。
あるいは、ブルーチーズを切り、
白ぶどう酒を飲む。

言葉を不用意に信じない。
泣き言は言葉とはちがう。
神を知らないので、
神にむかっては祈らない。

テーブルの上の猫。
黙って聴く音楽。
キム・カシュカシャンのヴィオラで、
ヒンデミットのヴィオラ・ソナタを聴く。

大きなぶなの木。
フクロウの影。
必要なだけの孤独。
澄んだ空気、せめてもの。

笑う。怒る。悲しむ。
それだけしか、
人生の礼儀は知らない。
ふりをする人間がきらいだ。

忘却の練習をしよう。
むかし、賢い人はそう言った。
何のために？

魂をまもるために。

結局、わずかなものだ。
いま、ここに在るという
感覚が、すべてだ。
どこにも秘密なんてない。

ひとは死ぬ。
赤ん坊が生まれる。
ひとの歴史は、それだけだ。
そうやって、この百年が過ぎてゆくのだ。

何事もなかったかのように。

死者の贈り物

渚を遠ざかってゆく人

波が走ってきて、砂の上にひろがった。
白い泡が、白いレース模様のように、
暗い砂浜に、一瞬、浮かびでて、
ふいに消えた。また、波が走ってきた。
イソシギだろうか、小さな鳥が、
砂の上を走り去る波のあとを、
大急ぎで、懸命に追いかけてゆく。
波の遠く、水平線が、にわかに明るくなった。
陽がのぼって、すみずみまで
空気が澄んできた。すべての音が、
ふいに、辺りに戻ってきた。
磯で、釣り竿を振る人がいる。
波打ち際をまっすぐ歩いてくる人がいる。
朝の光りにつつまれて、昨日
死んだ知人が、こちらにむかって歩いてくる。

そして、何も語らず、
わたしをそこに置き去りにして、
わたしの時間を突き抜けて、渚を遠ざかってゆく。
死者は足跡ものこさずに去ってゆく。
どこまでも透きとおってゆく
無の感触だけをのこして。
もう、鳥たちはいない。
潮の匂いがきつくなってきた。
陽が高くなって、砂が乾いてきた。
貝殻をひろうように、身をかがめて言葉をひろえ。
ひとのいちばん大事なものは正しさではない。

こんな静かな夜

先刻までいた。今はいない。
ひとの一生はただそれだけだと思う。
ここにいた。もうここにはいない。
死とはもうここにいないということである。
あなたが誰だったか、わたしたちは
思いだそうともせず、あなたのことを
いつか忘れてゆくだろう。ほんとうだ。
悲しみは、忘れることができる。
あなたが誰だったにせよ、あなたが
生きたのは、ぎこちない人生だった。
わたしたちとおなじだ。どう笑えばいいか、
どう怒ればいいか、あなたはわからなかった。
胸を突く不確かさ、あいまいさのほかに、
いったい確実なものなど、あるのだろうか？
いつのときもあなたを苦しめていたのは、

何かが欠けているという意識だった。
わたしたちが社会とよんでいるものが、
もし、価値の存在しない深淵にすぎないなら、
みずから慎むくらいしか、わたしたちはできない。
わたしたちは、何をすべきか、でなく
何をすべきでないか、考えるべきだ。
冷たい焼酎を手に、ビル・エヴァンスの
「Conversations With Myself」を聴いている。
秋、静かな夜が過ぎてゆく。あなたは、
ここにいた。もうここにはいない。

秘密

理由なんかなかった（のかもしれない）。
背筋をのばして、静かに日々をおくる。
それだけで十分だった（のかもしれない）。
その人は、とても歳をとっていた。
道で、誰にもけっして話しかけなかった。
目が合うと、いつも羞むような表情になった。
あるとき花咲く木の下に、佇んでいるのを見た。
草の花より木の花を好んだ（のかもしれない）。
いつも一人だった。珊瑚色の目をした
猫だけがその人の友人だった（のかもしれない）。
おおきなコントラバスを抱えるように、
おおきな秘密を抱えていた（のかもしれない）。
おたがいのことなど、何も知らない。
それがわたしたちのもちうる唯一の真実だ。
この世に存在しなかった人のように

その人は生きたかった（のかもしれない）。
姿を見なくなったと思ったら、
黙って、ある日、世を去っていた。
こちら側は暗いが、向こう側は明るい。
闇のなかにではない。光りのなかに、
みんな姿を消す（のかもしれない）。
糸くずみたいな僅かな記憶だけ、後にのこして。

イツカ、向コウデ

人生は長いと、ずっと思っていた。
間違っていた。おどろくほど短かった。
きみは、そのことに気づいていたか？

なせばなると、ずっと思っていた。
間違っていた。なしとげたものなんかない。
きみは、そのことに気づいていたか？

わかってくれるはずと、思っていた。
間違っていた。誰も何もわかってくれない。
きみは、そのことに気づいていたか？

ほんとうは、新しい定義が必要だったのだ。
生きること、楽しむこと、そして歳をとることの。
きみは、そのことに気づいていたか？

まっすぐに生きるべきだと、思っていた。
間違っていた。ひとは曲がった木のように生きる。
きみは、そのことに気づいていたか？

サヨナラ、友ヨ、イツカ、向コウデ会オウ。

三匹の死んだ猫

三匹の猫が死んだ。
一年に一匹ずつ、順々に死んだ。
二十年、三匹の猫と、共に暮らした。
最初の猫は、黙って死んだ。
車に轢かれて、突然に死んだ。
二匹目の猫は、毅然として死んだ。
最後まで四本の脚で立ち上がろうとし、
できなくなって、はじめて、
崩れおちるようにして、死んでいった。
三匹目の猫は、静かに死んだ。
耳は聴こえなかった。歯は嚙めなかった。
それでも、いつもチャーミングだった。
じぶんで横になって、目を瞑って死んだ。
この世に生まれたものは、死ななければならない。
生けるものは、いつか、それぞれの
小さな死を死んでゆかなくてはならない。
二十年かかって、三匹の猫は、
九つのいのちを十分に使い果して、死んだ。
生けるものがこの世に遺せる
最後のものは、いまわの際まで生き切るという
そのプライドなのではないか。
雨を聴きながら、夜、この詩を認めて、
今日、ひとが、プライドを失わずに、
死んでゆくことの難しさについて考えている。

魂というものがあるなら

言い切る、言い切れることとは。
思い切る、思い切れるものは。
使い切る、使えることばは。
とことん無くし切る、無くせるものは。
それでもなお、その後に
のこってゆく、ごく僅かなもの。
はっきりと感じている。けれども、
はっきりと表すことのできないもの。
きっと、無言でしか表せない、
とても微かなもの。
冬の木漏れ日のような、
ある種の、静けさのようなもの。
もしも、魂というものがあるなら、
その、何もないくらい、小さなものが、
そうなんじゃないか。そう言って、

きみはわらって、還ってゆくように逝った。
正しかったか、間違いだったか、
それが、人生の秤だとは思わない。
一生を費い切って、きみは後悔しなかった。
そしてこの世には、何も遺さなかった。

草稿のままの人生

本棚のいちばん奥に押し込んだ
一冊の古い本のページのあいだに、
四十年前に一人、熱して読んだことばが
のこっている。大いなる鬚の思想家が
世界に差しだした問いが、草稿のままに
遺された小さな本。——たとえば。
なぜわれわれは、労働の外で
はじめて自己のもとにあると感じ、
そして、労働のなかでは自己の外にあると
感じるのか。労働をしていないときに
安らぎ、なぜ労働をしているときに
安らぎをもてないのか。——あるいは。
人間を人間として、また、世界にたいする
人間の関係を人間的な関係として前提としたまえ。
そうすると、きみは愛をただ愛とだけ、
信頼をただ信頼とだけ、交換できるのだ。
もしきみが相手の愛を呼びおこすことなく
愛するなら、すなわち、きみの愛が愛として
相手の愛を生みださなければ、そのとき
きみの愛は無力であり、一つの不幸である。——
或る日、或る人の、静かな訃に接した。
小さな記事は何も伝えない。しかし、かつて
大いなる鬚の思想家の草稿のことばを、
腐心の日本語にうつしたのはその人だった。
不確かな希望を刻したことばの一つ一つを思いだす。
束の間に人生は過ぎ去るが、ことばはとどまる、
ひとの心のいちばん奥の本棚に。

老人と猫と本のために

いつも、そこにいた。いつも、
本を読んでいた。入ってゆくと、
一瞬だけ、目を上げた。視線は鋭いが、
すぐに目は、活字にもどっていった。
風の中のシマフクロウのように、
いつも、口を箝して、そこにいた。
古本屋だ。古い街の、古い家の。
三十年前はじめてその店にいった。
だが、一ども、話をしたことはない。
主人はとても小さな老人で、
店にはとても大きな老猫がいた。
微笑も、冗舌も、流行もない。
静かな時間だけ。ほかにはない。
古い本棚に、無数の古い本が
突っ込まれて、床のそこここに

忘れられてきた本が無造作に積まれて、
狭い店をいっそう狭くしている。
本にへだてをおかない。すごい本も、
ありふれた本も、そうでない本も。
本を後生大事なものとしない。
けれどもどこにもない本が必ずあった。
或る日、忽然と、消えた。
店の場所に、店がなかった。
そして小さな老人も、大きな猫も。
静かな時間も、山なしていた無数の本も。
きみは神々を讃えるために歌った。……
ちがう。神々を探しもとめて歌ったのだ。……
老人と猫の店の最後の本になったのは、
遠くローマの、死の床にふす詩人の物語だ。
死んでゆくウェルギリウスは呟く。
だが、私は神々を見いださなかった。……
見いだしたのは別のものだった。……
砂と砕石できれいに均された

更地が、その場所にのこっている。
ことごとくか無かではないのだ。
ことごとくが無だと思う、
ささやかな、個人的な記憶がなければ。
老人と猫と本のために、
ラナンキュラスの花をください。
どこにも神々はいない。

小さな神

石が話していた。男は黙っていた。
ニレの木が話していた。男は黙っていた。
階段が話しかけた。男は答えなかった。
窓が話しかけた。男は答えなかった。
横たわって、男はじっと目を瞑っていた。
死は言葉を喪うことではない。沈黙という
まったき言葉で話せるようになる、ということだ。
わたしはここにいる。
小さな神が言った。
咲きみだれるハギの花のしたで。

サルビアを焚く

冬になるとコノハズクはいなくなるというが、
ほんとうだろうか。だが、間違いない。
遠くのどこかで、コノハズクが啼いている。
ブッポーソー、ブッポーソー。
夜の樹が枝々をかさねて、闇を深くしている。
うそだ、闇が暗いというのは。
深くなればなるほど、闇は明るくなる。
ことばは感情の道具とはちがう。
悲しいということばは、
悲しみを表現しうるだろうか？
理解されるために、ことばを使うな。
理解するために、ことばを使え。
見上げる。きーんと澄みわたった冬の空だ。
月にかかる叢雲が、とてもきれいだ。
川辺に立って、黙って、瀬の音を聞いている。

ブッポーソー、ブッポーソー。
サルビアを束ねて、川原で焚く。
静けさの匂いがゆっくりひろがってくる。
忘却の川を渡ってゆく人がいる。
九十九年生きても、人の一生は一瞬なのだ。

箱の中の大事なもの

彼について、語ることは何もない。
自分について、彼は語ることをしなかった。
Have done と言えることをしたことはないが、
そのことを、彼は後悔はしなかったと思う。
小さなもの、ありふれたものを、彼は愛した。
たとえば、ハナミズキのある小道だ。
毎日歩く道を、彼は愛した。
季節を呼吸する木を、彼は愛した。
夏至と冬至のある一年を、彼は愛した。
愛するということばは、
けれども、一度も使ったことはない。
美しいということばを、口にしたことはある。
静かな雨の日、樹下のクモの巣に
大粒の雨の滴が溜まっているのを見ると
つくづく美しいと思う、と言った。

どこの誰でもない人のように
彼はゆっくりと生きた人だった。
死ぬまえに、彼は小さな箱をくれた。
「大事なものが中に入っている」
彼が死んだ後、その箱を開けた。
箱の中には、何も入っていなかった。
何もないというのが、彼の大事なものだった。

ノーウェア、ノーウェア

ノーウェア、ノーウェア、どこにもない町。
子どものとき話に聞いた、ずっと遠い町。
何もない町。死んだ人のほか、誰もいない町。
書かれずじまいになった、物語のような町。

ノーウェア、ノーウェア、そこにある町。
そことわかっていても、そこがどこなのか。
夢に見ることがあっても、胸の中にしかない。
彼女は思う。いつかかならず、その町までゆく。

誰もが人生を目的と考える。ところが、
世界は誰にも、人生を手段として投げかえす。
彼女は思う。人生は目的でも、手段でもない。
ここから、そこへゆくまでの、途中にすぎない。

ノーウェア、ノーウェア、地図にない町。
けれども、目を瞑れば、はっきりと見える町。
一生を終えて、彼女は、初めてその町へ
独りで行った。そして再び、帰ってこなかった。

その人のように

川があった。
ことばの川だ。
その水を汲んで、
その人は顔をあらった。

草があった。
ことばの草だ。
その草を刈って、
その人は干し草をつくった。

この世界は、
ことばでできている。
そのことばは、
憂愁でできている。

希望をたやすく語らない。
それがその人の希望の持ち方だ。

木があった。
ことばの木だ。
その木の影のなかに、
その人は静かに立っていた。

あなたのような彼の肖像

いつも、夢を見ていた。
しかし、夢のなかで
いつも、覚めていた。

いつも、微笑んでいた。
しかし、微笑のむこうで
いつも、怒りくるっていた。

私は私でなく、私は
私ではない私なのだ、と
いつも、そう思っていた。

人生に、真実なんてない。
窓から差し込む日の光と同じくらい、
それは、はっきりとした事実だ。

いつも、黙っていた。
しかし、沈黙のなかで
いつも、雄弁だった。

そのようにして、静かに、彼は
一生をおくった。誰でもなかった。
彼はあなたのような人だった。

わたし（たち）にとって大切なもの

何でもないもの。
朝、窓を開けるときの、一瞬の感情。
熱いコーヒーを啜るとき、
不意に胸の中にひろがってくるもの。
大好きな古い木の椅子。

なにげないもの。
水光る川。
欅の並木の長い坂。
少女たちのおしゃべり。
路地の真ん中に座っている猫。

ささやかなもの。
ペチュニア。ベゴニア。クレマチス。
土をつくる。水をやる。季節がめぐる。

それだけのことだけれども、
そこにあるのは、うつくしい時間だ。

なくしたくないもの。
草の匂い。樹の影。遠くの友人。
八百屋の店先の、柑橘類のつややかさ。
冬は、いみじく寒き。
夏は、世に知らず暑き。

ひと知れぬもの。
自然とは異なったしかたで
人間は、存在するのではないのだ。
どんなだろうと、人生を受け入れる。
そのひと知れぬ掟が、人生のすべてだ。

いまはないもの。
逝ったジャズメンが遺したジャズ。
みんな若くて、あまりに純粋だった。

みんな次々に逝った。あまりに多くのことを
ぜんぶ、一度に語ろうとして。

さりげないもの。
さりげない孤独。さりげない持続。
くつろぐこと。くつろぎをたもつこと。
そして自分自身と言葉を交わすこと。
一人の人間のなかには、すべての人間がいる。

ありふれたもの。
波の引いてゆく磯。
遠く近く、鳥たちの声。
何一つ、隠されていない。
海からの光が、祝福のようだ。

なくてはならないもの。
何でもないもの。なにげないもの。
ささやかなもの。なくしたくないもの。

ひと知れぬもの。いまはないもの。
さりげないもの。ありふれたもの。

もっとも平凡なもの。
平凡であることを恐れてはいけない。
わたし（たち）の名誉は、平凡な時代の名誉だ。
明日の朝、ラッパは鳴らない。
深呼吸しろ。一日がまた、静かにはじまる。

あらゆるものを忘れてゆく

夕暮れ、緑の枝々が影をかさねる
林ののこる裏通りの小道の向こうから、
彼が走ってきた。大きな犬に引っ張られて、
息を切らして、すれちがいざまに、
ふりむいて言った。——今度、ゆっくりと。
約束をまもらず、彼は逝った。
死に引っ張られて、息を切らして、
卒然と、大きな犬と、小さな約束を遺して。
いまでもその小道を通ると、向こうから
彼が走ってくるような気がする。だが、
不思議だ。彼の言ったこと、したことを、
何一つ思いだせない。彼は、誰だった？
あらゆるものを忘れてゆく。

空白のなかに、
一鉢の、八重咲きの、インパチェンスを置く。
わたしにできるのは、それだけだ。

忘れてはいけないと、
暦が言う。忘れてはいけないと、
大時計が言う。忘れてはいけないと、
羽虫が言う。飛ぶ蜂も言う。
屋根にならんだからすが言う。
くわっくわッ、忘れてはいけないと。
けれども、忘れていけないものは何？
すべての記憶をなくした老人が、
窓辺で一人、黙って、なみだを垂らしている。
人間が言葉をうしなうのではない。
言葉が人間をうしなうのだ。
記憶がけっして語ることのできないものがある。
あらゆるものを忘れてゆく。

後にのこるのは、どこまでも明るい光景だ。

冬の砂漠にふりそそぐ真昼の日差しのように、
砂と、空と、静けさと、それでぜんぶだ。
「神々は恐るるに足りない。
　死は恐るるに足りない。
　幸福は手に入れることができる。
　苦痛は耐えることができる」
その昔、カッパドキアの賢者は言った、
それがこの世の、四つの真実だと。
新しさで価値を測ろうとすれば過つだろう。
不思議だ。古い真実は忘れない。
新しい真実は、目には見えなくなった。
あらゆるものを忘れてゆく。

砂漠の夕べの祈り

空が透きとおってきた。
風が凪いで、遠くから
日の光が透きとおってきた。
砂の色が透きとおってきた。
ひとの影が透きとおってきた。
悲しみが透きとおってきた。
何もかもが透きとおってきた。
昨日も明日もなかった。
まぶしい今しかなかった。
もうすぐ砂漠の一日は終わるだろう。

何も隠すことができないのだ。
どんな秘密もいらないのだ。
明白さがすべてだ。
砂漠では、何もかもが

どこまでも透きとおってゆくだけだ。
世界とは、ひとがそこを横切ってゆく
透きとおったひろがりのことである。
ひとは結局、できることしかできない。
あなたはじぶんにできることをした。
あなたは祈った。

砂漠の夜の祈り

遠くまでひろがる
砂の海の上を、
歌う者が移っていった。
砂の海の砂の粒は
すべて一つ一つ、光の粒だ。
太陽をたたえよ、と
歌う者は言った。
毎朝、太陽は
仔牛として生まれる。
真昼には牡牛に生長し、
日が暮れると死んでゆく。
そして翌朝ふたたび、
新しい仔牛として
太陽は生まれてくる。
すべての生けるものは、

自分自身の死を知る
太陽の涙から生まれた、と
歌う者は言った。
涙と人間とはおなじなのだ、
砂漠の国の言い伝えでは。

夜の森の道

夜がきたら、森へゆく。
手に何も持たず、一人で、
感覚を、いっぱいにひらいて。
歌を、うたってはいけない。
ことばを、口にしてはいけない。
日の数で、数えてはいけない。
人生は、夜の数で数えるのだ。
あらゆる気配が、押しよせてくる。
ゆっくりと、見えないものが見えてくる。
森の中で、アオバズクが目を光らせて、
櫟の朽ち木に群がるオオクワガタを嚙み殺す、
夏の夜。物語の長さだけ長い、冬の夜。
夜の青さのなかに、いのちあるものらの影が
黒い闇をつくって、浮かんでいる。
ものみなすべては、影だ。

遠くのあちこちで、点々と、
あかあかと燃えあがっている火が見える。
あれは、人のかたちに編んだ
木の枝の籠に、睡っている人を詰め、
その魂に火をつけて、燃やしているのだ。
信じないかもしれないが、ほんとうだ。
ひとの、人生とよばれるのは、
夜の火に、ひっそりとつつまれて、
そうやって、息を絶つまでの、
「私」という、神の小さな生き物の、
胸さわぐ、僅かばかりの、時間のことだ。
神は、ひとをまっすぐにつくったが、
ひとは、複雑な考え方をしたがるのだ。
切っ先のように、ひとの、
存在に突きつけられている、
不思議な空しさ。
何のためでもなく、
ただ、消え失せるためだ。
ひとは生きて、存在しなかったように消え失せる。
あたかもこの世に生まれでなかったように。

アメイジング・ツリー

おおきな樹があった。樹は、
雨の子どもだ。父は日光だった。
樹は、葉をつけ、花をつけ、実をつけた。
樹上には空が、樹下には静かな影があった。
樹は、話すことができた。話せるのは
沈黙のことばだ。そのことばは、
太い幹と、春秋でできていて、
無数の小枝と、星霜でできていた。
樹はどこへもゆかない。どんな時代も
そこにいる。そこに樹があれば、そこに
水があり、笑い声と、あたたかな闇がある。
突風が走ってきて、去っていった。
綿雲がちかづいてきて、去っていった。
夕日が樹に、矢のように突き刺さった。
鳥たちがかえってくると、夜が深くなった。

そして朝、一日が永遠のようにはじまるのだ。
象と水牛がやってきて、去っていった。
悲しい人たちがやってきて、去っていった。
この世で、人はほんの短い時間を、
土の上で過ごすだけにすぎない。
仕事して、愛して、眠って、
ひょいと、ある日、姿を消すのだ、
人は、おおきな樹のなかに。

人はかつて樹だった

I

世界の最初の一日

水があった。
大いなる水の上に、
空のひろがりがあった。
空の下、水の上で、
日の光がわらっていた。
子どもたちのような
わらい声が、漣のように、
きらめきながら、
水の上を渡ってゆく。

遠ざかってゆくわらい声を、
風が追いかけていった。
樹があった。
樹の下には蔭が、
蔭のなかには静けさがあった。
(世界がつくられた)
最初の一日の光景は、
きっとこんなふうだったのだ。
人ひとりいない風景は、
息をのむようにうつくしい。
どうして、わたしたちは
騒々しくしか生きられないか?
世界のうつくしさは、
たぶん悲哀でできている。

森のなかの出来事

森の大きな樹の後ろには、
過ぎた年月が隠れている。
日の光と雨の滴でできた
一日が永遠のように隠れている。
森を抜けてきた風が、
大きな樹の老いた幹のまわりを
一廻りして、また駆けだしていった。
どんな惨劇だろうと、
森のなかでは、すべては
さりげない出来事なのだ。
森の大きな樹の後ろには、
すごくきれいな沈黙が隠れている。
みどりいろの微笑が隠れている。
音のない音楽が隠れている。
ことばのない物語が隠れている。

きみはもう子どもではない。
しかし、大きな樹の後ろには、
いまでも子どものきみが隠れている。
ノスリが一羽、音もなく舞い降りてくる。
大きな樹の枝の先にとまって、
ずっと、じっと、遠くの一点を見つめている。
森の大きな樹の後ろには、
影を深くする忘却が隠れている。

遠くからの声

林の奥から翳ってきた。
霧がふいに現れた。
木々のあいだから、
あざやかな緑が消えて、
梢のすぐ先のところまで、
灰色の空がどっと落ちてきた。
木立のなかが暗くなると、
逆に、樹の幹が白くなった。
空気がすっと冷たくなってきて、
辺りの景色を黙らせた。
たったいままで、
そこに誰かがいた。
すがたの見えない誰かがいた。
枝々を揺らす風の音は、急いで
誰かが遠ざかっていった跫音だった。

霧がいちだんと濃くなってきた。
昏れてゆく霧の林は、
見えないものの宿る場所だ。
土のたましいを宿す土。
草のたましいを宿す草。
木々のたましいを宿す木々。
じぶんのたましいを探すんだ。
遠くから誰かの呼ばわる声がした。

森をでて、どこへ

少年が、歩いてくる。
犬が、歩いてくる。
スカーフの女が、歩いてくる。
日の光が、とても重い。
うつむいて、歩いてくる。
森のなかから、
樹の影のなかから、
みんな、でてきたのだ。
人間は、森の子どもだ。
森を離れて歩くことを択んだ
孤独な、森の子どもだ。
それぞれが、それぞれに、
一人で、歩いてくる。
花をもって、歩いてくる。
水を運んで、歩いてくる。

自転車に乗って、走ってくる。
黙ったまま、歩いてくる。
森をでて、どこへゆくのか？
どこまで歩いてゆこうと、
世界はおなじものでできている。
空と、草と、
石ころだらけの道と、
それから、たぶん、小さな魂で。

むかし、私たちは

木は人のようにそこに立っていた。
言葉もなくまっすぐ立っていた。
立ちつくす人のように、
森の木々のざわめきから
遠く離れて、
きれいなバターミルク色した空の下に、
波立てて
小石を蹴って
暗い淵をのこして
曲がりながら流れてくる
大きな川のほとりに、
もうどこにも秋の鳥たちがいなくなった
収穫のあとの季節のなかに、
物語の家族のように、
母のように一本の木は、
父のようにもう一本の木は、
子どもたちのように小さな木は、
どこかに未来を探しているかのように、
遠くを見霽《みはる》かして、
凛とした空気のなかに、
みじろぎもせず立っていた。
私たちはすっかり忘れているのだ。
むかし、私たちは木だったのだ。

空と土のあいだで

どこまでも根は下りてゆく。どこまでも
枝々は上ってゆく。どこまでも根は
土を摑もうとする。どこまでも
枝々は、空を摑もうとする。
おそろしくなるくらい
大きな樹だ。見上げると、
つむじ風のようにくるくる廻って、
日の光が静かに落ちてきた。
影が地に滲むようにひろがった。
なぜそこにじっとしている？
なぜ自由に旅しようとしない？
白い雲が、黒い樹に言った。
三百年、わたしはここに立っている。
そうやって、わたしは時間を旅してきた。
黒い樹がようやく答えたとき、

雲は去って、もうどこにもいなかった。
巡る年とともに、大きな樹は、
節くれ、さらばえ、老いていった。
やがて来る死が、根にからみついた。
だが、樹の枝々は、新しい芽をはぐくんだ。
自由とは、どこかへ立ち去ることではない。
考えぶかくここに生きることが、自由だ。
樹のように、空と土のあいだで。

樹の伝記

この場所で生まれた。この場所で
そだった。この場所でじぶんで
まっすぐ立つことを覚えた。
空が言った。――わたしは
いつもきみの頭のすぐ上にいる。――
最初に日光を集めることを覚えた。
次に雨を集めることも覚えた。
それから風に聴くことを学んだ。
夜は北斗七星に方角を学び、
闇のなかを走る小動物たちの
微かな足音に耳をすました。
そして年月の数え方を学んだ。
ずっと遠くを見ることを学んだ。
大きくなって、大きくなるとは
大きな影をつくることだと知った。

雲が言った。――わたしは
いつもきみの心を横切ってゆく。――
うつくしさがすべてではなかった。
むなしさを知り、いとおしむことを
覚え、老いてゆくことを学んだ。
老いるとは受け容れることである。
あたたかなものはあたたかいと言え。
空は青いと言え。

草が語ったこと

空の青が深くなった。
木立の緑の影が濃くなった。
日差しがいちめんにひろがって、
空気がいちだんと透明になった。
どこまでも季節を充たしているのは、
草の色、草のかがやきだ。
風が走ってきて、走り去っていった。
時刻は音もなく移っていった。
日の色が、黄に、黄緑に、
黄橙に、金色に変わっていった。
ひとが一日と呼んでいるのは、
ただそれきりの時間である。
ただそれきりの一日を、
いつから、ひとは、慌しく
過ごすしかできなくなったのか？

タンポポが囁いた。ひとは、
何もしないでいることができない。
キンポウゲは嘆いた。ひとは、
何も壊さずにいることができない。
草は嘘をつかない。うつくしいとは、
ひとだけがそこにいない風景のことだ。
タビラコが呟いた。ひとは未だ、
この世界を讃える方法を知らない。

海辺にて

いちばん遠いものが、
いちばん近くに感じられる。
どこにもいないはずのものが、
すぐそばにいるような気配がする。
どこにも人影がない。それなのに、
至るところに、ことばが溢れている。
空には空のことば。雲には
雲のことば。水には水のことば。
砂には砂のことば。石には石のことば。
草には草のことば。貝殻には
貝殻のことば。漂着物には
漂着物のことば。影には影のことば。
椰子の木には椰子の木のことば。
風には風のことば。波には
波のことば。水平線には
水平線のことば。目に見える
すべては、世界のことばだ。
すべてのことばのうちの、
ひとのことばは、ほんの一部にすぎない。
風が巻いて、椰子の木がいっせいに叫んだ。
悲しむ人よ、塵に口をつけよ。
望みが見いだせるかもしれない。
ひとは悲しみを重荷にしてはいけない。

立ちつくす

祈ること。ひとにしか
できないこと。祈ることは、
問うこと。みずから深く問うこと。
問うことは、ことばを、
握りしめること。そして、
空の、空なるものにむかって、
災いから、遠く離れて、
無限の、真ん中に、
立ちつくすこと。
大きな森の、一本の木のように。
あるいは、佇立する、塔のように。
そうでなければ、天をさす、
菩薩の、人差し指のように。
朝の、空の、
どこまでも、透明な、
薄青い、ひろがりの、遠くまで、
うっすらと、仄かに、
血が、真っ白なガーゼに、
滲んでひろがってゆくように、
太陽の、赤い光が、滲んでゆく。
一日が、はじまる。──
ここに立ちつくす私たちを、
世界が、愛してくれますように。

Ⅱ

春のはじまる日

灰色の空を摑むように、
灰色の大きな欅の木が、
葉のない枝々を、投網のように
いっぱいに投げていた冬が、
その日、突然、終わった。
そして、空いっぱいに、
微かな緑の空気が、欅の枝々に
刺繡のようにまつわって広がっていた。
樹の下で、思わず、立ちどまって、

見上げると、やわらかな
春の気配が、一度に、
明るい雨のように降ってきた。
幻の人は、そこにいた。
黙って、春の空を見上げていた。
空を見上げているわたしに並んで、
そのまま、ずっと立っていた。
時間は、
ゆっくりと、
過ぎていった。
幸福は何だと思うか？
いつの年も、春のはじまる日だ、
傍らに、幻の人がいると感じるのは。
わたしは一人なのではないと感じるのは。

地球という星の上で

朝の、光。
窓の外の、静けさ。
おはよう。一日の最初の、ことば。
ゆっくりとゆっくりと、目覚めてくるもの。
熱い一杯の、カプチーノ。
やわらかな午前の、陽差し。
遠く移ってゆく季節の、気配。
花に、水。
眠っている、猫。
正午のとても短い、影。
窓のカーテンを揺らす、微風。
〈わたし〉の椅子。〈わたし〉の机。
忘れられた価値を思いだす、本。
龍やかいじゅうたちの、絵本。
パンの神の午後の、音楽。

樹上の鳥の鋭い、声。
高い、青い、空。
沈む陽の、箭《や》。
すべて昏れてゆくまでの、一刻。
夜のための小さな、明かり。
月下の仄かな、闇。
住まうとは幸福な一日を追求することだと
〈わたし〉は思う。〈あなた〉は？

緑の子ども

今年も、緑が濃くなった。
見上げると、
碧い空を背景に、
高い木々の枝々が、
そびえる緑の塔のようだ。
風が不意に舞いこんで、
無数の葉の影が降ってきた。
空気が乾いてきて、
葉の繁りの匂いがきつくなった。
梢の先では、鳥たちが、
ヒヨドリだろう、いつまでも急ぐように
鋭い声で、啼き散らかしている。
ひろがった河口の上の、
淡い空の色が、目に眩しい。
干潟につづく潮入れの池の葦原で、
叫んでいるのは、たぶんオオヨシキリだ。
濡れた干潟で、泥をさかんに
嘴でつついているのは、あれはコチドリだ。
人間のものでない世界に死はない。
死は再生にほかならないからだ。
新しい季節の葉群の下に、
ずっと、立ちつづけていれば、
緑の子どもに、わたしもなれるのかもしれない。

あらしの海

あらしが近づいてきていた。
低く、低く、灰色に列なして、
雲という雲が、息せききって、
風に追われて、次々と走ってゆく。
辺りがどんどんと暗くなってきた。
空気がひんやりとしてきた。
海辺に人影はない。
鳥たちもいなくなった。
水平線がはっきりしなくなった。
荒れてきた空の下、
白く尖った波だけが、
磯にむかって突き進んできて、
砂の上にくるおしく散らばって消える。
ドーン、波の音が次第に重くなった。
不意をついて、激しい雨が、

無言で、浜辺に襲いかかってきた。
砂の色がさーっと鈍色に変わってゆく。
その一瞬、ぜんぶの風景が、
なだれてくる雨の彼方へ押し流される。
空の奥で、呼ばわる声がする。
——あらしだ。あらしだ。
雨と、風と、烈しい波だ。
世界は誰のものでもない。
天涯にまさに寂寞たりだ。
何もない。誰もいない。

For The Good Times

それから、日が暮れてくるだろう。
空が昏くなって、道行く人の
影は濃くなるだろう。果物屋の
店先の果物たちは輝きをますだろう。
果物のように
つややかな時間を、
つまらないものにはするな。
自分をいじりすぎるな。
よい焼酎みたいに、心は
すっきりと、透明なのがいい。
大きくて、頑丈な食卓が、好きだ。
よい食卓の上には、
よい時間が載っている。
おいしい食事とは、
おいしい時間のことだ。

食卓を共にするとは、
時間を共にするということだ。
いちばん大きな、空の話をしよう。
どこかで、この大きな空は、地に触れる。
その場所の名を「終わり」という。
アフリカの砂漠の民の、伝説だ。
「終わり」がわたしたちの
世界の一日が、明日はじまるところ。

秋、洛北で

野焼きの白い煙が、
穏やかな秋の風にたなびいて
薄くひろがって流れてゆく。
コスモスの花の畑の向こうに、
畳みなす杉林の緑の影が重なって、
静かな空の下につづいている。
道に沿って走る小さな川の
水の閃きが、真新しい
菊一文字の小刀の刃のようだ。
日差しの溜まる集落のあいだを、
山懐に向かってぬけてゆく。
古い物語に綴られてきた
そのかみの戦さの地。
千年のむかしに、ここで
血と火のなかにほろんでいった

ひとたちがいた。いまは何もない。
静けさのほかには何もない。
風景は何も語ることをしない。
ひとの思いの行く末を、
じっと黙って抱いているだけだ。
歴史は悲しみを待たないのだ。
榁の木の下の小道をゆき、
わたしはそのことばかり考えていた。

メメント・モリ

覚えているのは、バッタのことだ。
秋の、夕暮れ、
あなたは、夕陽の色をした
ブドー酒を、一人で飲んでいた。
すると、飛んできた一匹のバッタが、
すぐ目のまえの、椅子の背にとまって、
あなたの目を、じっと見つめたのである。
そして、またすぐに、バッタは、
遠くへ飛んでいってしまったのだが、
その、バッタの、目を、
あなたは、それから忘れたことがなかった。
バッタは、詩人だよ。
詩が、あのときの、バッタの
まなざしのようだったら、いいのに。
そう言って、あなたは微笑んだ。

（詩は、あなたには、何か
精神をかがやかすもののことだった）
バッタの目の、記憶を遺して、
あなたは逝き、わたしは、
詩の乏しい時代に、のこっている。
死を忘れるな《メメント・モリ》。
詩が、一人の人生を
直視することばだったら、いいのに。

カタカナの練習

ツツジハ　キノハナ　デス
サルスベリハ　キノハナ　デス
ツメクサハ　ノノハナ　デス
オオイヌノフグリモ　ノノハナ　デス
ヒッツキムシハ　クサノミ　デス
ギンナンハ　キノミ　デスカ
ハンカチノキハ　キ　デス
ネムノキモ　キ　デス
サクラノキガ　アリマシタ
オオキナ　サクラノキ　デシタ
アルヒ　キリタオサレマシタ
ソシテ　ナクナッテ　シマイマシタ
ソコニハ　ナニモ　アリマセン
アルノハ　キオクノキ　ダケ
キオクノキモ　キ　デス

キオクヲ　ソダテルノハ　コトバ　デス
ウシノツノハ　サバクノキ　デス
アメフラシハ　イソノイキモノ　デス
カイツブリハ　ミズベノトリ　デス
シル　トハ　コノヨヲ
ジブンカラタノシム　ホウホウ　デス
ニンゲンハ　チイサイ　ソンザイ　デス
エラソウニスルノハ　キライデス

見晴らしのいい場所

高いところが好きなんだ。
この世をよく見わたせるから。
東京の高い建物は、すべて上った。
新宿。池袋。東京タワー。汐留。
見下ろすたんびに、思った。
これが、世の中だって。
目を凝らしたって、
誰の、人生の、痕跡も、
どこにも、まったく、ねェんだ。
東京築地、国立がんセンターの、
最上階の、見晴らしのいい
食堂で、突然、男が話しかけてきた。
二の腕に点滴の針を突き刺したまま。
あんた、ここに面会にきたんだろ？
おれは、八百屋なんだ。川のある町で、
根ェ張って、芽ェだして、育って、
実った、旬の野菜を売ってきた。
いい果物も。病気が見つかってから、
小さな花屋もはじめた。暮らしに
必要なものは全部、土からもらった。
男はふっと、遠くを見やった。
空も、河口も、切ないまで澄んでいた。
あとは、土にもらったものを、
土に、返すだけ。
天国はいちばん高い場所にあるんじゃない。

Nothing

銀色の風船が、一個、空に上ってゆく。
日に燦《きらめ》く鏡のようなビルのあいだを、
風に追われて、逃亡者のように、
上へ、上へ、上ってゆく。
遠くへ、小さくなった。
——空に消えた。
気がつくと、みんなが、
足をとめて、風船の行方を見つめていた。
青空ノナカノ無。
人生はことばのない物語にすぎない。

私たちは一人ではない

花祭りへ。草祭りへ。石祭りへ。
　木の芽祭りへ。青葉祭りへ。
山祭りへ。谷祭りへ。雲祭りへ。
(たのしびに参らっしゃーれ、)
雨祭りへ。水祭りへ。風祭りへ。
　楡祭りへ。樫祭りへ。
棒祭りへ。龍祭りへ。
(かなしびに参らっしゃーれ、)
端月祭りへ。辛夷祭りへ。
　兎祭りへ。狐祭りへ。
宵祭りへ。荒ぶる祭りへ。
(神々に会いに参らっしゃーれ、)
桑の実祭りへ。菱の実祭りへ。
　火焚き祭りへ。火消し祭りへ。
竈祭りへ。灰祭りへ。

（こころを鎮めに参らっしゃーれ、）
赤祭りへ。青祭りへ。黒祭りへ。
　菖蒲祭りへ。貝殻祭りへ。
断崖祭りへ。だんまり祭りへ。
（ことばでねエことばをめっけに、）
田祭りへ。藁積み祭りへ。
　川祭りへ。瀧祭りへ。
雀祭りへ。梟祭りへ。闇祭りへ。
（死んだひとらと円居しに、）
鬼祭りへ。泪祭りへ。
　一の祭りへ。二の祭りへ。
三の祭りへ。千の祭りへ。
（魂のはなしをしに参らっしゃーれ、）
私と並んで、誰かが歩いてゆく。
　祭りの日、私は一人だが、一人ではない。

幸いなるかな本を読む人

檸檬をもっていた老人

読むことは歩くことである。
歩こう。空で、鳥の声がした。
街へでる。じぶんの街を、
初めて歩く街のように歩くのだ。
新鮮な八百屋があった。魚屋があった。
花屋があった。菓子屋があった。
広告塔があった。ドラッグがあった。
唐物屋があった。本屋があった。
およそ遊星のなかで、地球が
いちばん愉快な所だ。鞠《まり》をかがる
青い糸や赤い糸のように、
地球をぐるぐる歩いてゆきたい。
二十三歳の青年は、そう思っていた。
何処へどう歩いたのだろう。
それから長い間、街を歩いていた。

信号が赤に変わった。立ちどまった。
京都、河原町三条の交叉点だった。
正午の舗道に、老人が一人立っていた、
いかつい横顔に、微笑を浮かべて。
だが信号が、青に変わったとき、
老人のすがたは、どこにもなかった。
幸福な感情がふっと消えたような気がした。
そのとき、気づいた。消えた老人は、
百四歳のモトジロウだった。夢という
宿痾《しゅくあ》を、終生、胸にじっと隠しもっていた
カジイモトジロウ。人は死ぬが、
よく生きた人のことばは、死なない。
歩くことは読むことである。
老人は掌に、檸檬《れもん》を握っていた。
京都の丸善が店を閉じた年の話である。

もう行かなければならない

人生は、何で測るのか。
本で測る。一冊の本で測る。
おなじ本を、読み返すことで測る。
四月、穀雨の季節がきたら、
毎年、その本を読み返す。
きみが、好きだと言った本だ。
あの、最後のことばが、好きだと。
プラトンの『ソクラテスの弁明』の、
最後のことば。
もう終わりにしよう、
時刻だからね。
もう行かなければならない。
わたしはこれから死ぬために、
諸君はこれから生きるために、
しかしわれわれの行く手に
待っているものは、どちらがよいのか、
誰にもはっきり分からないのだ、
神でなければ。——
最後に、きみは、思いうかべたか、
ソクラテスの、最後のことばを、
雨の夜、影のように、突っ走ってきた
電車に、きみが、飛び込んだとき。
死の、経緯は、知らない。
だが、人はいまも、二千年前と
すこしも変わらない理由で、死ぬ。
時刻だからね。
もう行かなければならない。
きみも、じぶんに、そう言ったか？
不幸は数えない。死んだ
人間に必要なのは、よい思い出だけだ。

大きな欅の木の下で

大きな欅《けやき》の木の下の道を歩く。
ただそれだけである。
ただそれだけなのだが、
どこにもないものが、
そこにある。樹上に、
大きな青空がある。濃い
樹影には、大きな感情がある。
冬の裸木には、するどさがある。
春から初夏へかさなってゆく
葉の緑には深く感じる季節がある。
大きな欅の木の下の道を歩く。
ただそれだけである。
ただそれだけなのだが、
大きな欅の木の下の道からは、
世界のすべてが見える。

遠い遠いむかしに、荘子は言った。
大きな樹を見て、その用無きを
憂うる人に、荘子は言った。
それなら、無何有《むかゆう》の郷に、
広莫《こうばく》の野に、大きな樹を移し、
終日、樹のかたわらをめぐって、
無為に過ごして、逍遙《しょうよう》として
樹の下の時間をたのしめばいい、と。
世界には二種類の人がいるのだ。
心に無何有の郷をもつ人と、
世に用無きものを憂うる人と。
大きな欅の木の下の道を歩く。
ただそれだけである。
ただそれだけなのだが、
幸福はただそれだけでいいのである。

サイレント・ストーリー

よく晴れた日の、
風も穏やかな午後の、
墓地からの眺めはうつくしい。
そう書いたのは尾崎一雄だった。
多摩丘陵の急な斜面に
段々になってひろがった
陽のふりそそぐ大きな墓地に、
夏の、小さな花束をもってゆく。
墓に冷たい水を撒《ま》いて、
澄んだ色の花束を置いて、
亡い母に、一言、声をかける。
「元気？」
母は、尾崎一雄と、
命日がおなじである。
母の記憶は、ときとなく
尾崎一雄のことばにかさなる。
「人間が死ねば、
みんな神になるんだからね」
そう書いたのが尾崎一雄だった。
——誰だって、芯には、
それぞれ何かもっているのだ。
それを出さずに何気なく話している、と。
そんなふうに、一個の人生を生き、
生きたという事実の外の、何も、
人は、後にのこさないのである。
「結構なお日よりで——
お墓がきれいになりやした」
どこまでも、青い空の下。
どこまでも、明るい時の静けさ。
どこまでも、うつくしい墓地からの眺め。

哀歌

首を吊《つ》るせ！
そうして善良な男も、忠実な男も、
惨めな男も、吊るされて死んだ。
そこまでが、昨日の物語だ。
今日は、おなじ絞首台に、
昨日、敵を吊るした
男たちが吊るされる。
戦さに勝つとは、敵の
首をとること。負けるとは、
じぶんの首を吊るされること。
絞首台の男は、天を仰いだ。
「首よ、わたしに仕えてくれた
わが首よ、わたしの首は
ああ、何の褒美も貰わなかった。
利得も、よろこびも貰わなかった。
親切な言葉もかけてはもらえず、
高い位にもありつけなかった。
わたしの首が褒美に貰ったのは、
高くそびえる柱が二本、
それに渡した楓《かえで》の横木と、
もう一つ、絹のくくりなわ」
戦さにはふさわしい栄誉なんてない。
到るところに、ただ
物言わぬ死体が転がっている。
それがわたしたちが、歴史とよぶ風景だ。
ペテルブルグの詩人の書いた、
首吊るされた、僭称者《せんしょうしゃ》の物語を思いだす。
保証のない自由を信じた
詩人は、胸に空虚を抱いていた。
歴史の真ん中に潜んでいるのは空虚である。

この世の初めから

何もなかった。大地も、
冷たい波も、砂もなかった。
奈落の淵があるばかりだった。
草も生えていず、ひとは、
息もしていず、心ももたず、
いのちの温かさも、すがたも、
影も、もっていなかった。
最初にはじまったのが戦いだった。
戦いは運命を、運命は人生を、
ひとの子らにあたえたが、幸福は
あたえなかった。神々は、
むごい予言しかのこさなかったのだ。
生まれくるものは、たがいに
戦いあい、ひとの子らは
殺しあうだろう。狼は走りだし、

翼ある蛇は、死者たちを翼にのせて、
空の下、野の上を飛ぶだろう。
鉾《ほこ》の時代、剣の時代がつづくだろう。
それから、風の時代がきて、
苦悩の時代がはじまるだろう。
どう祈るか、知っているか。
どう供えるか、知っているか。
どう生贄《いけにえ》を捧げるか、知っているか。
どう語るか、歴史の語り方を知っているか。
誰が、わたしたちのことばを、
世を騙《かた》るための道具にしたのか。
黙って、樫《かし》の薪を積むのだ。
悲しみではちきれそうな胸が、
火で焼かれるように、
心の憂いがとけるように。

21世紀へようこそ

カールスバーグの小瓶を啜《すす》りながら、
日の暮れ、渋谷のカフェで、
新しい、古い本を読む。
その昔、東プロイセンの
哲学者の遺《のこ》したことばが、
わたしたちのことばになって、
いま、ここに、ある。
読むとは、古いことばを
新しいことばに更新すること、
古い意味から、新しい意味を
とりだすことである。
哲学者は言う。人類は未だ、
戦争という野蛮な手段に頼る
大いなる罪を犯している、と。
何のために。戦う勇気を示すために。
そのために、「戦争は悪だ。
戦争は、多数の悪人たちを滅ぼすが、
さらに多くの悪人をつくりだす」
というギリシアの格言を忘れて、
わたしたちは、戦争は
人間性を高めるものと称《たた》えるのである。
だが、人間の意思に反してでも、
自然は、人間の不和を通じて、
融和をつくりだそうとする。——
平和はすなわち摂理なのだ。
考えることばにはふしぎなちからがある。
遠い時代の、気難しい哲学者さえも、
それは懐かしい同時代人にする。
乾杯。21世紀へようこそ。
すべてうつろなこの世へようこそ。

そのように、人は

ずっと昔の話である。
表の外戸で、大きな音がした。
誰か戸にぶつかったような音だった。
表にでてみたが、誰もいない。
「誰か、いないか?」
昨日、村で、寺の老人が死んだ。
その魂が抜けて、外戸のところへきたのだ。
その晩、その家で、子が生まれた。
そのように、人は死に、子は生まれる。
家の老人は、死ぬ前に、
突然、目を大きく見開いた。
それから開いた瞼《まぶた》を、片方ずつ、
少しずつ閉じていって、全部閉じて死んだ。
死ぬ人は、長くかかって目を塞ぐ。
その晩、川下の家で、子が生まれた。

そのように、人は死に、子は生まれる。
御法度を犯して、好きな人の子を孕《はら》み、
遠い国に逃げようとした若い女は、
捕らえられて、背中から斬《き》られて死んだ。
塀の外に放りだされた、女の死骸の、
両脚のあいだに、溜り水のように、
血が溜まっていた。そこに、
たったいま生まれた、血まみれの子がいた。
そのように、人は死に、子は生まれる。
精一杯、生きられるだけ生きて、
人は生まれる前の世に帰る。
いまも、昔も、おなじである。
人は死んでも、また生まれてくる人がいる。
それは何だと、あなたは思うか?
わたしは、それが人の歴史だと思う。

門を開けろ、シムシム！

すべて、ことばにはじまる。
門を開けろ、シムシム（胡麻）！
たった一つのそのことばで、
呪文のかかった門がひとりで開いた。
その門の向こうの世界から、
盗賊たちの莫大な財宝庫から、
身に余る金貨の袋を運びだして
幸福を手に入れた貧しい男がいた。
もちろん、盗賊たちは、激高した。
われわれは、危険をおそれず、
財宝を搔《か》き集めるために
いのちを鴻毛《こうもう》の軽きにおき、
身命を投げ込んできた。
それを、苦労も努力もなしに、
名乗りもせずに、かっさらう
相見えざる敵に、復讐を。
けれども、何一つ、奪いかえせない。
復讐するまえに、盗賊たちは、
皆、いのちを落としてしまったからである。
こうして、男は、一生を生きたのだった。
門を開けろ、シムシム（胡麻）！
そのことば一つだけで、
望むだけのものを手に入れて、
一日一日を、男は黙して生きたのだった。
なべての悦びを破砕するもの、
なべての結びつきを引き裂くもの、
なべての家を荒廃させるもの、
なべての墓地を充満させるものが、
最後に、訪れてくるまで、
幸福を、神からの預かり物として。

バビロンの少年

千六百余年前、バビロンの街で、
盗みをはたらいた十六歳の少年がいた。
何を、なぜ、何のために、
少年は、盗んだか。
おもしろかったから、と少年は言った。
禁じられていることをすることは
おもしろい。だから、盗もうと思い、
実際に盗んだ。盗んだものは、
じぶん自身、すでにもっていた。
しかも、じぶんのもっているほうが、
ずっといいものだった。
何ももっていなかったからではない。
正しいことをするのが嫌いだったから、
盗むこと、そのことを楽しみたくて、
罪それ自体を楽しみたくて、
盗んだ。盗んだ「もの」でなく、
盗む「こと」が楽しかった。
利益や復讐を求めることなく、
遊びや冗談で、社会を傷つけたかった。
ただ、他人に損害をあたえたかった。
できないのか、と言われたくなかった。
恥知らずでないことは、かえって
恥ずかしいことだった。
無のほかに、得たものはない。
今日も、新聞をひらくと、
永遠の少年が、記事のなかにいた。
千六百余年前のバビロンの少年そっくりの、
理由をもたないので、理由を、
ことばをもたないので、ことばを、
盗もうとして、無のほかに、
何も得なかった少年が。

終わりのない物語

物語をどう終わらせるか。
どんな物語も、それが問題だ。
ある日、鏡のかけらが、
目と心臓に入ってしまった
一人の少年がいた。鏡は、
うつくしい風景を、荒《すさ》んだ風景に、
どんな人も、いやなやつに、
この世は、歪《ゆが》んだ世の中に、
映すことしかできない鏡で、
その鏡に映すと、出鱈目《でたらめ》は真実に、
真実は全部、間違いになるのだった。
悪魔のつくった、その鏡が
ある日、割れて、千々に砕けて、
方々に飛散したのである。
鏡のガラスの粒が入りこんだ

少年の目は、もはや何も見なかった。
それでも目は、言葉をもとめたが、
読みたい言葉は、どこにもなかった。
心臓はまるで氷の塊のようだった。
けれども、寒さは感じなかった。
心臓に突き刺さった鏡のかけらが、
ふるえる感受性を奪ったからだ。
喜びというもののない場所に、
世界でいちばん遠い場所に、
人が誰もいない場所に、
少年は、たった一人で、座っていた。
いまでもきっと、その場所に
世の子どもたちは黙って座ったきりだろう。
物語には終わりなんてない。
いつもはじまりがあるだけだ。

幼年時代の二冊の本

一冊は、吹雪がくれた本だった。
冬、暖かい部屋の窓辺に佇《たたず》んでいると、
外の吹雪が、声のしない物語を、
舞い落ちる雪のことばで、
つぎからつぎへ聞かせてくれた。
吹雪のくれる本を読むときは、
いつでも、両の耳をふさいでいた。
読むとは、声をださずに話される物語を
しんとして聞くことである。
烈しい雪の乱舞のなか、物語は
遠くからきて、さらに遠くへ去ってゆく。
けれども、遠さというものは、
雪の降るときは、彼方へと向かうのではなく、
むしろ、内部へと入ってくるのだ。
もう一冊は、夢でしか知らない本だ。

夢のなかで、昔から慣れ親しんできた本だ。
その本を開いたら、暗然たる本文が
雷雨をはらんだ雲のように覆う
母胎のなかに、きっと引き入れられてしまう。
屠《ほふ》られた獣たちの
内臓の色かと思えるような
ヴァイオレットの色をした本だったが、
目を覚ますと、
どこにも、そんな本はないのだった。
いったい、その本の名は何だったのだろう?
幼年時代のなかには、二度と
ふたたびは、見いだせない本があるのだ。
けれども、その、書名もない、
捜し求めるすべもない本に対して、
心はいつまでも誠実な愛情を失わないのである。

魂とはなんだ？

どのように、生きるのか、
この世の河底に息するものらは？
額にかかる捲毛《まきげ》が、
鳩の胸毛のように柔らかい
うつくしい少年がいた。
こころは疑うことを知らず、
身体は、何か貴い気体ででも
できているようだった。
いつも、白い石の上に
淡飴色《あわあめいろ》の蜂蜜を垂らして、
黙って、昼顔の絵を描いていた。
ある朝、少年は、姿を消した。
ひょいと水に溶けてしまったのです。
目撃者は言った。生きるには、
少年はあまりに純粋すぎたのだ。

また、小さなみすぼらしい妖精もいた。
けれども、常に、じぶんは
ある小さな鋭く光ったものを探しに、
この世に生まれてきたのだと言っていた。
それが何かわからなかったが、
小妖精は熱心にそれを求め、
そのために生きて、死んでいった。
小さな鋭く光ったものは見つからなかった。
小妖精の一生は、それでも
きわめて幸福なものだったにちがいない。
なぜかって？
この世の河底に息するものらは、
みな、ただ、そのように生きるのである。
心憂うる日には、中島敦を読む。
いったい魂とはなんだ、と考えながら。

失われた石の顔

切り立つ断崖の岩に、
大いなる石の顔が見える。
ごつごつとした老人の顔だ。
青い空のなかにうかんだ影の人。
二億年の時間が、絶壁の岩に、
彫りの深い老人の表情を刻んだのだ。
フランコニア、ニューハンプシャー州。
石の顔の老人に会いにいったのは、
夏の夕暮れだった。
見上げると、天使の微笑みが
日のかがやきをのこす石の顔を
よぎってゆくのが見えた。
日没のうつくしさを慶ぶ
「山の老人《オールドマン・オブ・ザ・マウンテン》」が、そこにいた。
大いなる石の顔は、これまでに
一度も裏切られたことがない者だけがもつ
希望を、人に惜しげもなくあたえる。
そう書いたのはホーソーンだった。
ホーソーンの「人面の大岩《ザ・グレイト・ストーン・フェイス》」は、
フランコニアの石の老人の顔がモデルだ。
希望が、アメリカという国をつくった。
「山の老人」の物語に、わたしは、
希望はつねに眼前にあることをまなんだ。
大嵐がニューハンプシャー州を襲った
二〇〇三年初夏。雨雲の去った後の、
断崖の上の、青い空のなかに、
大いなる石の顔はなかった。崩落したのだ。
主人公を喪ったフランコニアの山顚《さんてん》を、
CNNで見た。そののち、
アメリカは眼前に希望を失くした国になった。

読みさしのモンテーニュ

悪い時代が近づくときは、わかる。
モンテーニュの『エセー』を、
朝に夕に、たまらなく読みたくなるからだ。
医者の息子がいた。遠い時代の話だ。
医科をでたが、父の病院を継ぐことはなかった。
貧しい人たちのための下町の病院だったが、
そのとき、この国は、戦争に明け暮れていた。
医者の息子は戦争にゆき、消息を絶ち、
そして、この国は、戦争に敗れた。
敗戦後の、或る年、生き残った
息子の戦友が訪ねてきて、死者の
手紙を差しだした。「お別れです」にはじまる、
医者の息子の、父宛の、最後の短い手紙。
戦争で死んだ息子の、敗戦の後の二度目の死。
老いた医者は、死んだ息子の手紙を、
死んだ息子の椅子にすわって、読んだ。
そして、ふと、息子の机の引きだしをあけた。
一冊の本が、開かれたまま、そこにあった。
たった先刻まで、死んだ息子が、
そこで、その本を読んでいたようだった。
父は、息子が、読みさしにしていった
モンテーニュの『エセー』を、黙って閉じた。
有馬頼義『遺書配達人』に遺《のこ》されている、
この国の、小さな人たちの、小さな物語だ。
「わたしの人生における主たる関心は、
——最後がみごとに運ばれること、
すなわち、静かに、こっそりと死んでいくこと」
悪い時代が、また、近づいているのか?
わたしは、いま、新しく訳された
モンテーニュの『エセー』をゆっくり読んでいる。

水の中のわたし

森に、澄みきった泉があった。
ある日、疲れきった一人の少年が、
渇きを静めようと、銀色の泉の水を掬《すく》った。
水に映るうつくしい顔に、少年は魅せられた。
星の目。風光る髪。象牙のような頸《くび》。燃える頬《ほお》。
水に映った愛しいすがたに抱きつこうとして、
水のなかへ、いくども、少年は腕を沈めた。
森の木々たちが風のことばで語りかけた。
おまえが求めているものはどこにもない。
おまえが背をむければ、おまえの
愛しているものは、なくなってしまう。
おまえが愛するものは、おまえと共に来て、
おまえと共に、ここにとどまっているだけだ。
おまえと共に、立ち去りもするだろう、
おまえが立ち去ることができさえすれば。

水の中の愛するものに、少年はささやいた。
なぜ、おまえが、水の中からでてこないのか、
どうして、おまえが、わたしを欺くのか、
やっと、わかった。おまえではない。
わたしを欺いていたのは、わたし自身だ。
不覚にも、わたしは、みずからを愛したのだ。
ああ、わたしは、わたしが嫌いだ。
少年が涙で水を乱すと、水面が揺れて、
水に映ったすがたがぼやけて、消え去った。
少年はもう、そこにいなかった。
いま、自分自身を激しく嫌うほど、
わたしたちは、自分自身を激しく愛せない。
「嫌う」という感情は、「深い悲しみ」という
古代のギリシアのことばに由来するらしい。
水仙の花が咲いている。かつて少年のいた場所に。

わたしたちの不幸のすべて

世界の真ん中で、
或る日、誰かが叫んだのである。
「孤独な者だけが悪い！」
すると、誰もが、
孤独であることを、
致命傷のように感じたのだ。
以来、わたしたちは、
生き方を誤ってきたのである。
孤独とよばれる
あの繊細な感情の歴史を、
もう誰も教えない。学ばない。
誰も切望しない、
孤独に耐えることなんか。
そして、わたしたちは、
孤独であることを拒んで、
仏頂面の不平家になったのである。
快活であることができない。
それが、わたしたちの
不幸のすべてだ。わたしたちが何であり、
何を望み、何を望まないかを、
何のために、声高に、熱を込めて、
言う必要があるのか？
人間は苦しむ生き物にすぎないのか？
海よ、夕暮れよ、
きみたちは、わたしたちに、
人間は人間であることをやめよと教える。
きみたちがいまそうであるように、
青ざめ、輝き、沈黙し、
自分自身をこえて崇高になれ、と？
なれない、と、誰より孤独だったニーチェは言った。

深林人知ラズ

それから雨になった。
濃《こまや》かな山の雨である。
深く罩《こ》める雨の奥から、
木が現れたと思うと隠れる。
雨が動くのか、木が動くのか。
音もなく景色が動いてゆく、
夢が動くように。
合っては別れ、別れては合う
路は、どれが本筋とも認められぬ。
どれも路である代わりに、
どれも路でない。雨が上がる。
自《おの》ずから来りて、自から去る。
静けさのほかに聴くものはない。
雑木に埋もれた山中を、独り歩く。
景色に、苦しみがないのは何故だろう。

苦しんだり、怒ったり、騒いだり、
泣いたりは、人の世につきものだ。

けれども、苦痛が勝っては、
凡《すべ》てを打ち壊して仕舞う。

苦痛に打ち勝つ丈の、愉快がなくてはならぬ。

ほがらかであたたかみある、
木蓮の花を見よ。

拙《せつ》を守る木瓜《ぼけ》の花を見よ。

静かな夜に、松の影が落ちる。

「あの松の影をご覧」

「奇麗ですな」

どこぞで大徹和尚と漱石先生の声がする。

「ただ奇麗かな」

「えゝ」

「奇麗な上に、風が吹いても気にしない」

少女はブランコを漕ぐ

初夏、緑ふる森のなかで、
木の枝に吊《つ》られたブランコを、
少女が一人、思いきり漕《こ》いでいる。
一漕ぎ、前に、高く飛び立つように、
また、一漕ぎ、はるか後ろに遠ざかって、
遠くへ、近くへ、消えては現れて、
風のなかに散りゆく桃の花片を
すばやく追いかけるツバメのように、
空をゆらし、地をゆらし、世界を
ゆらす少女に、京《みやこ》の青年が心をうばわれた。
そして、二人は出会い、むすばれた。
山に誓い、空に誓い、北斗七星に誓った。
だが、青年は、京に帰らなければならない。
少女には、悲しみのほかのこらなかった。
古い朝鮮の話である。

少女は、そののち引っ立てられた。
使道《くにのつかさ》の側に仕えよとの申渡しに逆らって、
笞刑《ちけい》に処せられ、酷く、烈しく打たれた。
一つ打っては、肩ひきおこし、
二つ打っては、肩ひきおこし、
鮮血噴きだすまで、打ちすえられて、
獄房につながれたが、後悔しなかった。
人はこうして、一人の人間になってゆく、
初夏、緑ふる森のなかで、
一人、ブランコを漕ぐ幻をのこして。
フクロウの声はホーホー。
幽霊の声はヒューヒュー。
人の悲しみは人の罪ではない。
パンソリの調べがどっとばかりに落ちてくる、
天から、篠突く雨のように。

カフカの日記より

三日間南へ流れると、三日間北へ流れる
砂の川のそばを、水のかわりに
岩がやかましい音を響かせて
転がる石の川が流れていた。
もう夕方だ。
いったい、ぼくは何者なのか?
ぼくはヘブライ語でアムシェルといい、
母の、母方の祖父とおなじ名前で、
長い白鬚《ひげ》を生やしていた母の祖父は、
多くの書物に埋もれて暮らし、
毎日、河で、冬でも水浴をした。
冬には、氷を叩いて、穴をあけた。
母の母はチフスで、早死にした。
娘の死のため、母の祖母は
憂鬱《ゆううつ》病になり、食事を拒み、誰とも
口を利かず、娘が死んで一年後、
散歩にでたまま帰ってこず、
遺骸がエルベ河から引き上げられた。
母の曾祖父には四人の息子がいた。
母の祖父以外、みんなまもなく死んだ。
この祖父には頭のおかしい息子と、
やがて母の母になる一人の娘がいた。
剣をもつ天使が、ぼくを見つめていた。
違う。それはペンキを塗った木の人形だった。
ぼくは、窓にむかって走り、粉々に砕けた
木片やガラスのなかをくぐって、
全力を使い切ったので、弱々しく、
窓の閾《しきい》を踏み越える。
ああ、カフカさ――ん!
カフカさ――ん!

人生に一本の薔薇を

小さな町に生まれた。
古い大きな家にそだった。
偏屈だった。
友人はいない。
町の誰とも話さなかった。
生涯どこへもゆかなかった。
おそろしく単純な人生だった。
独身で、髪は短くつめて、
教会の窓ガラスに描かれている天使に似て、
どこか悲劇的で、澄みきっていて、
「かわいそうな人」と
みんなは噂《うわさ》したけれども、
彼女は気にもしなかったのではないか。
どんなときも昂然《こうぜん》としていて、
近づきがたくつむじまがりだったが、

一度だけ町の薬屋にでかけていき、
「砒素《ひそ》をください」
薬屋の目をまっすぐ見すえて言い、
それきり、何も言わずに、
頭蓋骨と大腿骨を組みあわせた印のある
薬を一箱、手にして帰っていった。
「自殺するつもりなんだ」と
みんなは噂したけれども、
彼女は自殺なんかしなかった。
そのまま世代から世代へ世を過ごして、
何事もないかのごとく歳をかさねて、
鉄灰色の髪の老いた少女のように、
或る日、静かに死んだ。
一本の薔薇《ばら》を。——
人生のぞむべきはそれだけである。

あなたのゴーゴリ

一つ間違えば……（原稿はここで切れている）
それで終わり。その先はない。
ゴーゴリが遺《のこ》した、傑作にして不完全な物語。
第一部だけで第二部以降がない
『死せる魂』という物語のかたちは、
ひとの人生にとてもよく似ている。
ゴーゴリは、手紙に書いた。
文学についてはお話しにならないでください。
文学の仕事が、どんなに多大の繊細さと、
特殊な嗅覚を必要とするか、おわかりですか。
飢えで死ぬことだって何でもないけれど、
無分別で無思慮な作品を発表すべきでありません。
毎時毎分、自分を強制しなければなりません。
毎日、必ず何か書かなくてはならない。
手がそのまま思考に従うようにしておかなくてはならない。
本は永い時間かけて書かれるのだ。
それだけ時間をかけてじっくり見つめる
努力というものが必要なんだ。
これからの時代は、騎士のごとき
熱血たぎる俊敏さを示せ、とは命じない。
古老のまなざしをもって眺めよ、と命じるだろう。
おお、わたしのために祈ってください。
芸術とは人生との和解なのですから！
しかし、厳冬の夜、やっと書き上げていた
物語の第二部のすべてを、
自分の手で燃やすと、
以後、一切の食事を断ち、
ゴーゴリは、そのまま、飢えで死んだ。
ひとの人生はとてもよく似ている、
大団円のない、不完全な物語のかたちに。

大いなる空のひろがり

信じるか信じないかという言い方はきらいだ。
彼は信じるということばを使わなかった。
いつのときも、透明なことばを使った。
たとえば、自然ということばを、
彼はじつに透明なことばとして使った。
自然のうちに起こるもので、
と彼は言った。自然自体の
欠陥のために生ずるようなものはありえない。
人間が自然をねじまげる道具として
ことばを使うことを、彼はしなかった。
彼がのぞんだのは、ただ、静かな生活だ。
自然は僅《わず》かなもので満足している。
自然がそれで事足りているなら、
私もまたそうなのだ、と彼は言った。
考える。考えぬく。徹して書く。

書くときは、形容詞はほとんど用いず、
命令形はいっさい使わない。
レンズ研磨の職人の腕をもっていて、
ときに、一人、黙って、レンズを磨いた。
今のこる石の胸像は、彼の、
すずしく、悲しそうな眼差しを刻む。
一生を通じ、健康にめぐまれず、
或る日、ふっと、たった一人で死んでいった。
彼の死が遺《のこ》したもの。柩《ひつぎ》一個。
百六十一冊の蔵書。銅版画いくつか。
よく磨かれたレンズと、研磨の道具類。
スピノザ、
凡百の偏見をしりぞけた人。
「永遠とは存在そのもののことである」
わたしたちの頭の上の、大いなる空のひろがり。

かつ消え、かつ結びて

まさきのかずらが
山の道を埋めている。
谷間には木々が重なり落ちるが、
西の空にむかって明るく開いている。
春は藤の花が波のように揺れる。
夏はホトトギスが来て啼《な》く。
秋はひぐらし蟬の声がわーんわーん、
世をはかなむものの悲鳴のように広がる。
冬には雪が深閑としみじみと降る。
静かだ。夕ぐれ、桂の木に吹く風が、
葉の音を立てながら去ってゆく。
夜は闇の遠くにフクロウの声を聴く。
埋《うず》み火を搔《か》き立てて、焰《ほのお》を見つめる。
不思議だ。大火事も、大地震も、
洪水も、旱魃《かんばつ》も、飢饉《ききん》も、

月日かさなり、年へた後には、
ことばにかけて言いだす人もいない。
そう、災厄が都を襲った年、
母親の死んでしまったことを知らず、
路上に横たわった母の乳房を
目を閉じて吸っていた
赤ん坊のように、
人はむなしく努めて
束《つか》の間《ま》この世に在るのだと思う。
冬、月の輝く夜に、
方丈記を繙《ひもと》く。
心一つなり、と頭上の星が言った。
八百年昔にも、星はおなじことを言った。
ただ、静かなるを望みとし、
愁《うれ》へ無きを楽しみとす、と。

哲学の慰め

まっすぐな朝の光。
音のない音楽が、
空から降ってくるような
午前の日差し。午後の孤独。
新しいニュースなんかない。
むごたらしく、理不尽に、
人が、どこかで、死んでゆくだけ。
世界には、意味なんてない。
息の詰まるような静けさだけ。
なぜですか、と声が言った。
人は、なぜ心をすりへらすために、
言葉を使うのですか。
なぜ、思い乱れて、嘆いて、
人は、自分を貧しくするのですか。
今、初めて、不意に、

しかも客人として、あなたは
この人生の舞台に立ったのですか。
なぜですか、ともう一度、声は言った。
人間でさえ、しばしば
あっという間に滅ぶのに、
人間の身に起こることに、なぜ
永続性が少しでもあると思うのですか。
夜、耳を澄ませて、ボエティウスを読む。
人は、今も自分が何であるかを知っていないのだ。
むごたらしく、理不尽に、
誰かが、どこかで、死んでゆくだけ。
世界には、意味なんてない。
息の詰まるような静けさだけ。
新しい真実なんかない。
変わらない真実が忘れられているだけ。

世界はうつくしいと

窓のある物語

窓の話をしよう。
一日は、窓にはじまる。
窓には、その日の表情がある。
晴れた日には、窓は
日の光を一杯に湛えて、
きらきら微笑しているようだ。
曇った日には、日の暮れるまで、
窓は俯いたきり、一言も発しない。
雨が降りつづく日には、窓は
雨の滴を、涙の滴のように垂らす。
ことばが信じられない日は、
窓を開ける。それから、
外にむかって、静かに息をととのえ、
齢《とし》の数だけ、深呼吸をする。
ゆっくり、まじないをかけるように。

そうして、目を閉じる。
十二数えて、目を開ける。すると、
すべてが、みずみずしく変わっている。
目の前にあるものが、とても新鮮だ。
初めてのものを見るように、
近くのものを、しっかりと見る。
ロベリアの鉢植えや、
体をまるめて眠っている老いた猫。
深煎りのコーヒーのいい匂いがする。
児孫のために美田を買うな。
暮らしに栄誉はいらない。
空の見える窓があればいい。
その窓をおおきく開けて、そうして
ひたぶるに、こころを虚しくできるなら、
それでいいのである。

机のまえの時間

机の話をしよう。
縦九十センチ、横百四十センチ、
厚さ二・五センチの、大きな板一枚。
右と左、二つの脚立に、板をのせ、
机にする。木の香りがのこっているが、
飾りも、何もない。引き出しもない。
その机のまえで一日一日を過ごし、
気づいてふと、目をあげると、
すでに、四半世紀が過ぎている。
そして、何もなかったはずの
机の上には、すべてのものが載っている。
十本の鉛筆。百枚の紙。
朱筆と消しゴム。大辞林。字統。
ブラームスの三つのピアノ三重奏曲。
「いいえ、まだそのような人は来ませぬ」

夜の旅人に、物語の老女がそっとこたえる、
赤い函入りの白井喬二訳『南総里見八犬伝』を、
初めて手にしたのは、いつのことだったか。
記憶ではない。忘却が、机の上に載っている。
見えないものが載っている机には、
時の埃のように、
語られなかったことばが転がっている。
たとえば、地に腐ってゆく果物のように、
存在というのは、とても静かなものだと思う。
人は、誰も生きない、
このように生きたかったというふうには。
どう生きようと、このように生きた。
誰だろうと、そうとしか言えないのだ。
机の上に、草の花を置く。その花の色に、
やがて夕暮れの色がゆっくりとかさなってゆく。

なくてはならないもの

なくてはならないものの話をしよう。
なくてはならないものなんてない。
いつもずっと、そう思ってきた。
所有できるものはいつか失われる。
なくてはならないものは、けっして
所有することのできないものだけなのだと。
日々の悦びをつくるのは、所有ではない。
草。水。土。雨。日の光。猫。
石。蛙。ユリ。空の青さ。道の遠く。
何一つ、わたしのものはない。
空気の澄みきった日の、午後の静けさ。
川面の輝き。葉の繁り。樹影。
夕方の雲。鳥の影。夕星《ゆうずつ》の瞬き。
特別なものなんてない。大切にしたい
（ありふれた）ものがあるだけだ。

素晴らしいものは、誰のものでもないものだ。
真夜中を過ぎて、昨日の続きの本を読む。
「風と砂塵のほかは、何も残らない」
砂漠の歴史の書には、そう記されている。
「すべて人の子はただ死ぬためにのみ
この世に生まれる。
人はこちらの扉から入って、
あちらの扉から出てゆく。
人の呼吸の数は運命によって数えられている」
この世に在ることは、切ないのだ。
そうであればこそ、戦争を求めるものは、
なによりも日々の穏やかさを恐れる。
平和とは（平凡きわまりない）一日のことだ。
本を閉じて、目を瞑《つむ》る。
おやすみなさい。すると、
暗闇が音のない音楽のようにやってくる。

括弧内・フェルドウスィー『王書』（岡田恵美子訳）より

世界はうつくしいと

うつくしいものの話をしよう。
いつからだろう。ふと気がつくと、
うつくしいということばを、ためらわず
口にすることを、誰もしなくなった。
そうしてわたしたちの会話は貧しくなった。
うつくしいものをうつくしいと言おう。
風の匂いはうつくしいと。渓谷の
石を伝わってゆく流れはうつくしいと。
午後の草に落ちている雲の影はうつくしいと。
遠くの低い山並みの静けさはうつくしいと。
きらめく川辺の光はうつくしいと。
おおきな樹のある街の通りはうつくしいと。
行き交いの、なにげない挨拶はうつくしいと。
花々があって、奥行きのある路地はうつくしいと。
雨の日の、家々の屋根の色はうつくしいと。

太い枝を空いっぱいにひろげる
晩秋の古寺の、大銀杏《おおいちょう》はうつくしいと。
冬がくるまえの、曇り日の、
南天の、小さな朱い実はうつくしいと。
コムラサキの、実のむらさきはうつくしいと。
過ぎてゆく季節はうつくしいと。
さらりと老いてゆく人の姿はうつくしいと。
一体、ニュースとよばれる日々の破片が、
わたしたちの歴史と言うようなものだろうか。
あざやかな毎日こそ、わたしたちの価値だ。
うつくしいものをうつくしいと言おう。
幼い猫とあそぶ一刻はうつくしいと。
シュロの枝を燃やして、灰にして、撒く。
何ひとつ永遠なんてなく、いつか
すべて塵にかえるのだから、世界はうつくしいと。

人生の午後のある日

話のための話はよそう。
それより黙っていよう。
最初に、静けさを集めるのだ。
それから、テーブルの上に、
花と、焼酎を置く。氷を詰めた
切子ガラスに、透明な焼酎を滴らし、
目の高さにかかげて、
日の光を称え、すこしずつ
溶けてゆく氷の音に耳を澄ます。
そうやって、失くしたことばを探す。
フリードリヒ・グルダのバッハを聴く。
じっと俯いているようなバッハ。
求めるべきは、鋭さではないのか。
グルダのバッハには激しさが欠けている。
そう思っていた。そうではなかった。

グルダのバッハには何か大切なものがある。
激情でなく、抑制が。憤りでなく、
目には見えないものへの感謝が。
わたしたちは、何ほどの者なのか。
感謝することを忘れてしまった存在なのか。
おおきく息を吐いて、目を閉じる。
どこへもゆけず、何もできずとも、
ただ、透明に、一日を充たして過ごす。
木を見る。
空の遠くを見つめる。
焼酎を啜り、平均律クラヴィーア曲集を聴く。
世界はわたしたちのものではない。
あなたのものでもなければ、他の
誰かのものでもない。バッハのねがった
よい一日以上のものを、わたしはのぞまない。

みんな、どこへいったか

日に閃きながら、谿川の水が流れ去ってゆく。
雑木林がいっせいに泡立つように芽ぶく
山間の、九十九折り《つづら》の道を、
車で走る。山の斜面にかさなって
淡い緑と濃い緑のあいだにひろがった
木漏れ日の灰色の敷物が、とてもきれいだ。
窓外の木立のむこうに、隠れているのは、
少年の日の、遠い友人たちだ。
誰よりも速くフィールドを走りぬけて
記録をのこした少年は、卒業すると、
あっさり競技をやめた。そうして
誰よりも速く人生を駆けぬけて、逝った。
いつも謎めいた微笑を浮かべていた
呉服屋の少女も、逝った。
頬をゆがめるような微笑のほかは

後に、何ものこさなかった。
たくましい腕の少女も、逝った。
豪球を投げたソフトボールの投手だ。
夏の校庭に長くのびていた、
夕陽を背にした少女の影をまだ覚えている。
先生になった少年は、生涯、
人生の選択を間違えたと思っていた。
学校にこない子どもたちのために奔走し、
或る日、倒れて、卒然と逝った。
三カ月後には、たぶんこの世にいない。
告知をうけた。幸運は期待できないらしい。
そう書いてきたかつての少年も、逝った。
けれども、誰も、いなくなったのではない。
みんな、ここにいる。大声で、わらっている。
若葉なす雑木林の、まぼろしのなかで。

大いなる、小さなものについて

替えがたいものの話をしよう。
それは、たとえば、引き出しの奥にある、
百年前の木でつくった一本の鉛筆のようなものだ。
古い木箱の薬箱のなかにある、
魂に効くとかいう、苦い散薬のようなものだ。
あるいは、箪笥のなかにある、
ひそやかな、懐かしい時間のようなものだ。
数えきれないCDの棚にひそんでいる、
千の旋律、千の悲哀、千の思い出のようなものだ。
マルティヌーの「ダブル・コンチェルト」や、
メシアンの「鳥のカタログ」のような。
それから、ことばだ。それも、
どうしても、ことばにならないことばだ。
そして、思いだそうとしても、思いだせない、
しかし、もう一ど、確かめたいと思うことばだ。

替えがたいものは、幸福のようなものだ。
世界はいつも、どこかで、
途方もない戦争をしている。
幸福は、途方もないものではない。
どれほど不完全なものにすぎなくとも、
人の感受性にとっての、大いなるものは、
すぐ目の前にある小さなもの、小さな存在だと思う。
幸福は、窓の外にもある。樹の下にもある。
小さな庭にもある。ゼラニウム。
ペンタス。ユーリオプシス・デージー。
インパチェンス。フロックス・ドラモンディ。
目の前に咲きこぼれる、あざやかな
花々の名を、どれだけ知っているだろう?
何を知っているだろう? 何のたくらむところなく、
日々をうつくしくしているものらについて。

フリードリヒの一枚の絵

一人の女が窓から外を見ている。
後ろ姿しかわからないが、
女は、窓辺に立って、
ずっと遠くを、じっと見つめている。
窓の向こうに広がるのは、おおきな河だ。
すぐそこに、帆を下ろした
帆船のまっすぐなマストが見える。
河の向こう岸には、
高いポプラの林が一列になって、
黄いろい葉をそよがせてつづいている。
日の光がとてもやわらかで、
川面をわたってゆく風が見えるようだ。
おおきく開いた頭上の窓の先は、
白い雲のながれてゆく青く霞んだ空だ。
高くなれば高くなるほど澄んでゆく空だ。

パスカルの、忘れられないことばを思いだす。
人間の不幸というのは——部屋の中に
じっと静かにしていることができないという、
ただ一つのことから生じるのだと。
一人の女が窓から外を見ている。
何を見ているのか？
遠くを見つめる目で、女は
じぶんの心の奥を見つめている。
よく生きるには——パスカルはこうも言った。
よく澄んだ眼をもつことができなければならないと。
一枚の古い絵の複製を、部屋の壁に鋲で留めて、
この世のずっと遠くを見たくなったら、
その小さな絵をじっと見つめる。
カスパー・ダーヴィド・フリードリヒの、
「窓辺の女」（一八二二年）を。

二〇〇四年冬の、或る午後

フラ・アンジェリコの受胎告知を、
初めて見たのは、小さな複製でだった。
ベックリーンの、マグダラのマリアもそうだ。
黒と白だけで、色彩はなかった。
それでもじゅうぶんだった。
色彩なしで、なお、瑞々しい、
はっとするような構図の、うつくしさ。
クールベの、荒れた海辺の光景の
うつくしさを知ったのも、色彩なしだった。
オキーフの、ニュー・メキシコの空と山々も
そうだ。わたしは頑なに信じているが、
モノクロームの、世界のすがたは、
どんな色彩あふれる世界よりも、
ずっと、ほんとうの世界に近いのだ。
たとえば、アンセル・アダムズの

冬の森の、風景。黒と白だけの、写真。
どうして、色彩なしの、写真は、
事実の、無言の真実にみちているのか？
二〇〇四年冬の、或る午後、
赤門のある大学の、暗い総合研究博物館で、
「石の記憶」という展示を見た。
一人の地質学者が、岩石鉱床資料室に遺した、
広島と長崎で、被爆試料として集めた
掌ほどの、小さな岩石や瓦のかけら。——
爆心下で、粉々に、砕け散った、
石片の一つ一つに、閃光の白い痕と、
焦げた黒い影が、のこっていたが、
どの石の記憶にも、色彩はなかった。
世界を、過剰な色彩で覆ってはいけないのだ。
沈黙を、過剰な言葉で覆ってはいけないように。

シェーカー・ロッキング・チェア

そこに置かれているというだけで、
一日の時間をうつくしくするものがある。
その、ロッキング・チェアが、そうだった。
すっきりとして、椅子の背が高く、
シートテープの織物の色がやわらかな、
たぶんカエデの木でつくられた揺り椅子だ。
シェーカー・ロッキング・チェア。
アメリカが若く信じられた国だったころ、
シェーカーとよばれた人たちが拵えた揺り椅子だ。
自由とは、新しい生活様式をつくりだすことだ。
シェーカーの人たちは、おどろくほど直截に生きた。
すべて、じぶんたちの手でまかなって生き、
労働を信じ、働くことが祈りだと信じた。
そして休息日には、ロッキング・チェアを愛した。
些細なところまで考えぬいてつくられた
おどろくほど頑丈な椅子を。それでいて、
おどろくほど軽やかな椅子を。
飾りのない、それでいて、
とても繊細な椅子を。

われらの神はすまう、
——手は仕事に。心は神に。
われらの日々を活かす道具のなかに。
祝福がありますように。
いま、ここをきちんと生きた人たちだった。
シェーカーとよばれた人たちは、いまはもういない。
けれども、古いロッキング・チェアのように、
この世にシェーカーの人たちが遺していったものは、
そこに置かれているというだけで、
一日の時間をうつくしくするものだった。
人生の冠は無なのだ。贅言ではなかった。

あるアメリカの建築家の肖像

家は、永遠ではない。
火のなかに、失われる家がある。
雨に朽ちて、壊れて、いつか
時のなかに、失われてゆく家がある。
けれども、人びとの心の目には
家の記憶は、鮮明に、はっきりとのこる。
フランク・ロイド・ライトという
アメリカの建築家のことばを覚えている。
家は、低く、そして小さな家がいい。
水平な家がいい。地平線のなかに
隠れてしまうような家がいい。
大地を抱えこんでいるような家がいい。
大方は隅なし。
大いなる方形に四隅なし。
連続する空間が新しく感じられる家がいい。

風景こそ、すべてだ。
風景という、驚くべき
本の中の本。体験だけが、
唯一、真の読書であるような本。
そのような美しい本であるような家。
そうして、明るい日の光の下で、
影という影が、淡いすみれ色に変わる家。
フランク・ロイド・ライトは戦争を憎んだ。
戦争はけっして何も解決しない、
世界をただ無茶苦茶にするだけだ、と。
建築家が愛したのは、地球の文法であり、
すべての恐竜たちが滅びさった、
風のほかは、何もない大草原であり、
石灰岩の丘であり、サグアロ・サボテンと
花のほかは、何もない砂漠だった。

大方は隅なし。……(老子)

ゆっくりと老いてゆく

微かな風もない。
鳥の影も、翅《はね》の音もない。
雲一つない青い空が
どこまでもひろがって、
見わたすかぎりの
砂の色、岩山の色を、
日の光が、微妙に揺らしている。
砂漠というのは、光の拡散なのだ。
灰緑色のクレオソート・ブッシュ。
刺のある花束のようなオコティーヨ。
砂の木であるメスキートの木。
どこにも、動く影がない。
けれども、見はるかす遠くまで、
澄みとおった大気のなかに、
点々と、何百本もの、

巨大なサグアロ・サボテンが、
天を仰いで、静かに、立っている。
もうすでに、この場所で、
二百年は生きてきた。それでも、
緑の巨人たちは、倒れる日まで、
この、無の、明るさのなかに
立ちつづけて、ゆっくりと老いてゆく。
悦ばしい存在というのがあるなら、
北米南西部、アリゾナの砂漠の、
サグアロ・サボテンは、そうだと思う。
穏やかに、称えられることなく、
みずから生きとおす、ということ。
砂漠にカタストロフィはない。
摂理があるだけだ。
砂漠で孤独なのは、人間だけだ。

カシコイモノヨ、教えてください

——冒険とは、
一日一日と、日を静かに過ごすことだ。
誰かがそう言ったのだ。
プラハのカフカだったと思う。
人はそれぞれの場所にいて、
それぞれに、世に知られない
一人の冒険家のように生きねばならないと。
けれども、一日一日が冒険なら、
人の一生の、途方もない冒険には、
いったいどれだけ、じぶんを支えられる
ことばがあれば、足りるだろう?
夜、覆刻ギュツラフ訳聖書を開き、
ヨアンネスノ　タヨリ　ヨロコビを読む。
北ドイツ生まれの、宣教の人ギュツラフが、
日本人の、三人の遭難漂流民の助けを借りて、
遠くシンガポールで、うつくしい木版で刷った
いちばん古い、日本語で書かれた聖書。
ハジマリニ　カシコイモノゴザル。
コノカシコイモノ　ゴクラクトモニゴザル。
コノカシコイモノワゴクラク。
コノカシコイモノとは、ことばだ。
ゴクラクが、神だ。福音がわたしたちに
もたらすものは、タヨリ　ヨロコビである。
今日、ひつようなのは、一日一日の、
静かな冒険のためのことば、祈ることばだ。
ヒトノナカニ　イノチアル、
コノイノチワ　ニンゲンノヒカリ。
コノヒカリワ　クラサノナカニカガヤク。
だから、カシコイモノヨ、教えてください。
どうやって祈るかを、ゴクラクをもたないものに。

ギュツラフ訳聖書（一八三七年）は
覆刻「約翰福音之傳」による

モーツァルトを聴きながら

住むと習慣は、おなじ言葉をもっている。
住む（inhabit）とは、
日々を過ごすこと。日々を過ごすとは
習慣（habit）を生きること。
目ざめて、窓を開ける。南の空を眺める。
空の色に一日の天候のさきゆきを見る。
真新しい朝のインクの匂いがしなくなってから、
新聞に真実の匂いがなくなった。真実とは
世界のぬきさしならない切実さのことだ。
朝はクレイジー・サラダをじぶんでつくる。
ぱりッと音のする新鮮な野菜をちぎって、
オリーヴ・オイルを振る。そして、
削りおろしたチーズを細かくふりかける。
時間にしばられることはのぞまないが、
オートマティックの腕時計が好きだ。

正直だからだ。身体を動かさなければ、
時は停まってしまう。ひとの一日を
確かにするものは、ささやかなものだ。
それは、たとえば、晴れた日の
正午の光の、明るい澄んだ静けさであり、
こころ渇く午後の、一杯のおいしい水であり、
日暮れて、ゆっくりと濃くなってゆく闇である。
ゆたかさは、過剰とはちがう。パソコンを
インターネットに繋ぎ、モーツァルトを
二十四時響かせているイタリアのラジオに繋ぐ。
「闘いながら超絶すること、これが現代の
私たちが求めていることではなかったろうか？」
吉田秀和の、懐かしい言葉が胸に浮かぶ。
音楽は、無にはじまって、無に終わる。
いま、ここ、という時の充溢だけをのこして。

聴くという一つの動詞

ある日、早春の、雨のむこうに、
真っ白に咲きこぼれる
コブシの花々を目にした。
そして、早春の、雨のむこうに、
真っ白に咲きこぼれる
コブシの花々の声を聴いた。
見ることは、聴くことである。
コブシの花の季節がくると、
海を見にゆきたくなる。
何もない浜辺で、
何もしない時間を手に、
遠くから走ってくる波を眺める。
そして、何もない浜辺で、
何もしない時間を手に、
波の光がはこぶ海の声を聴く。

眺めることは、聴くことである。
聴く、という一つの動詞が、
もしかしたら、人の
人生のすべてなのではないのだろうか？
木の家に住むことは、聴くことである。
窓を開けることは、聴くことである。
街を歩くことは、聴くことである。
考えることは、聴くことである。
聴くことは、愛することである。
夜、古い物語の本を読む。
——私の考えでは、神さまと
　自然とは一つのものでございます。
読むことは、本にのこされた
沈黙を聴くことである。
無闇なことばは、人を幸福にしない。

古い物語の本（ドストエフスキー『悪霊』）

蔵書を整理する

日々にあって、難しいこと。
――本を始末すること。
本は、本であって、本でない。
誰もそう言わないが、本は、
あるときは歳月であり、記憶であり、
遺失物であり、約束であり、
読まれずじまいになった言葉が、
そのままずっと、そこにある場所であり、
それは、日々の重荷のように、
重い家具として、ここにあって、
人生とおなじだ。すこしも整理できない。
古い市街のように、曲がってゆく
脇道ばかりで、本の世界は、出口がない。
もし、アルファベット順に辿るなら、
Bで、すぐにも、迷路に入り込んでしまう。

ボズウェルがいて、ベケットがいて、
ボードレールがいて、ベンヤミンがいて、
ブレヒトや、バーベリや、ブーニンもいて、
ベルジャーエフを忘れてしまっていいだろうか、
大きなバルザックはいない、図書館にいて、
芭蕉がいて、遠くの川辺に、蕪村もいて、
気がつくと、いつか、夕暮れがきている。
夕暮れという、鎮まる時間が好きだ。
束の間の、その時間のすきまから、
音もなく、影と、沈黙が滴ってくる。
日々にあって、難しいこと。
――希望を始末すること。
誰もそう言わないが、本は、
希望の産物なのだ。
風の夜には、遠い星々が近くなる。
北斗七星を確かめる。夜が深くなってゆく。

大丈夫、とスピノザは言う

三つの、川と、
四囲をかこむ、丘と、
白煙がうすくながれる
活火山の、裾野の町で、
風景の子どもとして、
いつも空を見上げる人間に、
わたしは、育った。
朝、正午、日の暮れ、
一人で、黙って、空を見上げる。
——何が、見えるの？
——何も、見えない。
ちがう。空を見上げると、
とてもきれいな、ひろがりが見える。
いや、見えるのではない。感じる。
スピノザについての小さな本を、
午後中、ずっと、読んでいた。
世界が存在するのは誰のためでもない
と、スピノザは言う。
大事なのは、空の下に在るという
ひらかれた感覚なのでないか。
空の下に在る
小さな存在として、
いま、ここに在る、ということ。
真夜中は、窓から、空を見上げる。
夜空は人の感情を無垢なものにする。
雲のない夜は、星を数える。
雨の夜は、無くしたものを数える。
大丈夫、とスピノザは言う。
失うものは何もない。
守るものなどはじめから何もない。

スピノザについての小さな本（「スピノザの世界」上野修）

We must love one another or die

愛しあわなければ、
わたしたちは死ぬしかない。
白い紙にそう刻んだのは、
詩人のW・H・オーデンだった。
だが、間違いだった、と詩人は言った。
本当は、こう書くべきだった。
わたしたちはたがいに愛しあい、
そして死ぬしかない、と。
わたしたちは、みな、
死すべき存在なのだから。
それでも不正確だ、と詩人は言った。
不正確というより不誠実だ、と。
たぶん、そうだと思う。
わたしたちは、そのように
愛について、また、死について、
糺すように、書くべきでない。
晩秋深夜、W・H・オーデンを読む。
詩人の仕事とは、何だろう?
無残なことばをつつしむ仕事、
沈黙を、ことばでゆびさす仕事だ。
人生は受容であって、戦いではない。
戦うだとか、最前線だとか、
戦争のことばで、語ることはよそう。
たとえ愚かにしか、生きられなくても、
愚かな賢者のように、生きようと思わない。
We must love one another or die.
わたしたちは、
愚か者として生きるべきである。
賢い愚か者として生きるべきである。
明窓半月、本を置いて眠る。

クロッカスの季節

去ってゆく冬の後ろ姿が
遠くに見えるような
雲ひとつない空だ。
時間が、淡く
薄青色にひろがっている。
赤いマフラーを
首に巻いた女の子が、
まだ床に足のとどかない
カフェの高い椅子にすわって、
コーンアイスクリームを舐めている。
花の店が舗道に、花の鉢を置いている。
クロッカスの季節がきたのだ。
花の色がとても清潔なのは、
まだ風が冷たいからだ。
突風がきて、乱暴な少年のように、
スーパーマーケットの駐輪場の
自転車という自転車を、一度に薙ぎ倒した。
どんな出来事も、すべては突然に起きる。
苦いエスプレッソを、
わたしはゆっくりと啜る。
通りの向こうにのこっている
古くからの寺の本堂の、
静かな屋根瓦がうつくしい。
境内には、大銀杏が、四本のこっている。
百年の樹の、若い枝々の先に、
やわらかな煙のように、
春の予感がたゆたっている。
どれほど痛恨にみちていても、
人の負う人生は、
早春の穏やかな一日におよばないのだ。

一日の静、百年の忙

目の前の景色が、ふっと逸れてゆく。
逸れていっても、逸れたことに
気づかない。しばらくして、
やっと気づいて、見まわすが、
見まわしても、何もない。
静かにささやく声だけだ。
音もなく、裂け目がひらき、
時間の、隙間のなかへ、入り込む。
ねむる、明るい闇のなかで。
目覚めても、逸れていった感触が、
ずっと、体のなかにのこっている。
川の光が、きれいだった。
さざなみが川面を走っていった。
夏の木の、葉のかさなりが、
水のなかに、深い影を落としていた。

白い鳥と、小さな鳥の群れがいた。
いっせいに、飛び立った。
彼方に、消えた。
独坐　隻語無く
方寸　微光を認む
春日《しゅんじつ》静座、漱石先生の、
独りの詩を、慕わしく思いだす。
人間　徒らに多事
此の境《きょう》　孰《たれ》か忘る可《べ》けん
午睡《ごすい》という習慣の魔法がくれる、
午睡の後の、穏やかな時間。
会《たま》たま一日の静を得て
正に百年の忙を知る
何が必要か。ことばだ。遠くまで
大気が澄んでゆくような、ことばだ。

漱石「春日静座」（吉川幸次郎『漱石詩注』より）

人の一日に必要なもの

どうしても思いだせない。
確かにわかっていて、はっきりと
感じられていて、思いだせない。
思いだせないのは、どうしても
ことばでは言えないためだ。
細部まで覚えている。
感触までよみがえってくる。
ことばで言えなければ、
ないのではない。
それはそこにある。
ちゃんとわかっている。
だが、それが何か
そこがどこか言うことができない。
言うことのできないおおくのもので
できているのが、人の
人生という小さな時間なのだと思う。
思いだすことのできない空白を
埋めているものは、
たとえば、
静かな夏の昼下がり、
日の光のなかに降ってくる
黄金の埃のようにうつくしいもの。
音のない音楽のように、
手に摑むことのできないもの。
けれども、あざやかに感覚されるもの。
あるいは、澄んだ夜空の
アンタレスのように、確かなもの。
人の一日に必要なものは、
意義であって、
意味ではない。

こういう人がいた

誰でもない人がいた。
いつでもない日に、
どこでもない場所で、
何も書かれていない本を
黙って、読んでいた。
見つめねばならないものを
見つめねばならないときは、
黙って、目を閉じ、
話すことのできないことは、
話すことのできないことばで、
黙って、話した。
表現じゃない。
ことばは認識なんだ。
誰でもない人の
無言のことばを、

どこにもいない人が、
じっと聴いていた。
誰でもない人は、
姿のない人のように、
誰にも気づかれず、
ここにはいない人のように、
黙って、ここにいた。
感情じゃない。
ことばは態度なんだ。
わたしたちのあいだには
いつも、どこかに、
沈黙からデリカシーを
抽きだす人がいた。
誰でもない人がいた。
いまは、いない。

冬の夜の藍の空

夜の空がどこまでもひろがっていた。
風がすべてを掃いていったように、
おどろくほど清潔な冬の空だ。
立ちどまって、見上げると、
遠くまで、明るい闇が、
水面のように澄みきって、
月の光が、煌々と、
うつくしい沈黙のように、
夜半の街につづく
家々の屋根をかがやかせ、
そのまま、そこに
立ちつくしていると、
空を見上げているのに、
その空を覗きこんでいるような、
感覚に浸される。こんなにも

おおきく、こんなにも晴れ渡った、
雲ひとつない、夜の藍の空。
空いっぱいの、空虚が、
あたかも、静かな充溢のようだ。
空が、最初にこの世につくったのは、
闇と、夜だ。その二つが結ばれて、
昼が生まれた。わたしたちは何者か。
月下の存在である。それが
わたしたちの唯一のアイデンティティーだ。
橙色のアルデバランが、
オリオン座のベテルギウスが、
シリウスが、瞬きながら、言う。——
明るさに、人は簡単に目を塞がれる。
夜の暗さを見つめられるようになるには、
明るさの外に身を置かなければならない、と。

早春、カササギの国で

春の日、ソウル、鞍山《アンサン》の、
冬を耐えた枝々の先に
三月の灰青色の空がひろがる
小楢の明るい木立をぬけて、
急な斜面の山の道を上ってゆくと、
目の前を、鳥の影が、横切った。
胸とお腹の白い黒い鳥だ。カササギだ。
チョギョと、カササギが鋭く鳴いた。
チョギョと、呼びかけられたような気がした。
韓国《ハングク》は、カササギの国である。
ソウルは、カササギのいる街である。
ソウルの森は、カササギの棲む森である。
見まわすと、早春の空に、
うつくしい指をひらいているような
小楢の木々の枝先の、そこにもあそこにも、
カササギの巣が、猫のゆりかごのように、
うつくしいシルエットをつくっていた。
鞍山《アンサン》は標高三百メートルにみたない山だ。
だが、その頂からは、樹と石と河が見える。
カササギのいる街の、すべてが見える。
カササギは、伝説をはこぶ鳥だ。
天の川で、たがいに隔てられた星たちを、
ふたたび巡りあわせる鳥なのだ。
けれども、このカササギの国は、未だ
たがいに隔てられた人たちの国なのである。
オットケ　チネッソ？（どうしてた？）
チャル　チネッソ？（元気だった？）
春の日、ソウル、鞍山《アンサン》の、
カササギに教わった日々のことば。
たがいに隔てられた人たちの国のことば。

花たちと話す方法

沸きたつ白い雲がひろがる
真夏の、真昼の静けさのなかに、
明るい魂のように、陽炎がゆれている。
そのとき、タチアオイに話しかけられた。
それが最初で、次の日は、
ジギタリスに話しかけられた。
その翌日には槿《むくげ》に、翌々日には
泰山木に、百日紅《さるすべり》に、話しかけられた。
少女たちのような日々草にも。
そのまた次の日には、サルビアに、
夾竹桃に、グラジオラスに話しかけられた。
炎天下に、そのたびに、立ちどまって、
夏の花たちの前で、黙って見つめた。
見る。ただそれだけだ。
花を見ることは、花たちと話すことだった。

そのようにして、花たちと話す方法を、
年々、夏の花たちに、
わたしは、教わってきた。
徒らにことばで語ってはいけないのだ。
花たちのように、みずからの
在り方によって語るのだ。
夏が巡りくるたびに、
真昼の静けさのなかを歩き、
語りかけてくる夏の花たちを捜す。
タチアオイ。ジギタリス。槿。
泰山木。百日紅。日々草。
サルビア。夾竹桃。グラジオラス。
花たちではないだろうか。
人ではない。わたしたちが
歴史とよんできた風景の主人公は。

雪の季節が近づくと

そのころは、よく雪がふった。
雪がふってくると、最初に、
空が消えてしまう。それから、
影が、物音が消えてゆく。
鳥たちが消え、樹木たちが消え、
往来が消えて、一日が
ふりつづける雪のむこうに、
きれいに消え去ってゆくようだった。
あらゆるものが消え去って、
朝には、世界がなくなっているかもしれない。
ふりしきる雪のなかに、もし
ずっと立ちつくすと、それきり、
じぶんもいなくなってしまうという気がした。
雪がふってくると、
すぐそこに、彼方があらわれる。

雪のふりつづく日に、
雪の向こう側へいってしまったら、
途をうしなってしまう。
もう、大雪はふらなくなった。
雪けぶる夜の、冬の幽霊たちもいなくなった。
それでも、雪の季節が近づくと、
すぐそこの彼方へ静かに消えていった、
いつのまにかいなくなった人たちのことを、
ありありと思いだす。
生きているときは遠かった人たちも、
死の知らせを聞くと、
どうしてか近しく、懐かしく思われる。
そうなのだ。もっとも遠い距離こそが、
人と人とをもっとも近づけるのだ。
いま穏やかな冬の日差しのなかで思い知ること。

グレン・グールドの9分32秒

白と黒の鍵盤で縁どられた
31センチ四方の紙のジャケットから
黒いLPレコードをとりだして、
魂をとりだしてそこに置くように
小さなプレイヤーのターンテーブルの上に置く。
グレン・グールドが自身ピアノの曲にした
ワーグナー「ニュルンベルクのマイスタージンガー」
第一幕への前奏曲。その曲だけは、
いまでも、レコードで聴く。
最後の一枚です、と手書きで添書きされて、
いまはないレコードショップの棚に、
棚仕舞いの日まで置かれていたレコードだった。
針がレコードに落ちるまでの、
ほんの一瞬の、途方もなく永い時間。
ワーグナーのおそろしく濃密なポリフォニーから
すばらしく楽しい対位法を抽きだして、
響きあうピアノのことばにして、
グールドが遺した
9分32秒の小さな永遠。
芸術は完成を目的とするものではないと思う。
微塵のように飛び散って、
きらめきのように
沈黙を充たすものだと思う。
あらゆる時間は過ぎ去るけれども、
グールドの9分32秒は過ぎ去らない。
聴くたびに、いま初めて聴く曲のように聴く。
いつもチョウムチョロム（初めてのように）という
韓国のソジュ（焼酎）を啜りながら、聴く。
一日をきれいに生きられたらいいのだ。
人生は、音楽の時間のようだと思う。

詩ふたつ

花を持って、会いにゆく

春の日、あなたに会いにゆく。
あなたは、なくなった人である。
どこにもいない人である。

どこにもいない人に会いにゆく。
きれいな水と、
きれいな花を、手に持って。

どこにもいない？
違うと、なくなった人は言う。
どこにもいないのではない。

どこにもゆかないのだ。
いつも、ここにいる。
歩くことは、しなくなった。

歩くことをやめて、
はじめて知ったことがある。
歩くことは、ここではないどこかへ、

遠いどこかへ、遠くへ、遠くへ、
どんどんゆくことだと、そう思っていた。
そうではないということに気づいたのは、

死んでからだった。もう、
どこにもゆかないし、
どんな遠くへもゆくことはない。

そうと知ったときに、
じぶんの、いま、いる、
ここが、じぶんのゆきついた、

いちばん遠い場所であることに気づいた。

この世からいちばん遠い場所が、
ほんとうは、この世に、
いちばん近い場所だということに。
生きるとは、年をとるということだ。
死んだら、年をとらないのだ。

十歳で死んだ
人生で最初の友人は、
いまでも十歳のままだ。

病いに苦しんで
なくなった母は、
死んで、また元気になった。

死ではなく、その人が
じぶんのなかにのこしていった
たしかな記憶を、わたしは信じる。

ことばって、何だと思う?
けっしてことばにできない思いが、
ここにあると指さすのが、ことばだ。

話すこともなかった人とだって、
語らうことができると知ったのも、
死んでからだった。

春の木々の
枝々が競いあって、
霞む空をつかもうとしている。

春の日、あなたに会いにゆく。
きれいな水と、
きれいな花を、手に持って。

人生は森のなかの一日

何もないところに、
木を一本、わたしは植えた。
それが世界のはじまりだった。

次の日、きみがやってきて、
そばに、もう一本の木を植えた。
木が二本、木は林になった。

三日目、わたしたちは、
さらに、もう一本の木を植えた。
木が三本。林は森になった。

森の木がおおきくなると、
おおきくなったのは、
沈黙だった。

沈黙は、
森を充たす
空気のことばだ。

森のなかでは、
すべてがことばだ。
ことばでないものはなかった。

冷気も、湿気も、
きのこも、泥も、落葉も、
蟻も、ぜんぶ、森のことばだ。

ゴジュウカラも、アトリも。
ツッツー、トゥイー、
チュッチュビ、チリチリチー、
羽の音、鳥の影も。

森の木は石ゴケをあつめ、
降りしきる雨をあつめ、
夜の濃い闇をあつめて、
森全体を、蜜のような
きれいな沈黙でいっぱいにする。

東の空がわずかに明けると、
大気が静かに透きとおってくる。
朝の光が遠くまでひろがってゆく。

木々の影がしっかりとしてくる。
草のかげの虫。花々のにおい。
蜂のブンブン。石の上のトカゲ。

森には、何一つ、
余分なものがない。
何一つ、むだなものがない。

人生も、おなじだ。
何一つ、余分なものがない。
むだなものがない。

やがて、とある日、
黙って森を出てゆくもののように、
わたしたちは逝くだろう。

わたしたちが死んで、
わたしたちの森の木が
天を突くほど、大きくなったら、

大きくなった木の下で会おう。
わたしは新鮮な苺をもってゆく。
きみは悲しみをもたずにきてくれ。

そのとき、ふりかえって

人生は森のなかの一日のようだったと
言えたら、わたしはうれしい。

詩の樹の下で

洞《ほら》のある木

洞のある木を、いまは見なくなった。大きな老木の幹に開いた穴が、洞だ。ひとの身体がそのなかにすっぽり入るほどに大きな木の穴。

子どものころ、山裾の古い神社の森に入り込んで、大きな洞のある木を見つけて、一人で、なんどもその洞のある木の許《もと》に行った。老木の洞はどこか別の世界への秘密の入り口のようだった。

森はいつも生き生きとして湿った匂いがしたが、洞のなかは遠い時間の乾いた匂いがした。そこにいると、とても親しい何者かにそのままじっと抱かれているような感覚を覚えた。

木の洞のなかの、静まりかえった時の痕跡が、じぶんの胸の洞のなかに、音のしない音のように残っている。

木の洞の裂け目には、ときどき小石が積まれていた。

人は小石にくるしみを託し、くるしみを木に預ける。洞のある木は人のくるしみを預かる木なのだと、わたしは信じている。いまも。

山路の木

深く木々が重なる山のなかを伝ってゆく道は、晴れた日でも、日差しがとどかない。

暗く湿った細い道が曲がって、曲がって、先へ先へと、誘うようにつづいている。

旧道とよばれる古い道がのこる山中で、苔むした標石のところで、幼い頃、土地の老人に言われたことがある。

旧道に入ってはいけないよ。山の辺の先を曲がったら、こっちに戻れなくなる。

昼なお暗い山中の旧道の先にいったら、帰れなくなる。

帰れなくなった子どもは山の木々の後ろに引き入れられて、そのまま、木々の影のなかから出られなくなるのだと。

そのときの老人の言葉を信じた幼い子どもが、まだわたしのなかにいる。

山中深い道をゆくときは、いまでも、遠く近く、声のない呼び声が聴こえてくるように感じる。

あれは、木々の影の外へ出られなくなった子どもたちが、風のまにまに呼んでいる声なのだ。

寂寞の木

木は枝である。古い大きな木であればあるほど、木は樹影のなかに、枝の腕を、左右に、上下に、斜めに、無碍に伸ばし、無体に曲げて、木全体を、いくつもの迷路を隠しもつ影のようにしてしまう。

YやZやLやWやX。太い墨書きのアルファベットの枝々を巧みに隠している大きな木を真下から見上げると、年ふる木の不思議な声が、暗く絡みあった枝々のあいだから、ゆっくりと、木霊のように降ってくるような気がする。

古い大きな木は、きっと、木だけが語ることができる、向こう側へつづく迷路に人を誘い込む、どこか恐ろしい、けれどどこか懐かしい、古くからの物語をいっぱいもっているのだ。

むかしは、みんなが木の下にやってきて、年ふる木が不思議な声で語る物語に、黙って聴き入った。

だが、もう誰も木が語る物語に、耳を傾けることをしない。いま、古い大きな木は、青空のほかに聴くもののいない、寂寞の木になった。

秘密の木

大きな木のうつくしさは、どこまでも、その全体のうつくしさだ。大きな木の中心には、直立する幹があり、木の中心から多くの枝が枝分かれしていって、さらにその枝々からもいくつもの、いくつもの小枝に細く分かれてゆく。

枝々の先々を、葉の繁りが柔らかく覆って、葉は日の光を散らして、静かな影をひろげる。うつくしいのは、遠くから見る樹形が、空のなかにいつもきれいな均衡をたもち、どんなときにも樹下のひそやかな静けさをうしなわない木だ。

遠くからその木を見ながら、その木にむかって近づいてゆくと、木がみるみるうちに見上げる高さと大きさになってきて、逆に、じぶんはどんどん小さくなってゆく。人は小さな存在なのだ。

うつくしい大きな木が抱いている、この世でもっとも慕わしい、しかし、もっとも本質的な秘密。うつくしい大きな木のある場所が、小さな存在としての人の生きてきた場所なのだという秘密。

懐かしい死者の木

いつも心のどこかしらにあって、ふとしたときに思いだすと、焚き火を一緒に囲んでいるような近しい感覚を覚える。そんな懐かしい人たちがいる。

たとえば、五十年間一度も会うことのなかった幼い日の友人。あるいは、話をしようもないほど四角四面で、ブルックナー好きだった青年。かれらは老いて、いまどうしているだろうか。

いつのころからか、風信に、つねに心のどこかしらにあった人たちの訃を、思いがけず聞くことがおおくなった。

死の知らせは、ふしぎな働きをする。それは悲しみをでなく、むしろ、その人についての、忘れていた、わずかな些細な印象をあざやかに生きかえらせる。

懐かしい誰彼《だれかれ》の死を知ったら、街のそこここにある好きな大きな木の、一本を選んで、木に死者の名をつける。

ときどき、その木の前で立ちどまる。

そして、考える。あくせく一生かけて、人は一本の木におよばない時間しか生きないのだと。

手紙の木

生涯に、木を四本植えたと、男は言った。幼い日に、街の通りに街路樹のための木を。そして、クヌギの実をいくつか、空き地に埋めた。故郷の街を離れる前に。あとの二本は、黙って世を去ったものらのために。一本は、何も果たすこともできず早逝した友人のために。一本は、長く生きて静かに死んだ猫のために。

けれども、故郷の街は再開発され、空き地は消え、懐かしいものらのために木を植えた場所は芝生の公園になって、どの木ももうのこっていない。

文明とは何だろう。木を伐り倒すのが文明なのだ。それでも、と男は言った。人は木を植える。木は手紙だからだ。

すべての木は、誰かが遺していった手紙の木なのだ。こういうふうに生きたという、一人の人間の記憶がそこに遺されている、物言わぬ手紙の木。


その冬の夜に、男は逝った。

死んだ男が遺していった見えない木。人のこころのなかにそだつ言葉の木。

奥つ城《き》の木

墓。もういない人がそこにいる場所。不在の人の在所。奥つ城。墓はむかしそうよばれた。日々の「奥」にある場所。

死者は後に、四つのものを遺すのだ。その人の名と、その人の生きた時代と、その人の思い出と、沈黙と。

遥かな時代に、森の国、ロシアの詩人の遺した、死にゆく人の祈りのことばを思いだす。

——魂が隠れ家を見いだせるように、大きな槲《かしわ》の木の下に休ませてください。日の光とたわむれる木の葉がすっかり透き通って、きれいな空気がかぐわしくひろがってゆく、大きな槲の木の下に。

もうここにいない人、不在の人に、会うことはできない。それでも、墓の前でなら、ここにはいない人に心をひらいて、一人、静かに話しかけることができる。

ラナンキュラスの花をもって、墓にゆく。

木漏れ日が水滴のように落ちてきて、胸の中にあたたかな水溜まりをつくる。どこにもいない人が、そこにいる。微笑んで、いつも無言で、奥つ城の木の下に。

切り株の木

風のつよい日だった。大きな切り株しかない木が、吹いてきた風に言った。

おーい、風。わたしの過去はどこにあるのか。枝葉をもたない。影をもたない。闇を生まない。それが現在なら、わたしの未来はどこにあるか。

切り株よと、風は言った。違うんだ。過去、現在、未来と、時間を分けるなんて、間違っている。うつくしい時間はどこにあるか。大事なのはそれだけだ。

切り株の木は、空を仰いだ。すると、日の光がさっと差してきた。

切り株よ、過去も現在も未来もないんだ。時間は過ぎ去りもしないし、新しくやってもこない。うつくしい時間は、つねに、いまここに、目の前にあるんだ。静かな日の光のように。

舗道のそばに、一本、大きな切り株だけがのこる木がある。椅子くらいの高さの切り株のまわりを、切り株の木がずっと生きてきた時間が囲んでいる。日々の魂を浄めるような時間が、そこにはのこっている。

森の奥の樟《くす》の木

古い森のなかで、あるとき、ふと呼びとめられたような気がして、ふりかえると、そこにおどろくほど齢をかさねた樟の木の老人が立っていた。

濃い苔の這った、皺だらけの樹皮の肌した、裸身の木の老人。ずっと昔に、雷をうけて、そのときからずっと、空にむかって両腕を挙げたまま、森のなかに生きてきた大きな樟の木の老人だった。

森の奥は、木々の影のあいだに姿を消して、そのまま樹木に変じて、数えられない時間をひっそりと背負いつづけている木の老人たちのいる場所なのだ。

顔はもたないが、木の老人たちはゆたかな表情をもっていて、風が揺らす繁みのことばで話すことができる。

微かな木漏れ日がちらちら揺れている。森のなかには尽きない時間がある。踏み迷うことのできる時間があり、すべもなく立ちつくすための時間がある。

生きるとは時間をかけて生きることだ。人はどうして、森の外で、いつも時間がないというふうにばかり生きようとするのか。古い森の奥の大きな樟の木の老人は何も言わず、ただ黙って、そこにじっと立っていた。

しののめの木

ふだんは忘れている。しかし、絶対に失くしてはいけないという時間がある。

夜が明けそめてくるすこし前の、周りをつつんでいた暗い布が不意に透き通ってゆき、木のかたちをした闇だけが濃い影になってのこっている、薄明の時間。

しののめの時刻、木々たちは、まだ、葉も枝も幹もわかちがたく漆黒のかたちをなしたまま、そのかたちのなかに、夜の記憶をやどしている。

夜、木々たちはとても雄弁だ。深いしじまのことばを集めて、さざめきのように話す。

夜の終わりが近づくと、木々たちは口を噤《つぐ》む。気がつくと、夜の空が遠くから藍色に変わってきていて、木々たちの枝々のずっと先に、うすぎぬのような光の織物が、うっすらとひろがっている。

夜でなく朝でない時間のなかに、しののめの木々たちだけが、原初の時代の巨人たちのように突っ立っている。わたしたちが失くしてはいけない時間が、そこにある。敬虔な時間が、そこにある。

静かな木

夏の森には、不思議な魔法がかかっている。

木々の梢の先から降ってくる、日の光が森の緑を幾重にも透明に折りかさね、森の中はどこまでも透き通って明るいのに、夏の森の緑の重なりは、どこか悲しみのような空寂を抱いている。

どんなに晴れあがった日の真昼でも、森の奥には、しんとした緑のくらがりがひそんでいる。

夏の空の下に、頭を垂れるようにして突っ立っている森の樹の幹は、群がり連なっているようで、一本一本が孤独で、無言だ。

静けさが、夏の森の掟だ。

森は、日差しの匂いがして、土の匂いがして、下草の匂いがして、ときに木漏れ日が斑らに揺れている。

姿をもたない誰かに、人のものではないことばで、何かを語りかけられたような気がして、振りかえるが、誰もいない。

何も言わないこと以上に、大切なことを言う術《すべ》がないときがある。

夏の静かな森が思いださせてくれる澄明な真実だ。

水辺の木

静かな池の穏やかな水面を、さーっと、風がいきなり走りぬけた。すると、水面に逆さに映る大きな樹の大きな姿が、音もなく裂かれて、ばらばらになって、池の水面を大きく揺らして、乱した。

だが、すぐに、池の水面に散らばった樹の姿の破片を、見えない大きな手が掻き集めて、瞬時に、大きな樹のいつもの逆さの姿を、水のなかによみがえらせた。その水のなかの樹のうえに、午後の日の光が波紋のように、細かに散ってひろがった。

水辺に大きな樹のある場所が好きである。水のなかに樹がある。水のなかに空がある。見上げるのではなく、そこには、のぞきこまなければ見られない、もう一つの大きな樹、もう一つの大きな空があるのだ。

鋭い啼き声がして、水辺の樹のなかから、一羽の鳥が影のように飛びだしてきた。もう一羽の鳥が水面まで激しく追いかけてきて、次の瞬間には、そのまま二羽して、遠くへ飛び去っていった。

騒がしさが後にのこすのも、水辺では静寂だけなのだ。

石垣の木

古い城下町にのこる、古い石垣のつづく風景が好きだ。高い石垣の縁をなす正確な曲腺。そして、すっきりと真横に、平坦にのびた石垣の上。

幾何的なそのかたちの枠のなかに、大小さまざまに伐りだされた四角形と長方形の石がぎっちりと組み合わされて、おどろくほどみごとな不整合の整合をまもっている。

古い石垣の石の色は、その石垣が築かれてからの星霜の色だ。緑の苔と白い斑の点々とする古い石垣の、灰色に乾いた積み石の一つ一つは、灰色の沈黙でできた歴史のかたち。

城は滅び、あらゆるものが変わっても、盛者必衰とはちがう歴史の時の景色を、古い石垣の風景の記憶は、どこかにとどめている。

風に追われるように降り急ぐ雨が、サァーっと、石垣の灰色の沈黙を、鼠色に染めてゆく。悲しみに似た、静かな雨だ。

晴れた日、濠に面して、高くつづく、古い石垣の風景をあざやかにするのは、樹だ。明るい樹影をなだれるようにひろげている大きな樹だ。

古い石垣のつづく風景のなかでは、三十分があたかも三百年のように過ぎてゆく。

独り立つ木

ひときわ枝々をゆたかにひろげて、やわらかな影を落としてきた一本の大きな欅《けやき》の木。

雨の日には雨の影を、晴れた日には日の色を、夜には夜の薄闇を、巡る季節のなかにじっと畳んできた、静かな木だ。

うつくしい樹冠をもつ、孤高の木。

その木を独り立つ木にしたのは、みずから森を失いつづけてきた、人間の長いあいだの営みの結果にはちがいない。

けれども、独り立つその木を目の前にすると、いつのときも、独立とは本来こんなに無垢な在り方をあらわす言葉だったのかという思いに引き入れられる。

たった一本、これほどにも高い欅の木がそこに在るという、ただそれだけの爽快な事実。ただ在るということだけのことが、その木のように潔く存在することであると知ることは、日々のなぐさめだ。

秋の、ある朝。突然、音もなく、一挙に、欅の木の全体が、鮮やかに変わっていた。青空に色づく葉の季節がきたのだ。

少女の髪の木

街に季節を運んでくる街の木。空の匂い。日の影。風の音。樹下の思い。街の木のなかでも、ひときわ巡りくる「時」の感触を鮮やかに感じさせるのが、銀杏《いちょう》の木だ。

銀杏の葉の色が緑から黄に、さらに金色に変わっていって、晩秋の澄んだ日差しのなかにかがやいて立ち、やがて落ち葉の散りやまない日がつづくと、落ち葉踏む「時」の足音が聞こえてくる。

銀杏は「時」を生きる木だ。銀杏の木のいのちは強い。業火に遭って木肌が焼け焦げれば、ほとんどの木は生きかえれない。銀杏はちがう。焼けた樹皮の下から、なお新芽をだして大きくなる。

根を据えて、よく生きる木。銀杏は、その街が生きてきた「時」の歴史の無言の語り部なのだ。

深山幽谷の木ではない。街路樹としてもっとも愛されてきた木。街路樹ははじめのころは擁道樹とも呼ばれたらしい。道を抱く木、道をまもる木として、街の日々の記憶を共に生きてきた木。

銀杏の落ち葉はかたちがきれいで、波うつ葉脈がとてもきれいだ。「時」のむこうへ走り去る少女たちの、波うつ髪のように。うそじゃない。銀杏の木は、英語では「少女の髪の木《メイドゥンヘア・ツリー》」と言うのだ。

雪の雑木林

遅い午後の日の光が、林の向こうから薄れてきた。辺りが白くなって、冬の風が身体を突きとばすように遠ざかっていった。冷たい雨が、灰色の雪になった。

誰もいない山中の道を、若い男が、一人きりで急いでいた。そのとき、どこへ、若い男は急いでいたのか。荒涼とした夕景のなかの若い男の後姿を、まだ覚えている。もう一度、別の冬に、別の場所で、その若い男の後姿を見たことがある。

雪が激しく舞う冬の駅から山麓につづく一本道を、若い男は、そのときも一人きりで急いでいた。舞う雪のなかにその姿が消えたと思うと、また現れた。

雪をかぶった雑木林がつづく、無言の冬の景色は、メランコリーの影を宿している。冬のメランコリーの影のなかに没してしまったら、もうどこへもゆきつけない。若い男は雪の道を急いでいた。

冬がくると、あの若い男の後姿を思いだす。二十歳のときのじぶんの後姿を。

ブランコの木

大きな木の太い枝に、ブランコが一つ、まっすぐに下がっている。

横板一枚の椅子に座って、枝から吊るされている二本の綱に手を掛けて、揺らす。次第につよく漕ぐ。漕ぐうちに、風景がずれてきて、時間が前へ、後ろへ、ずれてゆく。

漕げば漕ぐほど遠くへ思いきり跳びだしたくなる、公園などの遊具のブランコとは逆に、大きな木から下げられたブランコは、漕げば漕ぐほど木の影のなかへ、じぶんが音もなく没してゆくような感覚に引き込まれる。

木のなかへ、木の時間のなかへ、木のひろがりのなかへ、意識が浮きあがっては、またすぐに沈んでゆく。そうやって、光と影のあいだの往復を繰りかえすうちに、少年は間違いに気づく。

木のブランコをずっと漕いでいてはいけないのだ。われを忘れて漕ぎつづけていると、きっとじぶんを見失ってしまう。たったいままでそこにいた少年は、もういない。木の無言だけがのこっている。

彼方の木

川辺の家の窓辺に立って、女が一人、こちらに背を向けて、対岸に茂るポプラの向こうを見つめている。浜辺では、大きな岩に坐った二人の女と一人の男が、こちらに背を向けて、月明かりを頼りに海に出てゆく二艘の帆船の向こうを、じっと見つめている。

夜の断崖でも、老いた樫の大木の傍らで、赤い服の女と黒い服の男が、こちらに背を向けて、空の月の向こうを見つめている。

カスパー・ダーヴィド・フリードリヒは、絵のなかに、こちらに背を向けた、忘れがたい人ばかりを描きのこしたドイツの画家だった。

フリードリヒの絵を見ていると、絵ではなく、こちらに背を向けた絵の中の人たちが見つめている彼方を、いつか息つめて見つめているじぶんに気づく。絵のなかに何もない空間としてのこされている彼方。

遠い昔、この世界を一本の樹が支えていた。あらゆる生命の源だったその樹が消えてしまったそこが、彼方だ。

その絵をじっと見ていると、そこにやがてうっすらと見えてくるのだ。かつてこの世界をささえていた一本のおおきな樹の影が。

モディリアーニの木

橙色の屋根の白い家が点在する、やわらかな緑の光景のなかに、傾ぐように立つ一本の木。そうして、また、濃い夏の緑に囲まれた橙色の屋根の白い家の前に、やはり傾ぐように立つ一本の木。

木々をつつむ南仏地方の大気の匂いを、日差しを交えた独特の色づかいに写した絵。卓越した肖像画家として、後世に愛されたモディリアーニが、四点だけ遺した、南仏地方の、木のある風景の絵。

モディリアーニの風景画はふしぎだ。どこか、何かちがうのだ。風景画でありながら、それは風景画ではない。

モディリアーニが風景画として描いたのは、思うに、戸外の肖像画としての風景画であり、戸外の人としての木だった。だが、画家が遺した木の絵は、完璧な肖像画とはちがい、稚拙なくらいに無垢のままの絵だった。

人の肖像をあれほど完璧に描きつづけた画家が、木の肖像を描こうとして、完璧に描こうとしなかった、できなかった、断念した、ということ。

逆説なのだ、芸術は。

モディリアーニの木の絵は、木がなにより自然のつくった傑作であることを、あらためて想起させる。

モディリアーニの完璧な肖像画が、自然のつくった失敗作は人であることを、いつでも想起させるように。

啓示の木

剝きだしになった大きな樹の木の根には、ひとをたじろがせるものがある。

暗い土の中にあるべき木の根が、いまだ木のかたちをもたない、荒々しい木の塊のまま、いわば根の木として、そこにある。

地中から一度は引き抜かれようとしたのに、役立たずと知って、その場に放り出されたかのように、以来、晒されたきりのすがたで、数えられないほどの長い日月を生きながらえてきた、根の木だ。

捻じれ、曲がり、樹皮は腫れあがって、うつくしくない。だが、根の木にはぎょっとするような存在感がある。

たとえば、森のなかで、そうした根の木は、人の行く手を阻むものとして、不意に現れる。

目の前に露出する木の根の塊に息をのんだのは、

『嘔吐』の作家ジャン＝ポール・サルトルだった。「存在する」ことは不条理である。「存在は屈曲である」。

啓示の木があるなら、木の根あるいは根の木がそうだ。

カロの樹

樹の絵 I

あたかもたわわにみのった果実であるかのように、一本の大きな樹に大勢の人間が首くくられて、吊るされている。

世界の中心樹のような大きな樹。吊るされているのは何者たちか。「軍神マルスとその罪業を共にした者たち」だ。戦争を信じた者たちが冒した、戦士の名誉を確保するために、次々にかさねた戦争の罪業。

見る人をけっして寛がせない、けれども、一度その絵を見たものには消せない記憶をのこす絵がある。

ジャック・カロの連作銅版画集『戦争の惨禍』がそうだ。なかでも、その第11図「吊るされた人の生《な》る樹」。戦乱と流血の時代だった十七世紀ヨーロッパの戦争の残忍な光景を彫りこんだ、黒と白の絵の激しさ。痛々しさ。

神話によれば、遠い昔、人間が姿をあらわすはるか以前、地球の中心には、一本の大きな樹が、天までそびえていた。

その大きな樹から、人間は生まれた。その生きとし生けるものを護る大きな樹に、吊るされて死んでゆく人間。

カロの絵には「一本の大樹の不吉な果物のように吊るされて」という、痛烈な言葉が、讃のように付せられている。

コンスタブルの樹　樹の絵Ⅱ

途方もなく大きく、途方もなく長い歳月を生きてきた樹なのに、なぜか途方もない懐かしさを深く感じさせる樹。

その樹の絵を見るたびに、覚えるのはある幸福な感情だ。葉の光。枝の影。渡ってゆく風の音。樹の下の静かな時間。

ジョン・コンスタブルのすばらしいデッサン「オールド・ホール公園の楡《にれ》の木」は、思わず絵のなかに入ってゆきたくなる、そういう絵だ。

樹下には、見えるだろうか、男が一人、楡の木の幹に手をかけて立っている。途方もなく大きな樹の下で、人間は途方なく小さい。

描かれているのは、目の前を横切って過ぎてゆく日々の時間の、一瞬の光景だ。だが、絵のなかにのこされているのは、永遠という特別な一瞬に変えられた、遠い日の一瞬の感触だ。

葉の光。枝の影。渡ってゆく風の音。樹の下の静かな時間。いつの世だろうと、誰もがきっと覚えるだろう、失われた時のあざやかな感触。

樹のある風景画ではない。画家が描いたのは、日々に愛した樹の肖像画だ。十数年後、この樹は爆破されて、失われた。絵は記憶をつくりだす芸術にほかならないことを、コンスタブルの大きな楡の木は教える。

フリードリヒの樹　樹の絵Ⅲ

ベルリン。旧ナショナル・ギャラリーの、最上階の真ん中の部屋。その部屋の中央に、カスパール・ダヴィット・フリードリヒの絵「孤独な木（朝陽のあたる村）」は掛かっている。

そこではすぐ前まで、絵に近づくことができる。フリードリヒのその絵から、いまも新鮮な冷気のようにひろがってくるもの。「気」。大気の浄らかさ。圧倒されるのは、絵の湛える、おどろくばかりの澄明さだ。

ただ、十九世紀の人フリードリヒの絵では、天上と地下を垂直にむすび、豊穣な日々の糧を人びとに約束し、軍神マルスの神託の樹ともされてきた大いなる樫の木が、たぶん雷に打たれてだろう、先が折れていて、樹冠ももっていない。

けれども、明けそめる朝のなかに立つ傷ついた孤独な樹には、すでに新しい枝、新しい葉がいっぱいそだっている。絵のずっと奥には、村が見え、煙たつ家が見える。

その絵を見ていると、いまにしてフリードリヒは、巨樹の時代の終わりから朝の光さす新しい荒野の時代へ進みでた人だったのだと気づく。折れた巨樹のもとに、小さな牧者が佇んでいる。それは画家自身の姿だったのかもしれない。

セザンヌの樹　樹の絵Ⅳ

樹の画家と言っていいほど、樹の絵を描いている。室内画をのぞけば、戸外を描いた絵で、樹のない絵はほとんどないのではないか。

そうであって、樹は、その絵の眼目であるより、その絵の世界に確かな平衡をもたらす、つねに信じられる傍証のように描かれている。

何でもなく、さりげなく、ただそこにあるものとして、しかしそこに樹がなければ、この世界の確かさや奥行きはないのだというふうに。

セザンヌは、そのような画家だったと思う。描いたのは、あたりまえの日常のなかにある、およそ平凡な樹だ。つねにただそこにある樹として、ごくごく等身大の樹を描き、セザンヌは終生、樹と共に在る生き方をくずさない。

世界の中心にあって空をささえていた神樹がなくなって、空が初めて人間の頭の上に落ちてきた時代に、セザンヌを通して、わたしたちは、世界のどこでも、ありふれた無数の無名の樹が、この世界の平衡と確かさをつくっているのだということを発見したのではなかったか。

好きな樹の絵は、最晩年の「大きな木々」。二十世紀という時代のはじまりに遺された絵だ。

クリムトの樹

樹の絵V

氾濫する葉の緑に蔽われた正方形の絵。無数の葉が一枚一枚、稠密に描かれている。一瞥、単調に見える。だが、凝視すると、それは実に複雑な陰影を畳んだ絵だ。

グスタフ・クリムトの「公園」は、不思議な絵である。そこにない風景が、そこにあるように描かれている。深い木立の公園である。木立の下に人影はない。絵には、空がない。かつてこの世の高みには、澄んだ天空があった。いまそこにあるのは、虚空だけ。絵いっぱいにあふれる木立の緑は、その虚空を蔽っている。

死後百年近く経ったいまも人気高いクリムトのなかには、もう一人、寡黙な風景画家がいた。風景画家の仕事は、風景の奥にある語りえぬものを描きとることだ。

「語りえぬものについては、沈黙しなければならない」。画家とおなじヴィーン育ちの哲学者ヴィトゲンシュタインのことばを思いだす。

この世のどこにもない場所としてのクリムトの「公園」。

あらゆる音が降ってくるのに、何の音もしないような。時が過ぎてゆくのに、時が停止しているような。すべて外部の光景であって、何もかも内部の光景のような。

オキーフの樹　樹の絵Ⅵ

碧い夜空にむかって伸びてゆく夜の樹。

「月が松林にはさまれた山の斜面を照らしている。牧場の家の窓は閉まっている。家の前に静かに無関心に生えている、大きな松の木だけが生きている。

あの大きな松の木に、私は郷愁がある。大きな影を落とす緑の梢を見ようとする人はいない。戸を開けると、目の前に、その木が立っている。守護天使のように！」

北米ニューメキシコ州北部の山の牧場の家に移り住んだ作家のD・H・ロレンスは、家の前の大きな松の樹について、そう書きのこした。

画家のジョージア・オキーフが、そのロレンスの家に移り住み、夏を過ごしたのは、ロレンスが去って、四年後のこと。

「ロレンスが住んだ小さな古い家の前の高い樹の下には、風雨に晒された手造りの長いベンチがあった。私はしばしばそのベンチに寝そべって、幹から枝々へ目をやって、その樹を見上げた。まったくすばらしかった。樹上に、瞬く星たちが散らばる夜は」

オキーフはやがてロレンスの夜の樹の絵を描き上げ、そう記す。生涯一度も会ったことのない二人を繋いだのは、荒野の一本の松の樹だった。

『ゴドー』の樹　樹の絵Ⅶ

月と葉の落ちた樹と帽子の男二人。それが『ゴドーを待ちながら』の舞台のすべて。

どこへもゆかない。何もしない。何も起こらない。

サミュエル・ベケットの、奇妙な、しかし断固たる、その芝居の着想のもとになったのは一枚の絵だ。月と葉の落ちた樹と帽子の男二人を描いたフリードリヒの絵「月を眺める二人の男」（一八一九年）だ。

物語的でなく絵画的。映像的でなく空間的。『ゴドー』は広大な空間に閉じ込められた小さな人間たちの芝居なのだと、ベケットは言った。

『ゴドー』の名を高めたのは、一九六一年パリでの再演。そのとき、舞台の葉の落ちた樹を、何日もかけて「うつくしい樹」につくったのは、彫刻家のジャコメッティだったらしい。

ジャコメッティとベケットは、樹をはさんで何時間も立ちつくし、ジャコメッティのつくった石膏の葉を、木のどこにつけるのがいいか、さんざん思案したそうだ。

上演の後、その葉の一枚を、彫刻家は作家に贈ったが、その樹も、葉も、いまは現存していない。

ジャコメッティの、失われた「うつくしい樹」とは、いったいどんな樹だったのだろう。

落ち葉の木　樹の絵Ⅷ

積み重なった落ち葉の上に、晩秋の明るいが冷めた日差しがひろがる。空は青さがのこっているが、辺りにはすでに冬の気配が忍んでいる。

陽が低いので、幹の影が長く伸びている。枝の先の葉が、思いだしたように枝を離れて、風に舞いながら、朽葉色の織物の上にふわりと落ちる。

「かさとばかり落葉がうへに落葉哉」二葉亭四迷

「落る葉は残らず落ちて昼の月」永井荷風

二葉亭や荷風に、この句あり。晩秋の落ち葉の光景は、日々に文明開化を見つめた明治の文人たちの場合も、その美意識の変わらぬ下地をなすものだった。

黒田清輝の絵「落葉」（一八九一年）を見ると、そう思う。「落葉」は明治になって、それまでなかった油彩画の方法を確かにした絵の一つ。ただそれは、留学中に描かれたフランスの小村のポプラの落ち葉の絵で、ポプラという樹自体、明治半ばまで日本にはなかった、知られない樹だった。

しかし、違う。この絵に描かれる晩秋の落ち葉の光景は、むしろいまでは、わたしたちの感受性のもっとも懐かしい原風景をとどめるものになっている。

冬近し。

「静さに耐へずして降る落葉かな」高浜虚子

寓話の樹　樹の絵 IX

樹はほんとうは話せるのだと思う。わたしたちが樹は話せないとずっと思い込んできただけなのだと思う。

あるとき、『三岸黄太郎画集』を手にしたとき、その樹の絵のなかから、樹や鳥の声が聴こえてくることに気がついた。

樹も、石も、森も、月も、風景すべてが、複雑な色合いを深くつつんで、簡潔に、きっぱりと描かれている。

現代の寓話であるような絵。寓話のなかでは、誰でも、何でも、自由に話すことができる。空も、大気も、家も。言葉を知らないものもまた。

フランスのブルゴーニュの村に住んでいた画家の絵は、『木を植えた人』で日本でも知られるようになった南フランスの作家ジャン・ジオノの物語を思いださせる。

樹の言葉を話し、水の言葉を読み、夜の言葉に聴き入る人たちが生きて死んでゆく、豊穣な寓話の世界がジオノの物語の世界で、その物語は美しいブナの樹や年老いたナラの樹への挨拶からはじまるのだった。

風景を描き切ることはもう難しくなった。いまは寓話としての風景しかのこされていないのかもしれないということを、三岸黄太郎の樹の絵は考えさせる。

空との距離　樹の絵X

大きな樹の真下に立ちどまって、樹を見上げる。それだけだ。それだけで、いまじぶんのいる風景が、きれいに変わってしまう。

日高理恵子「空との距離」は、樹の真下から、大きな樹をまっすぐに見上げ、そのまま頭上の樹の世界に引き込まれていった、樹下の一人の画家の、「見ること」の秘密がいっぱい詰まった樹の絵の連作（I—VI）。

樹下から見ると、樹は枝だ。無数の、競う枝、絡む枝、曲がった枝、まっすぐな枝、太い枝、細い小枝が、幾重にも、四方に走ってゆく。

見上げると、枝々の先に空がある。枝々のあいだに空がある。枝々が空を引き寄せるのが、樹なのだ。それと、時間だ。大きな樹は、いま在るどんな存在より、ずっと長い時間を生きてきた。樹は時間の肖像なのだ。

日高理恵子の樹の絵は、静かに人を立ちどまらせる。いつの世にも、樹は画家たちによって、それこそ描き尽くされるくらい、描きつづけられてきた。どんなに遠くまでいっても、未知の驚きはないと思われてもきた。

違っていた。まだほんとうの驚きがあった。ずっと身近なところに。誰もが経験できるところに。樹下に。

冬の日、樹の下で

あらゆるものには距離があるのだ。あらゆるものは距離を生きているのだ。

そして、あらゆるものとのあいだの距離を測りながら、人間はいつも考えているのだ。幸福というのは何だろうと。幸福を定義してきたものは、いつのときでも距離だったからだ。

移ってゆく日差しとの距離。小さな花々との距離。川との距離。丘との距離。

生まれた土地との距離。

海との距離。砂との距離。潮の匂いとの距離。遠い国の、遠い街の、遠い記憶との距離。亡き人との距離。星との距離。夜啼く鳥との距離。森との距離。

素晴らしく晴れわたった、冬の或る日のこと。

葉という葉を殺ぎ落として立っている大きな樹が、樹の下で、幸福について考えていた一人の小さな人間に話しかけた。

何もないんだ。雲一つない。近くも遠くもないんだ。無が深まってゆくだけなんだ、うつくしい冬の、窮まりない碧空は。

幸福？　人間だけだ。幸福というものを必要とするのは。

うつくしい夕暮れの空と樹

深紅色のワレモコウに似た花々が点々とする湿地に、松や白樺や樅などの散らばった雑木林がどこまでもつづいている。夕暮れの光が、青い空の色に仄かな朱さを滲ませてひろがって、わずかに黒ずんでゆく高い樹木の影が、あたかも空のなかに沈んでいるようだった。

誰もいない。すべてが、ただ静かだった。そして、ほんとうだった。「世界はどうしてこんなにうつくしいんだ！」という歎息に、これほどにふさわしい場所は他のどこにもなかったのだ。

フランクル『夜と霧』に記された、アウシュヴィッツ－ビルケナウ収容所での、ある夕べのこと。いましも日が没してゆく西の空の光景を凝視しながら、誰かが誰かに、ふっと語りかけるように呟く。「世界はどうしてこんなにうつくしいんだ！」

二十世紀の百年の時代に遺された、それはきわみなく痛切なことばの一つだったと思う。一九七一年秋、その夕暮れの空と樹だけがうつくしかった死の収容所跡への旅が、わたしの異国への最初の旅だった。

収容所を囲んで高く張り巡らされた鉄条網の棘が一つ、錆びて落ちかけて、辛うじて鉄の枝に木の実のように引っ掛かっていた。忘れない。その錆びた鉄の木の実のような棘を照らしていた、あのうつくしい夕暮れの光。

プリピャチの木

ガラスのない窓の向こうに、悲しいくらい真っ青な空がおおきくひろがる。

明るい日差しが深く入り込んだ室内には、何の調度もなく、天井も床も剝きだしだ。剝げ落ちた壁には、泥濘のような黒いしみが一面に滲んでいる。

部屋の真ん中には、床を破って、白い樹幹がうつくしい白樺の木が一本、天井まで垂直に突っ立ち、無数の芽をつけたたくさんの細い枝々を、水平に伸ばしている。

廃墟となったホテルの最上階に育つ木。そうキャプションの付いた一枚の新聞の写真が、というより、写真が湛えていたおそろしく透き通った日の光と白い樹の濃い影が、いまも目の底に焼き付いている。

プリピャチという、遠いウクライナの、住む人のいない廃市。大事故となったチェルノブイリ原発直近の、すでに人は住むことのできない街。

いまはただ草木だけが、人のいない街に根づいて生きている街。

草木の、草木による、草木のための街。

樹は亡びない。草も。人のつくった街は亡んでも。

大きな影の木

大きな影のような木の、たがいに絡みあった枝という枝が、おどろくほどたくさんの影の果実を、影の滴のように垂らしている。

いつかロンドンの新聞の日曜版に挿絵になって載っていた、一本の大きな影の木の絵だ。

黒と白だけで鋭く描かれた木の枝々から、灰色の房に包まれてぶら下がった、色彩の一切ない、夥しい影の小さな果実は何だろうと、拡大鏡を近づけて、目を剝いた。

たくさんの影の果実は、木に吊るされた人また人の影だった。

そのとき切り抜くことをしなかったその絵の印象が、長い年月が過ぎたいまも、古い傷痕のように胸にのこっている。

歴史の木。その大きな影の木を、わたしはそう呼んで、記憶してきた。

冬が近づいて、木々が葉を落としはじめると、いつもその大きな一本の影の木を思いだす。

いっせいに葉を落とした木の枝々の先に、いままで緑の葉のかさなりのために見えなかった、灰色にひろがる向こう側が、突然のように見えてくる。

来て見てごらんよ。ここからは、歴史の木に吊るされた人びとの影が揺れながら消えていった、何もない向こう側が、とてもよく見える。

人はじぶんの名を

二〇一一年三月一一日午後、突然、太平洋岸、東北日本を襲った大地震が引き起こした激越な大津波は、海辺の人びとの日々のありようをいっぺんにばらばらにした。

そうして、一度にすべてが失われた時間のなかに、にわかにおどろくべき数の死者たちを置き去りにし、信じがたい数の行方不明の人たちを、思い出も何もなくなった幻の風景のなかに打っちゃったきりにした。

昨日は一万一一一一人。今日は一万一〇一九人。まだ見つからない人の数だ。それでも毎日、瓦礫の下から見いだされた行方不明の人たちが、一日に百人近く、じぶんの名を取りもどして、やっと一人の人としての死を死んでゆく。

ようやく見いだされた、ずっと不明だった人たちは、悔しさのあまりに、誰もが両の手を堅い拳にして、ぎゅっと握りしめていた。

人はみずからその名を生きる存在なのである。じぶんの名を取りもどすことができないかぎり、人は死ぬことができないのだ。大津波が奪い去った海辺の町々の、行方不明の人たちの数を刻む、毎朝の新聞の数字は、ただ黙って、そう語りつづけるだろう。昨日は一万一〇一九人。今日は一万八〇八人。

（二〇一一年五月三日朝に記す）

朝の浜辺で

水平線からまっすぐに向かってくる、
きらきらした、夏の鏡のような、
海からの日の光。
風の匂う朝の浜辺に立って、
黙って、海を見つめている人がいる。
何を見ているのか。無を
見ているのだ。そこに立ちつくして。――
われ汝にむかひて呼ばはるに汝答へたまはず。
小さなイソシギが、汀を走ってゆく。
どこにもいない人たちのたましいを啄《つい》ばむように。

（二〇一一年夏、終三行目舊約ヨブ記より）

夜と空と雲と蛙

夜半近く、遠く福島二本松の町はまだ祭礼で賑わっていた。連れなく銭なく歩いて旅してきた青年は、足の痛みに耐えきれず、路傍に大の字に倒れてしまった。天を見上げて、月光に浴して、またさらに歩き継ぎ、払暁、どうにか郡山に辿りつく。

夜露を伴とするだけの独り旅だった。やがて、みずから露伴と名乗るようになった青年に、ある日、友人が気なぐさみに、「ホンの日永のお茶菓詩」を贈る。「世を白露の伴と思はば、四角な事は兎角《とかく》よしやれ」。若い露伴のお返しはこうだった。

「世を白露の　伴と思ひて、四角な事を　先づはよし野の　はなを折られぬ　君が洒落《しゃれ》に、雲も晴れたりわしが無明の。さらば理屈の　ひし餅を捨て、いざや柔和の　団子食うよ。蝸牛《かぎゅう》の殻に　角をまるめつ、風吹く野辺に　安く寝んかも」

明治二十年、一八八七年、二本松の夜空の下で野垂れ死に損なったみちのくの旅から、二十一歳の青年が持ち帰ったのは、その後の生涯をつらぬくことになる、「白露を伴とする人生」を柔和しつつ生きる覚悟だ。

露伴さん、露伴さん、幸田の露伴さん。風吹く野辺で、あなたはそのとき、二本松の夜空に、何を見たのですか。北斗七星と何を話したのですか。いま、二〇一一年、二本松の夜空は、あなたの見た夜空とは違いますか。ずっともっと無明の空ですか。

二本松の上の空は、どんな空か。いま下りの東北新幹線で郡山を過ぎ、ふと気がつくと、いつのまにか車窓の左手に、なだらかな連峰をつつむように大きな山容がひろがってくる。晴れた日には、柔らかな山稜が、殊にやさしい安達太良山だ。

二本松の上の空。「智恵子は東京に空が無いといふ、ほんとの空が見たいといふ。私は驚いて空を見る」。「智恵子は遠くを見ながら言ふ。阿多多羅山の上に毎日出てゐる青い空が　智恵子のほんとの空だといふ。あどけない空の話である」

高村光太郎『智恵子抄』の広く知られる詩。妻の智恵子は、阿多多羅山と詩人が記した安達太良山の麓の二本松の生まれ。大正九年、一九二〇年、詩人は二本松の智恵子の家を訪れる。遠い世の松風ばかりが薄みどりに吹き渡っていた日だった。

智恵子の眼には、と詩人は思いだす。確かに阿多多羅山の山の上に出ている天空があった、と。けれども、やがて智恵子は、精神の破綻を来して入院、「ほんとの空」を失くして、「もう人間であることをやめて」、生き耐えた末に逝く。

光太郎さん、光太郎さん、高村の光太郎さん。あなたが彼女を喪った後につづいたのは、昭和の戦争の時代、暗愚の時代です。いま、二〇一一年、そっちから安達太良山の上の空が見えますか。ふたたびは失くしてならない「ほんとの空」が見えますか。

「そして屋根屋根はみごとに剝がれ　はがれて飛び電柱はへなへなと曲り　街々はぞんぶんにふみにじられ　家々は手あたり次第にもみつぶされて　人びとはひつそりと息を殺した　そしてさんたんたる世界の滅亡をまのあたりにながめた」

「大暴風の詩」という詩にこう刻んだのは、聖職者だった詩人の山村暮鳥だ。大正十年、一九二一年のこと。「世界はまったく　われわれのために　つくられたものではなかった」。詩人はそうも書きつけている。じぶんに言い聞かせるように。

大正の初めから七年ほど、暮鳥は福島の平（今はいわき市）で伝道師として暮らした。のち水戸に転じ、病に倒れ、キリスト教から離れ、二四年暮れに早逝。翌年でた詩集『雲』が墓碑となった。暮鳥を後世に忘れられない詩人にした雲の詩。

「丘の上で　としよりと　こどもと　うつとりと雲を　ながめている」「おうい雲よ　ゆうゆうと　馬鹿にのんきそうじやないか　どこまでゆくんだ　ずつと磐城平のほうまでゆくんか」

麦の穂。畑の菜。岬。静かな木。秋の入り日。聖フランシスの顔のような林檎。「一日も余計に生きさつせえよ」村の人の別れの言葉。あなたの愛したものらが、暮鳥さん、暮鳥さん、山村の暮鳥さん。あなたの住まう天上から、いまも地上に見えますか。

「るてえる　びる　もれとりり　がいく。ぐうであとびん　むはありんく　るてえる。なみかんた。りんり。なみかんたい。りんり。もらうふ　ける　げんけ　しらすてえる。けるば　うりりる　うりりる　びる　るてえる」（ごびらっふの独白）「幸福といふものはたわいなくつていいものだ。おれはいま土のなかの靄のやうな幸福に包まれてゐる。みんな孤独で。みんなの孤独が通じあふたしかな存在をほのぼの意識し。うつらうつらの日をすごすことは幸福である」（日本語訳）

ごびらっふは殿様蛙で、ケルルリ部落の長老。その蛙の独白を書き取って日本語訳を付けるという変わった詩を書いたのは、蛙の言葉の翻訳者である自負と幸福をもちつづけた草野心平。福島阿武隈山脈の南端の小村に生まれ育った詩人だ。

長じて村を出て、大陸や列島の各地を、ノマド（遊牧民）のように転々とする。だが、生涯書き綴ったのは、どこにいようと、天を仰いで泥にひそんで「大きな夢のなかにじっと生きてゐる」蛙たちと共に、人は生きているのだという確信だ。

心平さん、心平さん、草野の心平さん。地球とはあきれたことのあふれる場所だと、あなたはいつか慄然と笑って言いましたよね。あなたはいまどこから眺めていますか、あなたのいない地球を。慄然と笑うほかない地球という星を。

二〇一一年春、三月一一日、東日本大震災と名づけられた大地震、大津波、そして原発の大事故によるとめどない放射能汚染のつづくなかで、サーベイメーター（放射線量測定器）なしで何もできないなら、何ができるだろう。草野心平の詩「李太白と蛙」を引く。

「村の居酒屋から小用に出た李白は。満月。目前に変なものを見た。人畜に殺される以外死骸をさらさないといはれる蛙のひからびた栗色の姿だつた。じつと見た。居酒屋にもどった李白は。錫《すず》の器に新しく特等の老酒を所望した。そしてゆらゆら。死骸に注いだ」

（二〇一一年九月一一日）

老人の木と小さな神

村外れに、一本の大きな老人の木があった。

古い古い大きな柿の木だ。古い古い大きな柿の木の傍らには、古い古い小さな祠《ほこら》があった。古い古い小さな祠は、小さな神の小さな家だった。

ある日、古い古い大きな柿の木が、古い小さな家の小さな神に言った。きみの声はいつも聴こえるのに、わたしは、きみのすがたを一度も見たことがない。

古い古い大きな柿の木の傍らで、小さな神の小さな声がした。あなたは誰にも見える大きなすがたをしているけれど、わたしはすがたをもっていない。

大きなすがたをもつ柿の木と、すがたをもたない小さな神は、古い古い友人だった。友人とは、おなじ場所、おなじ季節を、ずっと共にするもののことである。

遠くから見ると、古い古い大きな柿の木と、小さな神の住む古い小さな家は、ずっとそこに身じろぎしないで立っている、とても大きな人ととても小さな人のようだった。

五百年生きてきてわかった、と古い古い大きな柿の木は、すがたをもたない小さな神に言った。歴史というのは激情じゃないんだ。見えない小さな神の微笑む声がした。ふふふ。

存在がそのまま叡智であるような閑かさがあるのだと思う。古い古い大きな柿の木は、春には新しい葉を、夏には緑の影を、秋には赤く色づく実を、冬には雪飾りを着けた。

虹の木

どこかで小さな声がした。幼い子どもの声だったかもしれない。シャガールの驢馬の声だったかもしれない。

空はどこからはじまるのだろう？　その声が問うように言った。

空はすぐ足許からはじまる。芝が答えた。すると樫が言った。空は木々の枝々の先からはじまる。ギョギョシと啼きながら、オオヨシキリも言った。空は潟のうえにはじまると。

空は朝の光にはじまると朝は言い、空は中天にはじまると昼は言い、星々の生まれるところから空ははじまると、夜は言った。風吹くところから空ははじまる、と風は言った。

雲流れるところから空ははじまる、と雲は言う。空は無にはじまる、と物思う人は言う。空は白紙にはじまる。筆もつ人は言った。空は山を描いてはじまる。絵筆もつ人は言った。

じぶんの頭の上だよ。ハシブトガラスは嘯いた。空はじぶんの頭の上からはじまるんだ。

虹だ。ふいに雨上がりの空から、声が降ってきた。秘密をはじめて打ち明ける幼い子どもの声のような、シャガールの驢馬の声のような、その声が言った。空ははじまるんだよ。空に虹の木が見えるところから。

虹の木が現れると、みな立ちどまって、黙って、空を見上げた。そのとき初めて空を発見したみたいに。

奇跡　――ミラクル――

幼い子は微笑む

声をあげて、泣くことを覚えた。
泣きつづけて、黙ることを覚えた。
両の掌をしっかりと握りしめ、
まぶたを静かに閉じることも覚えた。
穏やかに眠ることを覚えた。
ふっと目を開けて、人の顔を
じーっと見つめることも覚えた。
そして、幼い子は微笑んだ。
この世で人が最初に覚える
ことばではないことばが、微笑だ。
人を人たらしめる、古い古い原初のことば。
人がほんとうに幸福でいられるのは、おそらくは、
何かを覚えることがただ微笑だけをもたらす、
幼いときの、何一つ覚えてもいない、
ほんのわずかなあいだだけなのだと思う。

立つこと。歩くこと。立ちどまること。
ここからそこへ、一人でゆくこと。
できなかったことが、できるようになること。
何かを覚えることは、何かを得るということだろうか。
違う。覚えることは、覚えて得るものよりも、
もっとずっと、多くのものを失うことだ。
人は、ことばを覚えて、幸福を失う。
そして、覚えたことばと
おなじだけの悲しみを知る者になる。
まだことばを知らないので、幼い子は微笑む。
微笑むことしか知らないので、幼い子は微笑む
もう微笑むことをしない人たちを見て、
幼い子は微笑む。なぜ、長じて、人は
質《ただ》さなくなるのか。たとえ幸福を失っても、
人生はなお微笑するに足るだろうかと。

ベルリンはささやいた

ベルリン詩篇

ファザーネン通りの小さな美術館で
紅いケシの花を額にのせた
死顔のデッサンを見た。
一九一九年一月十五日の夜、
至近距離から銃で撃たれ、
蜂の巣状にされて路上に捨てられ、
身元不明の死体として
市の死体置場にまわされて
死んでいった男の、額の上の紅いケシ。
画家のケーテ・コルヴィッツが
カール・リープクネヒトの死顔の
木炭画の上に描きのこしたのは、
死者の額から流れおちた血の花弁だった。
雨ふりしきるグルーネヴァルト駅の
十七番線ホームで見たのは、
紅いガーベラの切り花だった。
ベルリンのユダヤ人を運んだ
アウシュヴィッツ行きの
ドイツ帝国鉄道の貨車の始発ホーム。
出ていった列車の数とおなじ数の
鉄板を銘板にして敷きつめた、
それは、いまは、どこへも行かない
人影のないホームだった。
一九四四年十二月七日、
アウシュヴィッツへ三十人輸送。
ただそうとだけ刻まれた
雨にぬれた鉄板の一枚の上に
置かれていた、三本の紅いガーベラ。
死よ、死よ、おまえはどこなの――
ベルリンはささやいた。おまえの足の下だよ――

ベルリンのベンヤミン広場にて

ベルリン詩篇

冷たい雨が降っていた。
冬の匂いのする雨だった。
大きな並木のつづく
静かなヴィーラント通りでは、
おびただしく散る黄葉が、
舗道の上に、葉のかたちを、
地模様のように染めつけていた。
雨の日、ベルリンでは、いまも
森を歩くように、街を歩くことができる。
人影をみない。物音が遠ざかる。
枯れた小枝が折れて
ポキッと音を立てるように、
街の名だけがひそやかに語りかけてくる。
ヴァルター・ベンヤミン広場《プラッツ》。
昔、ナチスの手を逃れて

この街を去って帰らなかった
一人の名が、ベルリンで
最後の日々を過ごしたここに遺っている。
そのときここで、その人は書こうとしていた。
人の喪ってはならないものについて。
幼年時代という、永遠の故郷について。
いまは一階だけ細い回廊になった、
整然とした二つの灰色のビルが
双子のように向きあって、
花崗岩の敷かれた
長方形の広場を挟んでいる。
日の影はない。通ってゆく人もいない。
時が停まったように、
広場の噴水は停まっていた。
歴史は記憶にほかならない。だが、
現在というのは清潔な無にすぎないのだ。

ベルリンの本のない図書館

ベルリン詩篇

ここが、そこだった。
そこでできることは二つだった。
立ちどまること。しゃがみこんで、
黙って、足下を覗《のぞ》きこむこと。
清潔な敷石だけの、静かな広場の真ん中に、
窓のように、一メートル四方の
ガラス板が敷かれている。
ガラス板の下は、明るい光の部屋だ。
誰も入れない、地下の、方形の部屋の、
四面はぜんぶ真っ白な本棚で、
本棚に本は一冊もない。
ここが、そこだった。
ベルリン、一九三三年五月十日夜、
空疎な精神は火に投じられなければならないと、
そして本を自由に読むことは犯罪であると、
二万冊の本が、ナチスの突撃隊の手で、
集まった大勢の人びとの目の前で
深更まで燃やしつづけられた、
オペラ座広場、いまベーベル広場の、
ここが、そこだった。
日の暮れ、薄闇が忍んでくると、
樹木一本、街灯一つ、ベンチ一つない、
灰色の石畳だけの、石の広場の、
本のない本棚しかない地下の部屋の、
（その部屋は「図書館」とよばれている）
明るい光が、赤い心臓のように、
そこだけ、いよいよ明るくなって、
敷石の上に滲むようにひろがってきた。
本は文字を記憶に変えることができるのだ。
だから一冊の本もない図書館がある。
ここが、そこだった。

ベルリンの死者の丘で

ベルリン詩篇

何もなかった。表示も、門も、柵もない。
どこからも入れて、どこからも出られる。
花々も、ことばもない。何の飾りも。
すべて、幅九十五センチで、
高さ長さだけがそれぞれに違う、
コンクリートの、灰色の、直方体の、
どんな碑銘ももたない、石碑しかない。
数、二千七百十一。その、犇《ひし》めく
石碑と石碑のあいだを、石碑とおなじに、
きっかり、幅九十五センチの通路が、
縦横、真っ直ぐに、つづいている。
沈黙という沈黙を、誰かが、
ていねいに、折り畳んだかのように。
冬が近いのだ。日差しも、影も、
ベルリンでは、おどろくほど、鋭かった。

それは、古い街の、古い路地のようにも見えた。
新しくつくられた、新しい迷路のようにも見えた。
細い通路の先を、人影が、ふっと横切って、
すーっと消えた。もう、誰もいない。
ブランデンブルク門の、すぐ南のところ。
ホロコースト記念碑とよばれる、
空につづく、石の丘のような場所。
道をはさんだ、向かい側は、
緑濃い、大きな樹木に埋もれた、
広大な公園、ティーアガルテンの東の門で、
そこに、ゲーテの、古い汚れた銅像が立っていた、
死者たちの、石の丘のほうに、顔を向けて。
いや、詩人の視線の、先にあったのは、
石の丘の上に、無のようにひろがる、
すばらしく澄んだ、青空だ。

夏の午後、ことばについて

すべては、ことばからはじまる。
概念ということばが、そうだった。
概念は、明治になってつくられた
新しい時代の、新しいことばだった。
近代という時代が欲したことばだった。
それから、この国が生きてきたのは、
よくもあしくも、ずっと概念の時代だった。
概念。「英語、Concept ノ訳語。
感覚ニヨリテ得ル、諸種ノ智識。
其相違ノ点ヲ省キ、
類似ノ点ノミヲ綜合シテ、
普通智識ヲ作ル意識ノ作用」（大言海）
概念についての、この大言海の字義が好きだ。
「感覚ニヨリテ得ル智識」を働かすこと。
そう、社会であるとか、未来であるとか、
希望であるとか、個人であるとか、
そこにあると指さすことのできないもの、
事物ではないもの、
かたちをもたないもの、
ただ概念でしかないものを、
確かな感触をのこすことばとして、
じぶんの実感できるものに変えてゆく術を
どうやって体得してゆくか——
すべてはそこから、ことばからはじまる。
（私たちは、多くの嘘いつわりを、
真実のように話すことができます。
けれども、私たちは、その気になれば、
真実を語ることもできるのです）
夏の午後、向日葵を揺らしてゆく風の音。
ムーサ（ミューズ）たちが囁いている風の声。

夕暮れのうつくしい季節

土の匂い、草の匂い、
水の匂いが、さっと流れ込んできた。
すると、開け放たれた
汽車の窓から、
半身を乗りだした少女が、
腕を勢いよく、左右に振って、
蜜柑を、五つ六つほど、
暮れなずむ空に、投げ上げたのである。
暮色を帯びてひろがる風景と、
空に舞う、数個の蜜柑の、
暖かな日に染められた
鮮やかな色と。——
蜜柑は、空に舞って、
瞬く間もなく、後ろへ飛び去った。
起きたことは、ただ、それだけである。

が、不思議に朗らかな心もちが、
昂然と、湧き上がってきたのである。
そう書きしるしたのは、そのとき、
その汽車に乗っていた芥川龍之介だった。
そうして、疲労と倦怠と、切ないほど
不可解な、下等な、退屈な人生を、
私は、僅かに、忘れることができたのであると。
夕暮れのうつくしい季節がめぐってくると、
芥川龍之介の夕暮れのことばを思いだす。
ずっと、空を見上げていたくなる。
いつまでも、日が暮れるまで。
ほぼ百年前、汽車の窓から、
誰とも知られない少女が投げ上げた
鮮やかな色の蜜柑が、ばらばらと、
希望のように、心の上に落ちてくるまで。

花の名を教えてくれた人

ショウブは菖蒲ではない。
アジサイは紫陽花ではない。
それから、ハギも萩ではない。
樹もそうなのだ。ケヤキは
欅でない。シラカバは白樺でない。
ボダイジュも菩提樹でない。
日本の草や花や樹に当てられた
漢名は、古いむかしの中国で
まったく別の草や花や樹をいう名だった。
江戸の本草学者たちが誤ったのだというのだが、
たとえそうだとしても、ショウブは菖蒲、
アジサイは紫陽花、ハギは萩だ。
ケヤキは欅、シラカバは白樺、ボダイジュは
菩提樹だ。草や花や樹の漢名は、
人がその名で、何を胸底に畳んできたか、
記憶の名、それも、微かな記憶の名、
誰とも頒《わか》つことのできない思い出の名、
そうして、ときにはすべて忘れてしまった
忘却のしるしを、ありありと感覚させるのだ。
秋、花屋の店先で、
深い紫紺の花束を見た。
リンドウは竜胆と書くのだと、
遠い少年の日に教えてくれた人がいた。
竜胆が咲きだす季節の前にその人は逝った。
草や花や樹の漢名は、
どこかに死の記憶を宿している。
その人について覚えているのは、
竜胆という心を染める花の名だけだ。
花の名には秘密がある。花の名は花の名を
教えてくれた人をけっして忘れさせないのだ。

空色の街を歩く

空気が澄んでいる。
道の遠くまで、
あらゆるものすべてが
明確なかたちをしていて、
街の何でもない光景が
うつくしい沈黙のように
ひろがっている。
家々の屋根の上の
どこまでも、しんとして
透き通ってゆく青磁の空が、
束の間の永遠みたいにきれいだ。
思わず、立ちつくす。
両手の指をパッとひろげる。
何もない。——
得たものでなく、
失ったものの総量が、
人の人生とよばれるものの
たぶん全部なのではないだろうか。
それがこの世の掟だと、
時を共にした人を喪って知った。
死は素《す》なのである。
日の光が薄柿色に降ってくる
秋の日の午後三時。
街の公園のベンチに、
幼女のような老女が二人、
ならんで座って、楽しげに、
ラッパを吹く小天使みたいに
空に、シャボン玉を飛ばしていた。
天までとどけシャボン玉。
悲しみは窮まるほど明るくなる。
秋の空はそのことを教える。

未来はどこにあるか

冬の日差しが差し込む
二つならんだ細長い窓の前、
二つの脚立に、差し渡しただけの、
大きな一枚板が、わたしの机。
引き出しがないので、
何も隠すことはできない。
机の上に、無造作に、
散らばっているとしか見えない、
小さなものすべてが、
今日という、とりあえずの、
人生の一日に、必要なもののすべて。
ウィンドウズXPの、古いパソコン。
古い新聞の、古い切り抜き。
読みさしの本、いくつか。
ジョン・ニコルズの、空の写真。

あるいは、チャールズ・アイヴスの、
コンコード・ソナタのCD。
けれども、未来はどこにあるか。
机の上に、雑々と、散らばる
小さいものたちのあいだの、
どこに、未来はまぎれているか。
未来。未ダ来ラヌ時、後ノ時。
明治二二年の辞書からの書き抜き。
けれども、いま、未来はどこにあるか。
ある日、東北の、釜石から
送られてきた、手づくりの句一つ。
「三・一一神はゐないかとても小さい」
未来はいまも、未ダ来ラヌ時だろうか。
もう、そうではないのではないか。
いま、目の前にある、
小さなものすべて。
今日という、不完全な時。
大切なものは最上のものなのではない。

涙の日　レクイエム

あるところに、女がいた。
男がいた。走りまわる
子どもたちがいた。じぶんを
羊だと思っている年寄りもいた。
来る日、来る日、慈しむように
キャベツをそだてる人がいた。
道を尋ねるように、未来は
どっちですかと　尋ねる人もいた。
石の上にはトガゲが、池には
無名の哲学者のような
ツチガエルがいた。
遠く赤松の林がみごとだった。
そうして、一日一日が過ぎたのだ。
そうして、無くなったのだ。
それら、すべてが、

いちどきに。
いつもとおなじ、春の日に。
そうして、一日一日が過ぎたのだ。
そうして、いつもの年のように、
やがて、朱夏がきて、
白秋がきて、柿畑に柿は
実ったが、収穫されなかった。
その秋、ヒヨドリたちは
啼き叫んで、空をめぐったか？
絶望を語ることは、誰もしなかった。
けれども、女も、男も、
大声で笑うことをしなくなった。
風巻く冬が去って、
陽春が、いつものように、
めぐり、めぐり来ても。

この世の間違い

春、暖かな日がきたら、草とりをする。
家のまわり、日の当らない、冷たい場所に、
いっせいに、びっしりと、生えでてくる、
幼い、名も知らない、草たちの草とり。
身を屈め、草たちをぬいてゆく。
ニガナ？ノミノツヅリ？ ホトケノザ？
荒れた草をぬき、土をととのえる。
そして、風の小さな通り道をこしらえる。
ここは、家と家のあいだの、
ほんのわずかな隙間にすぎないのに、
ここには、神々の世界がある。
日の翳り。風の一ひねり。するどい
鳴き声をのこして飛び去るキセキレイの影。
白木蓮の落ちた花片。枝々の先の新芽。
沈丁花の匂いがする。ここでは、

どんな些細なものにも意味がある。
ここからはこの世の間違いがはっきり見える。
ゲーテの言った、この世の間違いが。
限界を忘れて、神々と力競べしようとした
人間たちの冒した、この世の間違いが。

人の権利

木立の上に、
空があればいい。
大きな川の上に、
風の影があればいい。
花と鳥と、光差す時間、
そして、おいしい水があれば。
僅かなもの、ささやかなものだ、
人の生きる権利というものは。
朝、お早うという権利。
食卓で、いただきますという権利。
日の暮れ、さよならまたねという権利。
幸福とは、単純な真実だ。
必要最小限プラス1。
人の権利はそれに尽きるかもしれない。
誰のだろうと、人生は片道。
行き行きて、帰り着くまで。

おやすみなさい

おやすみなさい森の木々
おやすみなさい青い闇
おやすみなさいたましいたち
おやすみなさい沼の水
おやすみなさいアカガエル
おやすみなさい向日葵の花
おやすみなさい欅の木
おやすみなさいキャベツ畑
おやすみなさい遠くつづく山竝《やまなみ》
おやすみなさいフクロウが啼いている
おやすみなさい悲しみを知る人
おやすみなさい子どもたち
おやすみなさい猫と犬
おやすみなさい羊を数えて
おやすみなさい希望を数えて

おやすみなさい桃畑
おやすみなさいカシオペア
おやすみなさい天つ風
おやすみなさい私たちは一人ではない
おやすみなさい朝《あした》まで

猫のボブ

赤と白のサザンカが咲きこぼれる
緑の垣根のつづく冬の小道で、
猫のボブが言った。平和って何？
きれいな水？　皿？　静けさ？
それからは、いつも考えるようになった。
ほんとうに意味あるものは、
ありふれた、何でもないものだと。
魂のかたちをした雲。
樹々の、枝々の、先端のかがやき。
すべて小さなものは偉大だと。

幸福の感覚

口にして、あっと思う。
その、ほんの少しの、
微かな、ときめき。
あるいは、ひらめき。
とっさに、心に落ちて、
木洩れ陽のようにゆらめく
何か。幼い妖精たちの、
羽根の音のような、
どこまでも透き通った明るさ。
食事のテーブルには、
ほかの、どこにもない、
ある特別な一瞬が載っている。
そこにあるもの、目に見えるもの、
それだけでなくて、そこにないもの、
目には見えないものが、
食卓の上には載っている。

心の、どこかしら、
深いところにずっとのこっている、
じぶんの、人生という時間の、
匂いや、色や、かたち、
あるとき、ある場所の、
あざやかな記憶。——
食事の時間は、なまめかしいのだ。
幸福って、何だろう？
たとえば、小口切りした
青葱の、香りある、きりりとした
食感が、後にのこすのが、
幸福の感覚だと、わたしは思う。
人の一日をささえているのは、
何も、大層なものではない。
もっと、ずっと、細やかなもの。
祖母はよく言ったものだった。
なもむげにすでね。
（何ごとも無下にしない）

晴れた日の朝の二時間

朝、七時に、目を覚ます。
そのまま、じっとして、
閑却の時を数えて、
八時になったら、起きる。
まっさきに、猫の餌をつくり、
それから、冷たい水で、顔を洗い、
カーテンをあけ、窓をあけて、
ドアを叩く天使の、錆びた鉄の拳の
ノッカーの付いた、玄関の木のドアをあけて、
外にでて、仰いで、空の色を確かめて、
巡りくる季節の変わらぬ友人である
家の周りの木々と小さな花々に
水を遣り、傷んだ葉と花片を摘み、
湯呑み茶碗一杯分の湯を沸かし、
トウモロコシのヒゲの茶を淹れて、
束の間、顔の先に流れる、
こんな微かな匂いをよろこびとしてきた
人の日のいとなみのふしぎに歎息する。
日溜まりのなかに、猫の影。
目を閉じると、まぶたの裏に、
ヒヨドリたちのさえずりが、
さざなみのようにひろがってくる。
朝の光にさいわいあれ。
たとえ、四方すべて壁であっても、
何もない空間に、穴をあけて、
戸口をあけ、窓をあければ、家になる。
何もない空間が、住むことのはじまりなのだ。
波荒い朝の浜辺にのこる貝殻のように、
夜半過ぎに読んだ古代中国の人、
ラオ・ツーのことばが胸底にのこっている。

金色の二枚の落ち葉

部屋の壁に、落ち葉を二枚、
額に入れて、二年前、絵のように飾った。
晩秋の郊外の森の道で拾って、持って帰った、
カエデとカツラの、きれいな落ち葉だ。
落ち葉は、いのち尽きた葉だ。
けれども、二枚の落ち葉は、かたちも、色合いも、
風合いも、まだすこしも損なわれていない。
時は過ぎゆくが、時の外に、落ち葉はとどまる。
ときどき目を上げて、壁の二枚の落ち葉を見つめる。
部屋に金色の日差しが入りこんでくる日は、
二枚の落ち葉は甦ったようにかがやく。
いまここに、何が、落ち葉をかがやかせるのか。
落ち葉の小さな神がかがやかせているのだと、
わたしは言う。小鳥屋のおじさんが、
遠い日に、幼いわたしに話してくれたみたいに。

万物すべて、小さな神とともに生きているんだ。
笑いながら、小鳥屋のおじさんは言った。
おじさんは左手がなかった。戦争に行って無くした。
でも、あるんだよ。そう言って、おじさんは
右手で、左手のあった場所を指さした。
この何もないところに、いまも
左手の小さな神がいる。
ツツーピー、ツッピー、四十雀が叫んだ。
わたしは、小鳥屋のおじさんにおそわった、
何もないところにいる小さな神の存在を信じている。
壁のカエデとカツラの落ち葉を見ると、思いだす。
この国の、昭和の戦争の後の、小さな町々には、
すべてのことを自分自身からまなび、
「視覚は偽るものだ」と言った
エペソスのヘラクレイトスのような人たちが、
まだいたのだ。子どもたちのすぐそばに。

Home Sweet Home

敵なしにはありえない戦争。
憎しみをもって打ち倒すまで敵と戦う戦争。
いつでも戦争は、そう考えられてきた。
違う、とわたしはわたしに言った。
敵を打ち倒すべき戦争によって
危うくされてきたのは、敵ではなくて、
いつでもHomeだったのだ。
Homeというのは、人が
そこへ帰ってゆく場所のことだ。
わたしはわたしに言った。戦争くらい、
Homeというものをつよく、
するどく意識させるものはない。
戦争にいったものは、死んだ者も
生き残った者も、かならず、
Homeへ帰らなければならないからだ。

それが戦争だ、とわたしはわたしに言った。
Home Sweet Homeという
ことば、知ってる?
アメリカを激しく引き裂いた
南北戦争に至る時代が生んだ歌のことば。
暗殺された悲しい目をした大統領が
愛したということば。すべての
戦争の目標は、戦闘でなく、帰郷なのだ。
わたしはわたしに言った。
紅茶にしよう。ピラカンサの実が、
日の光をあつめて、今年も赤く色づいてきた。
季節と共にある一日の風景が好きだ。
これがHomeだ、とわたしはわたしに言う。
戦争をしない国にそだったのだから、
わたしは心底に思い留める。世に
勝者はいない。敗者もまた、と。

北緯50度線の林檎酒

それにしても、いったい何のために、
こんなところにきてしまったのだろう？
旅の物語はその自問からはじまると、そう
教えてくれたのはチェーホフの『サハリン島』だ。
帝政ロシアの流刑地の島への、長い旅の記録だ。
サハリンを真っ二つにするのが北緯50度線。
世界地図帳をひろげて、北緯50度線を西へとたどる。
シベリアと中国東北部の国境を左岸右岸に分けて
浩然と流れてくるアムール河を突っ切って、
ブラゴヴェシチェンスクを過ぎ、
モンゴルを一気に過ぎると、セミパラチンスクだ。
ソヴェト・ロシアの核実験場のあった
北緯50度線の街。さらに西へゆけば、
キエフ。そのすぐ北がチェルノブイリだ。
北緯50度線を地図帳でたどると、おどろく。

目に見えない緯度は、地図上の線にすぎない。
その見えない緯度がすべての歴史をむすんでいる。
アウシュヴィッツ強制収容所の街、
オシフィエンチムも、またそうなのだ。
ポーランドの、北緯50度線の街なのだ。
死者たちはいまも若いまま生きているのだ。
チェーホフは記した。北緯50度線の岬の灯台は、
夜の闇のなかに明るくかがやき、流刑地が
真っ赤な瞳で、世界を眺めているかに思える、と。
アウシュヴィッツの西、百塔の街プラハもそうだ。
カフカの生きたのは、北緯50度線の街だった。
いま、ここに在ることは、奇跡のようなものだと
言ったのが、カフカだった。そのことを、
人は信じることができなくてはいけないのだ、と。
冷たい冬の夜には、林檎酒を熱くして飲む。
——せめても世界があたたかく感じられますように。
北緯50度線の街フランクフルトで覚えた味だ。

ロシアの森の絵

果てしない森の静寂。
緑濃い森のうえの、
乳白色の空のひろがり。
遠く光る一すじの河の流れ。
森のはずれ、咲き散る白い花々。
雨の樫林を遠ざかってゆく人。
深い森のなかに、恩寵のように、
射しこんでくる日の光。そうして、
無言の光景の、ずっと奥のほうから、
仄かに伝わってくるぬくもりのようなもの。
わたしは、十九世紀ロシアの
風景画家たちの森の絵が好きだった。
森の樹の葉の一枚一枚まで、
精細に、ひたぶるに描ききって、
空色の大気を呼吸する
森のすがたしか

生涯描くことをしなかった、
たとえば、イワン・シーシキンの森の絵が。
森の佇まいが描かれているだけなのに、
その森の絵には、ひそやかな気高さがあって、
何でもない森の光景にすぎないのに、
あたかも聖なる風景のような。——
風景画は絵の一つというのとはちがう。
それはまったく独自の芸術だったのだ。
人はこの世界の主人公ではない。
自然の一部にすぎない。エゴは存在しない。
イワン・シーシキンの森の絵はそうだったのだ。
風景画家が没したのは二十世紀前夜だった。
それから後の、この星の、この世界の、
不幸は何だと思う？
それから到来したのは、
ゆたかでまずしい時代だった。
わたしたちは、畏れることを忘れた。
ツユクサの露を集めて、顔を洗うことを忘れた。

徒然草と白アスパラガス

日々に必要なものがあれば、
ほかに何もないほうがいいのだ。
なくてはならないものではなかった。
なくていい。そう思い切ることだった。
ある日、卒然と、そう思ったのだ。
何がなくていいか、それが、人生の
たぶんすべてだと。それは本当だった。
不要なものを捨てる。人生はそれだけである。
最初に「いつかは」という期限を捨てる。
それから「ねばならない」という言い草を
捨てる。今日という一日がのこる。
その一日を、せめて僅かな心遣りをもって、
生きられたら、それで十分なのだと思う。
昨夜、西麻布の、小さなクッチーナで、
南ドイツ産の柔らかな白アスパラガスを食べた。
そのとき、ウンハイムリッヒという、

遠い日に確かゲーテについて書かれた
本を読んで覚えたドイツ語を思いだした。
ゲーテは詩のことばを、殊更めいた
ウンハイムリッヒなものとはしなかったと。
ウンハイムリッヒには気味わるい意と、
そして故郷になじまない意とがある。
この世ならぬ彼岸にあこがれて、
陰気で、凄まじいことばに誘われて、
眼の前に在るものの深い意味を見ない。
そうしたウンハイムリッヒぶりから、
シンプルでおいしい白アスパラガスのように、
詩のことばをシンプルに、自由にする。
新しい真実なんてものはないのだ。
人は自然とは異なった仕方で
存在するものではないのだから。
徒然草、第百四十段に言うならく、
朝夕なくてかなはざらん物こそあらめ、
その外は何も持たでぞあらまほしき。

ときどきハイネのことばを思いだす

もう二百年も前、ハイネは旅上で書きとめた。
大きな戸棚に向き合って
熱いストーブの後ろに、
ひどく歳をとった
おばあさんが静かに腰かけている。
二十五年もそこに、ずっと腰かけている。
古ぼけた布地の花模様のおばあさんのスカートは、
おばあさんの死んだ母親の
花嫁姿の衣裳だ。
おばあさんの足元に曾孫の少年が座って、
スカートの花の数を数えている。
おばあさんは少年にいろいろな話をする。
縫い針や留め針が仕立て屋の家からでてきて
夜の道で迷ったり、藁と石炭が
川を渡ろうとして溺れたり、鋤と鍬が
階段の上で喧嘩して殴り合ったり、
血の滴りがいきなりふしぎな言葉で話しはじめたり。
おばあさんはもうずっと前に死んだ。
少年はすでに死を間近にする老人になって、
大きな戸棚に向き合って
熱いストーブの後ろに静かに座っている。
老人は、むかし、おばあさんに聞いた、
物言わぬものたちの話を、孫たちに、
ことばを手渡すように、ゆっくりと話す。
古い物語を通して、すべての物が
語るのを聞き、すべての物が
動くのを見る。——
ときどきそのハイネのことばを思いだす。
深い直感をもって、日々を丁寧《ていねい》に生きること。
小さな神々が宿っているのだ、
人の記憶や習慣やことばのなかには。

ウィーン、旧市街の小路にて

曲がりくねった道をゆくとき、
人は前へ前へ歩んでいるのでなく、
つねに隠されている何かによって、
奥へ、奥へと誘われているのだ。
百年前、ウィーンの人はそう言った。
それから百年の時間を経て、いま、
ウィーンの曲がりくねった道を歩く。
石でできた灰白色の街並みに沿って、
ときに建物の中庭へ入っていって、
咲きこぼれる花のそばを通って、
建物を突きぬけるようにして、
アーチを潜っていって、
反対側の通りへ出ていって、
血管のように旧い市街を巡ってゆく
細く薄暗い石畳の小路を折れて、

また、思わぬ小広場に出て、
立ちどまる。音もざわめきもない。
ふりむいても、人影はない。
窓の開かない建物のあいだに、
静かな日の影ばかりが落ちている。
もう見えないもの、聴こえないもの、
無くなったもの、無いものが、
後世に秘密のように遺したのは何だろう。
言いあらわせないもの、けれども、
ひたひたと充ちてあるもの、
空谷《くうこく》の跫音《きょうおん》だと思う。
グリュス・ゴット！
挨拶のなかに神さまのいる街。
小広場のカフェで、メランジェを啜る。
刻《とき》がくると、塔の鐘の音が、
波紋のように、夕空にひろがった。
鐘の音は、天翔ける
ウィーンの死者たちの足音だった。

the most precious thing

海に浮かぶ船の、
高いマストのてっぺんに、
時計をもつ天使がいて、
天使の時計からは、刻一刻と、
しずくが海に滴り落ちている。
天使が大声で叫んでいる。
また一分が流れ去った、と。
中世の宗教画で見たか、
本で読んだか、
その天使の叫び声で、
いまは、毎朝、目覚める。
紅茶を淹れる。紅茶の香りが
明るいキッチンにすっと流れる。
ムスカリ、ストック、サイネリア、
季節を裏切らず生きる花々に、
水を遣る。習慣が、
わたしのパトリアだ。
思想は揚言のうちにない。
行蔵《こうぞう》のうちにしかない。
いちばん貴いもののことを
考える。『幸福な王子』という、
誰でも知っているけれど、
大人になるともう誰も読まない、
凍てつく冬の童話のなかに、
オスカー・ワイルドが遺したことば。
the most precious thing
ゴミ山へ捨てられたいちばん貴いもの。
一人、目を瞑《つむ》り、思い沈める。
いつの世にも瓦礫のままに残されてきた
この世のいちばん貴いものについて。

賀茂川の葵橋の上で

低い山竝《やまなみ》のつらなりをつつむ
淡い空気の色が、遠くから
やわらいできている。
二月、雨水《うすい》の頃、
京都賀茂川の葵橋を渡っていて、
思わず、立ちどまった。
空の青さはまだない。
風もまだおそろしく冷たい。
足元から冷えがすーっと上ってくる。
けれども、橋の上から見る
北山の、山ぎわの、色感の懐かしさ。
萌黄色が微かに染みだしている
あわいの季節の、灰青色の景色の慕わしさ。
浅く穏やかに流れてゆく
賀茂川の、さやさや、さやさや、
途絶えることなくつづいている水の音。
オナガガモが、群れなして、音もなく
飛び立ってはまた、静かに舞い降りてきた。
わたしは希望について考えていた。
そして、醍醐寺からの帰りに、タクシーの
運転手の言ったことばのことを考えた。
梅の開花が遅れとるようやけど、
言うても、梅のことやさかい、
時季がくると、それなりに、
そこそこは、咲きよるけどな。……
希望というのはそういうものだと思う。
めぐりくる季節は何をも裏切らない。
何をも裏切らないのが、希望の本質だ。
めぐりゆく季節が、わたし（たち）の希望だ。
死を忘れるな。時は過ぎゆく。季節はめぐる。
今夜は、団栗《どんぐり》橋角の蛸長《たこちょう》に、
花菜《はなな》（菜の花）のおでんを食べにゆく。

良寛さんと桃の花と夜の粥

川のほとりの道をたどって、
桃の花を眺めながら、
きみの家をたずねたのは、
去年の春、三月だった。
今日ふたたびたずねてきたら、
きみはもうこの世になく、
ただ桃の花だけが、
夕焼けに酔うように咲いていた。
遠い春の日の、良寛さんの詩だ。
桃の花咲く季節が巡りくると、
良寛さんの、その桃の花の詩が
しきりと人懐かしく思いだされる。
夕焼けを背にした桃の花の匂いのなかに
かすかに漂っている来世の匂い。
気づいたときには、もう
辺りはあたたかな薄闇につつまれている。
春は良寛さんのように、
月明かりの道を帰るのだ。
どこにもいない人と連れだって。
春宵、人の一生は行路でないと、
長い帰路だったと、ふかく感じる。
良寛さんは言わなかったか？
米と薪と詩があれば人生は足りると。
夜は、玉ねぎの粥をつくる。
みじん切りした玉ねぎを土鍋に入れて
煮干しからとった出し汁を注ぐ。
強火で煮立て、煮詰めて、
ごはんをくわえ、蓋をして、
弱火でじわじわと煮込む。
シンプリファイ！
おかずはただ一品、桃の花の匂いだ。
信じられないくらいおいしい夜の粥である。

いちばん静かな秋

石一つ一つ。木々の梢一つ一つ。
雲一つ一つ。水の光一つ一つ。
およそ、もののかたちの輪郭の
一つ一つが、隅々までも
くっきりと見えてくる。
そんな朝がきたら、
今年も秋がきたのだと知れる。
一つ一つがおそろしいほど精細な
すべての、かけらの、
いっさい間然するところない
集合が、秋なのだ。一つ一つの
うつくしいかけらがつくる秋のうつくしさ。
もしも誰かに、平和とは何か訊かれたら、
秋のうつくしさ、と答えたい。
かけら（Piece）と平和（Peace）とは、

おなじなのである。ピース（piːs）。
おなじ音、おなじ響き、おなじくぐもり。
ことばには、いまでも、
神々の息の痕がそのままのこっている。
時は秋、日は真昼、大気澄み、
紅葉《もみじ》色づき、百舌《もず》鳴きて、
神々そらに知らしめし、
すべて世は事もなし。
かつてはそういった時代もあったのだ。
けれども、いまは、すべてが
ただ、束の間のうちに過ぎてゆく。
人の世の平和とは何だろうかと考える。
終日、シューベルトの「冬の旅」を聴く。
ああ、空がこれほど穏やかだとは！
ああ、世がこれほど明るいとは！

月精寺の森の道

色鮮やかな丹青《タンチョン》の山門をくぐると、
音もなく襲いかかってきたのは
静寂だった。
風雅とはちがう。
静寂とはことばを奪われることである。
気がついたときには、
静寂のなかにいた。
樅の森にいた。
空高くまっすぐに立っている
大きな樅の木々の下で、
立ちどまって仰ぎ、
また、立ちどまって仰ぐ。
木の間がつくる影の濃淡。
息をのむような枝々の静もり。
すべてが森閑としていて、

日の光はあたたかさをもたず、
木立のあいだ、木立の向こうには、
冬の気配がするどく迫っていた。
韓国江原道《カンウォンド》、五台山月精寺《オデサンウォルジョンサ》。
仏たちの千年の智慧の深くとどまるところ。
ことごとくの葉を落として、
白い骨のように突っ立った橅《ぶな》の木。
キツツキの穴をのこす暗い幹。
無残に倒れたままの大きな洞の木。
落葉敷く法堂への道すがら、
十八世紀の朝鮮の地理書で読んだ
打っ切ら棒な詩を思いだす。
名僧去ろうとも花は樹に生じ、
故国興りまた亡んでも鳥は空を渡る。
ことばを奪う静寂を、わたしは信じる。
ことごとしいことばは頼まない。

奇跡 ―ミラクル―

庭の小さな白梅のつぼみが
ゆっくりと静かにふくらむと、
日の光が春の影をやどしはじめる。
冬のあいだじゅうずっと、
緑濃い葉のあいだに鮮やかに
ぽつぽつと咲きついできたのは
真っ白なカンツバキだったが、
不意に、終日、春一番が
カンツバキの花弁をぜんぶ、
きれいに吹き散らしていった。
翌朝には、こんどは、
ボケの赤い花々が点々と
細い枝々の先の先まで
撒いたようにひろがっていた。
朝起きて、空を見上げて、
空が天の湖水に思えるような
薄青く晴れた朝がきていたら、
もうすぐ春彼岸だ。
心に親しい死者たちが
足音も立てずに帰ってくる。
ハクモクレンの大きな花びらが、
頭上の、途方もない青空にむかって、
握り拳をパッとほどいたように
いっせいに咲いている。
ただここに在るだけで、
じぶんのすべてを、損なうことなく、
誇ることなく、みずから
みごとに生きられるということの、
なんという、花の木たちの奇跡。
きみはまず風景を慈しめよ。
すべては、それからだ。

場所と記憶

一九三九年十一月十日福島市新町に生まれる。街の真ん中の路地の生まれ。四一年十二月アジア太平洋戦争はじまる。四四年、岩代熱海（現在の磐梯熱海）温泉の祖父母宅に単身疎開。敗戦は福島県三春町で迎える。すばらしく晴れた青空の日だった。翌年、新学制による丘の上の三春小学校に就学。四年生のとき、福島市に転居。新制福島大の学芸学部附属小、中、県立福島高校を卒業。後、家族共々福島の家を引き払い、東京都板橋区志村中台町の坂の上の家に住む。福島市という四方を山脈に囲まれた盆地に育ったわたしには、遮る山々のない広大な空の下、東京の西北からひろがる眼下の眺めは初めて見る景色だった。

一九六〇年、詩を書きはじめる。関根久男（早大同級生）と二人で、Ａ５二ツ折りの詩誌『鳥』をつくる（六二年、八号で終刊）。関根によって『オーデン詩集』（深瀬基寛訳）を知る。オーデンを知って、一九三〇年代のイギリスの詩人たちに関心を深め、その青春記、イシャーウッドの『ライオンと影』（橋口稔訳）に魅せられる。さらに、Ｃ・デイ・ルイス『現代詩論（詩への希望）』（深瀬基寛訳）によって、第一次大戦で戦死したウィルフレッド・オウエンの詩を知り、オウエンの「詩はpityのうちにある」という詩に対する態度に、決定的な影響を受ける。

また、新書判として当時刊行中だった『中国詩人選集』（岩波書店）の一巻をなす吉川幸次郎『宋詩概説』によって、宋詩につよく惹かれる。宋詩は、絶望や怨念の誘惑にすべらない。人生をながい持続とみ、静かな抵抗とみる。なかでも惹かれたのは黄庭堅。あらゆるものの価値が交替していった一九六〇年代という十年の時代の経験のなかで、宋詩を傍らに置いて読む日々がなかったら、後に、『言葉殺人事件』のような詩集を書くことはできなかった。

一九六三年三月早稲田大学第一文学部独文専修卒業。卒論は「ハイネ『ドイツ冬物語』をめぐって」。十年後、引っ越しの際に、卒業以来忘れていた卒論がでてきて、パトリオティズムというじぶんにとっての詩の変わらぬ主題を、ハイネによって、そのときすでに見いだしていたことに気づく。言葉に問われるのはパトリオティズムだと。

パトリオティズムとは「日常愛」のことだ。「愛国心」とする日本語は当たらない。パトリオティズムとナショナリズムとは本来、根っから異なる。パトリオティズムは宏量だが、ナショナリズムは狭量だ。「ナショナリズムとは、普通ならば寛容で平和的であるかもしれない国民意識が火のように燃え上がる状態のこと」(I・バーリン)。二十世紀の蹉跌と過誤は、国家がひたすら近代化の幟をかかげて、ナショナリズム(ステート)の城壁を築こうとして、拠るべきパトリオティズム(カントリー)を無視しようとしたことだ。

パトリオティズムは城壁をつくらない。「共和国として、ハンブルクは、ヴェネツィアやフィレンツェほど大きくなかった。とはいえ、ハンブルクには、ほかよりいい牡蠣がある。ローレンツの地下食堂のがいちばんうまい」(井上正蔵訳)。『ドイツ冬物語』の一節。それから幾星霜、大帝国となったドイツは欧州に大戦を起こして敗北、革命は挫折、第三帝国の勃興で、再び欧州に大戦を起こして敗北、東西に分裂、冷戦、そして統一。目まぐるしい変化を経験するが、どんな時代が来ようと、ハンブルクにはいい牡蠣があり、人びとはそれを楽しみとしてきたに違いない。そのような「日常愛」をはぐくむのがパトリオティズムであり、詩だとわたしには思える。

卒業後結婚し、家を離れ、渋谷区神山町に転居。初めて猫を飼う。

一九六五年、エリオット没。「エリオットの死」(エッセー)を、一橋大学新聞に書く。エリオットの詩に書かれた「群衆という単価によってのみ証される(二十世紀の)廃墟としての都市」のイメージに共感と反発を同時に覚えながら、そのときわたしは、わたしたちは「神なしにわたしたちに共同体は不可能かというむしろ拒絶的な問い」の前に立たされているのだと書き記している。とは言え、エリオットの初期の詩

「アルフレッド・プルーフロックの恋歌」の書き出し（Let us go then, you and I.）という呼びかけにはいきなり引き込まれた。「さあ、いっしょに出かけよう、君と僕と、手術台で麻酔にかけられた患者のように　夕暮が空いちめんに広がるとき、人通りのまばらな街をとおって、いっしょに出かけよう」（上田保訳）。すぐれてアクロバティックな論理の使い手でありながら、その「プルーフロックの恋歌」から後の「四つの四重奏」にいたるまで、エリオットの詩には旋律があって、読むものを誘わずにはいない不思議なリズムがある。

わたしの唯一の五百行近い長詩「クリストファーよ、ぼくたちは何処にいるのか」は、前年の大晦日の夜までに「現代詩手帖」六五年新年号のために書かれたが、間に合わず、年明けて翌月号に発表された詩。数日してエリオットの死を知った。そのとき「プルーフロックの恋歌」の懐かしい呼びかけの言葉を、なぜか詩人の遺言のように思いだしたことを覚えている。

ボブ・ディランが「ライク・ア・ローリングストーン（Like a Rolling Stone）」にはじまる、九曲からなる画期的なアルバム「追憶のハイウェイ61（Highway 61 Revisited）」を発表したのも、同じ六五年の夏だったが、そのままの日本盤が発売されたのは、たぶん三年後の六八年。冒頭に収められた「ライク・ア・ローリングストーン」のみならず、わたしがとりわけつよく惹かれたのは生ギター一本で、十一分もの歌を緩みなくみちびいてゆく「廃墟の街（Desolation Row）」の生き生きとした旋律のちからだ。「追憶のハイウェイ61」の歌は、同時代を生きる歌い手としてのディランの覚悟が、鮮明に、おそろしく静かに漲った歌だった。

ただ時系列としては逆だが、いまになってみると、わたしのなかでいつか、「クリストファーよ、ぼくたちは何処にいるのか」という長い長い詩は、エリオットが「プルーフロックの恋歌」の冒頭にのこした呼びかけをモティーフに、ディランの「廃墟の街」の旋律を追うようにして、時代のデソレーション・ロウを後ろをふりむかずに歩いていった朝まだきの歌だったと思うことがある。

一九六〇年代は、すでに終戦から三十年を経ていたスペイン市民戦争（1936―39年）への関心が、この国でもあらためて深化した時代だった。その嚆矢となった一つがヒュー・トマス『スペイン市民戦争』（都筑忠七訳）。Civil war は内戦とするのが普通だが、「内戦」は日本語のニュアンスとしては、国民（nation）同士の戦いという意味あいが濃く、市民（citizen）同士の戦いという意味あいが薄い。それだけに、The Spanish Civil War をストレートに、そのまま「スペイン市民戦争」とした日本語訳は新鮮だった。

スペイン市民戦争は、スペインの共和国政権（共和国スペイン）への、フランコ将軍率いる軍部（ナショナリスト・スペイン）の武装反乱にはじまり、スペイン各地での激しい戦闘を制してのち、共和国スペインの最後の砦だったバルセロナ（カタルーニャ）を陥落させて、マドリード（カスティーリア）の政権を奪取したナショナリスト・スペインの「勝利」に終わっている。だが、わたし自身について言えば、スペイン市民戦争をめぐってもっとも深い感慨を受けたのは、共和国スペイン対ナショナリスト・スペインの戦いでなく、スペイン市民戦争が明るみに出したもう一つの切実な戦いのほうだ。ナショナリズムに対するパトリオティズムの戦いだ。

スペイン市民戦争の最良の記録の一つ、『カタロニア讃歌』をのこしたオーウェルは、スペイン市民戦争のカタルーニャの戦場体験を通して、ナショナリズムの対極にあるべきパトリオティズムの精神についてこう書いた。「わたしが『パトリオティズム（'patriotism'）』と呼ぶのは、特定の場所と特定の生活様式への深い愛着であって、その場所や生活様式こそ世界で最良のものとじぶんは信じているが、それを他の人に強いたいなどと思ってもみないもののことだ。パトリオティズムは、軍事的にも文化的にも、本来デフェンシヴなものだ。ところがナショナリズムのほうは権力への欲望と避けがたく結びついている」。

中央集権をのぞむナショナリズムか、それとも、ナショナリズムなしのパトリオティズムか。問題は国のかたちだ。いまはない二十世紀の独善的だった国家は、ナチス・ドイツもソヴェト連邦（ソ連）も、あくまでも過激なまでの中央集権をもとめて、パトリオティズムをなくして滅んでいった国家だった。文化はイデオロギーではない。日々の習慣、生活の様式、パトリオティズムのことだ。

スペイン市民戦争にかかわって、パトリオティズムとナショナリズムの違いについて、蒙を啓いてくれたもう一冊の本は、永年スペインに住むイギリス人著作家ブレナンの『スペインの迷路』(鈴木隆訳)だった。「スペインは『パトリア・チカ(小さな祖国)』の地である」という印象的な一行から、それははじまる。

スペインでは「どの村もどの町も強烈な社会的・政治的生活の中心である。古典的(ギリシアの)時代のように、人間の忠誠はまず第一にその生れ故郷またはその家族またはその内の社会的仲間に対してであり、国または政府に対しては二次的に過ぎない。普通の状態と呼んでよい場合でも、スペインは小さな、たがいに反目しまたは無関心な共和国同士がゆるい連合に結びついているに過ぎない」。

バルセロナ(カタルーニャ)と、マドリード(カスティーリア)の違い。なぜバルセロナがパトリオティズムの首都であり、マドリードがナショナリズムの首都であったか。マドリードは地理的、歴史的に中央集権を代表するが、カスティーリアは農業も、鉱工業ももたない、もともとは不毛の台地だ。政治だけが産業であり、政治が産業というのが軍事力によって権力願望を実現したいナショナリズムの特徴だと、ブレナンは言う。

マドリードは暗いが、カタルーニャは海に近く、豊かな風土にめぐまれたバルセロナは明るい。フランコ将軍の反乱に抗した共和国側にあっても、あくまで中央集権を政治に求めるコミュニズムが支配するカスティーリアと、中央が地方をしばらないアナキズムに拠って立つカタルーニャほかの地方とは対立し、結局、政治勢力としてのアナキズムは無力に終わったが、それでも、とブレナンは記している。「アナキストが社会主義者や自由主義者よりも、スペインの人びとの心にずっと深く根ざす何ものかを表現してきた事実」は変えることはできないと。スペインのアナキズムは、スペインのパトリオティズムの精神に深く根ざす独自のものだったからだ。

後にスペイン市民戦争の痕跡がまだそのままのこっていた、しかし国境はまだオープンではなかった頃、フランコ施政下のアラゴンの村々をじぶんで車を運転して走って知ったのは、それぞれの村々の、まったく画一的でない、じつに個性的な日々の光景だった。時代は場所を奪うことができない。重要なのは、場所が時代をよく奪いとれるかということだ。豊かには見えなかったが、貧しくは見えなかった。そこに村があり、それぞれの村の日々がある。そう感じられた。

杉並区成田西に転居。この家は、後に公園予定地になって収用され、わたしの家のあった場所には、いまは善福寺川緑地の無人のブランコが風に揺られている。

古代ギリシアの自然哲学の小径に魅せられたのも、このときのスペイン市民戦争の経験をたずねる旅のなかでだった。スペイン市民戦争の戦闘で死んだケンブリッジの若い詩人ジョン・コーンフォード（遺された詩は友人への手紙のなかに書かれた数篇がすべてだった）の、その死までを詳しく、「ある詩人の墓碑銘」という長い追憶に書いていたとき（『読むことは旅をすること』）、ケンブリッジの古典ギリシア学の泰斗F・M・コーンフォードの遺した本に出会う。F・M・コーンフォードは、スペイン市民戦争の早すぎた死者の父だ。穏やかな人柄の人だったというが、激しい意思をみずから裏切ることのなかった（こういう言い方をしてよいなら）ケンブリッジ人の一人だった文人学者だ。

「世界を理解することによって世界を支配しようとする奥深い欲求に駆られて、科学は着々とそのゴール——見いだされうるかぎりのもっとも単純な公式によって自然現象を説明するために適合された、真実性の完璧に明らかな概念上のモデル——に向かって進んでいます。『曖昧なるものに禍いあれ、偽りの方がまだましだ！』。東ギリシアのイオニア学派においては、科学はその達成を原子論（アトミズム）においてて全うしています。私たちが、終了ずみの結果をじっくり考えて見るとき、私たちは科学が『曖昧さ』を追放するあまり、他の型の精神が世界のいっさいの価値や意義をそのうちにおいて見いだすであろうようなものをすべて捨ててしまってきたことを、知るのです。神々は姿を消しました。魂は一片の物質的な粒子にされています。一口に言えば、生命は自然から外に出てしまったのです」。

にもかかわらず、「一つの偉大な哲学的宗教的概念が変らず存在しています。そしてそれはあらゆるもののうちでもっとも基本的な『事物の本性』、ピュシス（自然）の概念です。ギリシア哲学においてこの名で呼ばれた対象は具体的なものです。そしてそれは、生命をもち神的であり、魂と神——したがっていろいろな神話的属性をもつ実体——である物質的連続体なのです」（『宗教から哲学へ』廣川洋一訳）。

これが書かれたのはいまからほぼ百年前。果たして、F・M・コーンフォードのこうした立言は、予断をもって割り切って曖昧さをゆるさない合理主義者や近代主義者からの反撥や無視を浴びせられたが、その後の百年の時代を通して露わになったのは、むしろ合理主義や近代主義の破綻だった。F・M・コーンフォードは夙に、その『トゥーキューディデース　神話的歴史家』に、「神の法」に訴えた戦慄すべきアンティゴネーの言葉を引いている。「今日や昨日のことではありません。それは、永劫に生きているのです、いつ生まれたのか誰も分りません」（大沼忠弘・左近司祥子訳）。

『トゥーキューディデース　神話的歴史家』は、ペロポネソス戦争というギリシアの「内戦」について書かれた、きわめてスリリングな本。つまり、スペイン市民戦争というスペインの「内戦」に死んだ若い死者は、ペロポネソス戦争というギリシアの「内戦」についての本を書いて出発した青年を父として生まれたのだった。死者の弟のクリストファーさん（王立協会員）に招かれて、果樹に囲まれたケンブリッジの家のお茶の時間に伺って、死者の死んだロペラというアンダルシーアの小さな村のことを話したことを覚えている。

その村に行く道は罌粟の花が点々と咲きほこる道だった。当時の資料をみようとしたら、一枚の押し花がはらりと落ちた。ロペラへの道に咲いていた罌粟の花の押し葉だった。花びらに古い血の色がそのままに残っていた。わたしのロペラへの旅の記を読んで、（一度も会ったことのない）小野十三郎が「いつか来た道」という長い詩を書いた（詩集『環濠城塞歌』）。どんな戦争ともちがって、スペイン市民戦争の記憶には人をつなぐ力がある。

一九六〇年代の終わりのころ、赤坂の一ツ木通りにあった大きな古本屋で（その頃は赤坂にも古本屋がまだあった）、雑誌「アメリカーナ」の旧号を買いもとめた。ただそれだけのことにすぎないが、アメリカの詩の現在を刻む確かな「われわれの風土の詩」の世界にわたしをみちびいてくれたのは、十年前の旧号のその雑誌に載っていた、アメリカの詩人ウォレス・スティーヴンスについて書かれた、「郷土的要素」という一篇のエッセーだった。

「郷土」はclimateであり、「気候」であり、「風土」であり、

「地方」であり、「気風」であり、「精神的風土」だ。わたしたちがある朝「爽やかな気分」において自分を見いだす。これは空気の温度と湿度とのある特定の状態が外から影響して内に爽やかな心的状態を引きおこすのだと説明されるが、具体的体験においてはまったくちがう。そこにあるのは心的状態ではなく、あくまで「空気の爽やかさ」そのものだからだ。けれども、この爽やかさとは「あり方」であって、「もの」でもなければ「ものの性質」でもない。それは空気自身でもなく、空気の性質でもない。だから、わたしたちは空気というものによって、一定のあり方を背負わされるのではない。空気が爽やかだというのは、わたしたち自身が爽やかであるということなのだ。すなわち、わたしたちは空気においてわたしたち自身を発見しているのである。そういうことを言ったのは、『風土』の和辻哲郎だ。「郷土的要素」を読んで、唐突かもしれないが、真っ先に思い合わされたのは和辻哲郎の言った「空気」だった。

ウォレス・スティーヴンスについてのそのエッセーには、この狷介きわまる詩人の（その頃はたやすく手には入らなかった）詩的断想がたくみに縫い込まれていて、いま読みかえしてもおどろくほど新鮮だ。

スティーヴンスの偉大な曖昧さ。かれはシムボリストであると同時にシムボリストでない。論理家であり、反論理家である。スティーヴンスは言う。「人生は一つの命題を根柢にしていない。自然によって人生は本能に根ざしている」。「想像力や感情に発生したものは多くの場合曖昧な不確定な形態をもつものである。詩的なものに本質的に内在している創造的ないし感情的曖昧さと不確実さを破壊することなく、そうした詩的意味にただ一つの合理的意味をつけ加えることは不可能である。だから詩人は説明することを嫌うのである」。

人生の重要な要素は詩だ。なぜならばと、スティーヴンスは言う。「生粋に生れついた愛する土地の方をなにか残忍な様子で向いて、愛するものをその土地の中に引き渡し啓示することを強要する。このことは重大な事である。しかし心の事件ではない（それは初期の詩によくあるような）しかし全存在の事件である（これは人間の最後の詩にあるような）人生の根元的な事件で、或いは根元的な人生の事件である」。「呼ぶ声は少しずつだんだん近いものへの叫びになる。ついに最後には生きている名、生きている所、生きているものを呼ぶようになる。その叫びは苦々しいすべての経験の分泌物を明らさまに告白することである。このことはつまらないものが深くわれわれをしばしば感動させる理由である」。

「古いイチゴなどの畑や、春、森の中に新しく生えるものや、百姓達の市場でひろげられている特定のもの、例えば悪い林檎をのせた盆や二、三の箱につめた黒眼の豆、麦の袋などは、われわれを強く感情的に支配する。一瞬の間われわれはそれを制することが出来なくなる」。

この「郷土的要素」というエッセーを書いたモースという人は知らなかったし、いまも知らない。それでもこの短いエッセーの印象がずっとのこっているのは、それを訳したのが西脇順三郎だったからだ。翻訳というバイアスがかかっているだけ、逆に、この短いエッセーの翻訳には西脇順三郎自身の詩の風景への木戸口が開かれたままになっているようにも感じられる。西脇順三郎の詩を好きになったのは、昭和二十年代に筑摩書房から出た、(たぶん北園克衛装丁の)現代日本詩人選の、「あむばるわりあ」「旅人かへらず」の二冊合冊版で。軽装のその合冊版のつくりが好きで、光の匂い、野の匂いのするようなその詩集を、窓を開けて外を見るようによく開いた。

ともあれ、それから、それぞれの「郷土的要素」のなかへ静かに入り込むように、ウォレス・スティーヴンスからはじめて、第二次大戦期とその戦後に書きはじめた、現代アメリカの詩人たちの詩を集中して読むことになる。かれらの詩集がいっせいにペーパーバックになったのも一九六〇年代だった。なかでも、ハンナ・アーレントに「魔法の風か何かに乗って人間の都市に吹き降された」人と言わしめた、ノースカロライナの森の詩人ジャレルの、風の匂いのする、土の匂いのする詩に惹きつけられた。それにもまして決定的だったのは、レトキの詩だ。生きとし生けるものすべて、言葉をもたないものすべてに、レトキは自由に、自在に語らせることができた。カタツムリに、若い蛇に、老いたトカゲに、石に、土に、雨の一滴に、薔薇に、デイジーに、雑草に、樹に、風に、蜜蜂に、雀に、つぐみに、鳥の羽根に、カワカマスに、トノサマガエルに、泥に、山嶺に、見晴るかすかぎりの大草原に、親しい仲間たちのように語らせることができた。

二十世紀半ばの北アメリカの詩の精神的な光景を、レトキは推敲しきった単純な詩の言葉に書きとめた。「行くことによって、わたしはどこへ行くべきかを学ぶ（I learn by going where I have to go.）」。いまにいたるまで、わたしの姿勢を支える一本の棒となったのは、レトキの詩のそのシンプルな一行だ。

国境を越える旅の季節がはじまったのは、いくつかの偶然の重なりからだった。

はじめて国境を越えたのは、横浜から当時のソ連（現在のロシア）ナホトカへ客船で。そこからモスクワへ、シベリア横断鉄道をへて、モスクワからプラハへ、テレジーン（中継強制収容所跡）へ、そしてワルシャワをへて、アウシュヴィッツ（絶滅強制収容所跡）への旅だった。アウシュヴィッツへの旅の印象を、そのときわたしはワルシャワから読売新聞に送っている。わたしの旅の流儀は最初からまったくの個人的な旅だ。予定を立てない。行ってから、ゆきたいところを見つけて、そこへゆく。ただ冷戦の時代は現在とはちがい、親切なガイドブックなどなかった。それでも当時のレニングラード（現在のサンクトペテルブルク）の郊外の村はずれにアフマートヴァの墓地を探しあて、帰路は行路を逆にたどって、ナホトカから津軽海峡をぬけ、三陸沖を通って、横浜に帰国。

一週間後に、突然アメリカ大使館（だったと思う）から手紙がきて、北米にゆくことになる。アイオワ大学国際創作プログラム（IWP）に、フルブライト奨学金をうけて客員詩人として招かれ、アイオワ州アイオワ・シティに滞在。一ヶ月後フォード財団の奨学金をうけて、家族を呼び寄せて、風つよく雪深いアイオワの冬を過ごした。大学町に一軒しかなかった書店の店頭には、アイオワ大学の創作科の名を一躍高めながら夭折したフラナリー・オコナーの初めての、彼女の愛した孔雀の色鮮やかな絵がジャケットの、ぶあつい全短編集が平積みになり、ペーパーバックのコーナーを一人席巻していたのはコロンビアの作家ガルシア＝マルケスの『孤独の百年』（日本語訳とは順序がちがう）だった。

半年のあいだアイオワ・シティに滞在するという義務が解けると、すぐにそのまま車に荷物を積み込んで北上し、ミネソタのイタスカ湖に向かった。イタスカ湖はミシシッピ河の源流の小さな湖だ。まだ真冬の湖を出発点として折り返して、ミシシッピ河沿いの小さな町々をつないでゆくカントリー・ロードを下って、すでに初夏の河口の港まで走る。ハイウェイ61は走らない。ハイウェイは町には入らない道だからだ。家族を車にのこし、降り積もった純白の沈黙に大きくつつまれた小さな湖まで歩いて、流れでる水の光を見つけ、手に掬って飲んだ。指が一度に氷の指に変わってしまいそうな冷たさだった。それから流れを一歩またいだ。その後何年にもわたって、フェリーや橋で十何度も繰りかえすことになる、それがミシシッピ河横断の最初だった。

アメリカからヨーロッパへ。パリで車を借り、じぶんで運転してビアリッツからスペイン・バスクへ。河の氾濫に遭ってゲルニカにはゆけず、ブルゴスからマドリードへ。アラゴンの小さな村々をめぐって、バルセロナへ。ガウディの遺した住宅作品に感銘をうける。

南フランスをぬけ、北イタリア、トリノからアルプスを越えてジュネーヴへ。テルアビブの空港で日本人による乱射事件が起き、車による国境通過の検査も厳しくなる。パリより帰国。翌年、テレビの仕事で、東南アジアへ。

そして思わぬしかたでぶつかったのが「言葉」という命題だった。夜、シンガポールのホテルで、買ってきたドリアンの匂いになやまされながら。紙に「言葉」と書き、書いてからしばらく考えて、「言葉殺人事件」と書きあらためた。

その日、十人ほどのシンガポール大の学生たちが、大学の前庭の古く大きな樹の下で、シンガポールの人たちが何にアイデンティティーをもつかという質問に考え、考えながら語るのを聞いた。人を生かすのが言葉ならば、人を殺すのも言葉である。そのときのシンガポールは、まだ国家として独立して十歳にもなっていない若い国家だった。いまシンガポール人であるあなたたちにとって、ではシンガポール語というのは何であるのかと質したとき、彼女たち彼たちには、日本語を日本語とよばずに国語とよぶ日本の習慣はまったく理解できなかった。そのとき若さがかがやくようだった女子学生の一人がゆっくりと語ったことを思いだす。言葉は抽象的なものだけど、結局具体的なもの。だから、国家をつくって、シンガポール人というのはつくれても、シンガポール語というのはつくれない。そう言った女子学生も、もう(日本の数え方をすれば）還暦を越しているはずだ。

『言葉殺人事件』というまだ一篇も書かれていない詩集に向かって、新しい詩を、それもシンガポールという、言葉が国家をあらわすことのない場所で書いてゆくという経験は、とても刺激的だった。最初の詩を書き上げて、原稿の約束のあった筑摩書房の季刊文芸誌に、シンガポールから送った。そうしてその頃はまだ騒がしくなかったバリの海岸の宿で（詩を書いていると言ったら、それならあげると、レストランで同席したカナダ人夫婦が、これは悪魔の目と言ってくれた、磨きあげられた小さな漆黒の石塊）、さらには、フィリピンの雑然とした森のなかの小さな宿で、襲い来る夜の虫たちを払いのけながら、サンミゲルというビールを飲みながら、「言葉」というもののもつ無意味なありよう、奇妙なふるまい、信じられないしぐさの一々を、詩に書いてゆくというのは楽しかった。苦行のように詩を書くのは間違っている。そう思われたのだが、幸運だったのはそこまでだ。

帰国して数年後の、ある朝、突然、発熱した。40度を超える体温の上昇からくる、信じがたい汗の洪水に溺れて、起き上ろうとしても朦朧としたまま。シーツには汗の痕がわたしの人型そのままに染みていた。日夜、二十回の着替え。眠っているのか起きているのかじぶんでもわからず、それでも五日目にはようやく熱が引きはじめたものの、体重は10キロ落ち、それほど体重が急速に落ちると、歩くのも雲のなかを歩いているように不確かになり、少しの傾斜も恐れないといけなくなる。体調の回復のためにはさらに一週間のリハビリも必要だった。それはその年の始めに罹ったインフルエンザの際の急速解熱剤注射（多く激しい副作用を起こしたためすぐに禁止になった）の結果とされたが、いまになってみると、本当は（東南アジアの旅以来潜伏していたと思われる）マラリアの根深い後遺症だったのかもしれない。

その激しい高熱と発汗と悪寒には、それからずっと、毎月おなじパターンで、およそ九年ものあいだ苦しめられることになる。もうそれまでのように、月刊中心の話題と特集を追う詩誌、文芸誌で、後ろから締め切りに押されながら書きつづけるようなことは無理だった。

それがしかし、予期しない転換になった。季刊中心の文化誌、企業誌、一般誌などで、締め切りを前方に置いての、長期連載というかたちで、まだ書かれていない一冊の詩集に向かって詩を書いてゆくということが、思いがけず現実のことになったからだ。おどろくほどに暴力的だった高熱と発汗と悪寒とが、ずっとわたしが探しつづけてきた詩の叙法を実際にうながすちからになるとは思ってもみなかったことだった。そうしたやり方を当時可能にしてくれた器量ある編集者の方々にいまさらながら感謝する。連載はいちばん長くて十四年にもおよんだ。

毎月痛む身体が苦しむわたしに教えてくれた、詩の三つの声。詩はゆっくりと書かれなければならぬ。われ思わぬところにわれありだ。絶対に陽気でなければならぬ。

ずっと書きたいとねがっていたのは、ポートレート・ポエトリー（肖像詩）とも言うべき詩だ。山本光雄の『哲学者の笑い』で、そのおもしろさを知ったディオゲネス・ラエルティオスに想を得て、列伝のかたちで、メモワール、挿話、スケッチなどを書きつづけ、連載の途中で全訳が出て（加来彰俊訳）、ますます好きになり、いまも最高におもしろいと思う『ギリシア哲学者列伝』にならって日常の列伝として書いたのは、出来上がってみたら『食卓一期一会』という一冊の詩集だった。今日哲学するものは人間ではない。物言わぬ物たちであり、言葉をもたない生き物であり、気象であり、自然なのだ。食器だって哲学者であり、家並みだって哲学者だ。絵はもちろん、古い音楽も古い書物も哲学者だ。椅子もテーブルも、料理もそうだ。レシピは最良の哲学書と言って不思議ではない。その後の詩集『黙されたことば』も、『幸いなるかな本を読む人』も、そのような列伝として書かれた。現在、人間の最高の哲学者は死者たちだと、わたしには思える。語り継がれ、読み継がれてゆくべきことばのかたち。『ギリシア哲学者列伝』のようなおもしろさ。意外なストーリーの意外な展開でなく、因果律を解いて刹那的に謎を解く今日の「展開」の物語とは異なる、読後に陰影あるイメージを鮮やかな断片としてずっとのこす「記憶」の本。

埋もれて見えないもの。けれども、ここにあるもの。記憶というのは、人の根茎なのだと思う。ここにあるものだけれど、ここにないもの。ここにないものだけれど、ここにあるもの。わたしの書きたかったのは、そのような詩であり、そのような詩集だ。

ヨーロッパから帰国して、長くつづいた転居をかさねた年月が終わって、杉並区宮前に転居して以来、今日まで同じ場所に住む。

いまはなくなってしまったが、当時は、近くには大きな原っぱがあり、そこここに武蔵野の林の面影が数十本の大きな欅の木や櫟の木がかたまって天を仰ぎ、風吹く日には、すべての木々が叫ぶように枝々を、幹を揺らす。その揺れに揺れる枝々の先をじっと見つめていると、すーっと空に上ってゆく木の梯子がそこに見えてくるようだった。晴れた夜にはどこよりも大きな夜空を、頭上に望めた。立ちどまって、無辺の夜空を見上げていると、身体が透き通ったみたいに軽くなって、自分はここにいるのに、ここにいないような感覚にしばしばとらえられた。「おおきな木」（『深呼吸の必要』）にはじまる以後の詩篇のおおくは、そうした日々の経験から生まれた。

家の近くには、まだ花つくりの大きな畑や、小さな葡萄棚や、甘藷畑や、葱畑がいくつかのこっているが、そういう秘密の場所も、いつのまにか少しずつなくなってきている。だが、この辺りの人は花々や花実の木々を、家のうちに囲わない。道行く人のほうに向けて、それが日々の挨拶であるかのように手入れする。散歩というのは知らない日常への日々の小さな旅である。

（書き下ろし、二〇一五年春彼岸）

あとがき抄

『言葉殺人事件』

マーク・トウェインは、その自伝に、詩人のオリヴァー・ウェンデル・ホームズにはげまされた記憶について書いている。

われわれのつかう言葉は、とホームズは若いマーク・トウェインへの手紙にこう書いてきたのだった、われわれの読んだ言葉がおびただしく投げかける魂をもった影にほかならない。われわれの言葉は、どれもほんとうの意味ではわれわれの独創ではなく、体質や性格、環境、教育、連想などによって生じるちいさな変化をのぞけば、われわれ自身のものといえるものはなにもない。そのちいさな変化によって、われわれの言葉は、他人の表現とは異なっているようにみえるのであるし、独自の文体という特徴をあたえられて、そのひと独自の言葉として通用するだけなのだ、と。

この詩人の若いマーク・トウェインへのはげましの言葉は、この詩集の作者にとってもまた、遠く遥かなはげましの言葉となった。

この詩集は、さまざまにひろく知られている言葉、諺、唄、科白などの自由なヴァージョンをふくんでいる。それらの言葉はいろいろな意味でこの詩集の作者の記憶に深くきざまれてきた言葉だった。この詩集に収められているそれらのヴァージョンは、そうした作者の記憶をくるんできた毛糸のセーターとしての言葉を、それらの言葉をどう読んだかという読みかたを編み針として、作者自身の手袋としての言葉、靴下としての言葉に自由に編みかえしたものである。

「おかし男の歌」は「淋しい男のバラッド」のヴァリエーションとして、長谷川四郎さんが試みられたもの。こころよく収録させてくれた長谷川さんに感謝する。

「パソグラフィー」は一九七一年秋—七二年春、アイオワ大国際創作プログラムに招かれて滞在した折、アイオワ・シティの美術館で朗読会を開いてくれたとき自己紹介のかわりに書いたもの。マザー・グースのソロモン・グランディーにもとづく。英語は詩人のウェンディ・サリンジャーがみてくれた。帰国後、それを、谷川俊太郎さんが日本語に訳してくれた。他人の言葉である英語で発想したものを、じぶんの言葉である日本語に第三者の手で訳してもらうという、ささやかな悪戯のたのしみをよろこんで分けてくれた谷川さんに感謝する。

（一九七七年七月）

『深呼吸の必要』

ときには、木々の光りを浴びて、
言葉を深呼吸することが必要だ。

言葉を深呼吸する。あるいは言葉で深呼吸する。そうした深呼吸の必要をおぼえたときに、立ちどまって、黙って、必要なだけの言葉を書きとめた。そうした深呼吸のための言葉が、この本の言葉の一つ一つになった。

本は伝言板。言葉は一人から一人への伝言。

伝言板のうえの言葉は、一人から一人へ宛てられているが、いつでも誰でもの目にふれている。いつでも風に吹かれているが、必要なだけの短さで誌された、一人から一人への密かな言葉だ。伝言が親しくとどけば、うれしいのだが。

（一九八四年二月）

『食卓一期一会』

食卓は、ひとが一期一会を共にする場。そういうおもいが、いつもずっと胸にある。食卓につくことは、じぶんの人生の席につくこと。ひとがじぶんの日々にもつ人生のテーブルが、食卓だ。かんがえてみれば、人生はつまるところ、誰と食卓を共にするかということではないだろうか。

料理に大切なのは、いま、ここという時間だ。新鮮な現在をよく活かして食卓にのせる。それが料理というわざだ。料理はひとの暮らしとおなじだけの古い物語をもつが、料理に息づいている歴史とは、すなわち日々に新鮮な現在だ。食卓を共にするというのは、そうした新鮮な現在を、日々に共にすることだと思う。

こころの贅肉をそぎおとすべしだ。詩という言葉の料理をとおして、歯ごたえのある日々の悦びを食卓に送れたら、とねがう。言葉と料理は、いつでも一緒だった。料理は人間の言葉、そして言葉は人間の食べものなのだ。

（一九八七年八月）

『世界は一冊の本』

『世界は一冊の本　definitive edition』は、初版の晶文社版（一九九四年）を元本に、新たに「青函連絡船」一篇をくわえ、全体を編修し、決定版としたものである。

「青函連絡船」は、青森と函館を結んだ旧国鉄の鉄道連絡線。一九〇八年に運行開始、石川啄木は最初の年に青函連絡船で津軽海峡を渡っている（石川啄木全集・書簡による）。一九八八年、青函トンネルによるＪＲ津軽海峡線の開通によって廃止された。

「なあ、そうだろう」のダルムシュタットの詩人はゲオルク・ビューヒナー。「なあ、そうだろう」は早稲田独文の旧師だった故中村英雄（八八年没）への追悼、「友人の死」と「役者の死」は、わたしと同じ年の生まれだったが、思いがけず早くに逝ってしまったすぐれた二人の俳優、故岸田森（八二年没）、故草野大吾（九一年没）への追悼として書かれた。「父の死」は、家を離れて新しい家族のもとで亡くなった父（八九年没）への別れとして書かれた。「母を見送る」は、わたしの家で日々を共にし永眠した母（九三年没）への別れとして書かれた。

人の生き方、人のことばの生き方を感じ考える場所に、黙って立ちつくして心すませ、聞こえない声に耳かたむける。そうした思いの方法にわたしがつよくみちびかれたのは、一九三〇年代の終わりにヨーロッパの端で起きたスペイン市民戦争がそれからの世界に遺した経験の切実さを尋ねて、沈黙の国だったフランコ独裁下のスペインを車で旅してのことだった。「十二人のスペイン人」が、スペイン市民戦争の時代をよく生きた、十二人のスペイン人の密やかな紙碑であればとねがう。

わたしにとって、詩は賦である。生きられた人生の、書かれざる哲学を書くこと。賦は「対象に対して詩的表現をもってこれを描写し、はたらきかけるもので、そのことがまた、そのまま言霊的なはたらきをよび起すという古代の言語観にもとづくものである。その表現の方法を賦といい、そのような表現方法による文辞を賦という」(白川静『字統』)。

世界は一冊の本である。どんなに古い真実も、つねにいちばん新しい真実でありうる。それが、一冊の本にほかならないこの世界のひそめるいちばん慕わしい秘密だと、わたしには思われるのだ。

(二〇一〇年卯月)

『黙されたことば』

シューベルトについて「彼は充分になしとげた」といって讃えたのはシューマンだった。シューマン自身そうだった。その生涯がたとえどんなに不幸であっても、よい音楽家というのはみずからなすべきことを「充分になしとげた」人であり、「充分になしとげた」一人の遺した音楽はつねに励ましにみちていて、どんなときもひとの生はなお祝福にあたいするという、この世界の密やかな真実をわすれさせない。

『黙されたことば』は、詩というもっとも古い心の楽器のための、無伴奏ソナタとして書かれた。詩のかたちは、音楽のつきぬ源泉の一つというべきスターバト・マーテルの三行詩の記憶に由っている。音楽と音楽家をめぐることがらは、内外のおおくの伝記やライナーノーツをできるかぎり参照させていただいた。はじまりはコンパクト・ディスクの時代がきて、もう一どすべての音楽を新たに聴きなおす時間を手にしたことだった。

クレーの「忘れっぽい天使」を机上において、『黙されたことば』は書かれた。「両眼をふせ、両手の親指をたてて、自責の念をみせた天使。これが《忘れっぽい天使》であるのを理解するには、恐らく、これがかかれた一九三九年という年を思ってみる必要があるだろう。第二次大戦はこの年に始まった」(吉田秀和)。その年に、わたしは生まれた。「忘れっぽい天使」はいつでもわたしの守護天使だった。

（一九九七年三月）

『記憶のつくり方』

記憶は、過去のものでない。それは、すでに過ぎ去ったもののことでなく、むしろ過ぎ去らなかったもののことだ。とどまるのが記憶であり、じぶんのうちに確かにとどまって、じぶんの現在の土壌となってきたものは、記憶だ。

記憶という土の中に種子を播いて、季節のなかで手をかけてそだてることができなければ、ことばはなかなか実らない。じぶんの記憶をよく耕すこと。その記憶の庭にそだってゆくものが、人生とよばれるものなのだと思う。

『記憶のつくり方』は、記憶の庭にそだったことばを摘んで、かたちにとらわれずに、ただ、忘れたくないことだけを誌したものだ。詩とされるなら、これは詩であり、エッセーとされるなら、これはエッセーである。

思いはせるのは、ただ、一人のわたしの時間と場所が、どのような記憶によって明るくされ、活かされてきたかということだ。

（一九九七年十二月）

『一日の終わりの詩集』

『一日の終わりの詩集』のモチーフとなったのは、今からちょうど百年前の、一日の終わりをえがいた「三人姉妹」（一九〇〇年）に、チェーホフののこした、問いともつぶやきとも言えぬ、無言のことばのようなせりふだった。

……こうして、生きていながら、何を目あてに鶴が飛ぶのか、なんのために子供は生まれるのか、どうして星は空にあるのか、――ということを知らないなんて。……なんのために生きるのか、それを知ること。――

それから百年の時をへたいまも、「三人姉妹」の……おんなじさ！　おんなじことさ！……それがわかったら、それがわかったらね！――という幕切れのせりふは、胸にひびく。ことばのちからは、どれだけ沈黙をつつめるかで、どれだけ言い表せるかとはちがうだろう。

よろこびを書こうとして、かなしみを発見する。かなしみを書こうとして、よろこびを発見する。詩とよばれるのは、書くということの、そのような反作用に、本質的にささえられていることばなのだと思う。

人生ということばが、切実なことばとして感受されるようになって思い知ったことは、瞬間でもない、永劫でもない、過去でもない、一日がひとの人生をきざむもっとも大切な時の単位だ、ということだった。

一日を生きるのに、詩は、これからも必要なことばでありうるだろうか。

（二〇〇〇年秋）

『死者の贈り物』

『死者の贈り物』は、いずれも、親しかったものの記憶にささげる詩として書かれた。親しかった場所。親しかった時間。親しかった人。近しかったが相識ることはなかった人。親しかった樹。親しかった猫。親しかった習慣。親しかった思念。親しかった旋律。親しかった書物。

逝ったものが、いま、ここに遺してゆくものは、あたたかなかなしみと、簡潔なことばだと、ふりかえってあらためて感じる。

死について、そしてよい葡萄酒の一杯について書くのが詩、という箴言を読んだことがある。碑銘を記し、死者を悼むことは、ふるくから世界のどこでだろうと、詩人の仕事の一つだった。

石に最小限の文字を刻みこむように、記憶に最小限のことばを刻みこむことは、いまでも詩人の仕事の一つたりえているだろうかということを考える。

現に生きてあるものにとっての現在というのは、死者にとっての未来だ。それだからこそ、親しいものの喪から、わたしが受けとってきたものは、一人の現在をよりふかく、よく生きるためのことばだったと思える。

死はほんとうは、ごくありふれた出来事にすぎないのかもしれない。しかし、『死者の贈り物』にどうしても書きとめておきたかったことは、誰しもの、ごくありふれた一個の人生に込められる、もしそう言ってよければ、それぞれのディグニティ、尊厳というものだった。

ひとの人生の根もとにあるのは、死の無名性だと思う。

（二〇〇三年秋）

『人はかつて樹だった』

日々にもっとも親しい存在は、とたずねられたら、毎日その下の道を歩く一本の大きな欅の木、とこたえる。その樹は、いつも変わらないすがた、かたちをしている。けれども、何一つ変わらないようでいて、その樹に近づくとき、自覚して、見あげると、一日一日、樹は、おどろくほどちがうすがた、かたちを、黙って生きているのだということに、ふっと息をのむことがある。

ずっと以前から保護樹木として、一本だけのこされている欅の木。しかし、孤立しているように見えても、樹は、あくまでも共に生きている存在だ。季節と共に、気候と共に、風景と共に、街と共に、時と共にそこにある一本の欅の木によって、不断にじぶんのうちによびさまされてきたものは、しんとして、その樹からつたわってくる、「共に在る」という直接的で、根源的な感覚だったと思う。

ひとの日常の中心には、いまここに在ることの原初の記憶がひそんでいる。たたずまう樹が思いださせるのは、その原初の記憶なのだ。人はかつて樹だった。だが、今日もはや、人は根のない木か、伐られた木か、さもなければ流木のような存在でしかなくなっているのではないだろうか。

「孤独な木（朝陽のあたる村）」という、ドイツの画家カスパー・ダーヴィト・フリードリヒの遺した、冴え冴えとした一枚の絵を思いだす。

『人はかつて樹だった』二十一篇は、思わぬがんの告知をうけた家人に付き添って、傍に、樹のように、ただここに在るほかない、この冬からの日のかさなりのなかで編まれた。一冊の詩集ができあがるまでに、家の近くの欅の木は、黒い枝だけだった冬から、柔らかな春の芽ぶきをへて、藍色の五月へ、灰色の梅雨へ、そうして深い繁みをなす濃い緑の季節へ、すっかりそのすがた、かたちを変えた。

（二〇〇六年夏）

『幸いなるかな本を読む人』

いつでも目の前に開かれてあるような、――忘れられない、というより、忘れさせない、――時を経ても、ずっと心から離れない本がある。

けれども、じぶんではそうと思っていても、それは、もともとの本とはすでにちがう本だ。記憶というのは、もとのものをそのままにたもつのではなく、もとからのものを、じぶんの心のかたちにしたがって、ゆっくりと変えてゆく。

心から離れない本と思っているのは、実は、読んでから後、いくども心のなかに抜き書きをかさね、書き込みを繰りかえし、記憶の行間に立ちどまり、またその余白に入り込み、目をつむり、そうして遠く思いを運ばれて、というふうなしかたで、いつかじぶんで親しくつくりかえてきた本なのだ。

読書は正解をもとめることとはちがうと思う。わたしはこう読んだというよりほかないのが、読書という自由だ。本歌取りのような、あるいは、異文のような、読書という文化がつくってきた自由な逸脱の作法が、わたしたちにとっての言葉のありようというものを自在に、闊達にしてきたように。

『幸いなるかな本を読む人』は、二十五冊の本をめぐる二十五篇の詩からなる。胸底に映る一冊一冊の本の影、ことば一つ一つの影を、水底の月影を汲むように、一篇一篇の詩に書き取りながら、いつも抱いていたのは、わたしが本について、ではなく、わたしが本によって語られているという、どこまでも透きとおってゆくような感覚だった。

詩を書くことは、いわば手仕事である。詩集というのは、心の刺繍のようなものなのかもしれない。

（二〇〇八年芒種）

『世界はうつくしいと』

目に見えるどんな風景も、その風景のなかに、ここから消えていった人の、目に見えない記憶をつつみもっている。目に見えるものが目に見えないものに変わる消滅点、ヴァニシング・ポイントというものを、風景はきっとみずからのなかにひそめている。

けれども、草花の咲きみだれる道で、また、星ふる夜の空の下で、思わず魅せられて立ちどまるようなとき、日々をうつくしくしているありふれた光景が、この世のあるべき様への信頼を人知れず深くしていることに、いつも明るいおどろきを覚える。

もうここにいなくなったものの存在をすぐ間近に感じるのは、そのようなときだ。それは、見えない消滅点をまたいで、姿を消し去ったものが後にのこしてゆくものが、この世界の、そのような何気ないうつくしさだからなのだと思う。

『世界はうつくしいと』は、そう言っていいなら、寛ぎのときのための詩集である。寛ぎは、試みの安らぎであるとともに、「倫理的な力」ももっている。「寛ぎとはありとあらゆるヒロイズムを進んで失うこと」(ロラン・バルト)であるからだ。

『世界はうつくしいと』の二十七篇の詩は、二〇〇二年から、季節が一つめぐってくる毎に一つずつ、目の前の風景のなかにひそむ消滅点を一つずつ、じぶんの指で確かめるようにして書き継がれた。

『世界はうつくしいと』は、(カスパー・ダーヴィト・フリードリヒの)一羽のミミズクの棲む一冊の詩集である。ミミズクのような目をもつことができたらというのが、変わらないわたしの夢だ。

(二〇〇九年春彼岸)

『詩ふたつ』

『詩ふたつ』は、詩ふたつからなる一冊の詩集です。それは死ふたつ、志ふたつでもある組詩として書かれ、ことばと絵のふたつからなる、一冊の本としてつくられました。

人という文字が、線ふたつからなるひとつの文字であるように、この世の誰の一日も、一人のものである、ただひとつきりの時間ではありません。一人のわたしの一日の時間は、いまここに在るわたし一人の時間であると同時に、この世を去った人が、いまここに遺していった時間でもあるのだということを考えます。

亡くなった人が後に遺してゆくのは、その人の生きられなかった時間であり、その死者の生きられなかった時間を、ここに在るじぶんがこうしていま生きているのだという、不思議にありありとした感覚。

『詩ふたつ』に刻みたかったのは、いまことという時間が本質的にもっている向日的な指向性でした。心に近しく親しい人の死が後にのこるものの胸のうちに遺すのは、いつのときでも生の球根です。喪によって、人が発見するのは絆だからです。

そのことをけっして忘れさせないものとして、いつも目の前に置いて励まされたのは、グスタフ・クリムトの樹木と花々の圧倒的な絵でした。わたしにとってのクリムトは、誰であるよりもまず、樹木と花々の、めぐりくる季節の、死と再生の画家です。

『詩ふたつ』は、できれば、ゆっくりと声にだして読んでください。

長田瑞枝（一九四〇―二〇〇九）の思い出に――。

（二〇一〇年卯月）

『詩の樹の下で』

もっとも遠いはずの記憶が、年齢を積むうちに、むしろもっとも近い風景として、いつかじぶんのすぐそばに立ちあらわれてくるということに、気づく。そうして、そのもっとも遠くもっとも近い、そう、時間によって侵されない風景のなかに、じぶんはむかしからずっといたのだという、ありありとした思いにみちびかれる。

『詩の樹の下で』というこの小さな本のモチーフとなったのは、樹や林、森や山のかさなる風景に囲まれて育った幼少期の記憶だ。わたしの幼少期は、そのままこの国の戦争と戦後の季節にかさなる。それからいままでの一人のわたしの、ものの感じ方、見方、考え方の土壌をつくったのは、その時代に緑なす風景のなかに過ごした少年の経験だった。

心影としてのこる一本一本の樹影の記憶をたぐりよせて、書く。『詩の樹の下で』は、そうした幸福の再確認の書となるべきものだったが、そうはならなかった。

春近く、体調を崩し入院。喫緊の手術が決まって、一旦自宅に戻った日に、いままで経験したことのない大揺れに襲われ、立ち竦んだ。大地震、大津波、そして原発の大事故。恐るべき被災の惨状が次々と伝えられるなか、再入院し、早朝よりほぼ十一時間におよぶ手術をうけ、その後ICU（集中治療室）で五日を過ごし、忘却の川辺をさまようような時を過ごした。

そして、生死の関頭を脱し、一般病棟に移って、予後の日々に思い知ったのは、東日本大震災とよばれるようになる大地震、大津波、そして原発の大事故が、この国の春の日々にすべもなくひろげてしまった、どう言えばいいか、無涯の感じというか、異様な寂莫だった。あたかも個人の死命さえ悲しむことがかなわないほどの、茫漠とした寂莫。

わたしは福島の生まれである。ほぼ五十年前に家ごと東京に移ってそれきりになったものの、東日本大震災の被害を受けた福島の土地の名の一つ一つは、わたしの幼少期の記憶に強く深く結びついている。幼少期の記憶は、「初めて」という無垢の経験が刻まれている、いわば記憶の森だ。その記憶の森の木がことごとくばさっと薙ぎ倒されていったかのようだった。

「福島の森林ダメになる」という記事の切り抜き。福島の森や林を危うくしている原発の大事故。「放射性物質に汚染された地域の場合、森林の除染が必要だ。しかし、政府が実証実験を続けている段階で、具体的方法は示されていない。山で作業ができない期間が長くなるほど下草刈りや間伐ができず、山の荒廃は進む。さらに、光が地表まで届かず、下草が生えなくなり、土砂が流出しやすくなるという」（朝日新聞二〇一一年九月二八日付）

「復興」が求められている。だが、復興の復の字は、『字統』によれば、死者の霊をよびかえすという意味があり、興の字にも、地霊を興すという意味がある。いまは、この『詩の樹の下で』が、そのような祈りにくわわれることばを伝えられるものとなっていれば、とねがう。

（二〇一一年立冬）

『奇跡——ミラクル——』

ふと、呼びかけられたように感じて、立ちどまる。見まわしても、誰もいない。ただ、じぶんを呼びとめる小さな声が、どこからか聞こえて、しばらくその声に耳を澄ますということが、いつのころからか頻繁に生じるようになった。

それは風の声のようだったり、空の声のようだったり、道々の声のようだったり、花々や樹々の声のようだったり、小道の奥のほうの声のようだったり、朝の声や夜の声のようだったり、遠い記憶のなかの人の声のようだったりした。

そうした、いわば沈黙の声に聴き入るということが、ごくふだんのことのようになるにつれて、物言わぬものらの声を言葉にして記しておくということが、いつかわたしにとって詩を書くことにほかならなくなっているということに気づいた。

書くとはじぶんに呼びかける声、じぶんを呼びとめる声を書き留めて、言葉にするということである。『奇跡―ミラクル―』は、こうして、わたしはこんなふうに、このような声を聴き、それらの声を書き留めてきたという、返答の書となった。

「奇跡」というのは、めったにない稀有な出来事というのとはちがうと思う。それは、存在していないものでさえじつはすべて存在しているのだという感じ方をうながすような、心の動きの端緒、いとぐちとなるもののことだと、わたしには思える。

日々にごくありふれた、むしろささやかな光景のなかに、わたし（たち）にとっての、取り換えようのない人生の本質はひそんでいる。それが、物言わぬものらの声が、わたしにおしえてくれた「奇跡」の定義だ。

たとえば、小さな微笑みは「奇跡」である。小さな微笑みが失われれば、世界はあたたかみを失うからだ。世界というものは、おそらくそのような仕方で、いつのときも一人一人にとって存在してきたし、存在しているし、存在してゆくだろうということを考える。

「われわれは、では、何にたよればいいのか？　われわれが真なるものと、虚なるものとを弁別するのに、感覚よりたしかなものがあるだろうか？」（ルクレティウス「物の本質について」）

『奇跡―ミラクル―』の三十篇の詩は、幽明の境い目にあるような時のかさなりのなかで、めぐりくる季節を数えながら、書き継がれた。そうして、大好きな（フィレンツェ、ウフィツィ美術館の）ロッソ・フィオレンティーノの、リュートを弾く小さな天使の絵に描かれた、音のない音楽につつまれた詩集になった。

（二〇一三年入梅）

編集について

『長田弘全詩集』は、「全・詩集」として編まれた。新編修による二冊の完成版（definitive edition）をふくめて、これまで公刊された十八冊の詩集を収める。いわゆる「全詩・集」とは異なって、未刊の詩集、エピグラム、これまで未収録の詩篇、はぶかれた詩篇、子どもたちへの詩篇、詩文集、選詩集などは収めない。

＊

『長田弘全詩集』は、収められた詩集がそれぞれ「一冊の本」として独立した詩集であるだけでなく、本書自体が、全詩集の新しいかたちをもとめる「一冊の本」としての完成版であることをのぞんで編まれた。本文には、精興社書体を用いた。

＊

詩人は言葉の製作者ではなく、言葉の演奏家である。詩法の主要な一つは引用、それも自由な引用であり、変奏、変型、即興であることが少なくないこと、典拠のほとんどは、これまでのそれぞれの完成版にすでに挙げられていることなどを鑑み、屋上屋を架することを避け、詩篇に付随しているものをのぞき、はぶかれた。

＊

編集にあたっては、仮名遣いはそれぞれの刊本にしたがったが、著者の意向などで表記をあらためた場合がある。漢字は必要な場合をのぞき、おおむね略字体にしたがった。人名地名も特殊な場合をのぞき、ほぼ現行表記にしたがった。海外の人名地名もふだんに使われる現行表記にしたがった。

本全詩集に収録されたそれぞれの刊本の初版は、次の通りである。

『われら新鮮な旅人』（一九六五年・思潮社／二〇一一年・definitive edition・みすず書房）
『メランコリックな怪物』（一九七三年・思潮社／一九七九年・晶文社／二〇一五年新編修）
『言葉殺人事件』（一九七七年・晶文社）
『深呼吸の必要』（一九八四年・晶文社）
『食卓一期一会』（一九八七年・晶文社）
『心の中にもっている問題』（一九九〇年・晶文社／二〇一五年新編修）
『詩の絵本』（以下の三冊で構成）
　『森の絵本』（一九九九年・講談社）
　『ジャーニー』（二〇一二年・リトルモア）
　『最初の質問』（二〇一三年・講談社）
『世界は一冊の本』（一九九四年・晶文社／二〇一〇年・definitive edition・みすず書房）
『黙されたことば』（一九九七年・みすず書房）
『記憶のつくり方』（一九九八年・晶文社）
『一日の終わりの詩集』（二〇〇〇年・みすず書房）
『死者の贈り物』（二〇〇三年・みすず書房）
『人はかつて樹だった』（二〇〇六年・みすず書房）
『幸いなるかな本を読む人』（二〇〇八年・毎日新聞社）
『世界はうつくしいと』（二〇〇九年・みすず書房）
『詩ふたつ』（二〇一〇年・クレヨンハウス）
『詩の樹の下で』（二〇一一年・みすず書房）
『奇跡——ミラクル——』（二〇一三年・みすず書房）

結び

詩集十八冊、詩篇四七一篇を一冊に収める『長田弘全詩集』を編んで気づいたことは、時代を異にし、それぞれまったくちがって見えるそれぞれの詩集が、見えない根茎でたがいにつながり、むすばれ、のびて、こうして一つの生き方の物語としての、全詩集という結実に至ったのだという感懐でした。

詩を書くとは、一篇一篇の詩を書くことであるのと同時に、一冊の詩集にむかって書くということ。そうした姿勢をつらぬいてきて、初めての全詩集をつくるなかで実感したのは、魅惑がちからでなければならないのが詩集という本なのだということでした。

目の前の日々の光景から思いがけない真髄を抽きだすのが、詩の魅惑です。この本がそのような魅惑をどこかしらに宿し、それがこの本を手にしていただく方々の心に少しでも達することができれば、大きな空の下で、小さな詩を書きつづけてきたものとしてうれしく思います。

本のあるべきように心をくだき、本を開くことがよろこびであるような本づくりに隅々まで努めていただいた、みすず書房の尾方邦雄さんに感謝します。親しく身近な本でありうるか。そうであって、よきうつくしい本でありうるか。全詩集という本の新しいあり方をたずねたい。それがこの本のはじまりでした。

（二〇一五年卯月）

収録詩目次

Ⅱ

『幸いなるかな本を読む人』

『世界はうつくしいと』

『詩ふたつ』

『詩の樹の下で』

著者略歴

（おさだ・ひろし）

詩人．1939年福島市に生まれる．1963年早稲田大学第一文学部卒業．65年詩集『われら新鮮な旅人』でデビュー．98年『記憶のつくり方』で桑原武夫学芸賞．2000年『森の絵本』で講談社出版文化賞．09年『幸いなるかな本を読む人』で詩歌文学館賞．10年『世界はうつくしいと』で三好達治賞．14年『奇跡―ミラクル―』で毎日芸術賞．2015年5月没．没後，『最後の詩集』『誰も気づかなかった』（みすず書房）．

長田弘

長田弘全詩集

2015年4月30日　第1刷発行
2025年6月16日　第14刷発行

発行所　株式会社 みすず書房
〒113-0033 東京都文京区本郷2丁目20-7
電話 03-3814-0131（営業） 03-3815-9181（編集）
www.msz.co.jp

本文組版　キャップス／精興社
本文印刷所　精興社
扉・カバー印刷所　リヒトプランニング
製本所　松岳社

ISBN 978-4-622-07913-2
［おさだひろしぜんししゅう］